lübbe

Weitere Titel der Autorin:

Kalte Erinnerung
Dunkle Vergangenheit
Tote Asche

Über die Autorin

Patricia Walter, geboren 1974, studierte in München Statistik und arbeitet in der Versicherungsbranche. In ihrer Freizeit betreibt sie neben dem Schreiben Kampfsport, insbesondere Judo und Kung Fu. In Judo hat sie den zweiten Schwarzgurt und ist ehrenamtlich als Trainerin tätig. Sie lebt in München. *Blutroter Schatten* ist nach *Tote Asche, Dunkle Vergangenheit* und *Kalte Erinnerung* ihr vierter Psychothriller.

Patricia Walter

BLUTROTER SCHATTEN

lübbe

BASTEI LÜBBE TASCHENBUCH
Band 18318

MIX
Papier aus verantwortungsvollen Quellen
FSC® C014496
FSC
www.fsc.org

Dieser Titel ist auch als E-Book erschienen

Vollständige Taschenbuchausgabe
der bei beTHRILLED erschienenen E-Book-Ausgabe

Dieses Werk wurde vermittelt durch die
Literaturagentur Kai Gathemann.

Titelillustration: © shutterstock/ZRyzner; © littlesam/shutterstock; © Maryna Tyshchenko/shutterstock
Umschlaggestaltung: Massimo Peter-Bille
Satz: 3w+P, Rimpar
Gesetzt aus der Palatino
Druck und Verarbeitung: GGP Media GmbH, Pößneck
Printed in Germany
ISBN 978-3-404-18318-0

5 4 3 2

Sie finden uns im Internet unter www.luebbe.de
Bitte beachten Sie auch: www.lesejury.de

Für Alex und Johanna

Prolog

Dienstag, 7. Juli

Er hätte die Schlampe am liebsten gleich an Ort und Stelle umgebracht. Sich auf sie gestürzt, zu Boden gerissen und mit bloßen Händen erwürgt oder ihren Kopf so lange gegen den aschgrauen Betonboden geschlagen, bis ihr dämliches Grinsen für immer aus dem Gesicht verschwunden wäre.

Nicht jetzt, dachte er. Zu viele Zeugen im Gerichtssaal.

Er musste sich zusammenreißen, aber er schaffte es, seine Wut zu kontrollieren.

Sein Mandant, ein hochrangiger Politiker, war vor ein paar Minuten von den Justizvollzugsbeamten aus dem Saal geführt worden, zurück ins Gefängnis, wo ihn eine mehrjährige Haftstrafe wegen Steuerhinterziehung erwartete. Der Gesichtsausdruck des Angeklagten bei der Urteilsverkündung war genauso überrascht gewesen wie sein eigener. Sie hatten mit einem Freispruch gerechnet.

Er stopfte die Unterlagen in seine schwarze Lederaktentasche und verließ schnellen Schrittes den Tisch der Verteidigung, vorbei an Oberstaatsanwältin Julia Wagner, die ihn angrinste.

Loser!, schien sie zu sagen.

Verdammte Schlampe!

Er stieß den Mann zur Seite, der gerade zur Tür hinaus wollte, und eilte in den Flur. Wenn er länger hierblieb, würde er doch noch auf Julia Wagner losgehen. Die Wut in ihm brodelte wie ein Vulkan kurz vor der Eruption. Der Druck war so stark, dass es nur ein falsches Wort, eine falsche Bemerkung brauchte und er für nichts mehr garantieren konnte. In seiner ganzen Laufbahn war er noch nie so gedemütigt worden, schon gar nicht bei einem solch aufsehenerregenden Fall und erst recht nicht von einer Frau.

Er war Thomas Rohde, der beste Verteidiger, den man für Geld kaufen konnte. Und er war es gewohnt zu gewinnen. »Verlieren« existierte nicht in seinem Wortschatz. Zwar hatte es in der Vergangenheit Fälle gegeben, die er nicht gewonnen hatte, allerdings war das nicht seine Schuld gewesen, sondern in befangenen oder gar korrupten Richtern begründet gewesen. Er setzte seinen Willen durch. Immer. Koste es, was es wolle.

Rohde trat ins Freie, wo ihn etwa ein Dutzend Reporter erwartete. Er verdrehte die Augen, trotzdem ging er auf die Journalisten zu.

Eine Frau in einem kurzen schwarzen Rock und einer aufreizenden weißen Bluse, unter der sich ihre festen Brüste abzeichneten, streckte ihm ein Mikrofon entgegen. Er roch ihr blumiges Parfüm, das sie wie ein zarter Hauch umgab.

»Herr Rohde, haben Sie mit dem Urteil gerechnet?«

Nein, verdammt noch mal! Damit hatte er nicht gerechnet.

»Das Urteil hat mich doch sehr erstaunt. Alle Fakten lagen auf dem Tisch, und ein Freispruch wäre die einzig logische Konsequenz gewesen.«

»Werden Sie in Revision gehen?«

»Selbstverständlich.«

»Die Partei des Angeklagten hat seit Bekanntwerden der Vorwürfe zwei Prozentpunkte eingebüßt«, meinte der Mann neben ihr. Er hatte trockene, raue, verdickte Haut. Schilddrüsenunterfunktion, vermutete Rohde. »Glauben Sie, dass die Umfragewerte nach dem Urteil weiter sinken werden und es Konsequenzen in Berlin geben wird?«

»Darüber kann ich nur spekulieren. Fest steht, dass ich von der Unschuld meines Mandanten überzeugt bin und diese in der Revision beweisen werde. Und nun bitte ich Sie, mich zu entschuldigen.«

Er schob sich an den Reportern vorbei, ignorierte die Fragen, mit denen sie ihn weiterhin bombardierten, und lief zu seiner Mercedes-S-Klasse, die in einer Seitenstraße parkte. Er warf die Aktentasche auf den Beifahrersitz und sah auf die Uhr, eine teure Breitling, die ihm seine Frau letztes Jahr zum sechzehnten Hochzeitstag geschenkt hatte. Es war kurz vor elf.

Rohde beschloss, nach Hause zu fahren. In die Kanzlei konnte er jetzt nicht, er musste allein sein, bevor er am helllichten Tag die Beherrschung verlor. Seine Frau war auf der Arbeit und seine Tochter Sam bis nachmittags in der Schule. Er hatte Zeit, um sich ein wenig zu beruhigen. Aber heute Abend musste er im Schutz der Dunkelheit unbedingt Dampf ablassen. Das letzte Mal lag schon viel zu lange zurück.

Er startete den Motor und fädelte sich in den Verkehr ein. Auf der Prinzregentenstraße wechselte er so abrupt die Spur, dass der Fahrer schräg hinter ihm wild hupte. Rohde streckte den Arm zum Fenster hinaus und zeigte ihm den Mittelfinger, bevor er Gas gab und mit deutlich mehr als den erlaubten fünfzig Stundenkilometern auf den Friedensengel zufuhr.

Wenig später hatte er Bogenhausen im Osten von München erreicht. Er stellte den Wagen in der Doppelgarage neben dem Einfamilienhaus ab und lief den mit roten Pflastersteinen ausgelegten Weg zum Hauseingang entlang. Zwei Nachbarinnen, die sich ein Haus weiter am offenen Gartentor angeregt miteinander unterhielten, unterbrachen ihr Gespräch und winkten ihm zu.

»Hallo, Herr Rohde«, grüßten sie ihn.

»Tolles Wetter, nicht wahr?«, sagte die ältere.

Er schenkte ihnen ein charmantes Lächeln.

»Ein herrlicher Tag«, log er.

Er hasste dieses Wetter. Die Sonne brannte vom wolkenlosen Himmel, und er schwitzte unter seinem schwarzen Designeranzug. Die dunkelrote Krawatte hatte er auf der Rückfahrt ein wenig gelockert. Er brauchte jetzt dringend einen eiskalten Martini.

»Kommen Sie und Ihre Frau zum Sommerfest in zwei Wochen?«, wollte die andere wissen.

»Wir freuen uns schon darauf«, antwortete er geistesabwesend.

In Gedanken war er immer noch im Gerichtssaal, vernahm das skandalöse Urteil und sah Julia Wagners übertriebenes Grinsen. Er warf dem kleinen schwarzen Hund, der hinter dem Zaun hochsprang und ihn anbellte, einen drohenden Blick zu. Der Hund hielt kurz inne, drehte sich unsicher einmal um die eigene Achse und bellte weiter.

»Ich wünsche Ihnen beiden noch einen schönen Tag«, sagte er und schloss die schwere Eingangstür aus dunkelbraunem Mahagoniholz mit darin eingelassenen Glaselementen auf.

Er betrat das Haus und stellte die Aktentasche im weiträumigen Eingangsbereich ab. Im Wohnzimmer blieb er abrupt stehen, als er die Frau bemerkte, die mit dem Rücken zu ihm vor dem Schrank tanzte. Sie hatte

Kopfhörer auf und wippte mit den Hüften, während sie mit einem Staubtuch über die Flächen fuhr.

Was hat die bescheuerte Putze denn hier zu suchen?

Montag und Donnerstag waren ihre Termine, nicht heute. Er musste jetzt allein sein.

Erneut überrollte ihn eine Welle aus Wut und Hass, tief und grollend.

»Was tun Sie hier?«, schrie er.

Die Putzfrau zuckte zusammen und wirbelte herum. Dabei erwischte sie mit der Hand die teure Vase im Regal. Sie fiel zu Boden und zerbrach klirrend in mehrere Teile.

Es war, als würde in Rohde jemand ein Feuerzeug an Benzin halten. Ein Feuerball explodierte in seinem Inneren. Im Bruchteil einer Sekunde breitete sich eine Hitze in seinem gesamten Körper aus, und der aufgestaute Druck bahnte sich unkontrolliert einen Weg nach oben. Mit einem Wutschrei stürmte er auf die Frau zu, die immer noch erschrocken und peinlich berührt zugleich dastand. Er griff nach der Steinfigur auf dem Wohnzimmertisch, holte aus und schlug sie der Frau mit voller Wucht auf den Kopf. Es gab ein dumpfes Geräusch, Blut quoll aus der Platzwunde an der Stirn.

Die Frau stolperte rückwärts, bis sie gegen den Schrank stieß. Ihre Konturen verschwammen vor seinen Augen, und als er wieder klar sehen konnte, schaute er in das Gesicht von Oberstaatsanwältin Wagner, die ihn triumphierend angrinste. Sämtliche Sicherungen in ihm brannten auf einmal durch. Erneut schlug er zu, traf sie an der Schläfe. Sie kippte wortlos zur Seite. Ihr Kopf prallte hart auf dem Parkettboden auf, wo sie reglos und mit leerem Blick liegen blieb. Rohde ging in die Knie und hämmerte wie von Sinnen mit der Steinfigur auf ihren Kopf ein, immer und immer wieder, bis das Grinsen hinter einer breiigen Masse aus Blut, Hirn und Knochensplittern verschwunden war.

Keuchend hielt er inne.

Die gesichtslose Frau lag in einer Blutlache, die sich unaufhaltsam ausbreitete. Die Steinfigur war mit einem zähflüssigen roten Film überzogen, genau wie Rohdes Hand. Blutspritzer klebten am Schrank und an der Decke, und sein Anzug hatte dunkle Flecke angenommen. Er spürte das warme Blut, das über sein Gesicht lief, und lächelte.

Der Druck war verschwunden, das Urteil und die Niederlage vergessen. Ein Gefühl von Macht durchströmte ihn, und er fühlte sich befreit und berauscht. So wie jedes Mal, wenn er ein Leben auslöschte.

Er ließ die Steinfigur zu Boden fallen, erhob sich und sog den metallischen Geruch ein, der verführerisch in der Luft hing.

Es war das erste Mal, dass er sich zu früh Erleichterung verschafft hatte, aber bis zum Abend hätte er keinesfalls durchgehalten.

Er drehte sich um – und erstarrte.

Das berauschende Glücksgefühl wich lähmendem Entsetzen, als er seine sechzehnjährige Tochter sah, die wie versteinert und mit vor Angst weit aufgerissenen Augen im Türrahmen stand und ihn anstarrte.

»Sam«, keuchte er.

Kapitel 1

Zehn Jahre später
Sonntag, 24. November

Nadine Herfurth hielt an der Polizeiabsperrung, zeigte ihren Ausweis dem diensthabenden Beamten, der sie durchließ, und stellte ihren Dienstwagen, einen schwarzen 5er-BMW, am Straßenrand ab. Sie stieg aus und atmete die frische Novemberluft ein. Es war kalt geworden, die Temperaturen näherten sich allmählich dem Gefrierpunkt. Der dichte Nebel vom Morgen hatte sich mittlerweile gelichtet, wenngleich noch einzelne Schwaden in der Luft hingen.

Sie schaute zu dem Mehrfamilienhaus hinüber, dessen Eingang von zwei Beamten bewacht wurde. Direkt vor dem Haus parkte der weiße Van der Kriminaltechnik, daneben ein Krankenwagen, flankiert von mehreren Streifenwagen mit flackerndem Blaulicht. Hinter den Fenstern im Haus versuchten Anwohner, ihre Neugierde zu befriedigen. Einige hatten sich hinter den Vorhängen versteckt, andere hingegen die Fenster geöffnet, um besser sehen zu können. Nadine hatte sich im Laufe ihrer sechzehn Dienstjahre an derartige Anblicke gewöhnt, sodass es ihr nicht einmal mehr ein Augenrollen abrang.

Sie wollte gerade auf den Eingang zugehen, als jemand hinter ihr rief: »Nadine, auf ein Wort bitte.«

Beim Klang der Stimme griff sie sich automatisch ans linke Schlüsselbein, an die Stelle, an der damals die Kugel ein- und auf dem Rücken über dem Schulterblatt wieder ausgetreten war.

Christian Kehl. Dieser Schmierfink fehlt mir jetzt gerade noch!

Betont langsam drehte sie sich um und verschränkte die Arme vor der Brust. Der Mann war Anfang vierzig, mit kurzen hellbraunen Haaren und stahlblauen Augen, die sie selbst aus der Entfernung vor Sensationsgier blitzen sehen konnte.

Wie war der schon wieder durch die Absperrung gekommen?

»Für Sie Kriminalhauptkommissarin Herfurth«, sagte sie, als er sie erreicht hatte. »Ich glaube, das habe ich Ihnen schon öfter gesagt.«

»Und hab ich Ihnen schon gesagt, dass Sie schöne Augen haben?«

Nadine bedachte ihn mit einem gelangweilten Blick. Sie hatte die mandelförmigen Augen von ihrer Mutter, einer Thailänderin, geerbt, im Gegensatz zu ihren vier älteren Brüdern, die nach ihrem deutschen Vater kamen.

»Heute nur die Augen?«, fragte sie höhnisch. »Kein Kommentar zu meiner schicken Kurzhaarfrisur, die farblich perfekt zu meinen«, sie grinste übertrieben, »mokkabraunen Augen passt? Sie lassen nach, Herr Kehl.«

»Ich will ja nicht abgedroschen klingen.«

»Seit wann das?« Sie zog die Brauen hoch und sah ihn herausfordernd an.

Christian Kehl war Reporter beim Boulevardblatt *Blitz*, das sich in den letzten Jahren zur ernsthaften Konkurrenz der BILD-Zeitung entwickelt hatte. Er hatte ein Talent dafür, zur richtigen Zeit am richtigen Ort zu sein – oder vielmehr einen Informanten bei der Polizei, den er entsprechend bezahlte, vermutete Nadine. Was mitunter zu gefährlichen Situationen führen konnte, so wie vor drei Jahren.

Sie hatte damals in einem Doppelmord im rechten Milieu ermittelt. Zusammen mit ihrem Partner fuhr sie zu einem Zeugen, dem sie ein paar Fragen stellen wollten. Kehl traf kurz vor ihnen ein. Sie forderte ihn auf, sofort zu verschwinden.

Doch er filmte den Zeugen mit seinem Smartphone. »Ich weiß, dass Sie mit den Kessler-Morden in Verbindung stehen. Was können …?«

Weiter kam er nicht, denn im nächsten Moment zog der Mann eine Waffe und schoss. Die Kugel traf Nadine über dem Schlüsselbein. Sie ging zu Boden, genau wie ihr Partner, der einen lebensgefährlichen Bauchschuss erlitt. Bevor der Mann auf Kehl zielen konnte, gab sie mehrere Schüsse auf ihn ab und traf ihn tödlich. Kehl hatte alles auf Video aufgenommen und die Dreistigkeit besessen, weiterhin zu filmen und ihr Fragen zu stellen, während sie, selbst stark blutend, ihre Jacke auf die Wunde ihres Partners gepresst und ihm damit das Leben gerettet hatte.

Jetzt holte Kehl ein Diktiergerät aus der Tasche und hielt es ihr entgegen. »Hat der Schlitzer erneut zugeschlagen?«

Sie ignorierte seine Frage und betrachtete belustigt das Aufnahmegerät. »Kein Handy? Haben Sie Angst, dass wir es Ihnen wieder wegnehmen?«

Der Reporter hatte damals versucht, sich vor der eintreffenden Verstärkung aus dem Staub zu machen, doch sie hatten ihn noch vor dem Haus abgefangen und ihm das Smartphone mit dem Video als Beweismittel abgenommen. Er war vor Gericht gezogen, um es zurückzuerhalten, stattdessen war er wegen Behinderung eines

Polizeieinsatzes und Widerstand gegen die Staatsgewalt zu einer Geldstrafe verurteilt worden.

Nadine registrierte das kurze hasserfüllte Aufblitzen in seinen Augen.

»Sie wissen genau, dass Sie mir damals die Karriere versaut haben«, sagte er. »Es wäre mein Sprungbrett zum Fernsehen gewesen.«

»Mit Sicherheit«, entgegnete sie und drehte sich zu den beiden Schutzpolizisten um, die sicherstellten, dass nur Mitarbeiter der Mordkommission Zutritt zum Tatort hatten. Bevor sie ihnen ein Zeichen geben konnte, Kehl wegzuschaffen, ergriff der erneut das Wort.

»Aber Sie können es wiedergutmachen. Und ich kann Ihnen helfen. Ist bestimmt von Vorteil, wenn Sie Erste Kriminalhauptkommissarin werden wollen.«

Nadine fuhr herum. »Okay, Herr Kehl, jetzt reicht's! Sie verschwinden auf der Stelle von hier. Und wenn ich Sie noch einmal unbefugt an einem Tatort antreffe, werde ich persönlich dafür sorgen, dass Sie in Zukunft höchstens noch für eine Schülerzeitung schreiben. Haben Sie mich verstanden?«

»Wollen Sie mir drohen?«

»Das können Sie auffassen, wie Sie wollen.«

Sie winkte einen der Beamten herbei, der den protestierenden Reporter hinter die Absperrung schob.

Was für eine Nervensäge!

Sie überquerte die Straße und ging zum Haus hinüber, wo sie sich erneut auswies und vor der Wohnung im ersten Stock einen Ganzkörperschutzanzug anzog.

Ihr Vorgesetzter, Erster Kriminalhauptkommissar Frank Krüger, war bereits vor Ort und hatte sie telefonisch über den Leichenfund informiert. Wie immer verspürte sie ein gewisses Unbehagen, wenn sie einen Tatort betrat. Es war nicht der Anblick eines Toten, damit konnte sie professionell umgehen, sofern die Person nicht besonders bestialisch getötet oder zerstückelt worden war. Vielmehr war es die Vorstellung des damit verbundenen Leids für die Angehörigen und Freunde des Opfers, der Schmerz und die Fassungslosigkeit, wenn sie ihnen mitteilen musste, was passiert war.

Nadine straffte sich, konzentrierte sich auf die Arbeit, die vor ihnen lag, und trat über die Schwelle. Krüger, der ebenfalls in einem weißen Overall steckte, sprach im Flur mit einem der Kriminaltechniker. Als er sie bemerkte, entschuldigte er sich und kam auf sie zu.

»Wieder der Schlitzer?«, wollte sie wissen.

»Sieh es dir am besten selber an«, entgegnete er.

Er führte sie ins Schlafzimmer. Der stechende Geruch nach getrocknetem Blut ließ sie für eine Sekunde lang den Atem anhalten. Sie erkannte sofort, dass sie es mit einem weiteren Opfer des »Schlitzers« zu tun hatten, dem vierten innerhalb von neun Tagen.

Auf dem Bett lag eine Frau mit schulterlangen, schmutzverklebten blonden Haaren. Eine tiefe Wunde klaffte an ihrer Kehle, die Ohren fehlten. Die Bettdecke war zurückgeschlagen und legte das blutdurchtränkte Laken und Nachthemd frei. Ihre Hände waren auf dem Bauch gefaltet und hielten ein Stück laminiertes rotes Papier in der Größe einer Visitenkarte. Die Schrift war von den Fingern verdeckt, aber Nadine wusste auch so, was darauf geschrieben stand.

»Wir haben die Leiche noch nicht abtransportieren lassen«, sagte Krüger. »Ich wollte, dass du dir zuerst selbst ein Bild machst. Vier Augen sehen mehr als zwei.«

»Wer ist sie?«

»Stefanie Reichart, fünfundvierzig Jahre alt, ledig, Angestellte bei einer Versicherung. Ihr gehört die Wohnung. Ihre Mutter, die einen Zweitschlüssel besitzt, hat sie gefunden, nachdem sie nicht geöffnet hat. Sie waren zum Frühstück verabredet.«

»Hast du schon mit ihr gesprochen?«

Krüger schüttelte den Kopf. »Sie hat einen Nervenzusammenbruch erlitten und ist ins Krankenhaus eingeliefert worden. Regner fährt nachher zu ihr, um ihre Aussage aufzunehmen.«

Nadine ließ ihren Blick durch das ordentlich aufgeräumte Zimmer schweifen. Ein großer weißer Kleiderschrank an der Wandseite gegenüber dem Bett, in der Ecke eine silberfarbene Wäschetonne und ein Nachttisch, auf dem neben einem samtüberzogenen Schmuckkästchen ein Buch lag – *Todesmal* von Andreas Gruber. Sie hatte den Krimi über den eigenwilligen Profiler Maarten S. Sneijder erst kürzlich selbst gelesen.

Wie Sneijder die Szene hier wohl deuten würde?

»Keine Spuren eines Kampfes«, sagte sie zu Krüger. »Selbst das Bettlaken ist relativ glatt. Er hat sie vermutlich im Schlaf überrascht.«

»Ja. Eingedrungen ist er über die Balkontür im Wohnzimmer. Hat sie einfach aufgehebelt. Hochgeklettert ist er an der Regenrinne.«

»Irgendwelche Zeugen?«

»Bis jetzt nicht. Wir sind mit der Befragung der Nachbarn zwar noch nicht fertig, aber ich rechne, ehrlich gesagt, nicht damit, dass jemand was beobachtet hat. Er muss mitten in der Nacht gekommen sein. Die Totenstarre ist noch nicht komplett ausgeprägt, ich würde daher schätzen, dass sie vor etwa neun bis zwölf Stunden gestorben ist. Er hat ihr die Kehle aufgeschlitzt und die Ohren abgeschnitten und mitgenommen, genau wie bei den anderen drei Opfern.«

Nadine begutachtete den hellblauen Teppich, der abgesehen von den Blutflecken sehr sauber war.

»Die KT hat alles eingesammelt«, sagte Krüger, der ihrem Blick gefolgt war. »Hier im Schlafzimmer sowie draußen im Flur und Wohnzimmer. Wie immer hat er den Tatort mit Fremdspuren verunreinigt. Staub, Schmutz, Haare – es war alles dabei.«

Er beugte sich zur Leiche hinunter, öffnete mit seinen behandschuhten Fingern vorsichtig die Hände der Frau und zog die laminierte Karte heraus.

»Die übliche Nachricht«, meinte er trocken, und Nadine spürte, wie sich ihre Nackenhaare aufstellten.

Mit den besten Empfehlungen von Thomas Rohde.

Thomas Rohde, wiederholte sie in Gedanken. Der Serienmörder, der damals elf Menschen getötet hatte und seit über neun Jahren im Hochsicherheitstrakt der Psychiatrie saß.

»Es wird Zeit, dass wir seine Tochter um Hilfe bitten«, sagte sie.

Kapitel 2

Sam war mit ihrer Ausbeute mehr als zufrieden. Sie saß im hintersten Waggon der nur spärlich besetzten U2 und hatte ihren geöffneten Rucksack auf dem Schoß. Lächelnd zählte sie sieben Bücher, die sie vorhin auf dem Bücherflohmarkt gekauft hatte, viermal Fantasy und drei Dystopien. Die Eleria-Trilogie hatte schon lange auf ihrem Wunschzettel gestanden.

Sie überlegte, mit welchem sie anfangen sollte, sobald sie die *Tribute von Panem* beendet hatte, ihre absolute Lieblingsreihe, die sie mittlerweile zum dritten Mal las. Sie bewunderte Katniss Everdeen für ihren Mut, mit dem sie in den Hungerspielen gegen die Ungerechtigkeit und für ihre große Liebe kämpfte, und wünschte, sie wäre genauso stark wie ihre Heldin.

Sie beugte sich vor und sog den unverwechselbaren Geruch von Papier und Druckerschwärze ein. Dieser Geruch war der Grund, warum sie immer noch gedruckte Bücher bevorzugte. Sie liebte es, durch die Seiten zu blättern und in fremde Welten abzutauchen, genoss es, Abenteuer zu erleben und Gefahren zu überstehen – alles, wozu sie in der Realität nicht den Mut hatte. Doch in ihren Büchern war sie wie Katniss.

Sie zog den ersten Band der Eleria-Trilogie heraus und strich sanft über den schwarz-weißen Einband. Leider hatte er in der rechten oberen Ecke einen Knick, was Sam einen Stich ins Herz versetzte.

Bis sie zu Hause war, konnte sie zumindest einen Blick hineinwerfen. Nur ein paar Zeilen lesen.

Sie schlug das Buch auf.

Mehrere Seiten und U-Bahn-Stationen später sah sie auf und war im ersten Moment irritiert, dass es außerhalb der zukünftigen Sphärenwelt um Ria noch eine im Hier und Jetzt gab. Dann entdeckte sie das Stationsschild *Dülferstraße* und sprang von ihrem Sitz auf. Gerade rechtzeitig stieg sie aus.

Sie fuhr die Rolltreppe nach oben und ging auf das Buswartehäuschen zu, als ihr Handy klingelte.

»Samantha Davis«, meldete sie sich.

»Hallo, Frau Davis«, antwortete eine weibliche Stimme. »Bettina Osterbeck hier. Ich wollte Sie fragen, ob Sie Donnerstagabend um sechs Zeit für die Schlüsselübergabe hätten?«

Sam sah auf.

Und ob es da bei ihr ginge. So könnte sie gleich das Wochenende nutzen und streichen. Sie wollte ein bisschen Farbe in ihrer neuen Wohnung haben, ein helles Grün vielleicht oder ein dezentes Blau.

»Das passt mir sogar sehr gut«, antwortete sie.

»Wunderbar. Dann bis Donnerstag.«

Sie verabschiedete sich und schickte ihrer Freundin Jenny eine SMS, ob sie Zeit hätte, sie zu dem Termin zu begleiten. Es dauerte keine Minute, bis die Antwort kam.

Klaro! Ich lass dich doch nicht im Stich. :-)

Erst vor sechs Wochen hatte Sam den Mietvertrag unterzeichnet. Die Wohnung hatte ihr auf Anhieb gefallen, sie hätte allerdings nicht gedacht, dass sie sich gegen die zahlreichen Mitbewerber würde durchsetzen können. Zwar musste sie für zwei Monate doppelt Miete zahlen, aber das war ihr der deutlich kürzere Arbeitsweg wert.

Sam hatte im Sommer ihr Architekturstudium abgeschlossen. Ursprünglich wollte sie Erzieherin werden und zusammen mit Jenny eine Kindertagesstätte eröffnen, nach den Ereignissen damals war sie dazu jedoch nicht mehr in der Lage. Und weil ihr nichts Besseres einfiel, schrieb sie sich an der Uni für BWL ein, bis ihr nach drei Semestern klar wurde, dass es das Falsche für sie war. Anschließend hatte sie mit dem Architekturstudium begonnen.

Nach unzähligen Bewerbungen hatte sie zwei Monate später endlich die Zusage eines mittelständischen Architekturbüros zum Jahresanfang erhalten. Sie freute sich darauf und hatte gleichzeitig Angst davor.

Du schaffst das schon, versuchte sie, sich Mut zuzureden. Du verdienst endlich dein eigenes Geld, und die Kollegen werden bestimmt nett sein.

Der Bus kam, und wenig später betrat Sam ihre Wohnung. Im Wohnzimmer, dessen rechte Wandseite ein riesiges Regal einnahm, sortierte sie ihre neuen Errungenschaften ein. Glückselig betrachtete sie die vielen Bücher.

Im nächsten Moment klingelte es an der Tür, und sie betätigte die Gegensprechanlage.

»Ja bitte?«

»Kripo München«, sagte eine männliche Stimme, die ihr irgendwie bekannt vorkam.

Sofort spannte sich Sam an. Die Freude über ihre Ausbeute vom Bücherflohmarkt und den frühen Termin für die Schlüsselübergabe wich einer diffusen, lähmenden Angst.

»Machen Sie uns bitte auf?«

Sam öffnete die Tür. Als sie den Mann erblickte, den eine Frau Mitte dreißig begleitete, hatte sie das Gefühl, als würde sich ein dichter schwarzer Nebel um sie herum ausbreiten.

»Hallo, Samantha«, begrüßte der Mann sie. »Ich hoffe, ich darf Sie noch beim Vornamen nennen. Krüger. Ich weiß nicht, ob Sie sich noch an mich erinnern.«

Sie nickte stumm. Natürlich erinnerte sie sich an ihn. Wie könnte sie ihn jemals vergessen? Er hatte damals die Ermittlungen gegen ihren Vater geleitet, sie und ihre Mutter stundenlang vernommen und sie so gut wie möglich unterstützt. Die Furchen auf seiner Stirn schienen seit ihrer letzten Begegnung ein wenig tiefer geworden zu sein, und sein Dreitagebart wies einige graue Haare mehr auf, ansonsten hatte er sich kaum verändert.

»Das ist meine Kollegin, Kriminalhauptkommissarin Herfurth. Können wir reinkommen?«

Sie trat zur Seite und ließ sie ein.

Der Nebel wurde dichter, packte mit seiner kalten Klaue ihre Kehle und schnürte sie mit eisernem Griff zu.

»Entschuldigen Sie bitte, dass wir Sie am Sonntag stören, aber wir müssen etwas Dringendes mit Ihnen besprechen«, sagte Krüger.

»Geht es um meinen …?« Sie stockte, wollte das Wort »Vater« nicht aussprechen.

»Vielleicht sollten wir uns erst einmal setzen«, schlug Krüger vor.

Sam nickte und führte die beiden Beamten ins Wohnzimmer, wo sie ihr gegenüber auf der Couch Platz nahmen. Sie ließ sich auf den kleinen Hocker nieder und klemmte ihre Hände zwischen die Knie.

»Schön haben Sie es hier«, sagte die Polizistin, vermutlich, um ihr die Nervosität zu nehmen. »Kein Fernseher, dafür viele Bücher. Gefällt mir.«

Sam blickte unsicher zu Krüger.

Der räusperte sich. »Ich möchte Ihnen versichern, dass wir lange gezögert haben, mit Ihnen zu sprechen, Samantha. Aber die Dringlichkeit des Falls lässt uns leider keine andere Wahl.«

»Worum geht es?«, fragte sie mit leiser Stimme.

»Haben Sie von dem Serienmörder gehört, der gegenwärtig in München sein Unwesen treibt? Die Presse nennt ihn den ›Schlitzer‹.«

»Ich lese weder Zeitung noch schaue ich Nachrichten. Schon seit zehn Jahren nicht mehr.«

Krüger nickte verständnisvoll.

Die Presse hatte sich damals mit Berichten über die Tat ihres Vaters überschlagen, einer erstunkener und erlogener als der andere. Sie sah die Schlagzeilen noch immer vor sich, als wären sie erst gestern erschienen.

Die elf Opfer von Tom the Ripper.

Die Wahrheit über das Horrorhaus.

Selbst sie und ihre Mutter waren in den Dreck gezogen worden.

Verheiratet mit Tom the Ripper – Was wusste sie wirklich?

Ahnungslos oder Komplizin?

Und der Gipfel des Ganzen: *Die Brut des Rippers.*

Damit war sie gemeint gewesen.

Nichts hatten sie gewusst, gar nichts! Nicht einmal geahnt. Bis an jenem Tag zwei Unterrichtsstunden ausfielen. Sam fuhr über Mittag nach Hause und wurde deshalb Zeugin, wie ihr Vater die Putzfrau zu Brei schlug. Die war aus familiären Gründen einen Tag früher zum Putzen erschienen, ansonsten wäre sie vielleicht noch am Leben. Eine gefühlte Ewigkeit hatten sich Sam und ihr Vater gegenübergestanden, bevor sie schreiend aus dem Haus gerannt war – direkt in die Arme ihrer beiden Nachbarinnen, die sofort die Polizei gerufen hatten.

Als das ganze Ausmaß seiner Morde ans Tageslicht gekommen war, hatten Reporter wochenlang das Haus belagert und eine regelrechte Hetzjagd auf sie und ihre Mutter veranstaltet. Sie interviewten die Nachbarn, die zum Teil bereitwillig erzählten, was die Journalisten hören wollten, und veröffentlichten Artikel, die nicht einmal im Ansatz stimmten, sich aber gut verkauften. Als jemand mit schwarzer Farbe »Mörder« an ihre Hauswand gesprüht hatte, war das ein gefundenes Fressen für die Medien gewesen.

Sam hatte diese dunkle Zeit in die hinterste Ecke ihrer Seele verbannt und seitdem nie wieder eine Zeitung aufgeschlagen oder den Fernseher angeschaltet.

»Der Schlitzer hat innerhalb von neun Tagen vier Menschen getötet«, erklärte Krüger. »Das jüngste Opfer haben wir heute Morgen gefunden. Und bis jetzt haben wir keine brauchbaren Spuren oder Anhaltspunkte zum Täter.«

»Was hat das mit mir zu tun?«

Krüger zögerte. »Es gibt ernst zu nehmende Hinweise, dass Ihr Vater weiß, wer der Mörder ist. Dass ein möglicher Zusammenhang zwischen ihm und dem Schlitzer besteht.«

»Das Monster sitzt in der Psychiatrie.«

»Ich weiß. Wir haben ihn dort bereits aufgesucht.«

Für einen Moment herrschte Schweigen.

»Was … was hat er gesagt?«, wollte Sam wissen.

»›Ach, sieh mal einer an‹«, antwortete Krüger.

Sam runzelte die Stirn.

»Das war alles, danach hat er geschwiegen. Nach dem dritten Opfer sind wir erneut zu ihm gefahren. Diesmal hat er Bereitschaft gezeigt, über den Schlitzer zu reden. Allerdings nicht mit uns.«

Sam spürte den Kloß in ihrem Hals. »Was soll das heißen?«

»Er ist nur bereit, mit einer einzigen Person zu reden. Mit Ihnen, Samantha.«

Es war, als würde ihr jemand eine glühend heiße Nadel in die Schläfe jagen. Ein stechender Schmerz schoss durch ihren Kopf und pulsierte hinter den Augen.

Da war so viel Blut gewesen. So viel Blut.

Sie presste die Hände gegen ihre Schläfen.

»Ich will mit ihm nichts mehr zu tun haben!«, schrie sie. »Er hat alles zerstört. Mama und ich haben damals sogar ihren Mädchennamen angenommen, um uns von ihm zu distanzieren. Er ist nicht mehr mein Vater.«

Sie waren noch weitergegangen und hatten überlegt, in die USA auszuwandern, die Heimat ihrer Mutter. Doch dann hatte sie sich umgebracht, und Sams Welt war endgültig zusammengebrochen.

»Wir würden Sie nicht um Hilfe bitten, wenn wir eine andere Möglichkeit sähen.« In Krügers Stimme schwang ein sanfter Unterton mit. Der gleiche wie vor zehn Jahren, als sie ihm zitternd und völlig unter Schock im Präsidium gegenübergesessen hatte. »Wir müssen den Schlitzer unbedingt fassen, bevor er noch mehr Menschen tötet. Und wir sind uns sicher, dass er weitermorden wird. Unsere wichtigste Spur ist Ihr Vater. Wir bitten Sie nur um ein einziges Gespräch mit ihm, Samantha. Bringen Sie ihn dazu, uns zu sagen, wer es ist.«

Sie schüttelte den Kopf.

Krüger stützte seine Arme auf den Oberschenkeln ab und beugte sich zu ihr vor. »Ich weiß, dass Sie Angst vor ihm haben, aber er kann ihnen nichts tun. Er wird die ganze Zeit gefesselt sein, und wir werden nicht von Ihrer Seite weichen. Wir werden Sie nicht mit ihm allein lassen, Samantha, das verspreche ich Ihnen.«

Sam wand sich auf ihrem Hocker. Die bloße Vorstellung, diesem Monster gegenüberzusitzen, egal wer noch zu ihrem Schutz mit im Raum war, versetzte sie in lähmendes Entsetzen. Sie wusste, sobald sie ihm auch nur für den Bruchteil einer Sekunde in die Augen blickte, würde alles wieder hochkommen. Sie würde das Blut sehen, das ihm übers Gesicht gelaufen war, würde sein Keuchen hören, als er mit der Steinfigur auf die Frau am Boden eingedroschen hatte, den widerlichen Gestank des Todes riechen und erneut die Dunkelheit spüren, die sie damals überfallen hatte und seitdem nicht wieder verschwunden war.

»Ich kann nicht«, sagte sie tonlos und starrte zu Boden. »Es tut mir leid, aber ich kann nicht.«

Krüger atmete leise aus. Bleiernes Schweigen legte sich über das Wohnzimmer.

»Mir ist bewusst, dass wir Sie gerade überfahren haben, dafür möchte ich mich in aller Form entschuldigen«, sagte er nach einer Weile. »Bitte überdenken Sie noch einmal in Ruhe Ihre Entscheidung. Wir sind auf Ihre Hilfe angewiesen.« Er griff in die Innentasche seiner Jacke und holte eine Visitenkarte hervor, die er vor Sam auf den Tisch legte. »Meine Handynummer steht hier drauf. Sie können mich jederzeit anrufen, egal zu welcher Uhrzeit.«

Sam reagierte nicht. Sie hätte ihnen gerne geholfen, doch sie konnte dem Monster, das einmal ihr Vater gewesen war, nicht gegenübertreten. Geschweige denn, mit ihm reden.

Kapitel 3

»Tut mir leid, dass ich so reinplatze«, entschuldigte sich Sam. »Aber ich muss dringend mit dir reden.«

»Was ist passiert?«, wollte Jenny wissen. »Du siehst aus, als hättest du einen Geist gesehen.«

Sie hängte Sams Jacke an den Garderobenhaken. Auf dem Schuhschrank daneben lag ein kleines schwarzes Etui, gleich neben dem Stapel ungeöffneter Briefe und einem Schlüsselbund.

Selbst im Winter hat sie ihr Notfallset griffbereit.

Jenny Gruber, die eigentlich Jennifer hieß, war hochallergisch gegen Bienen. Weder sie noch ihre Eltern hatten davon gewusst, bis sie mit vierzehn bei einem Badeausflug mit Sam auf eine Biene getreten und mit einem anaphylaktischen Schock zusammengebrochen war. Sam rief sofort den Rettungsdienst und begann mit einer Herzdruckmassage. Sie hatte das noch nie zuvor gemacht, der Mann von der Rettungsleitstelle erklärte ihr jedoch alles übers Handy, und Sam rettete ihrer Freundin das Leben. Sie kannten sich bereits aus dem Kindergarten, seit dem Unfall waren sie unzertrennlich. Jenny war die Einzige, die sich nach der Verhaftung ihres Vaters nicht von ihr abgewandt hatte, im Gegensatz zu ihren anderen Freunden. Und nach dem Tod ihrer Mutter hatten Jennys Eltern sie bei sich aufgenommen und ihr damit das Leben gerettet.

Sie gingen ins Wohnzimmer, das mit den vielen Schränken, Pflanzen, Bildern und Dekogegenständen ein wenig überladen wirkte, und setzten sich nebeneinander auf die Couch. Jenny schaltete die Musik leiser, die im Hintergrund lief.

»Die Polizei war vorhin bei mir«, sagte Sam und fasste das Gespräch zusammen. Selbst das fiel ihr schwer, doch sie musste es einfach loswerden.

»Nun ja, ist vielleicht gar keine schlechte Idee, wenn du mit deinem Vater redest«, meinte Jenny, nachdem sie geendet hatte.

»Wie bitte?« Sam war entsetzt. Sie hatte erwartet, dass ihre Freundin ihr den Rücken stärken und etwas in der Art sagen würde wie: Du hast vollkommen recht, Sam. Ich würde auch nicht mit diesem Monster reden.

»Das ist nicht dein Ernst!«

»Warum? Du hilfst der Polizei, einen gefährlichen Mörder zu fassen. Ich weiß, du liest keine Zeitung, aber google mal nach ihm. Die Leichen müssen ziemlich übel ausgesehen haben. Drei gehen bereits auf sein Konto.«

»Vier«, korrigierte Sam sie. »Heute Morgen haben sie die vierte Leiche gefunden.«

»Umso mehr ein Grund, ihnen zu helfen.«

Sam geriet ins Stocken.

Und wir sind uns sicher, dass er weitermorden wird.

Was, wenn er wie ihr Vater elf Menschen tötete und elf hilflose und verzweifelte Familien hinterließ, die mit ihrer Trauer nicht fertigwurden?

»Ich kann das nicht.«

Jenny sah sie eindringlich an. »Du hast die ganze Sache damals nie aufgearbeitet, vielleicht ist das jetzt deine Chance, endgültig damit abzuschließen und dich endlich von deinem Vater zu lösen.«

»Er ist nicht mein Vater.«

»Doch, das ist er. Und er wird es immer sein.«

Sam spürte, wie sich ihr Herz verkrampfte. Tief im

Inneren war ihr klar, dass Jenny recht hatte, wenngleich ihr Verstand es vehement zu leugnen versuchte.

»Sam, du musst dich endlich deiner Angst stellen. Selbst deine Therapie hast du damals abgebrochen.«

»Weil sie nichts gebracht hat.«

»Nein, weil du nicht darüber reden wolltest. Du hast einfach dichtgemacht und es verdrängt. Das funktioniert auf Dauer nicht.« Jenny zog den Fuß auf die Couch hoch. »Du kannst dich nicht ewig verstecken. Nicht vor deinem Vater und schon gar nicht vor dir selbst.«

Sam schwieg, weil sie nicht wusste, was sie darauf erwidern sollte. Ihr war schlecht, und sie fühlte sich erschöpft und schlapp wie vor einer Grippe.

»Du sollst nur einmal mit ihm reden. Ein einziges Mal. Du kannst der Polizei helfen, weitere Opfer zu verhindern. Und vor allem kannst du dir selbst helfen.«

Sam biss sich auf die Unterlippe. Langsam begann ihr Widerstand zu bröckeln, doch ihre Angst war zu groß.

Jenny legte ihr beruhigend die Hand auf den Arm. »Schlaf eine Nacht drüber und triff morgen eine Entscheidung. Ich bin jederzeit für dich da, du musst das nicht allein durchstehen.«

Sam blieb noch eine Stunde bei Jenny. Sie bestellten sich eine Pizza, obwohl ihr der Appetit vergangen war, dann fuhr sie heim. Sie hatte das Auto genommen und stellte den alten grünen VW Golf in einer Parklücke direkt vor dem Haus ab. Es war bereits dunkel, der Schein der Straßenlaterne flackerte leicht. Als sie das Haus betrat, traf sie im Flur ihren Nachbarn Jakob Seidel, der mit einer Yogamatte unterm Arm seine Wohnung verließ. Er war ein paar Jahre älter als sie, hatte wuschelige braune Locken und ein umwerfendes Lächeln. Noch umwerfender als das ihres damaligen Freundes Lucas, der nach den schrecklichen Ereignissen per SMS mit ihr Schluss gemacht hatte.

Sorry, aber das ist mir too much. Wir sollten uns nicht mehr sehen.

Jakob war vor fünf Monaten neben ihr eingezogen, bis auf ein paar Worte hatten sie nicht viel geredet. Sie hätte ihn gerne näher kennengelernt, fürchtete sich allerdings davor, dass er herausfand, wer sie wirklich war: die Tochter eines brutalen Serienmörders.

Nach Lucas hatte sie keine Beziehung mehr gehabt. Sie wollte nicht erneut verletzt werden. Zwar hatte es damals geholfen, dass sie ihren Nachnamen und später die Schule gewechselt hatte, die Angst vor einer Entdeckung hing jedoch seitdem wie ein Damoklesschwert über ihr. Und der Faden war verdammt dünn.

»Hi, Sam«, grüßte er sie freudestrahlend.

Es war wirklich ein umwerfendes Lächeln.

»Hallo.« Sie deutete auf seine Yogamatte. »Du gibst so spät noch Unterricht?«

Er nickte. »Ja, die letzte Stunde für heute.«

»Dann viel Spaß«, sagte sie und schloss schnell ihre Wohnungstür auf, bevor er ein Gespräch anfangen konnte.

Sie zog ihre Jacke aus und ging in die Küche, wo sie sich ein Glas Wasser einschenkte und in einem Zug austrank. Sie blickte aus dem Fenster. Jakob hatte die Yogamatte auf den Gepäckträger seines Fahrrads geschnallt und radelte davon. Gedankenverloren schaute sie ihm nach.

Und bekam auf einmal eine Gänsehaut.

Sie fühlte Beklommenheit, fast Angst. Als würde da draußen jemand sein und sie beobachten.

Angestrengt stierte sie in die Dunkelheit. Ein Auto

fuhr auf der Straße vorbei, ansonsten war niemand zu sehen.

Mach dich nicht verrückt, mahnte sie sich selbst und lief ins Wohnzimmer, wo sie vor dem gerahmten Foto an der Wand verharrte. Ihre Mutter Deborah und sie standen im Garten und lachten in die Kamera. Sie war hübsch, mit den gleichen hellbraunen Haaren und leuchtenden Augen, die zum Schluss stumpf und leer gewirkt hatten. Die ganze Sache hatte ihr sehr zugesetzt, vor allem die Anschuldigungen, dass sie von dem Treiben ihres Mannes gewusst und ihn gedeckt haben sollte. Am Ende hatte sie keinen anderen Ausweg mehr gesehen, als sich das Leben zu nehmen, vier Monate nach seiner Verhaftung. Nie würde Sam vergessen, wie sie von der Schule heimgekommen war und diese unerträgliche Stille vorgefunden hatte.

»Mama?«, hatte sie gerufen, jedoch keine Antwort erhalten. Mit einer unterschwelligen Vorahnung hatte sie das ganze Haus nach ihr abgesucht und sie schließlich im Badezimmer gefunden. Sie hatte sich mit einer Überdosis Schlaftabletten umgebracht. Für Sam war in jenem Moment endgültig eine Welt zusammengebrochen.

Sanft strich sie mit dem Finger über das Foto ihrer Mutter.

»Ich kann nicht mit diesem Monster reden, das dich auf dem Gewissen hat«, flüsterte sie.

Kapitel 4

Er war hinter ihr, verfolgte sie schon die ganze Zeit. Sie traute sich nicht, sich umzudrehen, doch sie spürte ihn im Rücken und beschleunigte ihre Schritte. Es war stockdunkel, nur am Ende des Flurs schimmerte Licht unter dem Türspalt hindurch.

Er näherte sich, sie hörte seinen keuchenden Atem. Sie begann zu laufen und hatte dennoch das Gefühl, keinen Millimeter voranzukommen. Der Weg vor ihr wurde länger und länger, die Tür schien plötzlich unerreichbar. Sie sah nach links und stieß einen Schrei aus. Eine klebrige Masse tropfte von der Decke, leuchtend rot in der Dunkelheit, lief die Wand hinunter und ergoss sich über dem Parkettboden. Blut. Sie versank bis zu den Knöcheln darin. Voller Panik wollte sie weiterlaufen, aber die Masse hielt ihre Füße wie mit Geisterhand fest. Sie sackte immer tiefer in den blutigen Morast. Mit Leibeskräften versuchte sie, sich daraus zu befreien, je mehr sie sich allerdings bewegte, desto schlimmer wurde ihre Lage, bis sie bis zu den Hüften eingesunken war. Ekel überkam sie, als die schleimige Masse die Kleidung durchweichte und ihre Haut berührte. Der Gestank war fürchterlich.

Dann hatte er sie erreicht. Sein warmer Atem streifte ihren Nacken.

»Du kannst mir nicht entkommen«, sagte die Stimme ihres Vaters, die so kalt war, dass ihr das Blut in den Adern gefror. »Ich werde immer da sein.«

Sam schrie auf und fuhr senkrecht in die Höhe.

Schweißgebadet und am ganzen Körper zitternd, saß sie in ihrem Bett, während die Fragmente ihres Albtraums langsam verblassten.

O Gott, es geht wieder los. Es geht alles wieder los.

Verzweifelt vergrub sie das Gesicht in ihren Händen.

Damals war sie jede Nacht von diesem fürchterlichen Albtraum heimgesucht worden, bis ihr ein Arzt ein leichtes Beruhigungsmittel verschrieben hatte. Daraufhin hatte sie endlich wieder durchschlafen können, und die Albträume waren weniger geworden, bis sie schließlich ganz aufgehört hatten.

Sie wollte das nicht noch einmal durchmachen.

Du kannst dich nicht ewig verstecken. Nicht vor deinem Vater und schon gar nicht vor dir selbst.

Jennys Worte kamen ihr in den Sinn, und diesmal konnte sie es nicht länger leugnen.

Mit leerem Blick sah sie zum Fenster. Der Rollladen war heruntergelassen, schwach schimmerte das Licht der Straßenlaterne durch die Ritzen.

Sam blieb noch ein paar Minuten in der Dunkelheit sitzen, bis sie sich beruhigt hatte, dann stand sie auf und zog ein frisches Nachthemd und darüber einen Pulli an. Nebenan im Wohnzimmer setzte sie sich auf die Couch. Die Visitenkarte lag wie ein kontaminierter Gegenstand auf dem Tisch.

Wir bitten Sie nur um ein einziges Gespräch mit ihm, Samantha. Bringen Sie ihn dazu, uns zu sagen, wer es ist.

Der Schlitzer, dachte sie und griff nach ihrem Laptop. In die Suchmaschine tippte sie *Schlitzer München Mord* ein und erhielt sofort Hunderte Treffer. Sie klickte auf den ersten, einen Artikel von gestern Abend im *Blitz*, verfasst von Christian Kehl.

Das vierte Opfer des Schlitzers!

Der Schlitzer hat wieder zugeschlagen und sein mittlerweile viertes Opfer innerhalb von nur neun Tagen getötet. Die grausam zugerichtete Leiche der Versicherungsangestellten Stefanie R. (45) wurde heute Morgen mit aufgeschlitzter Kehle von deren Mutter gefunden. Wie Blitz aus zuverlässiger Quelle erfahren hat, ist der Täter nachts über die Balkontür in ihre Wohnung im ersten Stock eingedrungen. Die ermittelnde Kriminalhauptkommissarin Herfurth war zu keiner Stellungnahme bereit. Langsam macht sich Unmut in der Bevölkerung breit.

»Ich habe Angst um mein Leben«, sagt eine Frau (65), die namentlich nicht genannt werden möchte. »Die Polizei ist ja offenbar nicht in der Lage, uns zu beschützen. Wie viele Opfer soll es denn noch geben, bis sie diesen gefährlichen Geisteskranken endlich fassen?«

Blitz hat exklusiv für Sie Tipps zusammengestellt, wie Sie sich vor dem Schlitzer schützen und verhindern können, dass er in Ihre Wohnung eindringt.

Sam brach ab und öffnete den nächsten Link, einen Artikel der *Süddeutschen Zeitung* von Mitte November.

Am gestrigen Abend fand ein Spaziergänger die Leiche eines 72-jährigen Mannes in der Allacher Lohe. Wie die Polizei mitteilte, wurde ihm die Kehle durchgeschnitten. Zeugen, die zwischen dem 15. und 16. November etwas Verdächtiges bemerkt haben, werden gebeten, sich an die nächste Polizeidienststelle zu wenden.

Der dritte Zeitungsartikel war erneut vom *Blitz*.

Der irre Schlitzer!

Nach den bestialisch zugerichteten Leichen eines 72-

und 37-jährigen Mannes wurde gestern ein weiteres Opfer des Schlitzers gefunden. Es handelt sich um die 21-jährige Studentin Katharina F. aus Giesing, die mit aufgeschlitzter Kehle in ihrer Wohnung lag.
»Sie wollte in Kürze für ein Jahr als Austauschstudentin nach Australien«, klagte ihre Freundin Caroline N. (22) unter Tränen. »Und jetzt ist sie tot. Es ist schrecklich.«
Wer ist der unheimliche Killer, der seit sechs Tagen ganz München in helle Aufruhr versetzt und scheinbar wahllos Menschen tötet? Lesen Sie hier weiter und erfahren Sie alles, was Blitz für Sie in diesem Fall recherchiert hat. Für das Interview mit Deutschlands bekanntestem Profiler und Serienmörderexperten Horst Schwabach klicken Sie hier.

Sam klappte den Laptop zu und atmete tief durch. Jenny hatte recht gehabt. Der Schlitzer war ein gefährlicher Psychopath, der so lange weitermorden würde, bis ihn jemand stoppte.

Du kannst der Polizei helfen, weitere Opfer zu verhindern. Und vor allem kannst du dir selbst helfen.

Konnte sie das wirklich? Sich selbst helfen?

Sam geriet ins Grübeln. Sie wünschte sich nichts sehnlicher, als ihre Vergangenheit endlich hinter sich zu lassen und frei zu sein – von der Erinnerung an den schrecklichen Mord und vor allem von ihrem Vater.

Erneut fiel ihr Blick auf Krügers Visitenkarte.

Sie haderte mit sich. In ihr tobte eine Schlacht.

Für einen Moment schloss sie die Augen und dachte an Katniss Everdeen, die sich freiwillig anstelle ihrer kleinen Schwester gemeldet hatte, um an den Hungerspielen teilzunehmen und sie so vor dem sicheren Tod zu bewahren.

Sie konnte so sein wie Katniss.

Sam gab sich einen Ruck, griff nach der Karte und wählte Krügers Nummer. Es war zwar mitten in der Nacht, aber wenn sie ihn jetzt nicht anrief, würde sie es nie tun.

Es ist nur ein einziges Gespräch, sagte sie zu sich selbst, als das Rufzeichen ertönte.

Kapitel 5

Damals

»Okay, Sportsfreund.« Sein Vater klopfte ihm auf die Schulter. »Hast du alles im Griff?«

»Na logo, Paps«, antwortete Paul und richtete sich auf, um noch ein bisschen größer zu wirken, als er es mit fünfzehn ohnehin schon war.

Seine Mutter kniete vor seiner zehn Jahre jüngeren Schwester und zog ihr einen Pullover über.

»Das Essen steht im Kühlschrank«, sagte sie. »Du musst es nur in der Mikrowelle warm machen. Drei Minuten auf Stufe zehn. Und denk dran, dass Emily um halb acht ins Bett muss, sonst ist sie morgen wieder so unausgeschlafen. Vergiss bitte nicht, dass sie vorher ihre Zähne putzt und ...«

Paul verdrehte die Augen. »Mama, ich weiß. Ich pass nicht zum ersten Mal auf sie auf.«

Sie zupfte Emilys Pullover zurecht und erhob sich. »Ja, aber diesmal gehen wir nicht nur essen, sondern danach auch noch ins Kino.«

Sein Vater schaute auf die Uhr. »Wenn du dir weiterhin so viel Zeit lässt, werden wir es nur ins Kino schaffen.«

Sie ignorierte ihn. »Ich lass mein Handy an, Paul. Wenn irgendetwas sein sollte ...«

»... ruf ich dich sofort an«, beruhigte er sie.

Seine Mutter drückte ihm einen Schmatzer auf die

Wange. »Bis später. Und danke, dass du auf sie aufpasst.«

»Klar«, entgegnete er und sperrte die Tür hinter ihnen ab.

»Okay, Emily, worauf hast du Lust?«

»Malst du mich?«, schlug sie vor und blickte ihn gespannt an.

Er lächelte und strich ihr eine Strähne ihrer blonden Haare aus dem Gesicht. »Wie soll ich dich denn malen? Wer möchtest du sein?«

»Eine Prinzessin«, quiekte sie und klatschte vor Begeisterung in die Hände.

»Na schön, Prinzessin«, sagte er und machte im Wohnzimmer eine einladende Geste in Richtung Sessel. »Nehmt bitte auf Eurem Thron Platz, holde Schönheit.«

Während sie umständlich auf den schwarzen Ledersessel kletterte, griff Paul nach Block und Bleistift und setzte sich im Schneidersitz vor sie auf den Teppichboden. Für ein paar Sekunden betrachtete er sie schweigend und mit fachmännischem Blick. Sah sich erst im Groben ihre Proportionen an und ging dann zu den Details über wie dem kleinen Leberfleck auf ihrer rechten Wange oder den leichten Schatten unter ihren Augen, weil sie heute keinen Mittagsschlaf gehabt hatte.

Während er die ersten Striche setzte, glühten ihre Wangen vor Freude.

»Bist du schon fertig?«, wollte sie nach fünf Minuten wissen. Langsam wurde sie unruhig auf ihrem Thron.

»Ich bin Hofzeichner und nicht Magier«, antwortete er zu ihrer Belustigung. »Erzählt mir doch von Eurem Einhorn, das Ihr im Garten haltet, Prinzessin.«

Mit kindlicher Begeisterung begann sie, ihm von dem rosafarbenen Einhorn Lisa zu erzählen, das sie auf der eingezäunten Weide im Innenhof hielt und mit Äpfeln fütterte. Stroh mochte es nicht, da wurde ihm schlecht davon. Und auf seinen Einwand hin, dass sich Lisa recht einsam fühlen müsse, fügte sie ein männliches Einhorn namens Elias hinzu.

»Elias?«

»So heißt mein Freund im Kindergarten«, erklärte sie und fuhr mit ihrer Erzählung fort.

»Okay, fertig«, sagte er, als sich ihre ausschweifende Fantasie allmählich dem Ende näherte.

»Lass mich sehen!« Sie sprang vom Sessel und ließ sich neben ihm nieder.

Paul reichte ihr den Block und beobachtete mit einem gewissen Stolz, wie sich ihre Augen in Ehrfurcht weiteten.

Er musste zugeben, dass er sie wirklich gut getroffen hatte. Ihre Schönheit strahlte förmlich aus dem Blatt heraus. Anstelle des Ledersessels hatte er einen Thron mit einer hohen Lehne und verschnörkelten Armstützen gemalt, und statt Jeans und Pulli trug sie ein langes, mit Blumen verziertes Kleid.

»Das ist … wunderschön«, stammelte sie und verlor sich in der Zeichnung.

»Du kannst es behalten«, meinte er und stand auf. »Und jetzt lass uns was essen, ich hab Hunger.«

Einen Nudelauflauf und mehrere Brettspiele später brachte er sie ins Bett. Es war schon nach acht, aber sie war so aufgedreht gewesen, und außerdem sah er es ein wenig lockerer als seine Mutter.

»Schlaf gut, Emily.«

»Nacht, Paul«, sagte sie und warf einen sehnsüchtigen Blick auf die Zeichnung, die er mit Tesafilm neben dem Bett an die Wand geklebt hatte.

Sie schmiegte sich an ihr blaues Kuschelkissen und schloss die Lider. Sekunden später war sie eingeschlafen.

Paul schaltete die Nachttischlampe aus und zog leise die Tür hinter sich zu. Er ging nach unten ins Wohnzimmer und legte *Spiderman* in den DVD-Player ein. Sein Vater hatte ihm den Film als Dankeschön geschenkt, weil er auf Emily aufpasste und seinen Eltern einen Abend nur für sie allein ermöglichte.

Zwei Stunden später schaltete er den Fernseher aus und schlich in Emilys Zimmer, um nach ihr zu schauen. Sie schlief friedlich.

Im schwachen Lichtkegel, der durch die halb geöffnete Tür ins Zimmer fiel, bemerkte er, dass ihr Kuschelkissen auf den Boden gefallen war. Er bückte sich und hob es auf.

Wie es wohl wäre, es ihr aufs Gesicht zu drücken und sie zu ersticken?

Der Gedanke war so plötzlich in seinem Kopf, dass Paul zusammenzuckte und das Kissen fallen ließ. Verwirrt verharrte er in der Stille der Nacht, lediglich das leise Atmen von Emily war zu hören.

Wie konnte er nur an so etwas denken?

Es dauerte eine Weile, bis er sich wieder gefangen hatte. Dann wollte er das Kissen zurücklegen.

Wie würde es sich anfühlen?

Erneut war er über sich selbst erschrocken, tief in seinem Inneren mischte sich jedoch ein Funken Neugierde hinzu.

Ja, wie würde es sich anfühlen?

Mit dem Kissen in der Hand stand er da und blickte auf Emily hinab. Auf das unschuldige Gesicht, das im Halbdunkeln nur schemenhaft zu erkennen war.

Na los, probier es aus!

Ich kann doch nicht meine Schwester töten!, protestierte die Stimme der Vernunft in ihm.

Warum nicht? Du musst ihr nur das Kissen aufs Gesicht drücken.

Paul zögerte und versuchte sich vorzustellen, wie es sich anfühlen würde.

Er trat einen Schritt vor, sodass er mit dem Schienbein gegen das Bett stieß.

Mach schon!

Er streckte die Arme aus und hielt das Kissen über Emilys Kopf.

Tu es!

Langsam ließ er das Kissen sinken, bis es nur noch wenige Zentimeter über ihrer Nase schwebte.

Gerade als er es ihr aufs Gesicht pressen wollte, vernahm er unten im Erdgeschoss das Geräusch eines Schlüssels im Schloss.

Seine Eltern!

Rasch legte er das Kissen neben Emily ins Bett, die sich mit einem Seufzer zur Seite drehte, und verließ leise das Zimmer.

Kapitel 6

Montag, 25. November

»Danke, dass Sie gekommen sind«, sagte Krüger, als Sam aus dem Auto stieg.

Sie schwieg und sah mit gemischten Gefühlen an ihm vorbei zum Eingang der psychiatrischen Krüssmannklinik. Fünf Minuten nachdem sie Krüger heute Nacht angerufen hatte, hatten sich die ersten Zweifel an ihrer Entscheidung in ihr geregt. Jetzt, da sie vor dem weitläufigen Gelände mit der sechs Meter hohen, stacheldrahtbewehrten Mauer und den zahlreichen Überwachungskameras stand, schlugen ihre Zweifel in Angst um. Am liebsten wäre sie wieder in den Wagen gestiegen und heimgefahren.

Nadine Herfurth hatte sie um elf Uhr von zu Hause abgeholt und auf der Fahrt hierher ihr Bestes getan, um sie abzulenken. Sie hatte sie nach ihrem Studium und ihrer neuen Arbeitsstelle ausgefragt und ein Gespräch über Bücher mit ihr begonnen. Trotzdem war Sam immer nervöser geworden, je mehr sie sich der Klinik im Süden Münchens genähert hatten.

Krüger deutete auf den Mann im dunkelgrauen Anzug und roter Krawatte neben ihm. Er war Mitte fünfzig, hatte sein silbergraues Haar zu einem akkuraten Seitenscheitel gekämmt und trug eine randlose Brille mit runden Gläsern.

»Samantha, das ist Doktor Jelic«, stellte Krüger ihn

vor. »Er ist der Leiter der forensischen Station, auf der Ihr Vater untergebracht ist.«

Dr. Jelic schüttelte ihr die Hand. »Freut mich, Sie kennenzulernen, Frau Davis.«

»Hallo«, erwiderte Sam. Sein wieselartiges Gesicht und das aufgesetzte Lächeln wirkten befremdlich auf sie.

Der Psychiater drückte die Klingel neben der schweren Eingangstür, über der eine Überwachungskamera hing. Ein paar Sekunden später summte es, die Tür öffnete sich. Sam betrat nach Dr. Jelic und Krüger den Eingangsbereich. Schräg gegenüber befand sich hinter einer dicken Panzerglasscheibe der Empfang. Einer der beiden Wachmänner in dunkelblauer Uniform kam zu ihnen.

»Das ist der südliche Eingang der Krüssmannklinik«, erklärte Dr. Jelic. »Zweihundertsechsunddreißig Menschen sind gegenwärtig bei uns, davon dreiundvierzig im Maßregelvollzug auf der forensischen Station – Männer und Frauen getrennt. Dieser Bereich hat die höchste Sicherheitsstufe. Deshalb muss ich Sie bitten, Ihren Mantel, Ihre Tasche, Gürtel, Handy, Geldbeutel und Schlüssel abzugeben.«

Sam zog ihre Jacke aus und reichte sie zusammen mit den anderen Gegenständen dem Wachmann, der sie in eine Plastikwanne legte und in ein Regal im gesicherten Empfangsbereich stellte. Anschließend kehrte er zurück und deutete auf den Metalldetektor auf der linken Seite.

»Würden Sie bitte durchgehen?«, bat er.

Sam ging mit klopfendem Herzen durch den Detektor, den sie vom Flughafen kannte. Sie erwartete jeden Moment ein Piepen, doch nichts passierte.

Der Sicherheitsmann bedankte sich.

»Muss jeder hier durch?«, wollte sie wissen.

»Mit Ausnahme der Polizei, ja«, antwortete Dr. Jelic.

»Das Gerät ist so fein eingestellt, dass Sie nicht einmal eine Büroklammer einschmuggeln können. Es herrschen hier die gleichen Sicherheitsstandards wie in einem Gefängnis.«

Der zweite Wachmann drückte in der Kabine einen Knopf, woraufhin sich eine mit Gitterdraht durchzogene Glastür hinter dem Metalldetektor öffnete.

»Bitte folgen Sie mir«, sagte Dr. Jelic und betrat die Schleuse vor Sam und den beiden Polizisten.

Als sich die Tür hinter ihnen schloss, blieb Sam stehen und atmete tief durch.

Jetzt gab es kein Zurück mehr.

Die Kriminalhauptkommissarin berührte sie am Oberarm. »Alles in Ordnung?«

Sam nickte kaum merklich und entdeckte das Gerät an der Wand neben der Tür.

»Das ist ein Fingerabdrucksensor«, erläuterte Dr. Jelic, der ihren Blick bemerkt hatte. »Wir haben ihn eingebaut, nachdem ein Patient mit einem Schlüssel geflohen ist. Außer den Ärzten, Pflegern und dem Personal gelangt hier niemand mehr nach draußen.« Er zog einen Schlüsselbund aus der Tasche und sperrte die gegenüberliegende Tür der Schleuse auf. »Der Sensor hat übrigens verhindert, dass Ihr Vater die Flucht ergreifen konnte. Er stand bereits in der Schleuse, aber an dem Sensor war für ihn Schluss.«

Sam sah ihn entsetzt an. »Er … er wäre beinahe ausgebrochen?«

Die Vorstellung, dass das Monster außerhalb dieser Mauern sein und erneut morden könnte, jagte ihr eine Heidenangst ein.

»Er hat zwei Fluchtversuche unternommen, doch von ›beinahe‹ würde ich nicht reden. Wir haben den Sensor nicht ohne Grund installiert.«

»Wie kann es sein, dass ein gefährlicher Massenmörder wie er so weit kommt?«

»Thomas Rohde ist kein Massenmörder«, widersprach er und rückte seine Brille zurecht. »Ein Massenmörder tötet eine große Anzahl an Menschen zur selben Zeit an einem einzigen Ort. Ein Serienmörder hingegen tötet zu unterschiedlichen Zeiten. Dazwischen findet eine sogenannte emotionale Abkühlungsphase statt, die durchaus mehrere Jahre dauern kann. Ihr Vater ist der letzteren Kategorie zuzuordnen.«

Sam runzelte die Stirn. Ihr war die genaue Definition völlig egal.

»Wie viele sind denn schon getürmt?«, wollte sie wissen. Es bereitete ihr Bauchschmerzen, dass ihr Vater so nah an der Freiheit gewesen war.

»Wir sprechen hier nicht von ›Ausbrüchen‹, sondern von ›Entweichungen‹. Es kann schon mal passieren, dass ein Patient im Lockerungsvollzug von einem genehmigten Einzelausgang nicht zurückkehrt, direkte Entweichungen von drinnen gab es allerdings nur den einen Fall, und der liegt bereits zehn Jahre zurück. Unsere Klinik ist eine der sichersten in ganz Deutschland.«

Hinter der Schleuse lag ein langer Flur mit weißen Wänden und dunkelgrauem Steinboden. Ihre Schritte hallten hell in der Stille wider, als sie die geschlossenen Türen passierten, die sich zu beiden Seiten befanden.

»Diese Räume dienen hauptsächlich als Lagerräume und Büros für das Sicherheitspersonal«, fuhr Dr. Jelic fort. »Die Wäscherei ist ebenfalls hier untergebracht.«

Sie erreichten eine T-Kreuzung und bogen nach rechts ab, wo ihnen eine Tür aus Gitterstäben den Weg versperrte.

Der Psychiater schloss auf. »Normalerweise finden bei uns Gespräche zwischen Besuchern und Patienten in einem speziellen Besucherraum mit Trennglasscheibe statt. Ihr Vater besteht dagegen auf einen direkten Kontakt.«

Sie bemerkte den scharfen Seitenblick, den er Krüger zuwarf, doch der blieb ruhig.

Sam schluckte schwer. Sie würde sich wesentlich wohler fühlen, wenn zwischen ihnen eine Panzerglasscheibe wäre, und versuchte, nicht weiter darüber nachzudenken. Kurz darauf betrat Sam mit Dr. Jelic und den beiden Polizisten einen weiß gestrichenen Raum, der in grelles Deckenlicht getaucht war. Durch das Fenster war ein kleiner Innenhof zu erkennen, dahinter grenzte ein weiteres Gebäude an, aus dessen Kamin Rauch in den diesigen Mittagshimmel aufstieg. Auf dem Tisch stand ein großer Monitor, der mit einem Laptop und einem externen Lautsprecher verbunden war.

»Bitte nehmen Sie Platz«, sagte Dr. Jelic und deutete auf die vier Stühle, die so um den Tisch platziert waren, dass man von überall aus den Monitor sehen konnte. Der Bildschirm war schwarz.

»Warum ist er eigentlich hier und nicht im Gefängnis?«, wollte Sam wissen.

Sie hatte es damals psychisch nicht geschafft, die Verhandlung mitzuverfolgen. Nur für zwei Stunden war sie persönlich vor Gericht erschienen und hatte ihre Aussage gemacht. Es war das letzte Mal, dass sie ihren Vater sah. Nie würde sie seine kalten Augen vergessen, als sie den Saal betrat. Rasch wandte sie den Blick von ihm ab und schaute ihn während der gesamten Befragung kein einziges Mal mehr an. Jennys Eltern sagten ihr nach Ende des Prozesses, dass er auf unbestimmte Zeit in den Maßregelvollzug eingewiesen worden sei, aber die genauen Umstände interessierten sie nicht. Sie war froh gewesen, dass das Monster endlich weggesperrt war.

»Weil Rohde im rechtlichen Sinn nicht für seine Taten verantwortlich ist«, gab Dr. Jelic zurück.

»Wie bitte? Er hat die Frau vor meinen Augen brutal getötet.«

»Es steht außer Frage, dass er sie getötet hat, genau wie die anderen zehn Opfer.«

Und Mama, ergänzte sie in Gedanken. Er hat auch sie auf dem Gewissen.

»Thomas Rohde hat eine antisoziale Persönlichkeit mit narzisstischen Zügen«, erklärte der Arzt. »Er erfüllt fünf von sieben Kriterien nach ICD-10, wobei das mangelnde Einfühlungsvermögen, das fehlende Schuldgefühl und die geringe Frustrationstoleranz besonders stark bei ihm ausgeprägt sind. Zwei unabhängige Psychiater haben ein Gutachten über ihn angefertigt, ich war einer davon. Wir kamen beide zu dem Schluss, dass er schuldunfähig ist. Aus diesem Grund ist er im Maßregelvollzug und nicht im Gefängnis.«

»Was ist der Unterschied?«, hakte sie nach.

»Im Gefängnis sitzen die Gefangenen ihre Strafe ab, deren Dauer vom Gericht verhängt wird. Die Patienten im Maßregelvollzug hingegen sind aufgrund ihrer Krankheit nicht schuldfähig und auf unbestimmte Zeit hier. Wir versuchen, sie mithilfe verschiedener Angebote zu therapieren und zu resozialisieren, sodass sie keine Gefahr mehr für die Allgemeinheit darstellen. Erst dann kann über einen Lockerungsvollzug oder eine Entlassung nachgedacht werden.«

Sam zog die Brauen hoch. »Er macht eine Therapie?«

»Er hat sie abgebrochen.«

»Was ist passiert?«

»Er hat einen Kugelschreiber angespitzt und ihn der Therapeutin ins Auge gerammt. Anschließend hat er versucht, mit ihrem Schlüssel zu entkommen.«

»Er hat noch einen Menschen getötet?«

»Die Therapeutin hat überlebt, ist allerdings seitdem auf einem Auge blind. Nach dem Vorfall musste Rohde außerhalb seines Zimmers Handschellen tragen, was ihn nicht davon abgehalten hat, einen zweiten Fluchtversuch zu unternehmen. Er hat einen Mitpatienten beim Abendessen als Geisel genommen und ihm eine Glasscherbe an die Kehle gedrückt. Als das Sicherheitspersonal ihn überwältigen wollte, hat er seiner Geisel in einem Wutanfall in den Hals gestochen. Der Mann ist an Ort und Stelle verblutet.«

Sam starrte ihn entsetzt an.

Dr. Jelic drehte die Handflächen zur Decke. »Rohde tötet, um seinen inneren Druck abzubauen. Das war auch bei dem Mord der Fall, den Sie beobachtet haben. Er war schon immer ein Mensch, der rücksichtslos seine eigenen Interessen durchgesetzt hat. Deshalb war er als Anwalt extrem erfolgreich. Er war dafür berüchtigt, die Zeugen der Anklage wie ein Stück Schlachtvieh zu zerlegen, bis er Widersprüche in ihren Aussagen fand oder sie für eine Verurteilung seines Mandanten zu unglaubwürdig waren. Und in der nächsten Sekunde konnte er charmant und einnehmend sein und Richter wie Öffentlichkeit von sich überzeugen. Unter dem Deckmantel seines Berufs fiel niemandem auf, dass er in Wahrheit unter einer krankhaften Persönlichkeitsstörung leidet. Stattdessen gewann er selbst aussichtslose Fälle und legte eine Karriere hin, die seinem Narzissmus Nahrung gab. Aber immer wenn der Druck in ihm zu groß wurde, zum Beispiel, weil er doch einen Fall verloren hatte, zog er los und suchte eine Gelegenheit. Es war ihm egal, wen er tötete, Hauptsache, er konnte sich Erleichterung verschaffen. ›Empathie‹ war und ist für ihn ein Fremdwort.«

»Diese Unberechenbarkeit und die Willkür bei der Auswahl seiner Opfer erschwerten es uns auch, ihm auf die Schliche zu kommen«, ergänzte Krüger. »Ein Serienmörder hat im Normalfall ein festes Beuteschema, nicht so Rohde. Er hätte mit Sicherheit noch mehr Morde begangen, wenn Sie ihn nicht auf frischer Tat ertappt hätten.«

Sam musste die Information erst einmal verdauen. Es stimmte, dass ihr Vater ein Experte für aussichtslose Fälle gewesen war. Sie dachte an den bekannten Schauspieler Jan Bruhl, der beschuldigt worden war, im Drogenrausch seine Freundin erstochen zu haben. Der Fall war wochenlang in der Presse gewesen. Ihr Vater erzielte einen Freispruch, weil er Unstimmigkeiten in der Aussage der Hauptbelastungszeugin aufgedeckt und erreicht hatte, dass das Tatmesser aufgrund eines Formfehlers nicht als Beweismittel zugelassen werden durfte. Wenig später bewahrte er den Unternehmer und Playboy Tilo Henke vor einer Verurteilung wegen Doppelmord, nachdem ein Zeuge seine Aussage vor Gericht widerrufen hatte und die Mordwaffe nie gefunden worden war. Danach stieg er zum Seniorpartner bei *Berger & Partner* auf, einer der renommiertesten Kanzleien in München. Sie konnte sich noch genau daran erinnern, wie stolz er gewesen war. Zur Feier seiner Beförderung brach er mit ihr und Mama zu einem Urlaub in die Karibik auf und mietete eine Jacht. Er besaß den Sportseeschifferschein und schipperte mit ihnen im Karibischen Meer. Genau wie er liebte sie das Meer, und sie gingen oft gemeinsam tauchen. Den Junior-Tauchschein hatte sie bereits mit elf Jahren gemacht. Sie hatte die zwei Wochen mit ihm sehr genossen.

Heute wusste sie, dass alles eine Lüge gewesen war.

»Thomas Rohde ist der gefährlichste Patient, der jemals hier auf der forensischen Station gewesen ist«, sagte der Psychiater wie aufs Stichwort. »Auf die üblichen Strafmaßnahmen wie den Entzug des Fernsehers beziehungsweise von Büchern oder Fixierung als letzte Maßnahme spricht er nicht an, und er verweigert sämtliche Therapien. Seit er den Patienten getötet hat, gelten für ihn besondere Sicherungsmaßnahmen, zumal er schon davor mehrmals Patienten und das Pflegepersonal angegriffen hat. Er steht unter Isolation und darf keinen Kontakt zu den anderen Patienten haben.«

Gott sei Dank, dachte Sam. So kann er niemanden mehr töten. Sie war noch immer geschockt, dass er neben den elf Menschen in Freiheit einen weiteren in der Psychiatrie umgebracht hatte.

»Sein Essen nimmt er auf seinem Zimmer ein, wobei er Plastikbesteck erhält und bei Geschirrabgabe genau kontrolliert wird, ob alles vollständig ist. Teller und Trinkbecher sind aus Pappe. Kugelschreiber oder Bleistifte sind für ihn verboten, ihm werden nur Stifte mit einer weichen Mine ausgehändigt, die regelmäßig gezählt werden. Zweimal wöchentlich wird sein Zimmer gründlich nach Waffen durchsucht, selbst Kloschüssel und Waschbecken werden abmontiert. Wenn er sein Zimmer verlässt, muss er an Händen und Füßen gefesselt sein, die Hände hinter dem Rücken, und er ist unter einer Zwei-zu-eins-Bewachung, das heißt immer zwei Pfleger passen auf ihn auf. Das Zimmer darf er nur für den Hofgang verlassen. Rechtlich steht ihm jeden Tag eine Stunde im Freien zu, die er bei Wind und Wetter nutzt. Oder wenn er Besuch bekommt.«

»Er bekommt Besuch?«, wunderte sich Sam. »Wer besucht denn einen Serienmörder?«

»Seine weiblichen Bewunderer.« Dr. Jelic verdrehte die Augen.

Sam blinzelte. Hatte sie ihn gerade richtig verstanden? Seine weiblichen Bewunderer?

»Sie glauben gar nicht, wie viele Frauen sich einen Kick davon versprechen, mit einem Mörder Kontakt zu haben«, sagte er mit einem genervten Unterton in der Stimme. »Noch schlimmer ist allerdings die Gruppe von Frauen mit falsch verstandenem Helfersyndrom. Die meinen, dass sie die Richtigen sind, um Menschen wie Rohde wieder auf den rechten Weg zu bringen. Er erhält fast wöchentlich Fanpost. Selbstverständlich wird jeder Brief von uns kontrolliert.«

Sam schüttelte fassungslos den Kopf.

»Thomas Rohde ist eine tickende Zeitbombe«, redete der Arzt weiter. »Je länger er im Maßregelvollzug ist und keine Kontrolle über sein Leben hat, desto mehr Druck staut sich in ihm auf und umso unberechenbarer wird er.« Erneut warf er Krüger einen aggressiven Blick zu. Sein Kopf zuckte leicht. »Deshalb ist es mir absolut unverständlich, wie Sie seine Tochter hierherbringen können.«

»Weil sie die Einzige ist, die uns im Fall des Schlitzers helfen kann«, entgegnete er und wandte sich an Sam. »Sie brauchen keine Angst vor ihm zu haben. Es ist wichtig, dass Sie verstehen, wie gefährlich er ist, aber er kann Ihnen nichts tun. Wie Doktor Jelic erwähnt hat, ist er an Händen und Füßen gefesselt, und meine Kollegin und ich werden nicht von Ihrer Seite weichen, Samantha.«

»Und was genau soll ich tun?«, fragte sie mit zitternder Stimme.

»Ihn dazu bringen, uns den Namen des Schlitzers zu verraten«, gab Krüger zur Antwort.

»Warum glauben Sie, dass er das weiß?«

Insgeheim hegte sie die Hoffnung, dass die Polizei

auf der falschen Spur war und das Gespräch doch abgesagt werden würde.

»Das will ich Ihnen gerne erklären. Aber zuvor muss ich Sie darauf aufmerksam machen, dass alles, was Sie von uns oder ihm erfahren, streng vertraulich ist. Kein Wort zu irgendjemandem, nicht zu Freunden und schon gar nicht zur Presse.«

»Okay.«

»Wir haben bei jedem Opfer des Schlitzers eine Nachricht gefunden, auf der *Mit den besten Empfehlungen von Thomas Rohde* steht.«

»Mit den besten Empfehlungen von Thomas Rohde?«, wiederholte sie perplex.

»Ja. Aufgrund seiner Reaktion, als wir ihn aufgesucht haben, halten wir es für möglich, dass der Schlitzer und er sich kennen, zumal der Schlitzer genauso willkürlich mordet wie Ihr Vater.«

»Wir haben bereits alle Personen überprüft, die Rohde jemals im Maßregelvollzug besucht haben«, ergänzte Nadine Herfurth. »Es waren ausnahmslos Bewunderinnen von ihm und sein Anwalt. Keiner von ihnen ist der Schlitzer.«

»Wir stecken bei unseren Ermittlungen fest. Die Zeit drängt. Wir sind uns sicher, dass der Schlitzer erneut zuschlagen wird.«

Sam biss sich auf die Unterlippe. Diesen Eindruck hatte sie nach den Zeitungsartikeln ebenfalls.

»Es wird nichts bringen, Ihren Vater sofort mit der Frage nach dem Schlitzer zu überfallen«, fuhr Krüger fort. »Wahrscheinlich wird er sich zuerst mit Ihnen unterhalten wollen.«

»Warum?« In ihrer Stimme schwang Verzweiflung.

»Weil er sich langweilt«, erwiderte Dr. Jelic. »Sein Alltag ist stumpf und gleich. Er verbringt dreiundzwanzig

Stunden auf seinem Zimmer, wobei seine Hauptbeschäftigung aus Schachspielen, Lesen und Fernsehen besteht. Ihr Vater war es gewohnt, im Gerichtssaal aufzutrumpfen und die Menschen um sich herum zu manipulieren und zu kontrollieren. Nichts davon ist für ihn noch möglich. Er sehnt sich nach Abwechslung.« Sein Blick wanderte zu Krüger. »Und genau die bieten Sie ihm jetzt.«

»Wenn ein bisschen Abwechslung der Preis dafür ist, dass wir einen vierfachen Mörder fassen, ist es das wert«, entgegnete Krüger und richtete sich wieder an Sam. »Unterhalten Sie sich ganz normal mit ihm. Bleiben Sie ruhig und freundlich, und provozieren Sie ihn nicht. Und dann lenken Sie das Gespräch auf den Schlitzer. Fragen Sie ihn, was die Botschaften zu bedeuten haben und wer er ist. Wir brauchen einen Namen. Trauen Sie sich das zu?«

Sam wusste, wie viel auf dem Spiel stand.

»Ja«, antwortete sie, obwohl alles in ihr Nein schrie.

Kapitel 7

Dr. Jelic hatte den Bildschirm eingeschaltet, auf dem nebeneinander zwei Aufnahmen zu sehen waren. Zum einen der vollständige Raum, der genauso aussah wie der, in dem sie sich befanden. Und zum anderen eine Großaufnahme von dem Tisch, an dem Sam in wenigen Minuten ihrem Vater gegenübersitzen würde.

»Das Gespräch findet nebenan statt«, sagte der Psychiater. »Wir haben zwei Kameras und ein Mikrofon installiert. Es wird alles aufgezeichnet.«

Schweigend betrachteten sie den Monitor mit den beiden Standbildern. Sam schürzte die Lippen, die von Sekunde zu Sekunde trockener wurden.

Dann wurde die Tür geöffnet, und Sam hielt die Luft an.

Thomas Rohde betrat den Raum, flankiert von zwei Pflegern. Seine Hände waren auf dem Rücken gefesselt, die Fußketten zwangen ihn zu kleinen, langsamen Schritten. Die Pfleger führten ihn zum Tisch, Rohde nahm Platz. Ruhig saß er da, nur seine Augen wanderten durch das Zimmer. Für einen Moment schaute er direkt in die Kamera und lächelte.

Sam wich in ihrem Stuhl zurück. Ihr Puls beschleunigte sich.

Dr. Jelic deutete auf die beiden Pfleger, die hinter Rohde stehen geblieben waren. »Das sind Simon Keppler und Matthias Peschke. Sie sind die Hauptbetreuer für Rohde.«

Sam betrachtete die Männer, froh, den Blick von ihrem Vater abwenden zu können. Keppler, der eine beigefarbene Mütze trug, war etwas jünger als der andere, Ende dreißig und mit einer blonden Mähne, die ihm fast bis zur Hüfte reichte. Peschke hingegen hatte einen gestutzten Vollbart und kurzes braunes Haar, das sich an Stirn und Schläfen lichtete.

Sam wunderte sich, wie sie in der Nähe dieses Monsters so gelassen bleiben konnten.

»Jeder Pfleger muss ein Notfallgerät in seiner Tasche tragen«, sagte Dr. Jelic, als könnte er ihre Gedanken lesen. »Sollte er von einem der Patienten angegriffen werden oder anderweitig in Gefahr geraten, drückt er den Knopf, und sofort wird das Wachpersonal verständigt. Sie erhalten neben dem Alarm den genauen Aufenthaltsort und können so schnell zu Hilfe eilen. Im Fall Ihres Vaters ist dieses Gerät früher häufig zum Einsatz gekommen, seit wir ihn jedoch an Händen und Füßen fesseln und isolieren, ist Ruhe.«

Für Sam klang das alles andere als beruhigend. Sie hatte selbst erlebt, wie schnell er töten konnte. In der kurzen Zeit wäre kein Sicherheitsdienst rechtzeitig vor Ort gewesen.

Krüger und Nadine Herfurth standen auf.

»Sind Sie bereit, Samantha?«, wollte der Erste Kriminalhauptkommissar wissen.

Nein, war sie nicht.

Schwerfällig erhob sie sich. Als würde sie plötzlich eine Tonne wiegen und das Gewicht sie mit aller Gewalt auf den Stuhl zurückdrücken.

Sie trat mit den Polizisten auf den Gang hinaus. Krüger griff nach der Türklinke zum Nebenraum.

»Ich muss noch mal aufs Klo«, sagte sie.

»Kein Problem«, meinte die Kriminalhauptkommissarin und begleitete sie zu den Toiletten, die sich drei

Türen weiter auf der gegenüberliegenden Seite befanden.

Sam ließ sich Zeit und wusch sich im Anschluss die Hände noch gründlicher als sonst.

Als sie wieder bei Krüger waren, atmete sie tief durch.

»Sie schaffen das«, sagte er aufmunternd.

Krüger öffnete die Tür und trat ein. Sie folgte ihm zögerlich. Ihr Vater drehte den Kopf, ihre Blicke trafen sich.

Und von einer Sekunde auf die nächste war Sam wieder im Wohnzimmer ihres damaligen Hauses. Starr vor Schreck und mit weit aufgerissenen Augen beobachtete sie, wie er die Putzfrau in rasender Wut erschlug. Sah das Blut, das in alle Richtungen spritzte und ihm übers Gesicht lief. Roch den schrecklichen metallischen Geruch und hörte sein Keuchen, während er immer und immer wieder mit der Steinfigur auf die Frau eindrosch, die in einer riesigen Blutlache lag.

Sam wirbelte herum und rannte aus dem Raum.

Kapitel 8

Sam stand zitternd im Flur und hatte die Arme um ihren Oberkörper geschlungen. Ihr Atem ging nur noch stoßweise.

Nadine Herfurth trat neben sie. »Ganz ruhig. Atmen Sie tief ein und aus.«

Sam japste nach Luft. »Es … es ist alles wieder hochgekommen.«

»Es war nur eine Erinnerung«, sagte die Polizistin langsam, aber betont. »Das ist Vergangenheit. Ihr Vater kann weder Ihnen noch sonst jemandem etwas tun.«

»Da war so viel Blut«, flüsterte Sam.

»Ich weiß. Versuchen Sie, nicht daran zu denken. Atmen Sie ruhig, und konzentrieren Sie sich auf das Gespräch. Das hilft. Sie sind in Sicherheit und wir bei Ihnen.«

Sam sah von ihr zu Krüger, der ihnen auf den Flur gefolgt war und die Tür hinter sich zugezogen hatte. Sie dachte an die Worte ihrer Freundin Jenny.

Du kannst der Polizei helfen, weitere Opfer zu verhindern. Und vor allem kannst du dir selbst helfen.

Sie wusste, sie musste da jetzt durch und sich ihrer Angst stellen. Es gab keinen anderen Weg.

»Okay«, sagte sie schließlich. »Es geht wieder.«

»Sicher?«, hakte die Kriminalhauptkommissarin nach.

Sam straffte sich. »Ja.«

Sie kehrten in das Besprechungszimmer zurück. Obwohl sie immer noch Angst hatte, setzte sie sich an den

Tisch. Die beiden Polizisten nahmen jeweils neben ihr Platz, die Pfleger verließen den Raum. Sam hob den Kopf und schaute ihrem Vater in die Augen, die genauso kalt waren wie damals im Gerichtssaal.

Erneut wollte sich die Erinnerung einen Weg an die Oberfläche ihres Bewusstseins bahnen. Es kostete sie viel Kraft, sie beiseitezuschieben.

Ihr Vater lächelte.

»Hallo, Sam«, sagte er.

»Hallo«, murmelte sie. Ihr Herz raste. Bestimmt konnte er sehen, wie die Adern an ihrem Hals pulsierten. Sie hielt die Hände unter dem Tisch versteckt, damit er nicht merkte, wie sehr sie zitterten.

Er wandte sich Krüger und Nadine Herfurth zu. »Und was haben Sie hier zu suchen? Ich habe gesagt, ich bin bereit, mit Sam zu sprechen. Nur mit ihr. Entweder Sie verlassen auf der Stelle den Raum, oder ich ziehe mein Angebot zurück.«

Sam zuckte zusammen. Er wollte was?

Krüger drehte sich zu ihr, in seinem Blick lag ein Flehen.

O Gott, nein!

Er stand auf und legte ihr die Hand auf die Schulter.

»Wir sind nebenan«, sagte er und verließ zusammen mit seiner Kollegin den Raum, bevor sie protestieren konnte.

Ehe sich Sam versah, hatte er die Tür hinter sich geschlossen, und sie war mit ihrem Vater allein.

Sie schluckte schwer.

Konzentrier dich auf das Gespräch, sagte sie zu sich selbst. So wie die Polizistin es dir geraten hat.

Ihr Vater warf ihr ein Lächeln zu.

Sam bemerkte, dass er sich in den neun Jahren, seit sie ihm zuletzt vor Gericht gegenübergesessen hatte, kaum verändert hatte. Lediglich die schwarzen Haare waren stellenweise ergraut und die Falten um seine Augen tiefer geworden. Doch sein Blick war noch genauso stechend und seine Ausstrahlung einnehmend wie immer.

»Warum bist du vorhin rausgerannt?«, fragte er. »Freust du dich nicht, mich zu sehen?«

»Was willst du von mir?«

»Mich mit dir unterhalten.«

»Worüber? Dass du ein verrückter Psychopath bist?«

In ihre Angst mischte sich Wut darüber, dass er sie zwang, mit ihm zu reden, obwohl sie ihn hasste und nie wieder etwas mit ihm zu tun haben wollte.

»Verrückt?«, meinte er amüsiert. »Weil ich etwas getan habe, was die Mehrheit nicht versteht?«

»Du hast zwölf Menschen getötet.«

»Zwölf, von denen ihr wisst«, entgegnete er und zwinkerte ihr zu.

Sam starrte ihn entgeistert an. Hatte er womöglich noch mehr getötet?

»Auf der forensischen Station gibt es einen Kerl namens Adrian Dorn. Er hat den Kopf seiner Frau an einem Bankschalter abgegeben, mit der Bitte, seinen wertvollsten Besitz in einem Schließfach aufzubewahren. Das ist verrückt. Oder Darius Benett, der seine Eltern mit einer Axt getötet und zerstückelt hat und jetzt den ganzen Tag mit bloßen Händen am Fußboden kratzt. Er will ein Loch graben, um auszubrechen. Ich bin vielleicht nicht der typische Durchschnittsmann, aber was ist schon normal?« Er legte den Kopf schräg. »Die gefährlichen Menschen sind diejenigen, die nicht wahrhaben wollen, was in der Welt passiert. Die auf die verrückte Vorstellung von Normalität angewiesen sind, um ihrem Leben eine Struktur zu geben. In der Philosophie und Psychologie gibt es Dutzende Abhandlungen darüber, was normal ist und was nicht.«

Sam runzelte die Stirn.

»Du hast mich in all den Jahren nie besucht.«

»Du hast mein Leben zerstört.«

»Ich sitze bis an mein Lebensende eingesperrt in der Psychiatrie, während du in Freiheit bist, und du willst mir erzählen, dass ich dein Leben zerstört habe?«

Er beugte sich zu ihr vor und taxierte sie mit einem solch eisigen Blick, dass sie in ihrem Stuhl zusammensackte und zu frösteln begann. Als wäre die Temperatur im Raum schlagartig um mehrere Grad gefallen. Sie spürte die Gänsehaut auf ihren Armen.

Für eine Weile saßen sie sich schweigend gegenüber. Dann lehnte er sich wieder in seinem Stuhl zurück.

»Ich habe dich vermisst, mein kleiner Engel.«

»Ich bin nicht mehr dein kleiner Engel«, entgegnete sie.

Früher hatte sie es geliebt, wenn er sie so genannt hatte, nun klang es wie blanker Hohn.

»Du bist immer noch wunderschön. Nur deine Augen wirken traurig.«

Sofort kam die Erinnerung daran hoch, wie sie ihre Mutter tot im Badezimmer gefunden hatte. Er hatte ihr alles genommen, was ihr wichtig gewesen war. Tränen stiegen auf, doch sie blinzelte sie weg. Sie wollte nicht, dass er sah, wie sehr sie nach wie vor darunter litt.

»Wer ist der Schlitzer?«, fragte sie. Seine Gegenwart erdrückte sie allmählich. Sie wollte so schnell wie möglich weg von hier.

»So läuft das nicht, Sam. Ich habe gesagt, dass ich mit dir reden werde. Also lass uns reden.«

»Ich wüsste nicht, was wir zu bereden hätten.«

»Es gibt eine Menge, was ich wissen will. Zum Beispiel, wie es dir in den letzten zehn Jahren ergangen ist. Erzähl mir ein bisschen von dir. Was hast du so getrieben?«

»Ich hab mein Abi gemacht und anschließend Architektur studiert. Ab Januar werde ich in einem Architekturbüro anfangen. Reicht dir das?«

»Architektur? Ich dachte, du wolltest Erzieherin werden.«

Das hatte sie auch gedacht – bis er ihre Pläne ruiniert hatte.

»Hab mich umentschieden.«

Er zog die Brauen hoch. »Hast du einen Freund?«

Sie schwieg, weil ihn das nichts anging. Nicht mehr.

Er stieß einen Seufzer aus. »Sam, das ist kein Gespräch.«

»Ich hab dir gesagt, dass ich nicht mit dir reden will. Sag mir einfach, wer der Schlitzer ist.«

»Verrate mir erst, ob du einen Freund hast.«

Unruhig wand sie sich auf ihrem Stuhl, zögerte mit der Antwort.

»Sam?«

»Nein. Nein, ich habe keinen Freund.«

»Was ist mit Lucas?«

»Er … er hat sich getrennt.«

»Warum das?«

»Weil er nicht mit der Tochter eines Serienmörders zusammen sein wollte. Genau wie meine anderen Freunde. Niemand außer Jenny wollte damals noch etwas mit mir zu tun haben. Alle haben sich von mir abgewandt. Wegen dir!«

Schwer atmend hielt sie inne. Sie hatte nicht vorgehabt, so viel über sich preiszugeben, aber es war einfach aus ihr herausgeplatzt.

Ihr Vater saß ruhig da und schaute ihr in die Augen. Vergeblich versuchte sie, seinen Blick zu deuten.

»Was ist damals noch passiert?«

»Warum willst du das wissen?«

»Beantworte meine Frage.«

»Was glaubst du denn?« Ihre Stimme wurde lauter. »Sie haben eine regelrechte Hetzjagd auf Mama und mich veranstaltet. Uns fertiggemacht. Sie haben uns beschuldigt, wir hätten über alles Bescheid gewusst. Freunde, Bekannte, Nachbarn – alle haben uns gemieden. Sie haben uns sogar als ›Mörder‹ beschimpft. Mama hat nur noch geweint. Du hast sie auf dem Gewissen.«

»Wie hat sie sich umgebracht?«

Sie schwieg.

»Na los, sag es mir.«

»Sie hat eine Überdosis Schlaftabletten geschluckt.«

»Wer hat sie gefunden?«

»Ich«, antwortete sie leise.

»Verstehe. Wie hast du dich dabei gefühlt?«

Sam öffnete den Mund. Was sollte dieses Spielchen?

Er sah sie erwartungsvoll an, und plötzlich begriff sie. Er wollte sie quälen und sich dafür rächen, dass sie ihn hierhergebracht hatte. Eine andere Möglichkeit der Rache hatte er nicht.

Sie presste die Lippen zusammen und überlegte, ob sie sich darauf einlassen wollte. Sollte sie ihm wirklich ihr Innerstes offenbaren? Doch wenn sie schwieg, würde sie nie erfahren, wer der Schlitzer war, und weitere Menschen müssten sterben.

»Ich war traurig.«

Er lächelte milde. »Du bist schon immer eine schlechte Lügnerin gewesen, Sam. Man sieht es dir sofort an, wenn du nicht die Wahrheit sagst.«

Sie ärgerte sich, dass er sie nach all den Jahren immer noch so leicht durchschaute.

»Es war, als hätte jemand das Licht ausgeschaltet.« Ihre Stimme klang heiser, sie stockte. Sie wollte nicht über das reden, was sie damals in die hinterste Ecke ihrer verletzten Seele geschoben hatte. Schon gar nicht mit ihm. »Alles war auf einmal dunkel, sinnlos und leer.«

»Wer hat sich danach um dich gekümmert?«

»Jennys Eltern haben mich aufgenommen.«

»Warst du in Therapie?«

»Ja.«

»Wie lange?«

»Keine Ahnung. Ein halbes Jahr vielleicht.«

»Das ist eine kurze Zeit in Anbetracht dessen, was passiert ist.«

Allmählich hatte sie den Eindruck, in einem Verhör zu sitzen.

»Mehr war nicht notwendig.«

Erneut betrachtete er sie durchdringend und gab ihr das Gefühl, nichts vor ihm verbergen zu können.

»Du hast die Therapie abgebrochen«, stellte er fest.

Sam verzog das Gesicht. Wenn sie doch nur besser lügen könnte. Er hatte recht damit, dass man es ihr sofort ansah. Sie erinnerte sich daran, wie sie ihn als Dreizehnjährige gefragt hatte, ob sie bei Jenny übernachten durfte, um den neuesten Harry-Potter-Film auf Video zu schauen. In Wirklichkeit wollten Jennys Eltern an dem Abend ausgehen und sie beide heimlich auf eine Party. Ihr Plan war nach nur zwei Rückfragen ihres Vaters aufgeflogen.

Er richtete sich in seinem Stuhl auf, seine Fußfesseln rasselten. Ein unheimliches Geräusch, dennoch war Sam froh darüber. Wäre er nicht gefesselt, würde sie keine Sekunde lang bleiben.

»Ich danke dir für deine Antworten.«

Sam spürte Erleichterung.

»Wer ist der Schlitzer?«, fragte sie. »Und was hat es mit dieser Botschaft auf sich, die er bei seinen Opfern hinterlässt?«

»Ich bin mir nicht ganz sicher, daher kann ich die Frage leider nicht beantworten.«

Sam war fassungslos. Hatte er gelogen? Wusste er gar nicht, wer der Schlitzer war, und hatte sie nur unter dem Vorwand hergelockt, um sie mit seinen Fragen malträtieren zu können?

»Ich brauche mehr Informationen. Zu den Opfern, wie sie getötet wurden, zu den Tatorten und allem, was die Polizei bis jetzt herausgefunden hat. Erst dann kann ich mich dazu äußern.« Ein Lächeln huschte über seine Lippen. »Bring mir die Unterlagen, und ich werde sie mir ansehen.«

Kapitel 9

Sam eilte so schnell den Gang entlang, dass Dr. Jelic und die beiden Polizisten kaum mit ihr Schritt halten konnten. In der Schleuse hätte sie beinahe den Psychiater gepackt und ihn zum Fingerabdrucksensor gezerrt, nur damit sie ein paar Sekunden früher von hier wegkam.

Sie lief an den Wachmännern hinter der gepanzerten Scheibe vorbei, riss die Eingangstür auf und stürmte ins Freie. Ein paar Meter weiter blieb sie stehen und sog die frische Luft ein. Als wäre sie die letzten anderthalb Stunden in einem Vakuum gewesen und könnte erst jetzt wieder atmen.

In ihr herrschte ein völliges Gefühlschaos. Sie konnte kaum glauben, dass sie es geschafft und sich ihrer größten Angst gestellt hatte. Und doch spürte sie weder Erleichterung noch Freude. Entgegen ihrer Hoffnung war die Dunkelheit nicht verschwunden.

Aus den Augenwinkeln nahm sie wahr, dass sich der Arzt von Krüger und Nadine Herfurth verabschiedete und ins Gebäude zurückging. Die beiden Beamten steuerten auf sie zu. Die Kriminalhauptkommissarin hielt Sams Mantel und ihre anderen Habseligkeiten in der Hand.

Du hast zwölf Menschen getötet.

Zwölf, von denen ihr wisst.

»Er hat noch mehr Menschen umgebracht?«, keuchte sie, kaum dass die beiden sie erreicht hatten.

Die Polizisten wechselten einen Blick.

»Er hat nie ein Geständnis abgelegt und während der

gesamten Verhandlung geschwiegen«, antwortete Krüger. »Wir konnten ihm anhand seiner DNA elf Morde nachweisen, es ist jedoch durchaus möglich, dass er noch mehr getötet hat, ja.«

Sam beugte sich nach vorne und stützte die Hände auf ihren Oberschenkeln ab. Ihr war speiübel, und sie benötigte einen Moment, um die Neuigkeit zu verarbeiten.

»Er hat keinen Namen genannt.«

»Aber er ist gesprächsbereit. Das ist ein Anfang. Ich bin überzeugt davon, dass er weiß, wer der Täter ist. Wie Doktor Jelic gesagt hat, ihm ist langweilig, und er sehnt sich nach Abwechslung. Die kostet er jetzt natürlich aus.«

»Werden Sie ihm die Unterlagen geben?«

»Wenn es nach mir geht, ja. Diese Entscheidung muss allerdings mein Vorgesetzter treffen.« Er nickte ihr anerkennend zu. »Sie haben das wirklich gut gemacht. Danke für Ihre Hilfe, Samantha. Ab jetzt übernehmen wir.«

Kapitel 10

Damals

Der Lehrer hielt den Unterricht mit einer derart monotonen Stimme, dass Paul kurz davor war einzuschlafen. Es ging um irgendeine geothermale Energie in Island. Er hatte schon nach fünf Minuten aufgegeben, dem Vortrag zu folgen.

Paul gähnte und ließ den Blick durchs Klassenzimmer schweifen. Seine Mitschüler hingen genauso lustlos in ihren Stühlen wie er. Konnte man in der elften Klasse keine spannenderen Themen behandeln?

Er wünschte sich, er wäre vorhin länger bei seiner Nachbarin geblieben, dann müsste er jetzt nicht gegen die einschläfernde Stimme von Herrn Nolte ankämpfen.

Die ersten beiden Unterrichtsstunden waren ausgefallen, und Paul hatte bei der siebzigjährigen Helga Albrecht vorbeigeschaut, die von der ganzen Siedlung nur »Oma Helga« genannt wurde. Er kannte sie seit seiner Kindheit. Sie hatte hin und wieder auf ihn aufgepasst, wenn seine Eltern ausgegangen waren. Vor ein paar Monaten hatte Oma Helga das Internet für sich entdeckt, und Paul hatte ihr geholfen, alles einzurichten, und ihr erklärt, wie das World Wide Web funktionierte. Gestern Abend, als er bei einem Freund gewesen war, hatte sie verzweifelt bei seinen Eltern geklingelt, weil sie nicht mehr ins Netz gekommen war. Paul hatte das Problem in der Früh schnell behoben. Ein Neustart des Routers hatte genügt und Oma Helgas Welt war wieder in Ordnung.

Dankbar hatte sie ihm fünfzig Euro in die Hand gedrückt, und bevor Paul aufgebrochen war, hatte er ihre betagte beige-weiße Katze gestreichelt, der das linke Ohr fehlte. Er hätte sich mehr Zeit lassen sollen.

Zum wiederholten Mal schielte er zum Nebentisch, wo Leonie saß, die ihre roten Haare zu einem hohen Pferdeschwanz gebunden hatte, und beobachtete, wie ihr immer wieder die Augen zufielen.

Selbst in ihrem müden Zustand strahlte sie eine anmutige Schönheit aus. Paul war froh, dass sein Banknachbar krank war und er einen freien Blick auf sie hatte. Er liebte ihre Stupsnase und die frechen Sommersprossen, mochte ihr sinnliches Parfüm mit einer Note von Vanille und Rose und hätte alles dafür gegeben, ihre vollen, weiblichen Lippen zu küssen. Doch sie war mit einem Typen aus der dreizehnten Klasse zusammen und damit für Paul unerreichbar.

Er stieß einen leisen Seufzer aus und sah zu der Wanduhr. Immer noch fünfzig Minuten. Wenn er sich nicht irgendwie ablenkte, würde er diese Stunde nicht überleben.

Er holte seinen Block aus der Schultasche und begann zu zeichnen. Konzentriert fuhr er mit dem Bleistift über das Papier, setzte Schattierungen und war so in seine Arbeit versunken, dass er alles um sich herum vergaß. Herr Noltes einschläfernde Stimme hörte genau wie die Zeit auf zu existieren.

»Paul?«

Nur am Rand nahm er wahr, dass sein Name gerufen wurde.

»Paul!«

Jemand schrie und schlug mit der flachen Hand auf

den Tisch. Paul fuhr zusammen und schaute in Noltes wutverzerrtes Gesicht.

»Langweile ich dich etwa?«, wollte der Lehrer wissen und verschränkte die Arme vor der Brust.

»Äh … was? Nein. Natürlich nicht.«

»Was, zum Teufel, malst du da?«

»Nichts«, antwortete er und bedeckte mit einer Hand rasch die Zeichnung.

»Gib mir den Block.«

Paul rührte sich nicht.

»Du sollst mir den Block geben«, wiederholte Nolte und streckte ihm die Hand entgegen.

Paul schüttelte den Kopf, woraufhin Nolte die Augen zusammenkniff.

»Wetten, er hat eine nackte Frau gemalt?«, sagte jemand hinter ihm. »Wie er sie bumst.«

Die ganze Klasse brach in schallendes Gelächter aus, und Paul spürte, wie er rot anlief. Hitze stieg in ihm auf, und am liebsten wäre er in einem bodenlosen Loch verschwunden.

Nolte griff nach dem Block. Panisch schlug Paul die Hand weg. Er riss den Zettel heraus, zerknüllte ihn und stopfte ihn in die Hosentasche.

Die Klasse lachte noch lauter.

»Hab ich's doch gesagt, er bumst jemanden.«

»Ruhe, Daniel!« Noltes Stimme bebte vor Zorn. Er wandte sich wieder Paul zu. »Du gibst mir jetzt auf der Stelle den Zettel, oder du kriegst einen Verweis.«

Paul saß stocksteif und mit zusammengepressten Lippen da. Seine Eltern würden nicht erbaut sein, wenn er seinen ersten Verweis bekam, aber er durfte Nolte auf gar keinen Fall die Zeichnung geben.

»Wird's bald?«

Er schüttelte vehement den Kopf. Ein Verweis war definitiv die bessere Wahl.

Eine gefühlte Ewigkeit stand Nolte drohend vor ihm. Sie fochten einen stummen Kampf aus.

»Na schön, wie du willst«, meinte der Lehrer schließlich. »Dann eben ein Verweis. Und wenn du dich noch einmal anderweitig beschäftigst, kriegst du richtig Ärger. Haben wir uns verstanden?«

Paul nickte, heilfroh, der Katastrophe entgangen zu sein.

Nolte kehrte zum Pult zurück.

Von hinten tippte Daniel ihm auf die Schulter. »Wer hätte gedacht, dass du Pornos zeichnest?«, flüsterte er und grinste übers ganze Gesicht.

Paul rollte mit den Augen und drehte sich wieder nach vorne. Für den Rest der Stunde zwang er sich, seine Aufmerksamkeit auf den Unterricht zu richten.

Als der Gong zur Mittagspause ertönte, verzog er sich in die hinterste Ecke des Schulhofs. Die Büsche neben ihm wiegten sich im auffrischenden Wind. Er kauerte auf dem Grünstreifen und nahm das zerknüllte Blatt Papier aus der Hosentasche. Vorsichtig strich er es glatt. Er ärgerte sich, dass er dieses wunderschöne Werk beinahe zerstört hätte, aber wenn Nolte es zu sehen bekommen hätte, wären die Konsequenzen schlimmer gewesen.

Lächelnd betrachtete er die junge Frau mit den Sommersprossen und dem Pferdeschwanz, die mit geschlossenen Augen und friedlichem Gesichtsausdruck im Bett lag. In ihrem Brustkorb steckte ein Messer.

Kapitel 11

Thomas Rohde saß in seinem Zimmer an dem kleinen Tisch und war in ein Schachspiel auf dem Laptop vertieft. Aus dem Lautsprecher drang Jazzmusik.

Noch fünf Züge, dachte er und schob seinen weißen Springer vor, der vom gegnerischen Läufer sofort einkassiert wurde. Kurz darauf setzte er den Turm auf die andere Seite und schlug den schwarzen König.

Genau wie er es vorhergesagt hatte.

Er lauschte noch ein wenig den Saxofonklängen von Ornette Coleman, dann klappte er sein MacBook zu, den einzigen Laptop, den sie ihm genehmigt hatten, weil er in einem festen Aluminiumgehäuse steckte und nicht auseinandergenommen werden konnte. Internetzugang hatte er keinen, und der Bildschirm war genau wie der Spiegel im Bad mit einer Spezialfolie beklebt, damit er ihn nicht zerbrechen und eine Glasscherbe als Waffe verwenden konnte. Aus dem gleichen Grund hing der Fernseher an der Wand hinter einer Panzerglasscheibe.

Rohde rückte den Stuhl zurück, der mit einer Kette am Boden fixiert war, und erhob sich. Er streckte sich und schaute aus dem vergitterten Fenster nach draußen auf den kargen Innenhof. Die Sonne war fast untergegangen.

Er lief einige Schritte in seinem acht Quadratmeter großen Zimmer umher, das aus einem Kleiderschrank, einem Regal mit ein paar Büchern sowie einem Tisch mit Stuhl bestand und die Form eines L hatte. Das Bett an der Wand war von der Tür aus nicht sichtbar, und direkt neben dem Eingang befand sich das kleine Bad mit Waschbecken, Toilette und Dusche.

Die beiden Pfleger würden bald erscheinen und ihn für seinen täglichen Hofgang abholen. Es kam nicht oft vor, dass er zweimal am Tag das Zimmer verlassen durfte, umso willkommener war das Gespräch mit seiner Tochter gewesen.

Sam, dachte er und ließ sich rücklings auf die Matratze fallen. Er verschränkte die Arme hinter dem Kopf und sah gedankenverloren zur Decke.

Sam hatte sich verändert. Aus dem lebhaften kleinen Engel war eine verängstigte und traumatisierte junge Frau geworden. Dank der Fernsehnachrichten wusste er, was draußen in der Welt passierte, doch seine Familienwelt war ihm verschlossen geblieben. Weder Sam noch Deborah hatten ihn jemals besucht. Vier Monate nach seiner Verhaftung hatte ihm sein Anwalt mitgeteilt, dass seine Frau Selbstmord begangen hatte, die genauen Umstände hatte er nicht erfahren.

Sie hat eine Überdosis Schlaftabletten geschluckt.

Das war typisch für sie. Sich still und leise aus dem Leben zu schleichen.

In der nächsten Sekunde hörte er, wie die kleine Klappe in der Tür geöffnet wurde. Das Geräusch war ihm in den letzten neun Jahren mehr als vertraut geworden, denn es versprach eine der wenigen Ablenkungen in seinem tristen Alltag: die Übergabe des Elektrorasierers in der Früh, der anschließend wieder mitgenommen wurde, das Essen, Besuche von Verehrerinnen ein- bis zweimal pro Monat oder sein täglicher Hofgang.

»Hey, Checkmate«, sagte Kepplers unverkennbare Stimme.

»Checkmate«, das englische Wort für »schachmatt«. Rohde hasste es, wenn er ihn so nannte. Der Einzige, der eines Tages schachmatt sein würde, war Keppler, wenn Rohde ihn eigenhändig erwürgte.

Er schluckte seinen Ärger herunter und nahm die Winterjacke aus dem Schrank, die genau wie die anderen Anziehsachen in Fächern lag, weil Kleiderbügel für ihn verboten waren. Er zog den Reißverschluss bis oben zu, bevor er zur Tür ging, sich mit den Händen auf dem Rücken umdrehte und wartete, bis Keppler ihn mit Handschellen gefesselt hatte. Dann entfernte er sich ein paar Schritte und kniete sich, parallel zur Tür, vor der Wand auf den Boden. Die schwere Sicherheitstür wurde geöffnet, und die zwei Pfleger kamen herein. Keppler trat neben ihn und passte auf, während Peschke ihm Fußfesseln anlegte. Rohde konnte dessen Anspannung förmlich in seinem Rücken spüren, bis der Verschluss der Fesseln eingerastet war. Wahrscheinlich fürchtete er, dass Rohde ihn erneut angreifen würde. Dabei hatte er ihm damals lediglich ein blaues Auge verpasst, bevor er von den Sicherheitskräften überwältigt worden war.

Peschke war der schwächere der beiden. Wäre er zu seinen Anwaltszeiten ein Zeuge der Anklage gewesen, Rohde hätte ihn problemlos auseinandergenommen. Stattdessen malte er sich nun aus, wie er seinen Kopf packte und ihn so lange gegen die Wand schlug, bis der Schädel zertrümmert war. Danach würde er sich Keppler vornehmen. Er bedauerte, keinen Kugelschreiber mehr zu bekommen. Diesmal würde er nicht auf das Auge zielen, sondern ihn direkt in den Kehlkopf rammen.

»Okay«, sagte Keppler, »hoch mit Ihnen.«

Die Pfleger packten ihn unter den Achseln und halfen ihm auf die Beine. Zusammen verließen sie das Zimmer und gingen langsam den Flur entlang. An den Wänden hingen farbenfrohe Leinwanddrucke. Idyllische Landschaftsaufnahmen von Seen, Wiesen und Wäldern, die beruhigend auf die Insassen wirken sollten. Auf Rohde hatten sie den gegenteiligen Effekt. Beim Anblick der Bilder geriet er jedes Mal in Rage, dass er wie ein Tier auf engstem Raum eingesperrt war und sich außerhalb seines Zimmers nur mit kleinen Schritten fortbewegen konnte.

Ein junger Mann mit vernarbtem Hals und Unterarmen kam ihnen entgegen. Rohde warf ihm einen vernichtenden Blick zu, und der Mann drückte sich an die Wand.

Sie passierten den Gemeinschaftsraum, in dem Rohde mit den anderen Patienten gegessen, Kaffee getrunken oder eine Partie Schach gespielt hatte. Zumindest bis zu jenem Tag, als er einen von ihnen als Geisel genommen und mit einer Glasscherbe getötet hatte. Er erinnerte sich gerne daran zurück, denn für einen kurzen Moment hatte er seinem Hass ein Ventil und sich selbst Erleichterung verschafft. So wie früher.

»Doktor Jelic hat Ihren Antrag bewilligt«, sagte Keppler. »Wir laden Ihnen die Publikationen morgen auf den Laptop. Und die Bücher, die Sie bestellt haben, sollten in ein paar Tagen da sein.«

»Das ging schnell. Ich danke Ihnen, Simon.«

»Wenn Sie weiter so viel lesen, können Sie bald einen Abschluss in Psychologie und Ihren Doktor in Jura machen.«

Keppler schob seine beigefarbene Mütze aus der Stirn. Seit einiger Zeit trug er diese Modeaccessoires in unterschiedlichen Farben, und Rohde fragte sich jedes Mal, wie man so dämlich sein konnte, in geschlossenen Räumen eine Kopfbedeckung aufzusetzen.

»Ich halte mich gerne auf dem Laufenden«, erwiderte er.

Außerdem war ein Tag lang, wenn man ihn auf acht Quadratmetern verbringen musste.

Rohde sah zu Peschke, der schweigend neben ihm herging. Er hatte das Gefühl, dass der Pfleger seit einigen Wochen in seiner Gegenwart noch angespannter war als ohnehin.

Sie erreichten die Tür zum Innenhof, und Keppler sperrte auf. Kalte Luft schlug ihnen entgegen. Der von grellem Flutlicht erhellte, verwaiste Hof war so groß wie ein Drittel eines Fußballfelds und von einer hohen Mauer umgeben. Die eine Hälfte dominierte eine Rasenfläche mit vereinzelten Büschen und einem Baum, in dessen Schatten zwei Bänke standen, die andere war mit roten Steinen gepflastert. Reckstangen, eine Tischtennisplatte und ein Basketballkorb luden zum Sport ein.

Während die Pfleger unter dem überdachten Eingangsbereich blieben, schlurfte Rohde den Weg entlang, der einmal um den ganzen Innenhof herum und zwischen den beiden Hälften hindurchführte. Das Rasseln der Fußfesseln war das einzige Geräusch, das zu hören war. Er nutzte die Stille des frühen Abends und die klare Luft, um nachzudenken. In den sechzig Minuten, die er zur Verfügung hatte, schaffte er es, den Platz einmal in einer Acht zu umrunden.

Zurück in seinem Zimmer kniete er sich erneut vor die Wand. Peschke nahm ihm die Fußfesseln ab, die Pfleger verließen den Raum und schlossen die Tür, bevor einer ihn durch die Klappe von seinen Handschellen befreite.

Auf einem Tablett auf dem Tisch wartete sein Abendessen. Es gab eine undefinierbare Suppe, Fleischpflanzerl mit Kartoffelbrei und Salat.

Rohde ignorierte die Pampe und blickte nach draußen in die Dunkelheit. Sein Gesicht spiegelte sich in der

Scheibe, er lächelte. Zum ersten Mal seit Jahren war er zufrieden.

Der Plan in seinem Kopf hatte konkrete Formen angenommen.

Kapitel 12

Dienstag, 26. November

Nadine Herfurth beobachtete mit verschränkten Armen vor dem Tisch mit dem großen Bildschirm, wie die beiden Pfleger Rohde in das Zimmer nebenan führten. Krüger saß neben ihr auf einem der Stühle. Vor ihm lag eine dicke Mappe. Er wirkte ruhig, doch sie kannte ihn lange genug, um zu wissen, dass er angespannt war. Nach den vier brutalen Morden des Schlitzers stand die Kripo unter enormem Druck – nicht nur seitens der Bevölkerung, sondern auch intern.

Es hatte Krüger gestern einige Mühe gekostet, seinen Vorgesetzten davon zu überzeugen, Rohdes Forderung zu akzeptieren und ihm die Ermittlungsakte zu übergeben. Zwar hatten sie darin nicht alle Ergebnisse zusammengefasst, dennoch gingen sie ein Risiko ein, ihn mit Interna zu versorgen. Andererseits saß Rohde abgeschottet im Maßregelvollzug. Sollte der Schlitzer noch mehr Menschen töten, hatten sie ein weitaus größeres Problem.

Wehe, er nannte keinen Namen, sondern spielte nur mit ihnen.

»Die Akte darf von niemand anders als Rohde eingesehen werden«, sagte Krüger an Dr. Jelic gewandt. »Auch nicht von den Pflegern.«

»Ich werde die Unterlagen persönlich in sein Zimmer bringen«, versprach der Psychiater.

»Gut. Dann wollen wir mal.« Krüger erhob sich und begab sich zusammen mit Nadine nach nebenan.

Keppler und Peschke verließen den Raum, während sie gegenüber von Rohde Platz nahmen, der aufrecht in seinem Stuhl saß.

Krüger legte die Akte auf den Tisch. »Hier stehen sämtliche Ermittlungsergebnisse drin, inklusive Fotos von den Opfern und Tatorten. Genau wie Sie es gewünscht haben. Wir haben Ihren Teil der Forderung erfüllt und erwarten, dass Sie Ihr Versprechen nun ebenfalls halten. Wie lange werden Sie für die Durchsicht brauchen?«

Rohde lehnte sich zurück und sah Krüger einige Zeit schweigend an.

»Ich hätte Sie für klüger gehalten, Krüger«, sagte er schließlich.

Nadine zog die Stirn kraus, Krüger schaute ihn fragend an.

»Was genau haben Sie gestern nicht verstanden?«, wollte Rohde wissen.

»Was meinen Sie?«

»Die Einzige, mit der ich reden werde, ist meine Tochter. Ich habe zu Sam gesagt, wenn sie mir die Unterlagen bringt, werde ich sie mir ansehen. Sam, nicht Sie.«

Nadine spürte, wie ihr Hals anschwoll, und ballte die Hände unter dem Tisch zu Fäusten.

Dieser verfluchte Bastard!

Natürlich spielte er mit ihnen. Wie hatte sie etwas anderes erwarten können? Dr. Jelic hatte recht gehabt. Rohde langweilte sich und sehnte sich nach Abwechslung. Und die bestand für ihn aus einer Machtdemonstration.

»Welchen Unterschied macht es, ob Samantha oder wir Ihnen die Akte übergeben?«, fragte Krüger mit ruhiger Stimme, obwohl er vermutlich genauso wütend war wie sie.

»Einen gewaltigen. Sie wollen einen Namen? Dann erfüllen Sie zuerst meine Forderung.«

»Ihre Tochter hat gestern mit Ihnen gesprochen. Wir haben Ihre Forderung bereits erfüllt.«

»Das Gespräch ist beendet, Herr Kommissar. Nehmen Sie die Akte und verschwinden Sie.«

Krüger starrte Rohde mit zusammengepressten Lippen an, der seinen Blick schweigend und mit stoischer Ruhe erwiderte. Die Spannung zwischen den beiden Männern war scharf und schneidend.

Schließlich stand Krüger auf. »Ich werde sehen, was ich tun kann.«

Kapitel 13

Sam hatte in der Nacht erneut den Albtraum gehabt. Wie immer war sie schweißgebadet hochgeschreckt und hatte zitternd im Bett gesessen. Nachdem sie ihr Nachthemd gewechselt hatte, war sie wieder eingeschlafen, sie hatte sich jedoch bis zum Morgengrauen unruhig hin und her gewälzt und war mehrmals aufgewacht.

Gedankenverloren saß sie am späten Vormittag in der Küche und umklammerte ihre zweite Tasse Kaffee, die bereits abgekühlt war.

Das gestrige Gespräch mit dem Monster, das einst ihr Vater gewesen war, hing ihr nach. Sie konnte nicht glauben, dass sie sich tatsächlich ihrer größten Angst gestellt hatte, und empfand gleichzeitig Enttäuschung, denn die Dunkelheit hatte sich nicht gelegt.

Jenny hatte falsch gelegen. Sie hatte sich nicht selbst helfen können.

Hoffentlich konnte die Polizei den Schlitzer jetzt fassen.

Sie hatte gestern noch mit ihrer Freundin telefoniert. Jenny war stolz auf sie, dass sie den Mut aufgebracht hatte, mit ihrem Vater zu reden. Sam wünschte, sie könnte genauso empfinden. Doch statt Freude oder Stolz hatte sie am Abend Einsamkeit verspürt. Mehr denn je sehnte sie sich nach jemandem an ihrer Seite und einer Schulter zum Anlehnen. Sie träumte davon, beschützend in den Arm genommen und nicht dafür verurteilt zu werden, dass sie die Tochter eines Serienmörders war.

Aber das war nur Wunschdenken.

Sie stieß einen tiefen Seufzer aus, trank den letzten Schluck Kaffee und stellte die Tasse in die Spülmaschine.

Es klingelte, und Krüger meldete sich über die Gegensprechanlage. Er kam in Begleitung von Nadine Herfurth. Sam merkte an ihren Mienen, dass etwas nicht stimmte.

»Ist was passiert?«, wollte sie wissen. »Geht es um …?« Beinahe hätte sie »meinen Vater« gesagt. »Geht es um … ihn?«

»Wir waren heute Morgen bei ihm und haben ihm die Ermittlungsakte gegeben«, antwortete Krüger.

»Und?«

»Er hat sich geweigert, sie anzunehmen.«

Sam war maßlos enttäuscht. War das ganze Gespräch vergebens gewesen?

»Aber … er hat es versprochen.«

»Er hat gesagt, dass er sich die Akte ansehen wird.« Krüger schnitt eine gequälte Grimasse. »Sofern *Sie* ihm die Unterlagen bringen.«

»Was?« Sam klappte die Kinnlade hinunter.

»Er beharrt nach wie vor darauf, nur mit Ihnen zu sprechen.«

Sam stand wie versteinert da. Ihr wurde kalt, und ihr Körper fühlte sich auf einmal taub an. Krügers Worte hallten aus unendlicher Entfernung in ihrem Kopf wider.

»Was soll das heißen?«, krächzte sie.

Der Erste Kriminalhauptkommissar sah sie wortlos an, sein Blick verriet ihr jedoch genug.

Sie schüttelte ungläubig den Kopf. Das konnte er nicht von ihr verlangen.

»Ich weiß, wie Sie sich gerade fühlen. Wir …«

»Nichts wissen Sie«, fiel sie ihm ins Wort. »Gar nichts!«

»Wir brauchen Ihre Hilfe«, meinte Nadine Herfurth.

»Sie haben gesagt, es wäre nur ein einziges Gespräch.«

»Das haben wir auch gedacht.«

Schweigen machte sich zwischen ihnen breit. Es waren nur ein paar Sekunden, doch Sam kam es vor wie eine Ewigkeit.

»Rohde ist bereit, sich die Akte anzuschauen«, sagte Krüger. »Er weiß, wer der Schlitzer ist, davon bin ich überzeugt. Wir brauchen den Namen.«

Sam bedeckte das Gesicht mit ihren Händen. Die bloße Vorstellung, noch einmal mit ihm reden zu müssen, versetzte sie in lähmende Panik.

»Bitte, Samantha.«

»Und was, wenn es das dann immer noch nicht gewesen ist?«, fragte sie und schaute ihn mit einer Mischung aus Verzweiflung und Angst an. »Wenn er danach erneut mit mir reden will?«

Krügers Gesicht war ausdruckslos, als er antwortete. »Die Gefahr besteht.«

Kapitel 14

Damals

Sie war so wunderschön.

Paul kauerte im Garten hinter einem Busch und sah im Schutz der Dunkelheit zu dem beleuchteten Fenster im ersten Stock des Einfamilienhauses hoch.

Ihre langen roten Haare waren für ihn wie der glühende Schweif eines Kometen, und selbst aus der Entfernung glaubte er, die frechen Sommersprossen erkennen zu können.

»Leonie«, seufzte er und spürte eine Sehnsucht, die so tief war wie der sternenklare Nachthimmel über ihm.

Die Zeichnung, die er vor einem Jahr während Noltes langweiliger Unterrichtsstunde von ihr angefertigt hatte, bewahrte er wie einen heiligen Schatz auf. Noch immer ärgerte er sich, dass er den Zettel hatte zerknüllen müssen, doch er hatte es geschafft, die Knicke weitestgehend zu glätten. Die Zeichnung lag fein säuberlich in einer Klarsichtfolie abgeheftet in einem Ordner, den er zwischen den anderen in seinen Schrank gestellt und mit *Chemie* beschriftet hatte. Niemand würde dort jemals reinschauen. In den letzten Monaten hatte er Leonie noch öfter gemalt – mal mit einem Kissen über dem Gesicht, mal, wie er sie erwürgte, bevorzugt jedoch mit einem Messer in Brust, Rücken oder Hals –, und die »Galerie der Träume«, wie er sie nannte, war auf einen beträchtlichen Umfang angewachsen. Das erste Bild blieb allerdings sein Kronjuwel.

Jeden Abend, wenn seine Eltern schlafen gegangen waren, holte er es heraus und betrachtete es. Manchmal die ganze Nacht lang. Und strich dabei zärtlich über ihren Körper mit dem Messer im Brustkorb. In seiner Fantasie malte er sich aus, dass es real war. Er fühlte den Griff des Messers in seiner Hand, spürte, wie der polierte Stahl mühelos zwischen den Rippen in ihr Fleisch eindrang und das Blut über ihre festen Brüste lief.

Irgendwann genügte es ihm nicht mehr, sie nur auf dem Papier oder während des Unterrichts anzuhimmeln, er wollte in ihrer Nähe sein. Und so schlich er seit einigen Wochen jeden Abend in den Garten ihres Hauses und beobachtete sie.

Er mochte es, wie sie mit dem Handy am Ohr am Fenster stand und verträumt nach draußen sah, und stellte sich vor, dass er es war, mit dem sie telefonierte. Er liebte es, wenn sie ins Bad nebenan ging, dessen Fenster ebenfalls zum Garten hinauszeigte. Es war zwar aus Milchglas, dennoch konnte er die Konturen ihres perfekten Körpers deutlich erkennen, wenn sie aus der Dusche stieg. Und er hasste es, wenn ihr Freund bei ihr war. Zweimal, als ihre Eltern nicht zu Hause gewesen waren, hatte Tim bei Leonie übernachtet.

Paul hatte den Gedanken, dass sie sich keine sechs Meter von ihm entfernt in ihrem Bett liebten, kaum ertragen. Die ganze Nacht war er kurz davor gewesen, sich gewaltsam Zutritt zu verschaffen und Tim abzuschlachten. Sie gehörte ihm und nicht diesem Wichser, der letztes Jahr sein Abi gemacht hatte und nun Maschinenbau studierte. *Er* wollte neben ihr im Bett liegen, ihre Brüste streicheln und ihren Bauch liebkosen, bevor er sein Messer nahm und sie tötete.

Die Vorstellung ließ ihn förmlich erzittern. Ein Kribbeln kitzelte seinen Nacken, sein Atem wurde schneller.

Sie war so wunderschön.

Paul stopfte den Ordner in seinen Rucksack, froh, dass der Gong endlich das Ende des Schultags verkündete. Er warf Leonie einen verstohlenen Blick zu, die ihn jedoch nicht beachtete und stattdessen mit ihren Freundinnen redete. Enttäuscht verließ er das Gebäude. Als er den schmalen Weg in seine Siedlung einschlug, der von Büschen und Bäumen gesäumt war, tauchte plötzlich jemand vor ihm auf.

Tim.

Er hatte ein grimmiges Gesicht, und Paul überkam ein mulmiges Gefühl. Er wollte umkehren, doch zwei weitere Jungs versperrten ihm den Weg.

»So, Freundchen, jetzt werden wir uns mal unterhalten«, sagte Tim und trat so nah an ihn heran, dass Paul seinen warmen Atem spürte. »Du stalkst also meine Freundin?«

Paul fühlte, wie er rot anlief. »Ich … ich weiß nicht, wovon du redest«, stammelte er.

»Pass mal auf, Arschloch. Wenn du Leonie noch mal belästigen solltest, dann kannst du das Gras von unten wachsen sehen, hast du mich verstanden?«

Paul starrte ihn wortlos an.

»Ob du mich verstanden hast?«, wiederholte Tim und stieß ihm mit beiden Händen gegen die Brust.

Er taumelte rückwärts, prallte gegen die zwei anderen, die ihn von sich schubsten.

Das mulmige Gefühl wich Angst. Paul langte in seine Hosentasche und umklammerte den Griff seines Springmessers.

»Ich stalke sie nicht«, versuchte er sich zu verteidigen. »Wie kommst du auf die Idee?«

»Spiel hier nicht das Unschuldslamm. Leonie hat dich gesehen. Drei Mal!«

Paul zuckte innerlich zusammen. Sie hatte ihn gesehen? Aber wie? Er hatte sich doch immer hinter dem Busch versteckt.

»Was bist du eigentlich für ein Psycho?« Tim trat erneut bis auf wenige Zentimeter an ihn heran und musterte ihn hasserfüllt.

Paul wollte nach hinten ausweichen, Tims Freunde hielten ihn davon ab.

»Hör zu …«, begann er, wurde jedoch von Tim unterbrochen.

»Nee, du hörst mir zu. Halte dich von Leonie fern, oder ich mach dich kalt!«

Paul kniff die Augen zusammen. Im nächsten Moment sah er sich selbst, wie er das Messer aus der Tasche zog und den Knopf drückte. Die Klinge sprang heraus, und er rammte sie Tim bis zum Schaft in den Hals. Blut spritzte, und Tim griff sich röchelnd an die Kehle. Paul wirbelte herum und stach erneut zu. Der graue Steinboden färbte sich rot.

»Bist du taub, Psycho?«, schrie Tim und riss Paul aus seinen Gedanken.

»Was? Nein.«

»Lass Leonie gefälligst in Ruhe.«

Tim warf ihm einen letzten drohenden Blick zu, dann gab er seinen Freunden ein Zeichen, und sie verschwanden.

Paul stand starr da und schaute ihnen nach. Seine schweißnasse Hand hielt noch immer den Griff des Messers umklammert.

Kapitel 15

»Bist du jetzt zufrieden?«

Die Angst, die Sam auf dem Weg zur Psychiatrie verspürt hatte, hatte sich beim Betreten des Besprechungszimmers schlagartig in Wut verwandelt, und sie knallte die Ermittlungsakte vor ihrem Vater auf den Tisch. Sie hasste ihn dafür, dass er sie dazu zwang, erneut mit ihm zu reden.

Er saß ruhig da und lächelte. »Hallo, Sam. Bitte nimm Platz.«

Sie sah in seine kalten Augen, und die Angst kehrte zurück. Widerwillig setzte sie sich ihm gegenüber.

»Warum tust du das?«

»Ich möchte mich mit dir unterhalten«, sagte er. »Ein ehrliches Gespräch.«

»Das ist Erpressung.«

»Nein, ein Angebot.«

Sie atmete tief durch. Darum ging es also. Der Name des Schlitzers gegen ein Gespräch.

Ihr wurde flau im Magen, als sie an das gestrige zurückdachte, das mehr ein Verhör gewesen war. Doch sie wusste, dass sie keine Wahl hatte. Es lag allein an ihr, weitere Morde zu verhindern.

»Du siehst müde aus«, meinte er.

»Hab schlecht geschlafen.«

»Hattest du damals Albträume?«

»Ja. Aber das ist Vergangenheit.«

»Erzähl mir davon. Was hast du geträumt?«

Sie zögerte, bevor sie antwortete. »Ich gehe einen Flur

entlang auf die Tür zu. Auf einmal dehnen sich die Wände, und der Ausgang erscheint unerreichbar. Ich komme keinen Zentimeter voran. Blut tropft von der Decke, ich versinke bis zur Hüfte darin. Es ist wie in einem Sumpf, je mehr ich mich bewege, desto schlimmer wird meine Lage.«

Er nickte verständnisvoll. »Und weiter?«

»Nichts weiter. Das war's.«

»Da ist noch mehr. Ich sehe es dir an.«

Sie fluchte stumm. Warum konnte sie nur so schlecht lügen?

»Du verfolgst mich.«

»Ich verfolge dich?«

»Ja.«

»Hole ich dich ein?«

»Ja. Schließlich kann ich mich in dem blutigen Morast nicht bewegen.«

»Was tue ich?«

»Du ... du stehst hinter mir und sagst: ›Du kannst mir nicht entkommen. Ich werde immer da sein.‹«

Er hob die Brauen. »Was passiert dann?«

»Nichts. An der Stelle wache ich auf.«

»Du träumst weiterhin davon, nicht wahr?«

Sie verzog als Antwort lediglich das Gesicht.

Er betrachtete sie schweigend, während Sam nervös auf ihrem Stuhl saß.

»Du hast als Kind auch schon Albträume gehabt. Kannst du dich daran erinnern?«

Wie könnte sie das je vergessen? Wochenlang war sie Nacht für Nacht schreiend aufgewacht. Sie war damals sechs oder sieben gewesen und hatte immer das Gleiche geträumt. Sie war allein daheim. Alle Lampen im Haus erwachten plötzlich zum Leben, schwebten durch die Zimmer und attackierten sie. Sie flüchtete vor ihnen und wollte ins Freie rennen, die Haustür war jedoch verschlossen, und die Rollläden gingen wie von Geisterhand herunter, sobald sie sich der Terrassentür oder einem Fenster näherte.

»Weißt du noch, wie es aufgehört hat?«

Bei der Erinnerung daran musste sie trotz der Situation schmunzeln. »Du hast sämtliche Lampenschirme abmontiert, bis im ganzen Haus nur die nackten Glühbirnen an der Decke hingen.«

Ihr Vater grinste.

»Und du hast mir die Geschichte von dem Albtraum-Gnom erzählt«, fuhr sie fort und musste lachen. »Ein hässlicher kleiner Kerl, der am Bettende sitzt und sich an den Ängsten von Mädchen und Jungen erfreut. Es gab nur einen Weg, ihn zu verjagen.«

»Man muss Papier zerknüllen und es nach ihm werfen«, sagte er. »Dann fällt er vom Bett, tut sich weh und verschwindet.«

»Ich konnte den Gnom damals wirklich sehen.«

»Was hast du vor zehn Jahren gegen die Albträume getan?«

»Der Arzt hat mir ein Beruhigungsmittel verschrieben.«

»Ein Beruhigungsmittel?«

Sie zuckte mit den Schultern. »Ich schätze, ich war zu alt, um es erneut mit zerknülltem Papier zu versuchen.«

Wieder betrachtete er sie schweigend. Als wollte er ihr Innerstes nach außen kehren.

»Ich würde gerne einen Blick in die Akte werfen«, wechselte er das Thema.

Sam griff nach dem Deckel und wollte ihn aufschlagen, doch er schüttelte den Kopf.

»Nein. Das will ich selbst tun.«

Sie runzelte die Stirn. Zuerst verstand sie nicht, worauf er hinauswollte, bis sie begriff. Lähmendes Entsetzen überkam sie, und sie spürte, wie sich kalter Schweiß auf ihrer Haut bildete.

Nein. Auf gar keinen Fall!

Er hob den Kopf und sah hinter Sam zur Decke. Dorthin, wo die beiden Kameras angebracht waren. »Haben Sie gehört, Krüger?«

Es dauerte nur wenige Sekunden, bis die Tür aufgerissen wurde und Krüger mit Nadine Herfurth in den Raum stürmte.

»Das können Sie vergessen«, sagte der Erste Kriminalhauptkommissar zu Sams Erleichterung und baute sich vor ihrem Vater auf. »Sie bleiben gefesselt.«

»Und wie soll ich mir dann die Akte anschauen?«

»Das können Sie in Ihrem Zimmer tun.«

Er lehnte sich zurück und schaute den Polizisten herausfordernd an.

»Reizen Sie es nicht aus«, warnte Krüger. »Sie haben verlangt, dass Samantha Ihnen die Akte übergibt. Das hat sie getan. Jetzt sind Sie an der Reihe.«

»Fesseln Sie meine Hände vorne«, schlug er vor. »Das genügt mir.«

Sams Angst vermischte sich mit quälender Hilflosigkeit, und sie konnte sehen, wie es in Krüger brodelte.

Ihr Vater pokerte und hatte eindeutig die besseren Karten. Sie kannte ihn gut genug, um zu wissen, dass er bereit war, bis zum Äußersten zu gehen, um seinen Willen durchzusetzen.

»Ich überlasse Ihnen die Entscheidung«, sagte Krüger an Sam gewandt.

Sie atmete schwer. Alles in ihr sträubte sich dagegen. Vergeblich versuchte sie, den Blick ihres Vaters zu deuten.

Was hatte er vor?

Sie überlegte fieberhaft und wog ab, wie gefährlich er ihr gegenüber werden konnte, wenn seine Hände vorne gefesselt waren.

Er trägt Fußfesseln, und der Tisch ist zwischen uns. Solange ich Abstand halte, kann er mir nichts tun.

Sofort meldeten sich Zweifel.

Wirklich?

Sie schluckte.

»Okay«, meinte sie schließlich.

Sie bemerkte das triumphierende Aufblitzen in seinen Augen.

»Ich warne Sie, Herr Rohde«, sagte Krüger. »Eine falsche Bewegung und ...«

»Ich möchte mir nur die Akte ansehen«, unterbrach er ihn.

Krüger zögerte, dann griff er in seine Tasche und holte einen Handschellenschlüssel hervor.

Nadine Herfurth wechselte auf die andere Seite. Sie zog ihre Dienstwaffe aus dem Schulterholster und richtete sie auf ihn. »Ich würde Ihnen raten, keinen Blödsinn zu machen.«

Er warf ihr als Antwort einen belustigten Blick zu und drehte sich zur Seite, sodass Krüger an die Handschellen rankam.

Sam hielt den Atem an, als sie das Klicken hörte.

»Nehmen Sie die Arme nach vorne – aber schön langsam!«, befahl Krüger.

Er tat wie geheißen. Krüger ergriff das freie Handgelenk und schloss rasch die offene Fessel darum. Erst jetzt senkte Nadine Herfurth ihre Waffe.

»Ich danke Ihnen«, sagte er. »Und nun lassen Sie uns bitte wieder allein.«

Kaum hatten die Polizisten den Raum verlassen,

streckte er seine Arme. Sam rutschte auf ihrem Stuhl ein Stück zurück. Das Herz schlug ihr bis zum Hals.

»Viel besser«, murmelte er und öffnete die Akte.

In Ruhe blätterte er durch zahlreiche Berichte, bis er zu den Fotos gelangte, und nahm das erste heraus.

»Interessant.«

Er begutachtete es eine Weile.

»Was meinst du?«, fragte er und legte das Foto vor ihr auf den Tisch.

Obwohl ihr Unterbewusstsein ihr riet, nicht hinzuschauen, tat sie es doch und bereute es auf der Stelle.

Das Foto zeigte in Großformat den Kopf einer jungen Frau, der die Kehle durchgeschnitten worden war. Die Wunde klaffte wie das blanke Grauen. Getrocknetes Blut klebte im Gesicht und am Hals, die Ohren fehlten.

Sam schlug entsetzt die Hände vor den Mund und würgte. Nur mit Mühe konnte sie den Brechreiz unterdrücken.

Erinnerungen an damals schossen in ihr hoch.

Erneut würgte sie.

Der metallische Geruch nach Blut stieg ihr in die Nase. Sie vernahm dieses furchtbare Geräusch, als der Schädel unter der Wucht der Steinfigur brach, und hörte das Keuchen ihres Vaters.

Sie sprang auf, sodass der Stuhl umkippte. Ihr Vater lachte.

Der bittere Geschmack reizte ihren Magen, der heftig pulsierte.

Sam rannte zur Tür.

Kapitel 16

Im Flur stieß Sam beinahe mit Nadine Herfurth zusammen, die sie packte und an den Pflegern, die Wache standen, vorbei zu den Toiletten drei Türen weiter schleppte. Sam schaffte es gerade noch, den Deckel zu öffnen, dann erbrach sie sich. Die Polizistin war hinter ihr und hielt ihr die Haare aus dem Gesicht, während sich Sam die Seele aus dem Leib kotzte.

Als nur noch Galle hochkam, beruhigte sich ihr Magen allmählich. Erschöpft setzte sie sich auf den kalten Fliesenboden und lehnte sich mit dem Rücken gegen die Kabinenwand. Nadine Herfurth betätigte die Spülung, ging in den Vorraum und kehrte mit einigen befeuchteten Papiertüchern zurück. Sie reichte sie Sam.

»Danke, Frau Herfurth«, flüsterte sie und wischte sich den Mund damit ab.

»Nennen Sie mich Nadine.« Die Kriminalhauptkommissarin ließ sich neben ihr nieder. »Tut mir leid, was eben passiert ist.«

Sam schloss die Augen, die sich mit Tränen füllten. »Warum tut er mir das an?«

»Ich schätze, er will Macht demonstrieren. Er hat jegliche Kontrolle über sein Leben verloren, er nutzt jetzt einfach die Gunst der Stunde. Und wahrscheinlich spielen Rachegedanken ebenfalls eine Rolle.«

Genau das hatte Sam auch schon vermutet.

Sie schluckte schwer und sagte mit belegter Stimme: »Es ist alles wieder hochgekommen. Ich konnte sogar das Blut riechen.«

»Sie haben Schlimmes erlebt. Das vergisst man nicht so schnell.«

Nicht so schnell? Sie würde es niemals vergessen.

Sam atmete tief durch. »Das Foto … Hat der Schlitzer alle seine Opfer so getötet?«

»Ja.«

»O Gott.« Erneut wurde ihr schlecht, doch sie hatte bereits alles erbrochen. »Warum hat er die Ohren abgeschnitten?«

»Wir wissen es nicht. Entweder hat er sie als Trophäe mitgenommen, oder es gibt einen anderen Grund.«

»Als Trophäe?«

»Ist nicht unüblich bei Serienmördern.«

»*Er* hat es nicht gemacht.«

»Nein, Ihr Vater hat keine Souvenirs gesammelt.«

Für einen Moment saßen sie schweigend nebeneinander.

Sam fuhr sich über die schweißnasse Stirn. »Er wird mir auch die anderen Fotos zeigen, oder?«

Die Polizistin zögerte mit der Antwort. »Ich traue es ihm zu, ja.«

»Und wenn ich mich weigere, wird er das Gespräch abbrechen.«

»Vermutlich.«

Sam stöhnte auf. Die Vorstellung, noch mehr dieser grausam zugerichteten Leichen sehen zu müssen, raubte ihr fast den Verstand. Sie konnte das nicht.

»Sam? Ich darf Sie doch Sam nennen, oder?«

Sie nickte.

»Okay, schauen Sie mich an, Sam.«

Sie drehte den Kopf in Nadines Richtung.

»Sie sind eine starke Frau, Sam. Stärker, als Sie selbst glauben. Wir sind auf Ihre Hilfe angewiesen, und ich weiß, dass wir sehr viel von Ihnen verlangen. Umso mehr wissen wir es zu schätzen, dass Sie den Mut aufgebracht haben, Ihrem Vater gegenüberzutreten.« Sie sah Sam warmherzig an. »Ich kann mich noch genau daran erinnern, wie ich zu meiner ersten Leiche gerufen worden bin. Es war schrecklich. Um ehrlich zu sein, musste ich mich beinahe übergeben. Allerdings wollte ich mich vor meinen Kollegen nicht blamieren, daher habe ich es mit Mühe und Not unterdrückt. Mittlerweile habe ich Dutzende von Toten gesehen, teilweise grausam verstümmelt, und ich kann Ihnen sagen, dass es mich nach wie vor nicht kaltlässt.«

»Wie halten Sie das aus?«

»Indem ich mich auf den Fall konzentriere und darauf, denjenigen zu fassen, der das getan hat.«

Sam bemerkte die Entschlossenheit und Stärke in dem Blick der Polizistin und wünschte, sie könnte genauso sein. Ihr Vorbild Katniss Everdeen war nur eine Romanfigur, doch Nadine Herfurth war real.

»Ich will Ihnen nichts vormachen, Sam. Die Fotos sind grausam, und ich kann verstehen, dass Sie Angst davor haben. Aber es hilft, wenn man weiß, was einen erwartet. Es nimmt ein wenig den Schrecken.«

Sam wusste nicht, ob sie wirklich wissen wollte, was sie erwartete. Sie konnte nicht einmal sagen, ob sie ein weiteres Foto ertragen oder erneut aus dem Raum rennen würde.

Die Last, die auf ihren Schultern lag, erdrückte sie schier.

»Sind Sie bereit?«, fragte die Kriminalhauptkommissarin.

»Nein«, antwortete sie. »Ich versuch's trotzdem.«

Nadine warf ihr ein Lächeln zu. Dann begann sie zu beschreiben, was auf den Fotografien war. Sie wägte ihre Worte vorsichtig ab, ging jedoch auf jedes einzelne Opfer ein und schilderte im Detail die Verletzungen und das Ausmaß der Grausamkeit. Sam schloss die Augen. Am liebsten hätte sie sich die Ohren zugehalten. Immer wieder vermischte sich der Bericht der Polizistin mit der Erinnerung daran, was sie mit sechzehn im Wohnzimmer selbst hatte mit ansehen müssen.

Als die Kriminalhauptkommissarin fertig war, benötigte Sam einen Moment, um alles zu verarbeiten. Die Brutalität des Schlitzers schockte sie, und sie konnte sich ausmalen, wie es den Angehörigen ergehen musste.

Sie hatte es in der Hand. Sie konnte es beenden. Alles, was sie dafür tun musste, war, sich die Bilder anzuschauen und dem Monster den Namen zu entlocken.

Sie dachte an die junge Frau auf dem Foto und wusste, dass sie sich ihrer Angst stellen musste. Irgendwie war sie es ihr schuldig.

Sam rappelte sich auf und ging zusammen mit Nadine in den Vorraum, wo sie sich gründlich den Mund ausspülte und ein paar Schlucke aus der hohlen Hand trank.

Bevor sie wieder in den Flur hinaustraten, drehte sich die Polizistin noch einmal zu ihr um. »Sie schaffen das, Sam. Lassen Sie nicht zu, dass Ihr Vater Sie und Ihr Leben kontrolliert. Ich glaube an Sie. Sie sollten endlich anfangen, das auch zu tun.«

Kapitel 17

Als Sam zum Besprechungszimmer zurückkehrte, diskutierten Krüger und Dr. Jelic vor der Tür. Sie hatten die Stimmen gesenkt, aber es war nicht zu übersehen, dass der Psychiater aufgebracht war.

»Sind Sie in Ordnung?«, erkundigte sich Krüger.

Sam bejahte.

»Sie sollten nicht wieder reingehen«, sagte der Arzt, woraufhin Krüger ihm einen drohenden Blick zuwarf.

»Ich bin okay«, sagte Sam.

Nadine legte ihr eine Hand auf die Schulter und drückte sie leicht. Sam straffte sich, warf den Kopf zurück und öffnete die Tür. Die beiden Pfleger, die zur Bewachung da waren, verließen das Zimmer.

Ihr Vater saß ruhig da und hatte die Unterarme auf dem Tisch abgelegt.

Sie hob den Stuhl vom Boden auf und nahm Platz.

Sie sind eine starke Frau, Sam. Stärker, als Sie selbst glauben.

»Du willst wissen, was ich von dem Foto halte?«, fragte sie und sah ihrem Vater in die Augen, fest entschlossen, sich nicht wieder von ihm unterkriegen zu lassen. Dennoch kostete es sie Überwindung, sich das Bild anzuschauen.

Der Anblick der ermordeten Frau war nach wie vor grausam, doch weitaus weniger schlimm als beim ersten Mal. Erneut stieg ein Würgereiz in ihr auf, und Sam schaffte es, ihn zu unterdrücken. Wahrscheinlich half es, dass sie ihren Magen vorhin vollständig entleert hatte.

»Sie wurde brutal getötet. Niemand hat das verdient«, sagte sie.

Er griff nach dem nächsten Bild und hielt es ihr hin.

Es war die Leiche eines älteren Mannes. Ihr kam es vor, als würde sie das Foto zum zweiten Mal betrachten. Alles war genau so, wie Nadine es ihr beschrieben hatte, und das machte es für sie tatsächlich leichter. Der Mann war mit roher Gewalt getötet worden, der Schnitt an seinem Hals reichte von einem Ohr zum anderen. Beziehungsweise von den Stellen, an denen die Ohren einmal gewesen waren.

Er nahm die letzten beiden Fotos – jeweils ein Mann und eine Frau – und legte sie vor ihr auf den Tisch, sodass nun alle vier nebeneinanderlagen.

»Was fällt dir auf?«, fragte er.

Sam zwang sich, sich auf das Gespräch zu konzentrieren und darauf, der Polizei zu helfen. Genau wie es Nadine tun würde.

»Allen wurde die Kehle durchgeschnitten«, antwortete sie. Ihr Hals fühlte sich rau und trocken an. »Und die Ohren fehlen.« Sie schaute zu ihrem Vater. »Warum tut er das?«

»Was denkst du?«

»Vielleicht sammelt er sie als Trophäen.«

Er nickte anerkennend. »Wäre möglich.«

»Aber du glaubst das nicht.«

»Ich bin mir nicht sicher.« Er lehnte sich in seinem Stuhl zurück. »Was ist dir durch den Kopf gegangen, als du die Fotos gesehen hast? Vor allem beim ersten, bei dem du rausgerannt bist. Du hast dich übergeben, nicht wahr?«

Sam fragte sich, ob er riet oder ihren säuerlichen Atem roch.

»Die Frau tat mir leid.«

»Du lügst schon wieder, Sam. Ich sagte, ich will ein ehrliches Gespräch.«

Sie senkte den Blick. »Es kam alles wieder hoch«, erwiderte sie leise.

»Was ist damals in dir vorgegangen, als du ins Wohnzimmer gekommen bist?«

Sam presste die Lippen zusammen und klemmte ihre Hände zwischen die Knie. Sie wollte nicht darüber reden, schon gar nicht mit ihm.

»Sam?«

Sie schloss die Augen.

Das Blut. Das viele Blut.

»Ich … ich konnte nicht glauben, was ich sah«, begann sie stockend. Ihre Stimme klang heiser, ihre Kehle kratzte. »Ich hatte mich gefreut, dass du so früh zu Hause warst, und bin die Treppe runter. Du hast mit der Steinfigur auf die Putzfrau eingeschlagen und … Es war, als würde ich einen Horrorfilm anschauen. Alles war so unwirklich.«

»Was hast du dabei gefühlt?«, wollte er wissen.

»Schock. Ekel.« Nach wie vor hielt sie den Blick gesenkt. »Und Dunkelheit.«

Bis zu jenem Tag hatte sie nicht gedacht, dass man etwas wie Dunkelheit fühlen konnte, genau das hatte sie jedoch getan. Eine bedrückende Dunkelheit, die alles Licht auslöschte und nichts als Angst und Verzweiflung hinterließ.

»Ich rieche noch immer den metallischen Geruch des Bluts, selbst in meinen Träumen. Ich höre das Brechen der Knochen und dein Keuchen und will schreien, aber es geht nicht. Mein Körper ist wie gelähmt. Ich zittere und kann mich nicht rühren. Es …«

Ihre Stimme brach.

Er saß schweigend da und wartete, dass sie fortfuhr.

Ihr Atem ging schwer. Sie war völlig aufgewühlt. Am liebsten hätte sie geweint und ihre Verzweiflung hinausgeschrien, doch sie konnte und wollte nicht. Nicht vor dem Monster, das an alldem schuld war.

Es war unmöglich, in Worte zu fassen, was damals in ihr vorgegangen war. Schock, Ekel und Dunkelheit – es war nur die Spitze des Eisbergs. Jetzt schossen die unterdrückten Gefühle plötzlich in einer solchen Intensität an die Oberfläche, dass sie völlig überrumpelt war. Sie rollten mit der Wucht einer Lawine über sie hinweg und hinterließen eine Schneise der Zerstörung in ihrem Inneren. Ihre Augen füllten sich mit Tränen, und so sehr sie sich dagegen zu wehren versuchte, es gelang ihr nicht. Alles in ihr verkrampfte sich.

Du warst mein Vater. Ich habe dich geliebt. Dann hast du meine Welt zerstört. Mich, Mama, mein Vertrauen … Einfach alles!

Später war Hass gegenüber ihrem ehemals geliebten Papa hinzugekommen. Der wegen ihrer Albträume die Lampen im Haus abmontiert, ihr mit vier Jahren das Fahrradfahren und mit zehn das Tauchen beigebracht hatte. Dessen kleiner Engel sie gewesen war und der ihr mit acht fast ein Pony gekauft hätte, wenn ihre Mutter nicht dazwischengegangen wäre. Und der ihr schließlich den Boden unter den Füßen weggerissen und den Schlund zur Hölle geöffnet hatte.

Sie wischte sich mit dem Ärmel übers Gesicht und hob den Kopf.

»Warum hast du das getan?«, brüllte sie. »Warum hast du alles zerstört?«

»Ich habe gar nichts zerstört. Ihr habt die Augen davor verschlossen und wolltet in eurer heilen Welt leben. Ich habe nur ausgelebt, wer ich wirklich bin.«

Ein Monster, dachte sie. *Du bist ein Monster.*

Du hast zwölf Menschen getötet.

Zwölf Menschen, von denen ihr wisst.

»Wie viele hast du ermordet?«

Die Frage war auf einmal so drängend, dass Sam sie ihm stellen musste.

Er schwieg.

»Sag es mir!«

Wie in Zeitlupe beugte er sich zu ihr vor. Seine Mundwinkel verzogen sich zu einem spöttischen Grinsen. »In Freiheit?«

»Ja.«

»Siebzehn.«

Sam sog scharf die Luft ein. Sie hatte plötzlich das Gefühl zu ersticken. Als wäre jeglicher Sauerstoff aus dem Raum entwichen.

Sie musste hier raus. Sofort!

»Wer ist der Schlitzer?«, keuchte sie.

»Komm in zwei Tagen wieder. Bis dahin hab ich mir die Akte angeschaut.«

Kapitel 18

Nadine saß am späten Abend in ihrem Büro und las im Schein der Schreibtischlampe den Obduktionsbericht des letzten Opfers. Neben ihr auf dem Tisch lag eine leere Burgerverpackung.

Als sie fertig war, wandte sie sich den Protokollen zu den Befragungen der Nachbarn zu. Doch genau wie bei den anderen Morden hatte niemand etwas gesehen oder gehört, was sie bei ihren Ermittlungen weitergebracht hätte.

Es war zum Verzweifeln.

Frustriert warf sie die Essensverpackung in den Mülleimer unter ihrem Schreibtisch.

Vier Leichen! Sie mussten den Schlitzer endlich stoppen.

Ihre einzige Spur war Rohde – vorausgesetzt, er machte ihnen nichts vor und wusste, wer der Schlitzer war –, und es hing von Sam ab, dass er ihr den Namen verriet.

Nadine zollte ihr Respekt, dass sie ihre Angst überwand und mit ihrem Vater sprach, der in ihren offenen Wunden bohrte. Sie fragte sich, wie lange es wohl dauerte, bis er Sam psychisch endgültig gebrochen hatte.

Bei der Erinnerung daran, dass er ihr die Fotos der Ermordeten gezeigt hatte, überkam sie blanke Wut. Niemand sollte mit so etwas konfrontiert werden, schon gar nicht jemand, der in seiner Jugend Zeuge eines grausamen Mordes geworden war. Kein Wunder, dass sich Sam hatte erbrechen müssen. Dass sie anschließend in das Besprechungszimmer zurückgekehrt war, rechnete Nadine ihr hoch an.

Sie griff nach der Wasserflasche und trank mehrere Schlucke, während sie an Dr. Jelic dachte, der vollkommen entsetzt gewesen war, dass Krüger Rohdes Tochter in die Sache mit hineinzog. In den Augen des Psychiaters musste Krüger ein Egoist sein, der über Leichen ging, um einen Fall zu lösen. Nadine kannte ihren Vorgesetzten besser. Er mochte mit seiner direkten Art zuweilen hart auf andere wirken, doch es war seine Methode, um mit dem Schrecken umzugehen, den sein Beruf mit sich brachte. Der Mensch hinter dem Schutzwall war ein völlig anderer.

Trotzdem fragte sich Nadine, ob er Sam nicht zu viel zumutete. Sie war Rohde nicht annähernd gewachsen.

Ich muss ihr helfen, dachte sie. Ich muss irgendwie ihr Selbstvertrauen stärken, damit sie die Gespräche mit ihm besser übersteht.

Dabei ging es ihr nicht allein darum, dass sie Sam unbedingt brauchten, um den Schlitzer zu fassen, Nadine mochte sie auch. Sam hatte das Herz am rechten Fleck.

Nadine hatte als jüngere Schwester von vier Brüdern früh gelernt, sich durchzusetzen und stark zu sein. Nun wünschte sie, Sam etwas von ihrer Stärke abgeben zu können.

Kapitel 19

Heute

Er war noch aufgeregter als sonst und konnte es kaum erwarten.

Es war mitten in der Nacht, und Paul stand im Schutz der Dunkelheit auf der Terrasse. Die Siedlung lag in völliger Stille. Über seiner Sturmhaube trug er ein Nachtsichtgerät, das die Umgebung in einem grünlichen Licht erscheinen ließ.

Er wog das Brecheisen in seinen Händen, bevor er es in den Spalt der Terrassentür schob und kräftig drückte. Es gab ein Knacken, nicht lauter, als würde ein Ast brechen, und die Tür sprang auf. Rasch betrat er die Wohnung und schloss die Tür hinter sich.

Das Schlafzimmer befand sich auf der anderen Seite des Flurs. Es war unwahrscheinlich, dass sie das Geräusch gehört hatte, zumal sie um diese Uhrzeit tief und fest schlief.

Er schlich durchs Wohnzimmer und öffnete leise die Tür. Vor ihm erstreckte sich der Gang. Auf der linken Seite befand sich die Küche, auf der rechten das Bad.

Seine behandschuhten Finger tasteten nach dem Messer in seiner Hosentasche. Zwar würde er heute nicht damit töten, aber es gab ihm ein vertrautes Gefühl. Er kannte jede einzelne Rille im Griff und hatte sein Spiegelbild so oft in dem blank polierten Stahl der rasiermesserscharfen Klinge betrachtet, dass die Waffe zu einem

Teil seiner Persönlichkeit geworden war. Und trotzdem würde er heute weitestgehend darauf verzichten.

Das Töten machte ihm nach wie vor Spaß, doch in letzter Zeit befriedigte es ihn nicht mehr so wie anfangs. Er hatte das Gefühl, dass etwas fehlte. Dass zu sehr Routine eingekehrt war. Deshalb hatte er beschlossen, etwas Neues auszuprobieren.

Wie immer hatte er zuerst alles auf dem Papier ausgearbeitet und die Frau vorher länger beobachtet, bis er sie aus dem Gedächtnis heraus hatte zeichnen können. Nach dem letzten Mord vor drei Tagen hatte er sich spontan entschieden, seinen Plan insofern abzuändern, dass er das Werkzeug wechselte. Zum ersten Mal wollte er nicht das Messer verwenden, sondern experimentieren.

Paul hatte es gezeichnet, und das Bild war ihm außerordentlich gut gelungen. Er hoffte, dass die Realität genauso spannend werden würde.

Er warf einen prüfenden Blick auf seine Umhängetasche, und sofort verspürte er dieses Kribbeln im Nacken, die Aufregung und eine kaum zu bändigende Vorfreude. Fast wie vor seinem ersten Mord, wenngleich der immer etwas ganz Besonderes bleiben würde.

Er huschte den Flur entlang und blieb vor dem Schlafzimmer stehen. Mit dem Ohr gegen die Tür gepresst, lauschte er. Innen war nichts zu hören. Er holte einen Lappen aus der Tasche und tränkte ihn mit Chloroform. Paul hoffte, dass er die Menge richtig dosierte, immerhin war es das erste Mal, dass er das Betäubungsmittel verwendete.

Sein Herz klopfte vor Aufregung wie wild, als er die Klinke runterdrückte.

Die Frau lag mit dem Rücken zu ihm und schlief.

Zufrieden stellte er fest, dass der Rollladen unten

war. Gewöhnlich gegen halb elf, wenn sie zu Bett ging, schloss sie ihn, während sie die übrigen in der Wohnung oben ließ. Paul hatte es dankbar registriert, denn so war er leichter reingekommen.

Langsam bewegte er sich auf sie zu, setzte vorsichtig einen Schritt vor den anderen, um kein Geräusch zu verursachen und sie nicht aufzuwecken.

Er betrachtete ihren friedlichen Gesichtsausdruck. Ihre langen Haare lagen wie ein Fächer auf dem Kopfkissen. Sie waren blond, Paul wusste jedoch, dass sie sie färbte. Er hatte sie dabei beobachtet, wie sie im Drogeriemarkt Farbe gekauft hatte. Damals war er direkt hinter ihr gewesen, hatte ihr orientalisch angehauchtes Parfüm gerochen und hätte sich nur vorbeugen müssen, um ihren Nacken zu küssen.

Plötzlich gab sie ein Geräusch von sich und bewegte sich. Paul zögerte keine Sekunde länger und presste ihr den Lappen aufs Gesicht. Sie schreckte hoch und riss die Augen auf, doch in der Dunkelheit war sie völlig orientierungslos. Paul packte mit der freien Hand ihren Kopf, drückte sie aufs Bett zurück und hielt sie fest, bis das Chloroform wirkte. Sie erschlaffte.

Er nahm das Nachtsichtgerät ab und schaltete das Licht an. Dann schnitt er mit seinem Messer das Nachthemd von ihrem schlanken Körper, bevor er das Panzertape aus seiner Tasche holte und sie an Händen und Füßen fesselte. Ein weiteres Stück klebte er ihr über den Mund. Das Letzte, das er wollte, war, dass die Nachbarn ihre Schreie hörten. Und schreien würde sie. Ein neuer Aspekt im Vergleich zu seiner bisherigen Vorgehensweise.

Er zog ein zusammengerolltes Tuch hervor und breitete es auf dem Nachtkästchen aus. Beim Anblick des Inhalts verspürte er eine solche Vorfreude wie schon lange nicht mehr.

Er konnte es nicht mehr erwarten.

Kapitel 20

Mittwoch, 27. November

Sie ging den Flur entlang auf die Tür zu. Er war hinter ihr, sie konnte ihn in ihrem Rücken spüren. Angst machte sich in ihr breit. Sie beschleunigte ihre Schritte, begann zu laufen, die Wände zogen sich jedoch auseinander, und die Tür entfernte sich immer weiter, bis sie unerreichbar schien.

Das Blut, das von der Decke tropfte, leuchtete rot in der Dunkelheit und sammelte sich als klebrige Masse am Boden. Sie wurde langsamer, jeder Schritt kostete sie Kraft. Verzweifelt versuchte sie vorwärtszukommen, doch der blutige Morast klebte an ihren Füßen, hielt sie fest, und sie versank immer tiefer darin.

Sie vernahm sein Keuchen hinter sich und geriet in Panik.

Mittlerweile war sie bis zur Hüfte eingesunken. Ihre Kleidung saugte sich voll, Ekel überkam sie. Der Gestank war kaum auszuhalten.

Dann hatte er sie eingeholt.

»Du kannst mir nicht entkommen«, sagte die Stimme ihres Vaters, die noch kälter war als sonst. »Ich werde immer da sein.«

»Nein!«

Sam fuhr senkrecht in die Höhe. Sie zitterte am ganzen Leib, und das Nachthemd klebte ihr unangenehm auf der schweißnassen Haut.

Sie benötigte ein paar Sekunden, bis sie die Orientierung wiedergefunden und realisiert hatte, dass sie sich in ihrem Schlafzimmer befand. Die blauen Ziffern des Weckers zeigten drei Uhr nachts an.

Sam tastete nach der Nachttischlampe und schaltete sie ein. Das Licht blendete sie im ersten Moment, und sie musste blinzeln. Sie griff nach dem Blatt Papier, das sie gestern Abend auf das Nachtkästchen gelegt hatte, und zerknüllte es.

Der Albtraum-Gnom – ein hässlicher kleiner Kerl, der am Bettende saß und sich an den Ängsten von Mädchen und Jungen erfreute. Es gab nur einen Weg, ihn zu verjagen.

»Verschwinde!«, schrie sie und warf den Papierball nach ihm.

In ihrer Fantasie sah sie, wie er am Kopf getroffen wurde und rückwärts zu Boden fiel. Er stieß einen Schmerzenslaut aus, ehe er fluchend das Zimmer verließ.

»Ha!«

Unwillkürlich musste sie lachen und hörte auf zu zittern. Die letzten verbliebenen Fragmente des Albtraums lösten sich auf wie Rauch aus einem Schornstein an einem stürmischen Tag.

Es funktionierte immer noch!

Sam ließ sich erleichtert zurück aufs Kopfkissen fallen. Erschöpft blieb sie liegen und blickte zur Decke, an der die Nachttischlampe einen lang gezogenen Schatten warf.

Sie hatte mit dem Albtraum gerechnet, das Gespräch gestern war zu belastend gewesen.

Wenigstens hatte sie nicht von den vier Leichen geträumt, deren Fotos sie sich hatte ansehen müssen. Darüber war sie mehr als froh.

Komm in zwei Tagen wieder. Bis dahin hab ich mir die Akte angeschaut.

Sie würde erneut mit ihm reden müssen, genau wie sie befürchtet hatte. Er wollte sie quälen, und sie fragte sich, wie lange er sie leiden lassen wollte, bevor er ihr endlich den Namen verriet.

Oder wie viel sie ertragen konnte.

Sie hatte gestern noch mit Jenny telefoniert. Wie gerne hätte sie ihr alles erzählt und sich von der Seele geredet, aber sie durfte nicht. Sie hatte es Krüger versprochen. Und so hatte sie ihr nur von dem Teil mit dem Albtraum berichtet und wie ihr Vater in ihrer Wunde gebohrt hatte.

Ihr graute vor morgen. Doch dann dachte sie an die junge Frau von dem ersten Foto, die ihr seitdem nicht mehr aus dem Kopf ging. Ihr Name war Katharina Fischer. Laut Nadine war sie erst einundzwanzig Jahre alt gewesen und hatte im fünften Semester Sprachwissenschaften studiert, bevor der Schlitzer sie in ihrer Wohnung getötet hatte.

Sie verzog das Gesicht.

Hoffentlich musste sie morgen nicht wieder kotzen.

Kapitel 21

Krügers Anruf erreichte Nadine um kurz nach zehn, als sie gerade die Vernehmung eines Zeugen beendet hatte. Sie fuhr sofort los und war zwanzig Minuten später bei der angegebenen Adresse.

Das Gebäude war weiträumig abgesperrt worden. Mehrere Polizeiautos und zwei Krankenwagen standen auf der Straße. Das flackernde Blaulicht durchbrach das trübe Wetter. Tiefschwarze Wolken hingen drohend über der Stadt und verkündeten baldigen Regen. Hinter dem rot-weißen Polizeiabsperrband, das im kalten Wind flatterte, hatte sich eine Menschentraube gebildet. Zahlreiche Reporter und Neugierige versuchten, einen Blick auf den Tatort zu erhaschen und herauszufinden, was sich hier abgespielt hatte.

Nadine lief zum Hauseingang und bemerkte Christian Kehl, der rasch hinter einem geparkten Auto in Deckung ging. Sie verdrehte die Augen.

Wie schaffte er es nur immer wieder durch die Absperrung?

»Herr Kehl«, rief sie quer über die Straße, woraufhin sich der Journalist erhob und seine Jacke glatt strich.

»Frau Kriminalhauptkommissarin Herfurth«, grüßte er übertrieben freundlich und ließ sein Handy unauffällig in die Hosentasche gleiten.

Ganz ruhig, ermahnte sie sich. Du hast Wichtigeres zu tun, als dich um diesen Schmierfinken zu kümmern.

»Ich gebe Ihnen genau dreißig Sekunden, um von

hier zu verschwinden, ansonsten lasse ich Sie verhaften. Haben Sie mich verstanden?«

»Wollen Sie mir ein Interview geben?«, fragte er und kam auf sie zu. »Nur ein paar Fragen. Offenbar hat der Schlitzer erneut zugeschlagen.«

Nadine verschränkte die Arme vor der Brust. »Noch zwanzig Sekunden. Die Zeit läuft, Herr Kehl.«

»Die Bevölkerung hat ein Recht darauf, informiert zu werden.«

»Stimmt. Und zwar von der offiziellen Presseabteilung der Polizei, aber garantiert nicht vom *Blitz*. Zehn Sekunden.«

Kehl blieb stehen und schien zu überlegen. Dann machte er wortlos kehrt.

Sie informierte zur Sicherheit einen der diensthabenden Beamten, die das Haus bewachten. Anschließend zog sie sich einen Ganzkörperschutzanzug über, da die Kriminaltechnik noch bei der Arbeit und der Tatort nicht freigegeben war.

Krüger wartete bereits auf sie. »Stollberg ist nicht begeistert, dass wir jetzt schon reingehen, doch die Leiche ist diesmal … speziell. Das solltest du dir ansehen.«

Nadine nickte. Ekhard Stollberg war der Leiter der Kriminaltechnik und hasste es, wenn sie bei der Arbeit gestört wurden.

»Dann beeilen wir uns«, sagte sie und sah zu den Männern in den weißen Anzügen, die dabei waren, sich vom Wohnzimmer in den Gang vorzuarbeiten. Eine Staub- und Schmutzspur führte den Flur entlang zu einem Raum, der vermutlich das Schlafzimmer war.

»Seine übliche Handschrift?«, meinte sie.

Krüger bejahte.

»Ihr bleibt an der Türschwelle«, rief Stollberg ihnen

nach. »Und tretet, um Himmels willen, nicht in die Staubspur.«

Krüger hob zur Bestätigung die Hand.

Als sie das Schlafzimmer erreichten und Nadine freie Sicht auf das Bett hatte, hielt sie vor Schreck den Atem an.

»O mein Gott!«, stieß sie hervor.

Ein menschlicher Igel, war der erste Gedanke, der ihr durch den Kopf schoss.

Auf dem Bett lag eine gefesselte und geknebelte Frau, in deren nacktem Körper Dutzende Schaschlikspieße steckten. Arme, Beine, Bauch, selbst in den Kopf hatte ihr Peiniger einige Metallstifte gerammt. Auf dem Spieß, der grotesk aus dem linken Auge ragte, hing eine laminierte rote Karte. Nadine beugte sich vor, um die Schrift lesen zu können, wenngleich sie auch so wusste, was darauf stand.

Mit den besten Empfehlungen von Thomas Rohde.

Das Bett war genau wie die Frau mit Blut besudelt, von dem beigen Leintuch war nur stellenweise die Farbe zu erkennen. Der Geruch war Übelkeit erregend. Die roten Spritzer an Decke und Wänden formten ein grausig bizarres Kunstwerk. Auf dem Parkettboden war Blut mit Staub vermischt, den der Mörder großflächig im Zimmer verteilt hatte. Die Ohren der Frau fehlten.

»Er hat ihr nicht die Kehle durchgeschnitten«, sagte sie, nachdem sie die Sprache wiedergefunden hatte.

»Das ist das Seltsame daran«, stimmte Krüger ihr zu. »Ansonsten ist es eindeutig seine Handschrift. Die Karte, die abgeschnittenen Ohren und die Fremdspuren – alles sein Modus Operandi. Und erneut hat er die Terrassentür aufgehebelt, um in die Wohnung zu gelangen. Einen Nachahmungstäter können wir so gut wie ausschließen, diese Details sind nie an die Öffentlichkeit gelangt.«

»Warum mordet er plötzlich anders?« Sie konnte den Blick nicht von der Leiche abwenden.

Krüger zuckte mit den Schultern. »Frag mich was Leichteres.«

»Wer ist sie?«

»Alexandra Setzer, dreiundvierzig Jahre alt und von Beruf Stewardess. Ihre Nachbarin hat sie gefunden. Sie hat die offene Terrassentür bemerkt und nachgeschaut. Setzer sollte heute Morgen einen Flug nach Dubai begleiten und für die nächsten drei Tage nicht zu Hause sein.«

Nadine erinnerte sich an den Koffer, den sie beim Betreten der Wohnung neben der Eingangstür gesehen hatte.

»Die Obduktion wird zeigen, wie lange sie gelebt hat«, fuhr Krüger fort. »Spätestens nach den Stichen in den Schädel war sie tot, aber ich fürchte, dass sie vorher alles mitbekommen hat.«

Bei der Vorstellung daran schnürte sich ihre Kehle zu. »Wenn Rohde nicht diese Spielchen mit uns treiben würde und uns den Namen genannt hätte, dann hätten wir den Mord verhindern können.«

Und der Frau unsägliche Schmerzen erspart.

Krüger verzog als Erwiderung nur die Mundwinkel.

Wütend ballte sie die Hände zu Fäusten. »Am liebsten würde ich den Namen aus ihm herausprügeln.«

»Nadine!«

»Ist doch wahr.«

»Wir werden den Schlitzer fassen. So oder so.«

Daran zweifelte sie nicht. Die Frage war nur, wie viele Menschen er bis dahin noch töten würde. Und ob Sam stark genug war, ihrem Vater die Stirn zu bieten und aus ihm den Namen herauszubekommen.

Kapitel 22

Thomas Rohde lag auf dem Bett und schaute Nachrichten. Auf dem Bildschirm war ein Mehrfamilienhaus mit einem Großaufgebot der Polizei davor zu sehen, und der Sprecher berichtete vom vermeintlich fünften Opfer des Schlitzers. Als Rohde Krüger und Nadine Herfurth mit ernsten Gesichtern aus dem Haus treten sah, war für ihn klar, dass der Mörder erneut zugeschlagen hatte.

Für eine Weile verfolgte er die Sendung und die Interviews, die mit Nachbarn und selbst ernannten Serienmörderexperten geführt wurden, dann schaltete er den Fernseher aus. Er setzte sich an den Tisch, wo die aufgeschlagene Ermittlungsakte lag. Gleich nach dem gestrigen Gespräch mit Sam hatte er angefangen, die Protokolle und Berichte zu lesen. Zu seinen Zeiten als Anwalt hätte er sich parallel dazu Notizen gemacht und die wichtigsten Punkte zusammengefasst. Doch er wollte vermeiden, dass Dr. Jelic oder die Polizei sie in die Finger bekamen, und so speicherte er alles in seinem Kopf ab. Was für ihn nicht schwer war, denn er hatte ein außerordentlich gutes Gedächtnis. Er konnte sich mühelos Dinge in Erinnerung rufen, die andere längst vergessen hätten.

Akribisch studierte er die Informationen zu den Opfern und Tatorten und sog jedes Detail in sich auf. Es war für ihn eine willkommene Abwechslung in seinem eintönigen Alltag und gab ihm beinahe das Gefühl, wieder in einer Anwaltskanzlei zu sitzen und nicht im Hochsicherheitstrakt der Psychiatrie. Zwischendurch trank er einen Schluck aus der Plastikwasserflasche, lehnte sich zurück und blickte aus dem Fenster in den trüben Tag hinaus, um über alles nachzudenken.

Gegen zwei Uhr nachmittags öffnete sich die Klappe in der Tür.

»Hey, Checkmate«, begrüßte Keppler ihn, der heute eine blaue Mütze trug. »Zeit für Ihren Fanbesuch.«

Rohde spürte, wie es in ihm wallte. Am liebsten würde er Keppler an seinen beschissenen langen Haaren packen und seinen Kopf durch die Öffnung ziehen, um ihm mit der bloßen Faust das Gesicht zu Brei zu schlagen.

Stattdessen klappte er die Akte zu und ging zur Tür, wo er die übliche Prozedur der Fesselung über sich ergehen ließ.

Wegen seiner Fußfesseln dauerte es fast zehn Minuten, bis sie den Besucherraum erreichten, den eine bis zur Decke reichende Panzerglasscheibe der Länge nach teilte. Es gab sechs Kabinen, die rechts und links mit durchsichtigen Wänden voneinander abgetrennt waren. Auf der Seite der Patienten stand jeweils ein Stuhl, für die Besucher waren zwei reserviert. Über ein Telefon konnten sie sich unterhalten. Am Ende des Raums befand sich der Platz für den Sicherheitsbeamten, der sich über Kopfhörer stichprobenartig in die Gespräche einklinken und mithören konnte. Wenn ein Streit begann, Drohungen ausgesprochen oder über Fluchtpläne diskutiert wurde, schritt er sofort ein und verwies gegebenenfalls den Besucher der Station.

Für Rohde galten spezielle Bedingungen. Wenn er Besuch empfing, durfte sich kein anderer Patient im Raum aufhalten, und die gesamte Unterhaltung wurde überwacht.

Der Wachmann hatte sich bereits die Kopfhörer aufgesetzt. In der dritten Kabine wartete eine übergewichtige Frau Mitte fünfzig. Der unvorteilhafte Schnitt ihrer strähnigen braunen Haare ließ ihr Gesicht mit den geschwollenen Tränensäcken noch fülliger wirken, das Doppelkinn verschmolz mit ihrem wulstigen Hals.

Rohde registrierte, dass sie sich wie jedes Mal für ihn herausgeputzt hatte. Sie trug ein blau geblümtes Kleid mit einer gelb gemusterten Strickjacke darüber. Die Kombination glich der Auswahl eines Blinden, dem jemand zum Spaß die in den Kragen eingenähte Farbbeschriftung ausgetauscht hatte.

Er nahm auf seinem Stuhl Platz, Keppler setzte ihm ein Headset auf. Dann zogen sich die Pfleger in die letzte Kabine zurück. Rohde warf einen Blick zu dem Wachmann und wandte sich anschließend mit einem breiten Lächeln seiner Besucherin zu.

»Hallo, Gabi«, sagte er mit süßholzraspelnder Stimme. »Wie schön, dich zu sehen.«

Eigentlich hieß sie Gabriele, doch sie liebte es, wenn er sie bei ihrem Kosenamen nannte.

Gabriele Kunzmann strahlte ihn durch die Scheibe an und hielt das Telefon so fest an ihr Ohr gepresst, dass der Hörer ihre fleischige Wange nach vorne drückte.

»Ich habe dich so vermisst, Tommi«, erwiderte sie.

Rohde musste sich stark beherrschen. Er hieß Thomas, verdammt noch mal. Thomas! Und nicht Tommi oder Tom, wie die Presse ihn damals tituliert hatte. »Tom the Ripper«.

»Vier Wochen ohne dich können lang sein«, sagte er. »Wie geht's dir? Erzähl, was hast du seit unserem letzten Treffen erlebt?«

Und Gabriele begann zu erzählen. Von der Fahrt mit der Deutschen Bahn nach Nürnberg, wo sie ihre kranke Mutter regelmäßig besuchte, dem Großputz ihrer Wohnung vor zehn Tagen und den neuen Koch- und Backrezepten aus der *Brigitte,* die sie ausprobiert hatte. Für Rohde kam es einem Kraftakt gleich, ruhig sitzen zu bleiben und zumindest den Anschein zu erwecken, dass er ihr gespannt lauschte. Wäre er nicht gefesselt und keine Sicherheitsscheibe zwischen ihnen, er hätte sie längst erwürgt. Sofern er seine Hände überhaupt um ihren wulstigen Hals bekäme.

»Und was hast du in letzter Zeit so getrieben?«, erkundigte sie sich, nachdem sie nach einer gefühlten Ewigkeit endlich mit ihrer Quasselei fertig war.

Was für eine saublöde Frage! Er verweste seit neun Jahren auf acht Quadratmetern und musste jeden Monat das einschläfernde Gelabere einer fetten Frau ertragen, der niemand, der noch einigermaßen bei Trost war, freiwillig zuhören würde.

Aber er brauchte sie, und so ließ er es über sich ergehen.

»Viel passiert hier leider nicht«, antwortete er. Seine Kiefermuskeln schmerzten allmählich wegen seines gezwungenen Dauerlächelns. »Ich liege jeden Abend in meinem Bett und träume davon, endlich frei zu sein.«

Was nicht einmal gelogen war.

»Und ich träume davon, dich in die Arme zu nehmen und den Rest meines Lebens mit dir zu verbringen.«

Gabriele sah ihn verliebt an. »Ich wäre die glücklichste Frau der Welt.«

Und tot, ergänzte Rohde in Gedanken.

»Wie lange kennen wir uns jetzt schon?«, säuselte er.

»Drei Jahre und neun Monate.«

»Eine lange Zeit, Gabi.« Er wurde ernst. »Und du hast mich nie im Stich gelassen. Du hast immer an mich geglaubt und dadurch mein Leben verändert. Du hast *mich* verändert.«

»Ich verstehe nicht, warum sie uns nicht zusammenlassen«, quengelte sie, und ihr Gesicht nahm einen verzweifelten Ausdruck an. »Ich weiß, du würdest mir nie etwas tun. Wir sind füreinander bestimmt. Jetzt, wo du mich hast, bist du ein völlig neuer Mensch geworden. Wann erkennen die das endlich?«

Er seufzte theatralisch. »Ich weiß es nicht. Aber wenn ich nicht gefesselt wäre, könnte ich deine Hand halten und würde sie nie wieder loslassen.« Er schaute ihr tief in die Augen. »Ich müsste nur diese verdammten Dinger aufkriegen und wir könnten ein neues Leben beginnen. Nur wir beide. An einem Ort, wo wir für immer zusammen wären und uns niemand stören würde. Davon träume ich jede Nacht.«

»Ich bin bereit dafür«, sagte sie und erwiderte seinen Blick mit einer Entschlossenheit, die er noch nie zuvor bei ihr gesehen hatte.

Er nickte bedächtig. »Ich verspreche dir, dass unser Traum bald wahr werden wird.«

Kapitel 23

Sam hatte Umzugskartons aus dem Keller geholt und damit angefangen, die ersten Sachen einzupacken. Zumindest war das ihr Plan gewesen. Sie hatte sich entschieden, sich als Erstes das Bücherregal vorzunehmen, doch nach einer Handvoll Bücher, die sie sorgsam in den Karton gelegt hatte, war sie irgendwie daran hängen geblieben. Auf einem Kissen am Boden sitzend, stöberte sie durch ihre Schätze, las Klappentexte sowie die ersten Seiten und war ganz darin gefangen. Alle zehn Minuten wanderte ein Buch in den Karton, und nach drei Stunden hatte sie nicht einmal einen Bruchteil des Regals geschafft.

Sam stand auf und schüttelte ihre eingeschlafenen Beine aus. In der Küche kochte sie sich Nudeln mit Tomatensoße, weil ihr Kühlschrank leer war. Nach dem Essen zog sie sich an, um im *mira Einkaufszentrum* frische Lebensmittel zu besorgen.

Als sie das Haus verließ und auf die Bushaltestelle zuhielt, bemerkte sie den Mann auf der anderen Straßenseite, der zu ihr herübersah und sein Handy auf sie richtete. Sie runzelte die Stirn und ging weiter. Aus den Augenwinkeln nahm sie wahr, dass er die Straße überquerte und zu ihr aufschloss.

»Frau Davis«, rief er.

Sie blieb stehen.

»Christian Kehl vom *Blitz*«, stellte er sich vor, wobei er sein Handy weiterhin auf sie gerichtet hielt.

Was machte er da?

»Wie ist das Gespräch mit Ihrem Vater gelaufen?«, fragte er.

Sam zuckte unvermittelt zusammen.

Woher weiß er ...?

»Konnte er einen Hinweis auf den Schlitzer geben?«

Sam war vollkommen überrumpelt.

Das konnte unmöglich sein. Niemand außer Jenny, deren Eltern und der Polizei wusste, dass sie die Tochter von Thomas Rohde war, und erst recht nicht, dass sie mit ihm gesprochen hatte.

Blitz, dachte sie und erinnerte sich an die Artikel, die sie vor drei Tagen im Internet gelesen hatte. Hätte es dieses Schmierenblatt schon vor zehn Jahren gegeben, es hätte mit Sicherheit die gleichen Lügen gedruckt wie die anderen Zeitungen.

»Weiß Rohde, wer der Schlitzer ist?«, hakte Kehl nach.

»W-woher ...?«, stammelte sie, bevor ihr einfiel, was Krüger ihr eingeimpft hatte.

Kein Wort zu irgendjemandem, nicht zu Freunden und schon gar nicht zur Presse.

»Was tun Sie da?« Sie deutete auf sein Smartphone. »Hören Sie auf, mich zu filmen.«

Kehl ignorierte ihre Aufforderung. »Weiß Ihr Vater, wer der Schlitzer ist?«

Wortlos drehte sich Sam um und kehrte zum Haus zurück.

Er überholte sie und stellte sich ihr in den Weg. »Ich weiß, dass Sie mit Rohde gesprochen haben. Was hat er gesagt?«

»Lassen Sie mich in Ruhe!« Sie wollte sich an ihm vorbeidrängen, doch er hinderte sie daran.

»Die Bevölkerung hat ein Recht auf die Wahrheit.«

Erneut versuchte sie, ihn loszuwerden, er machte einen Schritt zur Seite, woraufhin sie fast gegen ihn prallte.

»Der Schlitzer hat sein fünftes Todesopfer gefordert. Kann Rohde die Morde endlich stoppen?«

Sam stutzte. Sie spürte, wie Kälte in ihren Körper kroch.

»Das fünfte Todesopfer? Wann?«

»Vor ein paar Stunden ist die Leiche einer dreiundvierzigjährigen Stewardess gefunden worden«, antwortete er.

Mein Gott!

Ihr wurde so kalt, dass sie trotz der Winterjacke zu frösteln begann. Vor ihrem geistigen Auge sah sie eine Frau, der genau wie den anderen Opfern brutal die Kehle durchgeschnitten worden war und der die Ohren fehlten.

Sie hatte es nicht verhindern können.

»Lassen Sie mich vorbei!«

Er rührte sich nicht, woraufhin sie ihn zur Seite stieß und zum Haus zurücklief.

Kehl eilte ihr nach. »Warum schneidet der Schlitzer seinen Opfern die Ohren ab?«

Sam sperrte die Haustür auf und schlug sie ihm vor der Nase zu. In ihrer Wohnung zog sie das Handy aus der Tasche und wählte Krügers Nummer. Er hob nach dem dritten Klingeln ab.

»Stimmt das?«, fragte sie, ohne ihren Namen zu nennen. »Hat der Schlitzer erneut getötet?«

»Ja«, bestätigte Krüger, der ihre Stimme offenbar erkannt hatte. »Wir haben heute Morgen die Leiche gefunden.«

Sam lehnte sich gegen die Wand und schloss die Augen.

»Sind Sie noch dran, Samantha?«

Sie nickte, obwohl ihr bewusst war, dass er die Geste durchs Telefon nicht sehen konnte.

Sam fühlte sich schuldig. Hätte sie ihren Vater nur dazu gebracht, den Namen preiszugeben.

»Wer ist es?«, wollte sie wissen.

»Eine Frau Anfang vierzig. Er ist in der Nacht in ihre Wohnung eingedrungen.«

Sie schluckte schwer. Der Reporter hatte die Wahrheit gesagt.

»Keine Sorge, Samantha. Wir kriegen den Kerl.«

Krüger versuchte, zuversichtlich zu klingen, doch Sam durchschaute ihn. Er hatte ihr selbst gesagt, dass sie mit ihren Ermittlungen feststeckten und Rohde ihre wichtigste Spur war.

Ihr wurde klar, dass nur sie den Schlitzer aufhalten konnte.

Kapitel 24

Die tägliche Nachmittagsbesprechung der Soko »Messer« war um vier Uhr angesetzt und der Raum bis zum letzten Platz belegt. Zwei Whiteboards befanden sich auf der linken Wandseite, an der zum einen Fotos der Opfer hingen und zum anderen die nächsten Schritte und dringende Maßnahmen notiert waren. Auf dem großen Stadtplan daneben markierten rote Pinnnadeln die Leichenfundorte.

Nadine traf als Letzte ein und schloss die Tür hinter sich, bevor sie sich mangels freier Stühle vor die Fensterfront auf der Rückseite stellte. Krüger wartete, bis zwei Polizisten ihr Telefonat beendet hatten, dann gab er einen kurzen Überblick über den aktuellen Ermittlungsstand und das fünfte Opfer, dessen Foto bereits am Whiteboard hing.

Er wandte sich an einen Mann in der zweiten Reihe. »Georg, was habt ihr bis jetzt über Alexandra Setzer herausgefunden? Gibt es eine Verbindung zu Rohde?«

Georg Zettler, ein Mann um die fünfzig, schüttelte den Kopf. »Die erste Personenanalyse hat keinen Hinweis ergeben, dass sich die beiden in irgendeiner Weise gekannt haben. Sie war Stewardess, viel unterwegs und gegenwärtig in keiner Beziehung. Die Eltern leben in Stuttgart, und sie hat zwei Schwestern. Eine wohnt in Darmstadt, die andere in München. Wir sind weiterhin an ihrem Profil dran.«

»Danke.« Krüger kratzte sich an seinem stoppeligen Kinn. »Wir haben fünf Opfer, drei Frauen und zwei

Männer. Die Altersspanne reicht von einundzwanzig bis zweiundsiebzig Jahren. Zwei wurden im Freien getötet, die anderen in ihrer Wohnung. Weder besteht eine Verbindung zwischen den Opfern untereinander noch zu Rohde. Allen Opfern ist gemeinsam, dass der Täter ihnen die Ohren abgeschnitten, den Tatort mit Fremdspuren verunreinigt und die Botschaft *Mit den besten Empfehlungen von Thomas Rohde* hinterlassen hat. Vier der Opfer wurden die Kehlen durchgeschnitten, während das fünfte mit Schaschlikspießen getötet worden ist.«

»Warum mordet er plötzlich anders?«, wollte ein junger Kollege wissen.

»Gute Frage.« Krüger sah zu Jochen Kolb, dem Leiter der operativen Fallanalyse. Er hatte ihn um Unterstützung gebeten, als klar geworden war, dass sie es mit einem Serientäter zu tun hatten, der es geschickt verstand, seine Spuren zu verwischen. Der Fallanalytiker sollte ein psychologisches Profil des Täters und zu seinen möglichen Motiven erstellen.

»Das müssen wir noch analysieren«, sagte Kolb. »Eine Hypothese auf die Schnelle ist, dass er etwas Neues ausprobieren wollte. Eine andere, wenngleich ich sie für unwahrscheinlich halte, dass es zwei Täter gibt.«

»Zwei?« Der Polizist neben Kolb stöhnte auf. »Als wäre ein Schlitzer nicht schon genug.«

»Wie gesagt, ich halte es für unwahrscheinlich.«

»Habt ihr irgendwelche neuen Erkenntnisse hinsichtlich des Täterprofils?«, erkundigte sich Krüger.

»Nein. Wir gehen nach wie vor davon aus, dass wir es mit einem männlichen weißen Täter zwischen Mitte zwanzig und fünfzig Jahren zu tun haben. Ein rassistisches Motiv ist ebenso wenig erkennbar wie ein sexuelles. Der Täter wohnt mit hoher Wahrscheinlichkeit in München oder im nahen Umland, er kennt sich in der

Gegend aus. Vieles deutet darauf hin, dass er einen hohen Intelligenzquotienten hat und damit nicht in das typische Profil eines deutschen Serienmörders passt, der zu sechzig Prozent aus der Unterschicht stammt. Weiterhin hat er keinen bevorzugten Opfertyp, sondern mordet quasi querbeet und Frauen wie Männer gleichermaßen. Ebenfalls eine sehr untypische Verhaltensweise eines Serienmörders.«

»Genau wie Rohde«, wandte eine Kollegin ein.

»Ja. Rohde hat jedoch impulsiv getötet, beim Schlitzer hingegen gehen wir von einer planvollen Vorgehensweise aus. Vermutlich hat er seine Opfer zuvor beobachtet und dann die Entscheidung getroffen, ob er sie im Freien oder in ihrer Wohnung tötet. Alle drei Opfer, die in ihren eigenen vier Wänden getötet worden sind, hatten die Rollläden entweder gar nicht heruntergelassen oder nur im Schlafzimmer. Das hat er ausgenutzt. Auch die Verunreinigung des Tatorts mit Fremdspuren spricht für eine vorherige Planung. Eine weitere Abweichung vom typischen deutschen Serienmörder, der zumeist planlos tötet.«

»Gibt es bei den Fremdspuren schon etwas Neues?«, unterbrach Krüger ihn und richtete sich an einen Mann in der ersten Reihe.

»Die DNA eines Haars hat zu einem Treffer in der Datenbank geführt«, antwortete er. »Das SEK hat die betreffende Person festgenommen, sie hat jedoch ein hieb- und stichfestes Alibi. Weiterhin stimmen jeweils vier verschiedene DNA-Spuren von drei Tatorten überein, die allerdings nicht in der Datenbank gespeichert sind. Die Analyse der Fremdspuren nimmt sehr viel Zeit in Anspruch und ist eine wahre Sisyphusarbeit. Das Labor hat längst nicht alle Proben abgearbeitet, von denen des neuen Tatorts ganz zu schweigen.«

Nadine verzog das Gesicht. Das war vermutlich die Absicht des Täters gewesen. Mögliche Spuren von ihm zu überdecken und die Arbeit der Polizei zu erschweren.

»Wir versuchen weiterhin herauszufinden, woher die Fremdspuren stammen. Wir haben einen Friseurladen und eine Reinigungsfirma ausgemacht, von denen ein Teil der Spuren kommen könnte. Die Mitarbeiter werden gerade von uns überprüft.«

»Danke«, sagte Krüger und gab Kolb ein Zeichen, mit seinem Bericht fortzufahren.

»Die rechtsmedizinische Untersuchung der Leichen hat ergeben, dass der Täter Rechtshänder ist, und wir gehen stark davon aus, dass er bereits vorher getötet hat. Seine Taten sind zu routiniert und abgebrüht. Wir haben überprüft, ob es ungelöste Morde gibt, bei denen dem Opfer die Kehle durch- oder die Ohren abgeschnitten worden sind. Fehlanzeige. Es besteht daher die Möglichkeit, dass er früher anders gemordet hat, genau wie er jetzt beim fünften Opfer eine andere Tötungsart gewählt hat.«

»Warum schneidet er seinen Opfern die Ohren ab?«, erkundigte sich jemand.

»Die wahrscheinlichste Hypothese ist, dass er sie als Trophäen sammelt.«

Das war auch Nadines erster Gedanke gewesen, doch Rohde schien seine Zweifel daran zu haben.

»Wir tappen immer noch völlig im Dunkeln, was das Motiv des Täters betrifft«, sagte Krüger. »Warum tötet er? Weshalb hinterlässt er die Botschaft *Mit den besten Empfehlungen von Thomas Rohde?*«

»Das ist die zentrale Frage«, antwortete Kolb. »Wir diskutieren sie intensiv, können jedoch keinen eindeutigen Schluss ziehen. Eine Möglichkeit ist, dass sich die beiden kennen. Allerdings haben wir Rohdes damaliges

Umfeld genau durchleuchtet und niemanden ausfindig machen können, der als Schlitzer infrage kommt. Wir versuchen weiterhin, an eine Liste seiner ehemaligen Mandanten zu gelangen, um sie als potenzielle Täter zu überprüfen, aber die Anwaltskanzlei blockt ab. Sie sind bereits bei Rohdes Verhaftung in Verruf geraten, daher wollen sie partout nichts mehr mit ihm zu tun haben. Sie haben sogar gedroht, uns wegen Verleumdung zu verklagen.«

Nadine verdrehte die Augen.

»Momentan gehen wir eher davon aus, dass der Schlitzer ein Bewunderer von Thomas Rohde ist und ihn mit den Botschaften ehren möchte. Möglicherweise hofft er auf entsprechende Publicity, wenn die Nachrichten öffentlich werden. In diesem Fall würde eine Geltungssucht des Täters eine große Rolle spielen, ähnlich wie bei Massenmördern, die mit ihren Taten wahrgenommen und in die Geschichte eingehen wollen. Allerdings mit dem Unterschied, dass der Schlitzer nicht entdeckt und gefasst werden will.«

»Danke, Jochen«, sagte Krüger. »Zusammenfassend lässt sich sagen, dass wir mit unseren Ermittlungen keine nennenswerten Fortschritte erzielt haben und auf Rohde angewiesen sind.«

»Na wunderbar«, stöhnte die Polizistin, die direkt vor Nadine saß. »Und wenn er keinen Namen preisgibt und uns nur an der Nase herumführt?«

»Das Risiko müssen wir eingehen«, erwiderte Krüger.

»Hat er tatsächlich draußen siebzehn Menschen getötet, wie er gegenüber seiner Tochter gesagt hat?«

»Die Abteilung für Altfälle ist dran. Es wird schwierig werden, ihm weitere sechs Morde nachzuweisen, bei denen wir nicht einmal wissen, wen er getötet hat. Aber sie überprüfen alle ungeklärten Fälle im betreffenden Zeitraum.«

Nadine traute es Rohde zu und hoffte, dass die Kollegen Erfolg haben würden. In Bezug auf Rohde war es egal, er saß für den Rest seines Lebens im Maßregelvollzug. Doch die Angehörigen seiner Opfer hätten endlich Gewissheit und könnten für sich abschließen. Ein nicht zu unterschätzender Punkt im Trauerprozess.

»In Ordnung«, meinte Krüger. »Gibt es weitere Fragen?«

Niemand meldete sich, und so verteilte er die nächsten Aufgaben und beendete die Besprechung.

Nadine drehte sich um und schaute gedankenverloren aus dem Fenster. Die Sonne war bereits untergegangen.

Jetzt hängt alles von Ihnen ab, Sam.

Kapitel 25

Donnerstag, 28. November

Sam hatte eine unruhige Nacht hinter sich. Zwar hatte sie keinen erneuten Albtraum gehabt – sie schien den Albtraum-Gnom tatsächlich verjagt zu haben –, aber das bevorstehende Gespräch mit ihrem Vater hatte sie bis in den Schlaf verfolgt. Gähnend stand sie unter der Dusche, das Wasser kälter als sonst, um wach zu werden. Sie brauchte nachher einen klaren Kopf.

Hoffentlich quälte er sie nicht wieder mit grausamen Leichenbildern.

Nachdem sie sich angekleidet hatte, ging sie in die Küche und zog den Rollladen hoch. Draußen auf dem Gehsteig wartete ein knappes Dutzend Menschen, die zu ihr herübersahen. Kameras und Smartphones wurden gezückt und auf sie gerichtet.

Sam wich vom Fenster zurück.

Sie wusste sofort, was los war, schließlich hatte sie das Gleiche vor zehn Jahren schon einmal erlebt.

Schlagartig war sie hellwach. Ein Gefühl der Angst stieg in ihr auf, kroch bis zur Kehle hoch und schnürte sie zu. Sie wollte diesen Wahnsinn nicht erneut erleben.

Woher wussten die, wer sie war und wo sie wohnte?

Ihr fiel die gestrige Begegnung mit dem Reporter ein. Wenn einer herausgefunden hatte, dass sie die Tochter von Thomas Rohde war, dann wahrscheinlich auch andere.

Mit zitternden Fingern drückte sie die Taste des Kaffeevollautomaten. Während das Mahlwerk ratternd die Bohnen zerkleinerte, holte sie eine Schüssel aus dem Schrank und machte sich ein Müsli. Sie musste sich zwingen, etwas zu essen, denn ein knurrender Magen wäre alles andere als hilfreich. Trotz der Milch schmeckten die Haferflocken trocken, und sie brachte sie nur mit Mühe herunter.

Um neun Uhr klingelte es an der Tür, und Sam ließ Nadine herein, in deren Gesicht sich eine Mischung aus Verärgerung und Wut widerspiegelte.

»Haben Sie mit der Presse gesprochen?«, fragte sie, kaum dass sie die Wohnung betreten hatte.

»Was? Natürlich nicht. Wie kommen Sie darauf?«

Nadine reichte ihr die zusammengerollte Zeitung, die sie in der Hand hielt. Es war die aktuelle Ausgabe des *Blitz*, die gesamte erste Seite war dem Schlitzer gewidmet. Als Sam die Schlagzeile las, stockte ihr der Atem.

Der Schlitzer – Dramatische Wendung!

Darunter waren zwei Fotos abgebildet. Das eine zeigte ihren Vater während seiner Gerichtsverhandlung, das andere Sam vor ihrem Haus. Ein schwarzer Balken bedeckte ihre Augen, ansonsten war sie klar und deutlich zu erkennen, genau wie das Gebäude hinter ihr. Ihr wurde gleichzeitig heiß und kalt. Mit einer unguten Vorahnung begann sie zu lesen.

Wie Blitz bereits gestern berichtete, hat der irre Schlitzer sein nunmehr fünftes Todesopfer gefordert und die 43-jährige Stewardess Alexandra S. brutal ermordet. Die Polizei tritt bei ihren Ermittlungen auf der Stelle. Stattdessen fand vor zwei Tagen ein streng geheimes Gespräch zwischen dem zwölffachen Serienmörder Thomas Rohde, auch bekannt als Tom the Ripper, und seiner Tochter Samantha (26) statt. Es besteht der be-

gründete Verdacht, dass Rohde weiß, wer der Schlitzer ist. Rohde sitzt seit neun Jahren abgeschottet und ohne Kontakt zur Außenwelt im Hochsicherheitstrakt der Psychiatrie. Er weigert sich, mit der Polizei zu kooperieren, die sich bis jetzt mehr durch Unfähigkeit ausgezeichnet hat, als den Schutz der Bevölkerung vor dem hochgradig gefährlichen Schlitzer zu gewährleisten. Und so muss eine Zivilistin die Aufgabe der Kripo übernehmen und den Killer stoppen. Blitz hat von dem Gespräch erfahren und »Sam«, wie sie von ihren Freunden genannt wird, exklusiv dazu befragt.
»Ja, ich habe mit meinem Vater gesprochen«, bestätigte sie. »Es ging um den Schlitzer.«

Sam glaubte, ihren Augen nicht zu trauen. Das konnte nicht wahr sein!

Wenn Rohde weiß, wer der Schlitzer ist, kann es sich nur um seinen ehemaligen Komplizen handeln, von dessen Existenz bisher niemand etwas gewusst hat. In diesem Fall stellt sich die berechtigte Frage, ob die Polizei die Information gezielt verschwiegen und damit die Bevölkerung unnötig in Gefahr gebracht hat.
Weiterhin hat Blitz erfahren, mit welcher Grausamkeit der Schlitzer vorgeht. Er schlitzt seinen Opfern nicht nur bei lebendigem Leib die Kehlen durch, sondern schneidet ihnen außerdem die Ohren ab, um sie als Trophäen mit nach Hause zu nehmen.
Blitz bleibt für Sie dran und versucht, weitere Hintergründe zu recherchieren.
Lesen Sie weiter auf Seite 2 und erfahren Sie alles über die Mordserie von Tom the Ripper und die Parallelen zum Schlitzer. Unser Experte Professor Dr. Armin Huber erklärt, warum Serientäter menschliche Körperteile als

Trophäen mitnehmen und was der psychologische Grund für diese perverse Sammelleidenschaft ist.

Sam spürte, wie ihr jegliche Farbe aus dem Gesicht wich. Ihre Lippen fühlten sich trocken an wie Schmirgelpapier. Sie hob den Kopf und blickte die Polizistin entsetzt an.

»D-das ist erstunken und erlogen«, stammelte sie. »Ich habe dem Reporter nichts dergleichen gesagt.«

»Welchem Reporter?«, hakte Nadine nach.

»Der mich gestern vor dem Haus abgefangen hat. Er hat mich gefragt, wie das Gespräch mit meinem Vater gelaufen ist, aber ich hab ihm nicht geantwortet. Ich war viel zu perplex, woher er davon wusste.«

»Wissen Sie zufällig, wie er heißt?«

»Warten Sie. Wie war gleich sein Name?« Sam überlegte angestrengt. »Kehr? Krehl?«

»Kehl?«

»Ja, genau das war es. Christian Kehl.«

Die Kriminalhauptkommissarin stöhnte genervt auf. »Dieser verdammte Schmierfink.«

»Ich hab ihm wirklich nichts gesagt.«

»Keine Sorge, ich glaube Ihnen. Ich hatte selbst schon mit ihm zu tun, der erfindet zur Not einfach was.« Nadine nahm die Zeitung und zerknüllte sie. »Dass der Schlitzer seinen Opfern die Ohren abschneidet, haben wir aus ermittlungstaktischen Gründen bewusst zurückgehalten. Das hätte niemals an die Öffentlichkeit gelangen dürfen.«

»Woher weiß er davon?«

»Ich vermute schon länger, dass er jemanden besticht, um an derartige Informationen zu kommen. Sollte ich denjenigen in die Finger kriegen, werde ich dafür sorgen, dass er fristlos entlassen wird.«

»Jetzt weiß jeder, dass ich Rohdes Tochter bin«, sagte

Sam und ließ kraftlos die Schultern sinken. »Es wird alles wieder von vorne losgehen.«

»Nein, das wird es nicht. Ich werde nicht zulassen, dass Sie erneut in den Dreck gezogen werden.«

Nadine sah sie so entschlossen an, dass Sam ihr nur zu gerne geglaubt hätte. Doch gegen die skrupellose Presse war auch sie chancenlos. Sie würden sie erneut wochenlang belagern, jeden ihrer Schritte verfolgen und schreckliche Sachen über sie schreiben.

»Hören Sie mir zu, Sam. Der *Blitz* ist ein Schmierenblatt, Sie dürfen nicht ernst nehmen, was darin steht. Das Einzige, worauf Sie sich jetzt konzentrieren sollten, ist das Gespräch mit Ihrem Vater. Um Kehl werde ich mich kümmern, einverstanden?«

Sie nickte. »Das Monster hat damals allein gemordet.«

»Ja, das hat er. Er hatte definitiv keinen Komplizen. Vergessen Sie diesen Unsinn.« Nadine berührte sie am Oberarm. »Sind Sie soweit?«

Sam atmete tief durch, dann ging sie in den Flur und zog ihre Jacke an. Als sie ins Freie traten, stürmten die Reporter auf sie zu. Die Polizistin legte beschützend den Arm um Sam und bugsierte sie an den Journalisten vorbei, die sie alle gleichzeitig mit Fragen bombardierten. Ein Blitzlicht flackerte auf, und Sam blinzelte geblendet.

»Sind Sie Rohdes Tochter?«

»Weiß Ihr Vater, wer der Schlitzer ist?«

»Wie ist Ihr Gespräch gelaufen?«

»Kein Kommentar«, sagte Nadine und schob einen besonders aufdringlichen Mann zur Seite.

Sie erreichten ihren schwarzen 5er-BMW. Sam nahm auf der Beifahrerseite Platz, und die Polizistin schlug die Tür hinter ihr zu. Die Reporter drängten sich um den Wagen und klopften gegen die Scheibe, während sie weiterfilmten. Sam hob abwehrend die Hand und versuchte, ihr Gesicht dahinter zu verstecken.

Es war genau wie damals.

Tränen schossen ihr in die Augen.

Konzentrier dich auf das Gespräch. Konzentrier dich auf das Gespräch.

Mantraartig wiederholte sie in Gedanken den Satz, um nicht in Panik zu verfallen. Trotzdem war die Tür, hinter dem sie die Erinnerung damals weggesperrt hatte, einen Spalt geöffnet worden, und die dahinter verborgenen Gefühle drängten mit aller Macht nach draußen.

Als sie losfuhren, hatte sich die Furcht vor dem bevorstehenden Gespräch bereits mit der Angst aus der Vergangenheit vermischt und sich in ihrem Kopf festgesetzt.

Kapitel 26

Sam stand vor dem Besprechungszimmer. In ihren zitternden Händen hielt sie das Foto der mit Schaschlikspießen ermordeten Stewardess. Nadine hatte sie behutsam auf den Anblick vorbereitet, trotzdem war der Schock groß gewesen, als sie das Bild gesehen hatte.

Sam hatte Angst. Angst vor ihrem Vater und vor der Verantwortung, die sie sich aufgebürdet hatte. Aber vor allem fürchtete sie sich davor zu versagen.

»Sie schaffen das«, sagte die Polizistin und warf ihr ein aufmunterndes Lächeln zu.

Zaghaft drückte Sam die Klinke runter und betrat das Zimmer.

Ihr Vater wartete bereits auf sie, seine Hände waren wie beim letzten Gespräch vorne gefesselt. Vor ihm lag die Akte.

Die beiden Pfleger verließen den Raum, Sam nahm Platz. Sie legte das Foto mit der Vorderseite nach unten auf den Tisch und die Hände auf ihre Oberschenkel. Ihr Vater sollte nicht merken, wie nervös sie war.

»Hallo, Sam«, sagte er. »Ich habe mich auf dich gefreut.«

»Hallo«, erwiderte sie knapp.

»Wie geht's dir? Hast du erneut deinen Albtraum gehabt?«

»Nein.« Diesmal musste sie ihn nicht anlügen.

Er beugte sich lächelnd zu ihr vor. »Du hast es getan, nicht wahr? Du hast das Papier nach dem Gnom geworfen.«

Trotz der Anspannung huschte ein Grinsen über ihr Gesicht.

»Ich wusste es.« Zufrieden lehnte er sich zurück und wollte die Arme verschränken, bis die Handschellen seine Bewegung bremsten.

»Diese verdammten Dinger«, schimpfte er und sah zur Kamera. »Krüger!«

Es dauerte nicht lange, bis der Erste Kriminalhauptkommissar mit Nadine den Raum betrat.

»Machen Sie sie ab«, forderte ihr Vater ihn auf und streckte ihm die Arme entgegen.

Sam glaubte, ihr Herz würde einen Schlag aussetzen. Entsetzt riss sie die Augen auf.

Er wollte was?

Auf gar keinen Fall würde sie mit diesem Monster allein in einem Raum bleiben, ohne dass er Handschellen trug.

»Was soll das, Herr Rohde?« Krüger baute sich zu seiner vollen Größe vor ihm auf. »Ich habe Ihnen schon einmal gesagt, dass Sie gefesselt bleiben. Reizen Sie die Situation nicht aus.«

»Ich dachte, Sie wollen meine Hilfe.«

»Aber nicht um jeden Preis. Sie wollten mit Ihrer Tochter sprechen, sie ist hier. Zum dritten Mal.«

Ihr Vater deutete auf die Akte vor ihm. »Es stehen interessante Sachen darin, die Sie alle übersehen haben. Also nehmen Sie mir die Handschellen ab.«

»Nein.«

»Ich bin immer noch an den Füßen gefesselt, und zwischen mir und Sam ist der Tisch. Außerdem habe ich keine Waffe, und mit der Akte werde ich sie wohl kaum erschlagen. Sie ist vor mir sicher.«

Krüger reagierte nicht.

»Glauben Sie wirklich, ich würde auf meine eigene Tochter losgehen?«

»Ich traue Ihnen verdammt viel zu. Sogar mehr als zwölf Morde.«

Sie starrten sich an, jeder darauf wartend, dass der andere nachgab. Die Anspannung, die auf einmal im Raum hing, war fast greifbar.

»Wie Sie meinen«, sagte er nach einer gefühlten Ewigkeit und wandte sich Sam zu. »Tut mir leid, dass du umsonst gekommen bist.«

Sam erschrak. Ihr Vater pokerte erneut, und genau wie beim letzten Mal hielt er alle Trümpfe in der Hand. Er würde keinen Ton mehr von sich geben, wenn sie seine Forderung nicht erfüllten, was bedeutete, dass der Schlitzer weitertöten würde.

Schweißperlen bildeten sich auf ihrer Stirn. In Gedanken sah sie, wie ihr Vater aufsprang, sie am Hals packte und mit bloßen Händen erwürgte.

Verzweifelt wartete sie darauf, dass Krüger das Wort ergriff, doch der schwieg. Vermutlich wusste er genau wie sie, dass sie keine andere Wahl hatten. Das Zittern ihrer Hände übertrug sich auf den ganzen Körper. Die Entscheidung lag allein bei ihr.

Ihr Blick fiel auf das umgedrehte Foto. Auch wenn die Vorderseite nicht sichtbar war, hatte sie das Bild der ermordeten Frau klar vor Augen. Dutzende Schaschlikspieße, die in ihrem blutüberströmten Körper steckten, und das Metallteil, das aus ihrem linken Auge ragte. Was sie in den letzten Minuten ihres Lebens an Leid und Schmerz ertragen haben musste, war unvorstellbar.

»Nehmen Sie ihm die Handschellen ab«, sagte sie.

Krüger schaute sie irritiert an. »Sind Sie sich sicher, Samantha?«

»Ja.«

Er zögerte, und sie konnte förmlich sehen, wie er mit sich haderte und das Risiko abwog.

»Okay, Herr Rohde, hören Sie mir genau zu. Das Leben von Samantha hat für mich oberste Priorität, und zwar mehr als Ihre Informationen zum Schlitzer. Wenn Sie Ihre Tochter angreifen, werde ich Sie, ohne zu zögern, erschießen. Haben Sie das verstanden?«

Rohde saß ruhig da. »Klar und deutlich.«

»Und Sie, Samantha, achten darauf, dass der Tisch zwischen Ihnen bleibt. Halten Sie Abstand zu Ihrem Vater.«

Sie nickte. Die Angst hatte sie so fest im Griff, dass sie kurz davor war, ihre Entscheidung rückgängig zu machen.

Krüger zog den Handschellenschlüssel aus der Tasche, Nadines Hand wanderte zu ihrer Dienstwaffe.

Im nächsten Moment stürmte Dr. Jelic in den Raum.

»Stopp!«, schrie er, und Krüger hielt inne. »Sind Sie von allen guten Geistern verlassen? Haben Sie vergessen, wen Sie hier vor sich haben?« Der Kopf des Psychiaters war rot angelaufen und zuckte leicht. »Dieser Mann ist hochgradig gefährlich. Selbst hier auf der Forensik hat er schon jemanden getötet und weitere Menschen zum Teil schwer verletzt. Ich werde nicht zulassen, dass er seine Tochter umbringt und meinen Ruf sowie den der Klinik ruiniert.«

Sam schielte zu ihrem Vater, der reglos und mit einem süffisanten Lächeln dasaß.

Erneut zweifelte sie an ihrer Entscheidung.

»Wir haben die Situation im Griff«, sagte Krüger.

»Das ist meine Station. Ich erlaube Ihnen keinesfalls, ihm die Fesseln abzunehmen.«

»Das ist eine polizeiliche Befragung, bitte verlassen Sie den Raum.«

»Sie riskieren ihr Leben!«

Sam wusste, sie hatten keine andere Wahl. »Ich gehe das Risiko ein.«

Dr. Jelics Blick wanderte zwischen ihr und dem Ersten Kriminalhauptkommissar hin und her.

»Bitte verlassen Sie den Raum«, wiederholte Krüger.

Der Psychiater hob drohend den Zeigefinger. »Ich warne Sie, wenn irgendetwas passiert, werde ich Sie vor Gericht zerren.« Und an ihren Vater gewandt ergänzte er: »Sie verhalten sich besser ruhig, oder es wird schwerwiegende Konsequenzen für Sie haben.« Dann drehte er sich um und verschwand aus dem Zimmer.

Krüger schloss die Handschellen auf.

»So ist es schon besser. Ich danke Ihnen, Krüger.« Er rieb sich die Handgelenke.

Der Polizist schaute ihn grimmig an. »Ab jetzt keine weiteren Spielchen. Und denken Sie daran, ich werde nicht zögern, Sie zu erschießen.«

Ihr Vater bedeutete ihm und seiner Kollegin mit einer Handbewegung an zu verschwinden.

Als sie wieder allein waren, wandte er seine Aufmerksamkeit Sam zu, die ihren Stuhl ein Stück nach hinten rückte.

»Wo waren wir stehen geblieben?«, fragte er und überlegte kurz. »Ach ja, bei deinen Albträumen. Sag mir, Sam, wovon träumst du? Was willst du in deinem Leben erreichen?«

Frieden, dachte sie. Ich will Frieden und Ruhe.

»Ich weiß es nicht.«

Ihr Blick war auf seine Hände gerichtet. Die fehlenden Fesseln machten sie nervös, und sie war am ganzen Körper angespannt. Sollte er sie angreifen, würde sie aufspringen und zur Tür laufen. Wenn sie schnell genug reagierte, konnte sie es schaffen.

»Du wolltest Erzieherin werden und gemeinsam mit Jenny eine Kindertagesstätte eröffnen. Was ist aus euren Plänen geworden?«

»Ich hab mich umentschieden. Das hab ich dir bereits gesagt.«

»Ich weiß. Stattdessen hast du Architektur studiert. Komm schon, Sam. Du liebst Kinder und hast sie schon immer geliebt.« Er musterte sie eingehend. »Erinnerst du dich daran, als du für die Nachbarn babygesittet hast? Du warst so gefragt, dass du teilweise Anfragen ablehnen musstest. Und der kleine Benni war derart in dich verschossen, dass er geweint hat, sobald seine Eltern zurückkehrten und du gehen wolltest.«

Sie musste unwillkürlich lachen und vergaß, seine Hände im Blick zu behalten. Erst als er sich zu ihr vorbeugte, hatte sie wieder ein Auge darauf.

»Wem willst du was vormachen?«

Sie schwieg.

»Warum hast du dich umentschieden?«

Sie spürte, wie allmählich Wut in ihr hochstieg. Ihr Atem beschleunigte sich. Und dann platzte es aus ihr heraus.

»Weil du mir alles genommen hast. Das Vertrauen in andere Menschen, meine Leichtigkeit und die Freude am Leben. Wie könnte ich da mit Kindern arbeiten? Du hast meine Träume zerstört.«

»Nein. Du hast sie einfach aufgegeben.«

Sam öffnete den Mund. Gab er tatsächlich gerade ihr die Schuld an allem?

»Ich bin nicht für dein Leben verantwortlich, Sam. Das bist allein du.«

Eine Zeit lang saßen sie sich schweigend gegenüber, dann deutete er auf das Foto vor ihr. »Was hast du da für mich? Die fünfte Leiche des Schlitzers?«

Wortlos schob sie es ihm rüber.

Er drehte es um und zog die Brauen hoch. »Interessant.«

»Warum tötet er anders?«

»Das ist eine gute Frage. Was denkst du?«

»Woher soll ich das wissen? Ich habe noch niemanden umgebracht.«

»Vielleicht wollte er mal was Neues ausprobieren.«

»Jemanden mit Schaschlikspießen zu töten, ist krank.«

»Oder kreativ. Je nachdem, wie man es betrachtet.«

»Wer ist er?«

Er lächelte milde. »Wir wollten uns doch zuerst unterhalten. Ein ehrliches Gespräch führen.«

»Das tun wir bereits. Sag mir endlich, wer er ist.«

»Erzähl mir davon, wie du deine Mutter tot aufgefunden hast.«

»Was?« Irritiert über den plötzlichen Themenwechsel runzelte Sam die Stirn.

»Wie hast du sie gefunden?«

»Was soll das?«

»Du weichst mir aus.«

»Ich hab die Badtür aufgemacht, und sie lag leblos auf dem Boden. Ende der Geschichte.«

»Wann ist es passiert?«

»Vier Monate nach deiner Verhaftung.«

»Ich will das genaue Datum.«

»Warum?«

»Warum wollt ihr wissen, wer der Schlitzer ist?«

Sam stieß resigniert die Luft aus. »Am neunten November. Es war der erste Schultag nach den Herbstferien. Ich bin heimgekommen und …« Sie spürte den dicken Kloß in ihrem Hals und suchte nach den richtigen Worten. »Da war diese unerträgliche Stille«, fuhr sie mit leiser Stimme fort und senkte den Blick. »Ich hab nach ihr gerufen, doch sie hat nicht geantwortet. Nachdem ich in mehreren Räumen nachgeschaut habe, bin ich ins Badezimmer. Sie lag auf dem Teppich und rührte sich nicht.«

»Und weiter?«

»Ihr Körper war bereits kalt. Ich hab sie gerüttelt, geschrien und gefleht, dass sie aufwacht. Aber sie lag einfach nur da. Als würde sie schlafen.« Sie stockte, Tränen stiegen auf. »Sie hatte Tabletten geschluckt. Auf dem Boden waren neben einem leeren Glas alle möglichen Schachteln verstreut. Schlaftabletten, Schmerzmittel, Antidepressiva.«

»Sie war depressiv?«, hakte er nach.

»Sie ist es geworden, weil sie die Beschimpfungen und Beschuldigungen nicht ertragen hat. Anfangs hat sie nur geweint, dann zog sie sich immer weiter zurück, verließ manchmal gar nicht mehr das Bett. Und ihre Augen …«

Eine Träne rann ihr über die Wange, und Sam versuchte erst gar nicht, sie zu unterdrücken. Der Schmerz saß zu tief.

»Was war mit ihren Augen?«

»Sie wurden immer leerer. Waren ohne Leben. Es war …« Ihre Stimme brach, und die Tränen flossen unkontrolliert.

Auf einmal war sie nicht mehr im Besprechungszimmer, sondern kauerte hilflos im Bad neben dem Leichnam ihrer Mutter. Die Wanduhr tickte unerträglich laut in der Stille, und in der Luft hing der Geruch des Todes. Zumindest kam es Sam so vor.

»Was hast du dann gemacht?«

»Ich hielt ihre kalte Hand und weinte.«

»Wie lange?«

»Ich weiß es nicht mehr. Eine Stunde. Vielleicht auch zwei.«

Plötzlich öffnete sich die Tür in ihrem Inneren, hinter der sie die Erinnerung weggesperrt hatte, und die jahrelang unterdrückten Gefühle schossen explosionsartig hervor und bohrten sich wie spitze Geschosse in ihr Herz. Sam stützte die Ellenbogen auf den Tisch, vergrub das Gesicht in den Händen und weinte bitterlich.

Für eine Weile saß sie schluchzend da. Irgendwann spürte sie eine Hand auf ihrem Arm und zuckte zusammen. Entgeistert sah sie zu ihrem Vater, der die Hand rasch wieder zurückzog.

»Wie ging es weiter?«, wollte er wissen.

»Ich hab den Notarzt gerufen, auch wenn ich wusste, dass sie nichts mehr tun konnten. Mama war seit Stunden tot. Sie muss die Tabletten gleich in der Früh geschluckt haben, nachdem ich das Haus verlassen hatte.«

»Erzähl mir von der Beerdigung.«

Sam schnitt eine gequälte Grimasse. »Warum?«

»Weil ich es wissen will.«

Sie schloss die Augen. Sofort kamen die Erinnerungen an den kalten, regnerischen Novembertag hoch, als sie und ein knappes Dutzend Menschen das offene Grab umringt hatten, in das vor wenigen Minuten der Sarg hinuntergelassen worden war. Der Pfarrer betete, doch seine Worte drangen kaum zu ihr durch. Jenny und ihre Mutter hielten jeweils ihre Hand, und Jennys Vater stand schützend hinter ihr. Dennoch fühlte sie sich so einsam und verlassen wie nie zuvor. Es war, als würden die dunkelgrauen Regenwolken in sie eindringen und jegliches Licht auslöschen. Zurück war nichts als eine alles verschlingende Schwärze geblieben.

»Es war der schlimmste Tag in meinem Leben«, flüsterte sie. »Sie ist einfach gegangen und hat mich im Stich gelassen.« Sie stockte und schniefte. »Warum hat sie mir das angetan?«

Diese Frage quälte sie bis heute.

Ihr Vater schwieg.

»Das Traurige bei der Beerdigung war, dass kaum jemand gekommen ist, um Abschied von ihr zu nehmen. Niemand wollte mehr etwas mit ihr zu tun haben.« Sie schaute hoch, und Hass loderte in ihr auf. »Du hast sie umgebracht!«

Er schüttelte den Kopf. »Nein, das ist allein ihre Entscheidung gewesen.«

»Das war es nicht. Du hast sie getötet. Sie und das ungeborene Kind!«

Für den Bruchteil einer Sekunde entgleisten ihm die Gesichtszüge. Es war nur ein winziger Moment, dann hatte er sich wieder unter Kontrolle.

»Ihr ungeborenes Kind?«, fragte er, und der verwunderte Unterton in seiner Stimme war nicht zu überhören.

Sam wischte sich mit dem Ärmel die Tränen weg. »Ja. Mama war im fünften Monat schwanger. Und du hast beide umgebracht.«

Die Schwangerschaft war bei der Obduktion festgestellt worden. Krüger hatte dafür gesorgt, dass die Information nicht an die Öffentlichkeit gelangte, nur Sam, Jenny und deren Eltern wussten davon.

»War es ein Junge oder ein Mädchen?«, wollte er wissen.

»Ein Mädchen«, antwortete sie und starrte ihn mit unverhohlener Verachtung an. »Ich hätte eine kleine Schwester gehabt.«

Nachdenklich strich er sich übers Kinn. »Debbie hat nie etwas davon gesagt.«

Sam schnaufte. »Was hast du erwartet? Dass sie öffentlich macht, von einem Monster schwanger zu sein?«

»Ein Monster?« Er hob belustigt die Brauen. »Du hältst mich für ein Monster?«

»Ja.«

Lachend öffnete er die Akte, nahm das oberste Blatt heraus und zerknüllte es. Mit einem Grinsen legte er den Papierball vor ihr auf den Tisch.

Sam hatte das Gefühl zu explodieren.

»Was bist du nur für ein Mensch?«, schrie sie und sprang auf. Wutentbrannt warf sie ihm die Papierkugel ins Gesicht. Er verzog keine Miene, als er getroffen wurde. »Ich hasse dich!« Sie spie ihm die Worte förmlich entgegen und beugte sich mit am Tisch abgestützten Händen so weit zu ihm vor, dass ihre Nasenspitzen nur noch zwei Handbreit voneinander entfernt waren. »Ich hasse dich! Ich wünschte, du wärst tot!«

Er saß stumm da, nur ein leichtes Lächeln umspielte seine Lippen.

Sam keuchte, das Blut in ihren Ohren rauschte. Krügers Warnung, Abstand von ihrem Vater zu halten, war genauso vergessen wie die Angst vor ihm. Wut, Hass und Verachtung tobten in ihr, und am liebsten hätte sie ihm die Augen ausgekratzt.

Es dauerte eine Weile, bis sie sich wieder beruhigt hatte. Schwer atmend setzte sie sich.

Ihr Vater deutete auf die Akte. »Ihr geht völlig falsch an die Sache ran. Ihr müsst wie ein Schachspieler denken.«

Sie war überrascht, dass er offenbar endlich bereit war, über den Schlitzer zu reden.

»Wie meinst du das?«

»Das müsst ihr selbst herausfinden.«

»Nenn mir seinen Namen.«

»Ich sag dir, wie es läuft. Ich will Hafterleichterungen. Keine Isolation mehr. Ich will Zeit mit den anderen

Patienten verbringen. Meine Hände werden nicht mehr auf dem Rücken gefesselt, und ich will ein Treffen mit Gabriele – ohne Trennwand und Handschellen.«

»Wer ist Gabriele?«, fragte Sam.

»Diejenige, die mich nie aufgegeben hat.«

Er hält mich schon wieder hin, dachte sie.

»Nenn mir seinen Namen.« Sie wurde lauter.

Er verschränkte die Arme und lehnte sich schweigend zurück.

Sam blieb hartnäckig. »Warum schneidet er seinen Opfern die Ohren ab?«

»Zuerst werden meine Forderungen erfüllt.«

Sie mahlte mit den Zähnen. »Das kann ich nicht entscheiden.«

»Natürlich nicht. Das müssen Doktor Jelic und Krüger tun.« Sein Gesicht nahm einen sanften Ausdruck an. »Ich danke dir vielmals für das ehrliche Gespräch, Sam. Sobald meine Forderungen erfüllt sind, werden wir uns weiterunterhalten.«

Sam stand auf und warf ihm einen wütenden Blick zu, ehe sie den Raum verließ und in den Gang zu den Pflegern hinaustrat. Nebenan ging die Tür auf, und Krüger und Nadine kamen heraus. Die Polizistin nickte ihr anerkennend zu. Dann verschwand sie mit ihrem Vorgesetzten und den Pflegern im Besprechungszimmer.

Sam lehnte sich gegen die Wand. Sie fühlte sich ausgelaugt und erschöpft. Und doch war sie voller Hoffnung. Zum ersten Mal hatte ihr Vater einen Hinweis auf den Schlitzer gegeben, auch wenn sie nicht wusste, was er damit gemeint hatte.

Ihr müsst wie ein Schachspieler denken.

Und noch etwas war passiert. Als sie ihm gesagt hatte, dass Mama schwanger gewesen war, hatte er die Kontrolle verloren. Zwar nur für den Bruchteil einer Sekunde, aber sie hatte in seinen Augen gesehen, dass er aus dem Konzept gebracht gewesen war.

Er war nicht länger das unbesiegbare Monster. Man konnte ihn kriegen.

Sie konnte ihn kriegen.

Kapitel 27

Damals

Er war maßlos enttäuscht. Mit hängenden Mundwinkeln und dem bluttriefenden Messer in der Hand hockte Paul auf dem Waldboden und betrachtete die tote Katze. Er hatte ein Glücksgefühl erwartet, einen Rauschzustand oder Euphorie, aber nichts dergleichen war eingetreten. Und er fragte sich, warum.

Heute Morgen war er heimlich im Garten seiner ehemaligen Nachbarin Oma Helga gewesen und hatte sich deren alte Katze geschnappt und in einen Sack gesteckt. Anschließend war er zu einer von Bäumen abgeschirmten Stelle im Forstenrieder Park gefahren und hatte das Tier mit mehreren Messerstichen getötet. Er hatte es nicht länger hinauszögern können, er wollte endlich wissen, wie es ist, ein Leben auszulöschen.

Und war enttäuscht gewesen.

Gegen den Baumstamm gelehnt, saß er da und sah gedankenverloren durch die Zweige hindurch in den strahlend blauen Mittagshimmel. Ein Vogel zwitscherte über ihm, und ein gelber Schmetterling flog direkt vor seinem Gesicht vorbei.

Es geht nicht um ein Tier, kam ihm der Gedanke. Er hatte nie davon geträumt, ein Tier zu töten, sondern einen Menschen. Deshalb verspürte er kein Glücksgefühl.

Er stieß einen tiefen Seufzer aus.

Für eine Weile blieb er sitzen und versuchte, mit seinem Frust fertig zu werden. Dann sammelte er Zweige und Gräser, bedeckte damit die tote Katze und kehrte zurück in seine Zweizimmerwohnung, die er vor einem Dreivierteljahr nach seinem Grundwehrdienst bezogen hatte. Seine Eltern finanzierten sie ihm, genau wie den nagelneuen 1er-BMW. Es war ihre Art, ihren Stolz auszudrücken, dass er Zahnmedizin studierte und später ihre gemeinsame Praxis übernehmen würde. Paul war mittlerweile im zweiten Semester und hasste das Studium. Genau wie er die Vorstellung hasste, eines Tages in den stinkenden Mündern von irgendwelchen Leuten herumzufummeln. Er hatte sich von seinen Eltern überreden lassen und wollte sie nicht enttäuschen. Viel lieber würde er etwas Kreatives machen, Comiczeichner oder Illustrator.

Er schlug die Wohnungstür hinter sich zu und ging ins Bad, wo er Hände und Messer gründlich wusch. Im Wohnzimmer zog er den Ordner mit der Aufschrift *Galerie der Träume – Teil 1* aus dem Schrank. Mittlerweile füllten seine Zeichnungen drei Ordner, und im Gegensatz zu früher musste er sie nicht mehr verstecken.

Er setzte sich auf die Couch und schlug den Deckel auf. Beim Anblick seiner allerersten Zeichnung lächelte er glückselig. Sie war immer noch sein Kronjuwel, und er liebte es, sich darin zu verlieren und sich seiner Fantasie hinzugeben.

Nach dem Zusammenstoß mit Tim hatte Paul es damals nicht mehr gewagt, Leonie versteckt hinter dem Busch in ihrem Garten zu beobachten. In der Schule ignorierte sie ihn bis zum Abschluss konsequent, was ihn schmerzte. Sein Traum, sie zu töten, zerplatzte endgültig, als sie nach dem Abi zum Studieren in die USA auswanderte. Alles, was ihm von ihr geblieben war, waren die Zeichnungen und seine Erinnerungen.

Der Drang, jemanden zu töten, wurde immer stärker.

Er musste endlich seinen Dämon befreien, oder es würde ihn zerstören.

Paul warf einen Blick auf die Uhr und fluchte. Es war fast halb zwei. Er hatte seinen Eltern versprochen, nach seinen Vorlesungen in der Praxis auszuhelfen, weil sich die Sprechstundenhilfe krankgemeldet hatte. Dass er vorhatte, die Uni zu schwänzen, um die Katze zu töten, hatte er ihnen verschwiegen.

Er stellte den Ordner zurück in den Schrank und machte sich widerwillig auf den Weg. Vielleicht brachten ihn die Zahnarztinstrumente auf andere Gedanken, wenn er sich ausmalte, was er damit alles anstellen konnte.

Kapitel 28

»Auf gar keinen Fall!«

Dr. Jelic schloss die Tür und trat hinter den wuchtigen Mahagonischreibtisch mit den kunstvoll verzierten Füßen. Neben dem großen PC-Bildschirm und der Tastatur lagen ein ledergebundener Block und mehrere Fachbücher sowie ein Füllfederhalter mit den Initialen *K* und *J*. An der Wand dahinter hingen die gerahmten Abschlüsse und Zertifikate des Psychiaters, und ein Regal, das bis zur Decke reichte und mit Büchern und Ordnern vollgestopft war, nahm die gesamte rechte Seite des Büros ein. Die Yuccapalme im gegenüberliegenden Eck brachte ein wenig Gemütlichkeit in den ansonsten schwer wirkenden Raum mit dem dunklen Massivholzboden. Nach einem Familienfoto suchte Nadine vergeblich. Einer der Pfleger hatte ihr erzählt, dass sich Dr. Jelic in Scheidung befand. Kinder waren aus der Ehe keine hervorgegangen.

»Wir versuchen, einen fünffachen Serienmörder zu fassen«, entgegnete Krüger.

»Und ich würde Ihnen liebend gerne dabei helfen. Aber nicht auf Kosten der Patienten und meines guten Rufs.« Er stützte sich mit den Händen auf der Schreibtischplatte ab und beugte sich vor. »Merken Sie eigentlich nicht, welches Spiel Rohde mit Ihnen treibt?«

»Er nutzt die Situation aus. Das war zu erwarten.«

»Ihr Verhalten ist unverantwortlich. Zuerst riskieren Sie das Leben seiner Tochter, und jetzt wollen Sie ihn auch noch auf die anderen Patienten loslassen. Ich muss

Sie hoffentlich nicht daran erinnern, dass er bereits einen von ihnen getötet hat. Ganz zu schweigen von den Angriffen auf meine geschätzte Kollegin und mehrere Pfleger.«

»Das ist mir durchaus bewusst«, erwiderte Krüger. »Wir verlangen auch nicht, dass Sie ihn dauerhaft aus der Isolation entlassen, sondern lediglich, bis wir einen Namen haben.«

»Es steht nicht einmal fest, dass er überhaupt weiß, wer der Schlitzer ist. Wenn Sie mich fragen, macht er Ihnen nur was vor.«

»Das Risiko gehe ich ein.«

»Aber ich nicht.«

Krüger trat einen Schritt auf den Schreibtisch zu. »Es geht hier um Menschenleben. Wie lange soll der Schlitzer noch morden!«

»Dann tun Sie gefälligst Ihre Arbeit, und lassen Sie unbeteiligte Zivilisten da raus.«

Nadine merkte, dass Krüger ungehalten wurde, und ging dazwischen, bevor sich die Stimmung zwischen den beiden Männern weiter aufheizte.

»Wer ist diese Gabriele?«, fragte sie.

»Eine seiner Verehrerinnen«, antwortete Dr. Jelic. »Sie gehört zu den Frauen, die glauben, Patienten wie Rohde ändern zu können. Sie ignorieren deren Gefährlichkeit und bauen eine illusorische Scheinwelt auf, in der sie sich als Retterinnen stilisieren. Häufig sind es einsame Frauen, die ihrem Leben damit einen Sinn geben.«

»Wie lautet ihr vollständiger Name?«

»Gabriele Kunzmann.«

»Und wie lange kennen sich die beiden schon?«

»Etwa vier Jahre. Sie hat einen Zeitungsartikel über ihn gelesen und sich in das Foto von ihm verliebt. Seitdem besucht sie ihn einmal pro Monat und will ihm helfen.«

»Werden die Gespräche aufgezeichnet?«

»Nein, nur überwacht. Bisher hat es keine Beanstandung gegeben.«

»Worüber reden sie?«

»Über die Liebe, die sie füreinander empfinden.« Er rollte mit den Augen. »Ein Rosamunde-Pilcher-Roman ist nichts im Vergleich dazu.«

Nadine sah ihn erstaunt an. »Rohde und Liebesgesülze?«

Der Psychiater drehte die Handflächen zur Decke. »Er spielt ihr mit Sicherheit was vor, wenngleich es mir ein Rätsel ist, warum. Frau Kunzmann ist übergewichtig und – Sie verzeihen mir den Ausdruck – nicht das, was man allgemein eine Schönheit nennt. Wäre Rohde in Freiheit, er würde sie keines Blickes würdigen. Möglicherweise bereitet es ihm Vergnügen, sie zu verspotten, oder es ist eine willkommene Gelegenheit für ihn, sein Zimmer verlassen zu können.«

»Warum will er sie ohne Handschellen und Trennscheibe treffen?«, wunderte sich Krüger.

»Aus dem gleichen Grund, weshalb er Kontakt mit den anderen Patienten fordert. Er plant eine Geiselnahme, um seine Freiheit zu erpressen.«

Krüger wirkte nicht überzeugt. »Das hat er bereits versucht und ist gescheitert. Er weiß, dass er damit keinen Erfolg haben wird.«

»Rohde würde alles tun, um hier rauszukommen. Und sei es noch so ein verzweifelter Versuch. Er hat nichts mehr zu verlieren.«

»Hat diese Kunzmann schon mal versucht, eine Waffe oder dergleichen einzuschmuggeln?«, wollte Nadine wissen.

»Nein. Was auch sinnlos wäre, weil sie gründlich durchsucht wird und durch den Metalldetektor muss. Und der ist so eingestellt, dass er selbst bei einer Haarnadel anschlägt. Lediglich beim ersten Besuch hat sie einen selbst gebackenen Kuchen mitgebracht, weil sie nicht wusste, dass das verboten ist. Wir haben ihn ihr abgenommen.«

»Was spricht dann gegen ein einmaliges Treffen der beiden ohne Trennscheibe?«, fragte Krüger.

»Hören Sie mir eigentlich zu?« Dr. Jelics Kopf zuckte leicht. Ein Tick, den Nadine schon öfter bei ihm bemerkt hatte, wenn er wütend oder nervös wurde. »Er will sie als Geisel nehmen.«

»Er hat keine Waffe und kann ihr somit nichts tun. Und für alle Fälle steht ein Spezialeinsatzkommando vor der Tür bereit. Das Treffen wird videoüberwacht. Beim geringsten Verdacht, dass er auf Gabriele Kunzmann losgeht, ist das SEK schneller im Raum, als er sie erreichen kann.«

»Das ist nur ein Teil seiner Forderung gewesen. Er will außerdem eine gelockerte Fesselung und Kontakt zu den anderen Patienten. Beides ist inakzeptabel. Ich habe zugestimmt, dass er mit seiner Tochter spricht, zu mehr bin ich nicht bereit.«

Der Psychiater nahm in seinem massiven Ledersessel Platz und verschränkte die Arme vor der Brust. Es war ihm deutlich anzusehen, dass jeder weitere Versuch, ihn umzustimmen, zwecklos war.

Frustriert verzog Nadine das Gesicht. Ohne die Zugeständnisse würde Rohde schweigen, und die Chance, den Schlitzer schnell zu fassen, war in weite Ferne gerückt.

Kapitel 29

Sam schob den Vorhang in der Küche ein wenig zur Seite und lugte durch den Spalt auf die Straße hinaus. Mittlerweile war es dunkel geworden, und es nieselte, doch die Journalisten belagerten weiterhin das Haus. Noch immer fragte sie sich, wie Kehl herausgefunden hatte, wer sie war und dass sie mit ihrem Vater gesprochen hatte.

Ein Streifenwagen hatte sie nach dem Gespräch zurückgefahren, weil Nadine und Krüger mit Dr. Jelic über die Forderungen sprechen wollten. Die Schutzpolizisten begleiteten sie bis zur Wohnung und ließen beinahe ihren Nachbarn Jakob Seidel nicht ins Haus, der mit einer Yogamatte unter dem Arm heimgekommen war.

»Was ist denn hier los?«, fragte er mit Blick auf die Reporter.

»Nichts«, antwortete sie und verschwand rasch in ihrem Apartment. Es würde nicht lange dauern, bis er die Wahrheit herausfand.

Zum Mittagessen kochte sie sich erneut Nudeln mit Tomatensoße, weil ihr Kühlschrank immer noch leer war, und legte sich anschließend auf die Couch. Sie war so erschöpft, dass sie sofort einschlief und erst drei Stunden später aus wirren Träumen aufwachte. Das Gespräch hatte sie völlig ausgelaugt, und der bislang unterdrückte Schmerz über den Tod ihrer Mutter hatte ihr den Rest gegeben.

Sam stand auf und blieb vor dem gemeinsamen Foto mit ihr stehen. Und zum ersten Mal seit Mamas Selbstmord verspürte sie bei dem Anblick nicht tiefe Traurigkeit, sondern Verständnis und Liebe. Ihre Mutter hatte sie nicht mit Absicht im Stich gelassen, sie hatte in ihrer Verzweiflung einfach keinen anderen Ausweg mehr gesehen. Und Sam wurde klar, dass nicht ihr Vater sie getötet hatte. Es war allein ihre Entscheidung gewesen. In diesem Punkt hatte er recht.

Sie berührte das Foto.

»Ich habe es geschafft«, sagte sie stolz. »Ich hab ihn aus dem Konzept gebracht.«

Ihr müsst wie ein Schachspieler denken.

Sie fragte sich, was er mit seinem Hinweis gemeint hatte, und hoffte, dass Nadine und Krüger mehr damit anfangen konnten. Und wer war Gabriele, die er treffen wollte?

Sam verspürte das dringende Bedürfnis, mit Jenny zu reden. Sie griff nach dem Handy auf dem Wohnzimmertisch und bemerkte eine SMS ihrer Freundin.

Bleibt's bei 18 Uhr?

Sam runzelte die Stirn. Dann fiel ihr siedend heiß ein, dass heute Donnerstag und die Schlüsselübergabe für ihre neue Wohnung war. Sie hatte den Termin völlig vergessen.

Ja, schrieb sie ihr zurück. *Bis gleich!*

Sie schaute auf die Uhr. Wenn sie jetzt losfuhr, konnte sie davor noch einkaufen gehen.

Nur wie sollte sie an den Journalisten vorbeikommen? Sie würden sie wahrscheinlich bis zur Bushaltestelle verfolgen und selbst dort nicht in Ruhe lassen. Alternativ könnte sie das Auto nehmen, doch mit der U-Bahn wäre sie um die Uhrzeit wesentlich schneller.

Wenn es nur einen Weg hinten raus gäbe.

Moment mal, schoss es ihr durch den Kopf. Den gibt es. Jakobs Wohnung liegt auf der Rückseite des Hauses.

Sie überlegte, ihn zu fragen, ob er sie über seine Terrasse rauslassen würde. So könnte sie von den Reportern ungesehen zur Bushaltestelle gelangen. In der nächsten Sekunde verwarf sie die Idee wieder. Bestimmt hatte er mittlerweile herausgefunden, wer sie war, und würde ihr gar nicht aufmachen.

Du hast nichts zu verlieren.

Sam gab sich einen Ruck und beschloss, es zu versuchen. Sie schnappte sich ihren Rucksack, zog ihre Winterjacke an und klingelte bei ihm. Zu ihrer Überraschung öffnete er.

»Hallo, Sam«, sagte er und warf ihr dieses umwerfende Lächeln zu.

»Hi ... Ja ... Ich wollte dich fragen, ob du mir einen Gefallen tun könntest.«

»Wie kann ich dir helfen?«

»Das klingt jetzt vielleicht komisch, aber könnte ich bei dir hinten rausgehen?«

Er wirkte nicht verwundert, sondern hielt ihr die Tür auf. »Klar. Komm rein.«

Sam trat ein. Offenbar wusste er doch noch nicht, wer sie war.

»Du willst an der Meute vorbei aus dem Haus, hm?«, meinte er, und Sam nickte zaghaft. »Kann ich verstehen.« Er musterte sie mit leicht geneigtem Kopf. »Du bist also die Tochter von Tom the Ripper.«

Ihre Hoffnung zerplatzte wie ein prall gefüllter Luftballon, in den jemand eine Nadel bohrte, und sie ließ resigniert die Schultern sinken. Natürlich wusste er Bescheid. Es stand in der Zeitung und war bestimmt auch schon im Fernsehen gesendet worden.

Sie ahnte, was jetzt folgen würde. Er würde sie ausfragen und anschließend die Informationen an die Presse weitergeben.

»Ich gehe besser wieder«, sagte sie und drehte sich zur Tür um.

»Ich dachte, du wolltest hinten raus?«

»Nein, schon gut.«

Dann musste sie eben an den Reportern vorbei und sie stoisch ignorieren, wie Nadine es ihr geraten hatte.

»Ich hab kein Problem damit, dass du Rohdes Tochter bist, wenn du davor Angst hast.«

Sie warf ihm einen skeptischen Blick zu. Wollte er sie in falscher Sicherheit wiegen, bevor er sie mit Fragen löcherte?

»Warum schaust du mich so an?«

»Weil ... weil du der Erste wärst, der damit kein Problem hätte.«

»Du bist nicht schuld an dem, was dein Vater getan hat.«

Sie stutzte. Meinte er das ernst?

Er deutete Richtung Terrassentür. »Ich lass dich hinten raus, dann kannst du den Pressefuzzis entwischen.«

Sam musste lachen. *Pressefuzzis*. Das gefiel ihr.

Sie gingen in das einzige Zimmer der Wohnung, das bis auf einen zusammengeklappten Futon, einen zweitürigen Kleiderschrank und einem Regalbrett an der Wand, auf dem neben einer Topfpflanze ein Laptop und ein Handy lagen, leer war. Erst jetzt realisierte sie, dass der Flur genauso kahl war. Lediglich zwei Paar Schuhe standen neben seiner zusammengerollten Yogamatte auf dem Boden, und zwei Jacken hingen an einem Garderobenhaken.

»Ich probiere den Minimalismus aus«, beantwortete er ihre unausgesprochene Frage.

»Den Minimalismus?«

»Ja. Ich versuche, mit so wenig Gegenständen wie

möglich auszukommen, und schreibe darüber ein Buch.«

»Echt?« Sie sah sich um. »Du hast keinen Fernseher«, stellte sie fest.

»Läuft doch eh nur Mist, oder?«

»Ich hab auch keinen.«

Auf einmal kam ihr der Raum gar nicht mehr so leer vor. Es lag eine wohlige Wärme darin.

Oder war es Jakobs Anwesenheit?

»Ich weiß ja nicht, wohin du willst, aber wenn du zurück bist, kannst du gerne wieder bei mir durch. Klopf einfach.«

»Danke, das ist nett von dir. Wenn die«, sie grinste, »Pressefuzzis nachher noch da sind, komme ich auf dein Angebot zurück.«

Sie spürte, wie sie sich ein wenig entspannte. Bis jetzt hatte Jakob sie nicht zu ihrem Vater ausgefragt.

»Sag mal«, meinte er und öffnete die Terrassentür. »Hättest du vielleicht mal Lust auf einen Kaffee? Und bevor du fragst, ich hab eine Kaffeemaschine. Sogar einen Kaffeevollautomaten, der einen richtig guten Cappuccino macht. In der Küche stehen auch ein Tisch und zwei Stühle. Du musst also nicht auf dem Boden sitzen.«

»Sehr gerne«, antwortete sie lächelnd, bevor ihr Kopf wieder in den Misstrauensmodus schalten konnte.

Sie trat in die Dunkelheit hinaus und zwängte sich durch die kahle Hecke, die den kleinen Garten von dem Weg hinter dem Haus abtrennte.

Kapitel 30

»Ich bekomme hier eine Unterschrift, und schon gehört die Wohnung Ihnen.« Bettina Osterbeck, eine adrett gekleidete Frau Mitte vierzig, reichte Sam ein Formular auf einem Klemmbrett und einen Kugelschreiber.

Sam wechselte mit Jenny einen fröhlichen Blick, dann unterschrieb sie, und die Vermieterin händigte ihr drei Schlüssel aus.

»Ich wünsche Ihnen eine schöne Zeit hier«, sagte sie und verabschiedete sich.

Kaum war sie weg, drückte Jenny Sam herzlich. »Ich freue mich so für dich.«

Die Zweizimmerwohnung bestach durch große Fenster, die bei Tag viel Licht hineinließen, und ein helles Parkett mit Fußbodenheizung, das an einigen Stellen Gebrauchsspuren aufwies. Die Küche hatte sie vom Vormieter übernommen, genau wie die Deckenlampen, moderne LED-Strahler, sodass sie sich darum nicht mehr kümmern musste.

Der Umzug war für Mitte Dezember geplant, Jenny und ihre Eltern hatten ihr Unterstützung zugesagt. Wohnzimmerschrank, Bücherregal, Couch und Bett wollte sie aus ihrer alten Wohnung mitnehmen, einen neuen Kleiderschrank hatte sie bei IKEA bereits rausgesucht, und für die Badausstattung hatte sie ebenfalls schon konkrete Vorstellungen.

»Du schaust müde aus«, meinte Jenny.

»Da hättest du mich sehen sollen, bevor ich drei Stunden geschlafen habe.«

»Wie ist das Gespräch gelaufen?«

Sam berichtete ihr, womit ihr Vater sie konfrontiert hatte, und ließ den Teil mit den Mordopfern und seinem Hinweis weg.

»Was für ein Arschloch«, sagte Jenny. »Er nutzt es voll aus und quält dich aus Rache.« Sie warf ihr ein Lächeln zu. »Ich finde es trotzdem toll, dass du nicht länger vor deiner Angst davonläufst und dich ihm stellst.«

Sam hegte gemischte Gefühle. Einerseits wusste sie nicht, wie viel sie noch ertragen konnte. Andererseits hatte ihr der heutige kleine Erfolg neuen Auftrieb gegeben.

»Musst du noch mal mit ihm reden?«

»Er hat Forderungen gestellt. Wenn sie erfüllt werden, dann ja. Hoffentlich zum letzten Mal.«

Danach wollte sie ihn nie wiedersehen.

»Du kriegst das hin«, bestärkte Jenny sie und griff in ihre Jackentasche. »Ich hab hier was für dich.« Sie übergab ihr ein braunes Lederarmband, das mit einem blau bestickten Rand und einer Gravur verziert war.

Angst beginnt im Kopf. Mut auch.

Sam war sichtlich gerührt. Mut war genau das, was sie jetzt dringend brauchte, und das Armband würde sie ab sofort daran erinnern. Genau wie an ihre Freundschaft mit Jenny, die immer für sie da war und sie nie im Stich ließ.

Tiefe Dankbarkeit überkam sie.

»Das ist so lieb von dir«, sagte sie mit tränenerstickter Stimme und umarmte ihre Freundin.

»Ich helfe dir, es umzubinden.« Jenny legte Sam das Schmuckstück um das linke Handgelenk und schloss den silberfarbenen Verschluss. »Steht dir gut. Und jetzt lass uns durch die Wohnung gehen und alles für den Umzug planen.«

Sie fingen mit dem Schlafzimmer an, dessen Fenster zur Seitenstraße hinauszeigte.

»Wenn du das Bett hierhinstellst, könnte sich die Energie in einem optimalen Fluss durch den Raum bewegen.«

»Hä?« Sam war irritiert.

»Stand kürzlich in einem Zeitschriftenartikel über Feng-Shui«, meinte Jenny, und sie mussten beide lachen.

Während Jenny verschiedene Möglichkeiten der Möbelanordnung durchging, fiel Sams Blick aus dem Fenster. Die Wohnung befand sich im ersten Stock. Eine Straßenlaterne beleuchtete schwach die Umgebung.

Plötzlich stutzte sie.

War da jemand?

Sie versuchte herauszufinden, ob sie sich die dunkle Gestalt hinter dem Baum auf der gegenüberliegenden Straßenseite nur einbildete oder nicht.

Ein mulmiges Gefühl beschlich sie.

Im nächsten Moment nahm sie eine Bewegung wahr und konnte die Umrisse eines Menschen erkennen.

War das der aufdringliche Reporter von gestern?

»Jenny?«

Ihre Freundin reagierte nicht. Sam drehte den Kopf und sah, dass sie mit ihren Armen grob ausmaß, wie viel Platz zwischen dem Bett und der Wand blieb.

»Jenny! Komm her. Da unten ist jemand und beobachtet uns.«

»Was?« Sie trat neben Sam und schaute nach draußen. »Wo?«

»Dort drüben hinter dem Baum.«

»Ich sehe niemanden.«

Sam beugte sich so weit vor, dass ihre Nasenspitze die kalte Scheibe berührte. Sie schirmte die Augen mit ihren Händen vor dem Deckenlicht ab und stierte angestrengt in die Dunkelheit.

Keiner war zu sehen.

Wer immer vorhin dort unten gestanden hatte, war verschwunden.

Kapitel 31

Obwohl es nieselte, war Nadine laufen gegangen. Sie musste den Kopf frei kriegen, und neben Karate war Joggen das beste Ventil für sie. Die letzten zweihundert Meter sprintete sie.

Mit regenfeuchten Haaren und außer Puste sperrte sie die Wohnungstür auf und kehrte zurück in die Einsamkeit, die ihr manchmal die Luft zum Atmen raubte.

»Ich bin wieder da!« Sie streifte ihre Turnschuhe ab. »Max? Moritz?«

Sie wusste, dass die beiden nie antworten oder ihr freudig entgegenspringen würden, dennoch rief sie jedes Mal ihre Namen, wenn sie heimkam. Es nahm ein wenig die Stille, die in der Wohnung herrschte, seit Mirco vor einem Jahr ausgezogen war.

Nie würde sie vergessen, als er eines Abends aus heiterem Himmel mit ihr Schluss gemacht hatte, weil er sich in eine andere Frau verliebt hatte. Er hatte es sattgehabt, sich ständig nach ihrem Dienstplan zu richten und sich damit abzufinden, wenn sie wegen eines Mordfalls wieder Überstunden schob. Und er konnte nicht länger mit der Angst leben, die er um sie hatte, seit sie angeschossen worden war.

Nadine ging ins Wohnzimmer und begrüßte Max und Moritz, zwei kleine Schildkröten, die in einem Holzgehege, das sich über die halbe Wandseite erstreckte, auf einem Stein dösten. Über ihnen brannte eine helle UV-Lampe. In der Wasserschale schwamm ein verwelktes

Blatt, und der Salat, den sie ihnen heute Morgen gegeben hatte, war fast komplett aufgefressen.

Für eine Weile beobachtete sie die beiden Tiere, die eine wohltuende Ruhe ausstrahlten. Nadine hatte sie vor einem halben Jahr bei sich aufgenommen, weil sie die Leere in ihrer Wohnung nicht mehr ertragen konnte. Außer ihrer Arbeit und dem Karatetraining war ihr nicht viel geblieben. Mirco war weg, und ihre zwei Freundinnen aus früheren Tagen hatten wegen ihrer Kinder kaum Zeit. Anfangs hatten sie noch in unregelmäßigen Abständen telefoniert, doch irgendwann war es Nadine zu viel geworden, dass sich die Gespräche immer um die gleichen Themen drehten. Windelwechseln, Kita, Kinderkrankheiten – mit nichts davon konnte sie etwas anfangen. Und über das, was sie bei der Mordkommission erlebte, durfte sie nicht mit ihnen reden.

Ihr Blick fiel auf die Fotos, die über dem Terrarium an der Wand hingen. Das erste zeigte sie mit ihren vier älteren Brüdern. Obwohl sie als Halbthailänderin ihren Geschwistern nicht ähnlich sah, waren sie unzertrennlich. Das zweite Foto zeigte die gesamte Familie, und auf dem letzten saß sie als junges Mädchen zusammen mit ihrem Vater an einem Lagerfeuer.

Sie stieß einen wehmütigen Seufzer aus. Wie sehr sie ihn vermisste.

Jedes Jahr war sie mit ihm allein übers Wochenende zum Zelten gefahren. Drei Tage, in denen sie sich nicht gegenüber ihren Brüdern behaupten musste, sondern einfach Papas Mädchen sein konnte. Als sie sechzehn war, starb er völlig überraschend und mit ihm ein Teil von ihr. Zwei Jahre später legte sie in Karate ihre erste Schwarzgurtprüfung ab und wünschte sich nichts sehnlicher, als dass er bei diesem besonderen Moment hätte dabei sein können. Genau wie bei ihrer Vereidigung als

Polizistin und ihrem Studienabschluss für den gehobenen Dienst. Er wäre stolz auf sie gewesen, dass sie es mittlerweile zur Kriminalhauptkommissarin geschafft hatte.

Und nun den größten Mordfall ihrer Karriere bearbeitete.

Die Stimmung während der heutigen Nachmittagsbesprechung war gedämpft gewesen. Dr. Jelics Weigerung, Rohdes Forderungen für weitere Hinweise zu erfüllen, hatte ihre Ermittlungen ausgebremst. Auf Rohdes Andeutung, wie ein Schachspieler zu denken, konnte sich niemand einen Reim machen, dennoch wollten sie die Mitglieder seines ehemaligen Schachklubs *Der blaue Turm* überprüfen.

Wenn Dr. Jelic nur nicht solch ein arroganter Sturkopf wäre. Er war mehr um seinen guten Ruf besorgt als daran interessiert, weitere Opfer des Schlitzers zu verhindern. Krüger hatte die Rechtsabteilung beauftragt, es auf gerichtlichem Weg zu versuchen, doch die Aussicht auf Erfolg war gering.

Nadine ging in die Küche und bereitete sich einen Proteinshake zu, bevor sie unter die heiße Dusche stieg.

Irgendeine Möglichkeit musste es geben, den Arzt umzustimmen. Genau wie Krüger war sie überzeugt, dass Rohde wusste, wer der Schlitzer war. Er war die Abkürzung bei ihren Ermittlungen, und ihnen lief die Zeit davon. Sie brauchten den Namen.

Sie griff nach dem Shampoo.

Dieser verdammte Psychiater!

Kapitel 32

Damals

Sie war ihm gleich aufgefallen. Wie sie in ihrem figurbetonten schwarzen Kleid an der Bar stand, mit einer anmutigen Bewegung die roten Haare aus dem sommersprossigen Gesicht strich und an ihrem Cocktail nippte. Im Hintergrund wummerten die Bässe von Rammstein. Es roch nach Alkohol, die Stimmung war ausgelassen.

Sie sah Leonie so ähnlich.

Paul beobachtete sie eine Weile aus der Menge heraus, bevor er zur Bar ging, einen Wodka Red Bull bestellte und ihn auf ex trank. Erst dann fasste er den Mut, sie anzusprechen. Drei Stunden später waren sie im Bett. Sie stöhnte, krallte sich in seinem Po fest und schob ihm ihr Becken entgegen. Er stieß schneller zu und malte sich aus, dass er seine Hände um ihren Hals legte und zudrückte. Wie ihre Augen aus den Höhlen traten, während er kam, und sie im selben Moment erschlaffte, als er fertig war.

Verschwitzt lagen sie nebeneinander. Sie hatte ihm den Rücken gekehrt und schlief friedlich. Sein Arm ruhte auf ihrem nackten Oberkörper.

Von der Straßenlaterne vor dem Haus fiel fahles Licht durch die Ritzen der Jalousie und warf eigenartige Schattengebilde an die Wand. Paul blickte zu seiner Hose auf dem Boden, neben den anderen Klamotten, die sie sich gegenseitig vom Leib gerissen hatten, kaum dass sie ihre Wohnung betreten hatten. In der rechten Hosentasche steckte sein Springmesser. Wenn er leise aus dem Bett stieg, konnte er es holen, ohne dass sie aufwachte, und sich endlich seinen größten Traum erfüllen.

Na los, worauf wartest du?, meldete sich seine innere Stimme. *Es ist die perfekte Gelegenheit!*

Langsam nahm er den Arm von ihr und wollte sich umdrehen, als sie einen leisen Laut von sich gab. Sofort hielt er in der Bewegung inne.

Sie würde wach werden, wenn er aufstand.

Enttäuscht ließ er den Arm wieder sinken und lauschte ihrem gleichmäßigen Atem. Er vergrub das Gesicht in ihren Haaren, die nach Kokos und Apfel rochen, und sog den Duft tief ein.

Als er aufwachte, war es draußen hell. Sie lag auf dem Rücken und schlief noch. Paul benötigte einen Moment, bis ihm ihr Name wieder einfiel. Melina. In Gedanken hatte er sie die ganze Zeit »Leonie« genannt.

Ein Sonnenstrahl schien durch den Rollladenspalt direkt auf ihren Hals.

Sehnsüchtig dachte er an das Messer in seiner Hosentasche und überlegte, ob er es holen sollte. Doch der Anblick ihres Halses ließ ihn verharren. Er lud ihn geradezu ein, ihn zu packen und den Kehlkopf zu zerquetschen. Paul wollte die zarte Haut unter seinen Fingern spüren, während ihre Lider im Todeskampf zu flattern begannen.

Vorsichtig richtete er sich auf und streckte die Arme aus. Sein Herz raste vor Aufregung.

Tu es! Verdammt noch mal, tu es endlich!

Fast zärtlich legte er die Hände um ihren Hals, und eine heftige Erregung durchfuhr ihn.

Plötzlich schlug sie die Augen auf, und er zog hastig die Hände zurück.

»Guten Morgen«, sagte sie und lächelte.

Bittere Enttäuschung erfasste ihn, und kurz fürchtete er, dass sie alles mitbekommen hatte. Er zwang sich, ihr Lächeln zu erwidern. »Hey. Gut geschlafen?«

»Und wie«, antwortete sie und streckte sich. »Ich könnte jetzt 'nen Kaffee gebrauchen. Wie sieht's bei dir aus?«

»Gerne.«

Sie küsste ihn und strich mit dem Finger über seine unbehaarte Brust. »Bleib liegen, ich mach uns einen. Und danach gibt's Frühstück.«

Sie zwinkerte ihm zweideutig zu, und er wusste, dass sie damit kein Müsli oder Nutellabrot meinte. Er würde sich eine Ausrede einfallen lassen müssen, denn sie hatte ihm die Stimmung in der Sekunde verdorben, als sie die Augen geöffnet und ihn damit von seinem Vorhaben abgehalten hatte.

Sie stieg aus dem Bett und warf ihm einen frechen Blick über die Schulter zu, ehe sie nackt aus dem Schlafzimmer ging. Paul ließ sich auf die Matratze zurückfallen.

Vielleicht war es ganz gut, dass sie aufgewacht war, bevor er zugedrückt hatte. Zu viele Menschen hatten ihn und Melina gestern im Klub und den zusammen verlassen gesehen. Er hatte sogar direkt in die Kamera geschaut, die am Eingang angebracht gewesen war. Hätte er sie vorhin getötet, die Polizei wäre ihm ziemlich schnell auf die Spur gekommen.

Auch wenn sie Leonie noch so ähnlich sah, sie war nicht das richtige Opfer. Und jetzt der falsche Zeitpunkt.

Er schnitt eine gequälte Grimasse.

Ihm wurde klar, dass er nicht impulsiv handeln durfte. Er musste anders an die Sache rangehen.

Er brauchte einen Plan.

Kapitel 33

Freitag, 29. November

Sam wachte vor dem Wecker auf, und zum ersten Mal seit Tagen fühlte sie sich ausgeschlafen. Sie hatte von ihrer neuen Wohnung geträumt, dem bevorstehenden Umzug, und weder ihr Vater noch die unbekannte Person, die sich gestern hinter dem Baum versteckt hatte, war darin aufgetaucht.

Als sie heimgekommen war, hatte es stark geregnet. Die Reporter waren abgezogen, und Sam war auf normalen Weg zurück in ihre Wohnung gelangt. Sie war fast ein wenig enttäuscht darüber gewesen, denn sie hätte nichts dagegen gehabt, sich erneut mit Jakob zu unterhalten.

Bei dem Gedanken an ihn fühlte sie eine wohlige Wärme, genau wie gestern in seiner Wohnung.

Ich hab kein Problem damit, dass du Rohdes Tochter bist, wenn du davor Angst hast.

Sie wollte nichts mehr, als ihm glauben, doch sie war weiterhin misstrauisch. Zu schmerzhaft war die Erfahrung in der Vergangenheit gewesen, der Verlust ihrer Freunde – mit Ausnahme von Jenny – und die Lügen, die über sie und ihre Mutter verbreitet worden waren. Und die, wie sie befürchtete, nun erneut losgehen würden.

Sind Sie Rohdes Tochter?

Wie die Aasgeier hatten sich die Reporter vor ihrer Wohnung auf sie gestürzt, sie bedrängt und zu ihrem

Vater gelöchert. Als könnte sie etwas dafür, sein Kind zu sein.

Sam zweifelte nicht daran, dass sie die alten Geschichten aus den Archiven graben und für aktuelle Artikel wiederverwenden würden, garniert mit Mutmaßungen, Halbwahrheiten und Lügen über den neuen Fall. Hauptsache, es verkaufte sich. Und was konnte reißerischer sein als ein elffacher Serienmörder, der im Hochsicherheitstrakt der Psychiatrie saß, dort einen weiteren Menschen getötet hatte und wahrscheinlich wusste, wer der Schlitzer war, der seinerseits bereits fünf Menschen auf dem Gewissen hatte?

Sam streckte sich und stand auf. Nach einer ausgiebigen Dusche ging sie in die Küche und schaute aus dem Fenster. Es regnete in Strömen, der Tag war trist und grau. Sie entdeckte einen weißen Van mit der Aufschrift eines Nachrichtensenders, der auf der anderen Straßenseite parkte, ansonsten ließ sich kein Journalist blicken.

Sie machte sich einen Kaffee und ein Müsli, in das sie einen Apfel hineinschnitt und es mit Kokosflocken und einem Schuss Ahornsirup toppte. Sie aß mit Appetit, während sie die *Tribute von Panem* weiterlas. Aus der Kaffeetasse neben ihr stieg heißer Dampf und verbreitete ein verführerisches Aroma.

Gegen halb zehn klingelte es.

»Ja bitte?«, sagte sie in die Gegensprechanlage.

»DHL. Paket für Sie«, antwortete eine männliche Stimme.

Sam betätigte den Türöffner und lugte durch den Spion. Erst als sie den DHL-Boten sah, der ein Paket in der Hand hielt, öffnete sie. Seine rot-gelbe Kleidung war nass, und von seinem Käppi mit dem Firmenlogo, das er tief in die Stirn gezogen hatte, tropfte Wasser auf den Boden.

Er hielt ihr einen Scanner hin, und sie unterschrieb, ehe er ihr das Paket aushändigte und sich verabschiedete.

Sam schloss die Tür und stellte den Karton auf den Küchentisch. Auf dem maschinell bedruckten Adressaufkleber war als Absender *Roman Kogler* notiert. Sam hatte den Namen noch nie gehört und konnte sich auch nicht erinnern, in letzter Zeit etwas bestellt zu haben.

Sie holte die Schere aus dem Schrank, schnitt das Klebeband durch und klappte die Kartondeckel auf.

Im nächsten Moment riss sie entsetzt die Augen auf. Sie würgte, schlug die Hände vors Gesicht und taumelte rückwärts, bis sie gegen die Küchenzeile stieß. Sie schaffte es gerade noch, sich umzudrehen, dann erbrach sie ihr Frühstück in der Spüle.

Kapitel 34

Nadine starrte fassungslos in den Karton.

»Ein starkes Stück«, meinte einer der beiden Kriminaltechniker neben ihr.

»Allerdings«, murmelte sie und unterdrückte die aufsteigende Wut.

In dem Paket lagen, gebettet auf weinrotem Samt, sechs Ohrenpaare – alle mit Nadeln am Stoff fixiert, damit sie nicht verrutschten. Zwei Ohren waren sauber, die anderen mit verkrustetem Blut überzogen und in verschiedenen Verwesungsstadien. Der Geruch war ekelerregend.

Sechs, dachte Nadine. Wem, zur Hölle, gehört das sechste Paar?

Bisher gab es fünf Leichen. Hatte der Schlitzer in der Zwischenzeit erneut zugeschlagen und die Polizei das neueste Opfer nur noch nicht gefunden?

Sie wagte gar nicht, daran zu denken.

Ihr Blick wanderte zu dem laminierten roten Papier in der Größe einer Visitenkarte, das zwischen zwei Ohren steckte. In schwarzer Schrift stand dort:

Mit den besten Empfehlungen von Thomas Rohde.

Die Nachricht war blanker Hohn, und vermutlich hatte der Schlitzer genau das damit bezweckt.

Ich krieg dich, du verfluchter Bastard. Ich krieg dich!

Sie bedeutete ihren Kollegen, das Paket in einen großen Beweisbeutel zu packen. Dann ging sie ins Wohnzimmer, wo Sam zusammengesunken auf der Couch saß. Sie hatte das Gesicht in ihren Händen vergraben und zitterte am ganzen Körper.

Nadine setzte sich neben sie, und Sam hob den Kopf. Sie war kalkweiß, in ihren Augen war nackte Angst zu lesen.

»Es kommt von *ihm*, oder?«, sagte sie, ihre Stimme bebte.

»Sieht ganz danach aus.«

»Warum? Will er«, sie stockte, »will er mich als Nächstes töten?«

»Das halte ich für unwahrscheinlich. Der Schlitzer kündigt seine Morde nicht vorher an, sondern schlägt nachts im Schutz der Dunkelheit zu. Ich glaube, er hat Ihnen das Paket geschickt, weil Sie mit Ihrem Vater reden. Ob das als Drohung, Einschüchterung oder Machtdemonstration aufzufassen ist, weiß ich nicht. Vielleicht hat er sich auch einfach nur einen Spaß erlaubt.«

Sam sah sie entsetzt an. »Einen Spaß?«

»Ich traue ihm mittlerweile alles zu.«

»Diese Karte … Ist das die Botschaft, die er bei seinen Opfern immer hinterlässt?«

»Ja.«

Sams Blick verlor sich im Nichts. Sie hatte die Hände auf ihrem Schoß so krampfhaft verschränkt, dass die Knöchel weiß hervortraten.

Nadine berührte ihre Schulter. »Sie brauchen keine Angst zu haben. Ich glaube nicht, dass der Schlitzer es auf Sie abgesehen hat. Trotzdem werde ich dafür sorgen, dass Sie unter Personenschutz gestellt werden.«

Sam nickte zögerlich, und Nadine konnte erkennen, dass es sie zumindest ein wenig beruhigte.

»Sie sagten, DHL hat das Paket geliefert?«

»Ja.«

»Wir werden die Sendung zurückverfolgen. Der Absender ist mit Sicherheit falsch, aber wir können feststellen, in welcher Postfiliale das Paket aufgegeben worden ist. Wenn wir Glück haben, gibt es dort eine Überwachungskamera.«

Nadine bezweifelte, dass der Schlitzer nicht darauf geachtet hatte, doch sie wollte Sam beschwichtigen.

»Haben Sie heute schon die Zeitung gelesen?«

Sam verneinte. »Was steht drin?«

»Der übliche Blödsinn. Mit Ausnahme der Information, dass die Stewardess mit Schaschlikspießen getötet worden ist. Keine Ahnung, wo dieser Schmierfink das schon wieder herhat, das hätte niemals an die Öffentlichkeit dringen dürfen. Wenn Kehl so weitermacht, gefährdet er ernsthaft unsere Ermittlungen.«

»Ich habe kein Wort zur Presse gesagt. Auch meiner Freundin Jenny gegenüber hab ich nichts davon erwähnt.«

»Ich glaube Ihnen. Er muss einen Informanten haben.«

Die Kriminaltechniker erschienen in der Tür und gaben Bescheid, dass sie fertig waren.

»Was ist mit meinem Vater?«, wollte Sam wissen, nachdem die beiden Männer gegangen waren, und Nadine fiel auf, dass sie ihn zum ersten Mal nicht »Monster« nannte.

»Doktor Jelic weigert sich, seine Forderungen zu erfüllen.«

Sams Miene blieb unbewegt, und Nadine fragte sich, ob sie enttäuscht oder froh darüber war.

»Und was heißt das?«

»Dass Ihr Vater schweigen wird. Wir versuchen es gegenwärtig auf dem Rechtsweg, die Erfolgsaussichten sind allerdings gering. Die Sicherheitsmaßnahmen gegen ihn sind gerichtlich abgesegnet, er hat damals erfolglos dagegen geklagt.«

»Dann war alles umsonst?«, fragte sie fassungslos.

»Nicht wenn Doktor Jelic seine Meinung ändert«, antwortete Nadine grimmig.

Und dafür würde sie sorgen. Der Fall hatte sich nach dem Paket zugespitzt. Sie wollte noch einmal das Gespräch unter vier Augen mit dem Psychiater suchen und ihn davon überzeugen, Rohdes Forderungen nachzukommen. Sollte er sich weiterhin weigern, würde sie ihm notfalls drohen, publik zu machen, dass er einen gefährlichen Serienmörder deckte. Was nicht stimmte, doch wenn Kehl einen anonymen Hinweis in der Richtung erhielt, würde er garantiert eine entsprechende Story daraus stricken.

Ihr war klar, dass sie sich damit in einer Grauzone der Legalität bewegte und ein Risiko einging, aber sie sah keine andere Möglichkeit, ihn umzustimmen und den Schlitzer aufzuhalten.

»Wer ist diese Gabriele?«, wollte Sam wissen.

»Eine der Frauen mit falsch verstandenem Helfersyndrom, wie Doktor Jelic es ausdrücken würde. Sie besucht ihn seit etwa vier Jahren. Wir haben sie überprüft, sie ist sauber.«

»Und was will er von ihr?«

Nadine drehte die Handflächen nach oben. »Fragen Sie mich was Leichteres. Der Psychiater vermutet, dass er sie als Geisel nehmen und seine Flucht erzwingen will. Ich bezweifle das. Ihr Vater weiß, dass er damit nicht durchkäme, zumal zur Sicherheit ein SEK vor der Tür bereitstünde.« Sie schaute Sam mit einem warmherzigen Ausdruck an. »Kommen Sie zurecht?«

Sam nickte stumm, und Nadine rechnete ihr hoch an,

dass sie sich in dieser belastenden Situation so wacker schlug.

»Ich melde mich später noch mal bei Ihnen wegen des Personenschutzes. Spätestens ab heute Abend werden Sie bewacht, Sie brauchen also keine Angst zu haben, dass der Schlitzer in der Nacht zuschlägt.«

»Danke.«

Nadine stand auf und verabschiedete sich von ihr. Mit eingezogenem Kopf lief sie durch den strömenden Regen zu ihrem Dienstwagen. Sie warf dem weißen Van des Nachrichtensenders auf der gegenüberliegenden Straßenseite einen kritischen Blick zu, dann stieg sie ein und strich sich die Nässe aus den Haaren. Dicke Regentropfen prasselten auf die Windschutzscheibe, die Umgebung war durch den Wasserschleier nur verschwommen zu sehen.

Nadine ließ den Kopf gegen die Lehne fallen und schloss die Augen. Im Geiste ging sie das bevorstehende Gespräch mit Dr. Jelic durch. Es hing alles davon ab, dass er seine Meinung änderte, und sie hoffte, dass sie dabei nicht bis zum Äußersten gehen musste.

Kapitel 35

Sam hatte das Gefühl, dass ihr die Decke auf den Kopf fiel. Sie hatte versucht, sich mit Lesen abzulenken, doch sie konnte sich nicht konzentrieren. Immer wieder tauchten Bilder der abgeschnittenen Ohren vor ihrem geistigen Auge auf, und sie musste jedes Mal würgen.

Es war später Mittag. Unruhig ging sie in ihrer Wohnung auf und ab, wie ein eingesperrtes Tier, das eine drohende Gefahr witterte und nicht fliehen konnte.

Zuerst die Spielchen, die ihr Vater mit ihr trieb, und jetzt das Paket. Sie war überzeugt, dass der Schlitzer aus der Zeitung erfahren hatte, dass sie mit ihm sprach. Wenn Kehl nicht öffentlich gemacht hätte, dass sie die Tochter von Thomas Rohde war, dann wäre der Killer niemals auf sie aufmerksam geworden und hätte ihr nicht seinen persönlichen Gruß des Grauens geschickt.

Hoffentlich hatte Nadine recht, dass er es nicht auf sie abgesehen hatte. Die Vorstellung, dass er ihr die Kehle aufschlitzen oder sie mit Schaschlikspießen töten könnte, war unerträglich.

Sams Entschlossenheit, der Polizei bei ihren Ermittlungen zu helfen, war auf einmal zu einer persönlichen Sache geworden. Aber im Moment konnte sie nichts weiter tun, als abzuwarten und darauf zu hoffen, dass die Kriminalhauptkommissarin Dr. Jelic umstimmte.

Sie musste sich ablenken.

Vielleicht könnte sie anfangen, ihre neue Wohnung zu streichen?

Die Idee gefiel ihr.

Sie ging in die Küche, bemüht, nicht zum Tisch zu schauen, wo sie vorhin das grausige Paket abgestellt hatte, und lugte aus dem Fenster. Vor einer halben Stunde hatte es aufgehört zu regnen, und die Reporter waren wie die Ratten aus ihren Löchern gekrochen und belagerten erneut das Haus.

Sam beschloss, Jakob zu fragen, ob sie wieder bei ihm hinten rausgehen könnte. Rasch packte sie alte Kleidung zum Malern in ihren Rucksack, schnappte sich ihre Winterjacke und klingelte bei ihm.

»Hi, Sam«, begrüßte er sie lächelnd. »Willst du wieder den Pressefuzzis entkommen?«

»Ist das so offensichtlich?«

»Du würdest wohl kaum in Winterjacke bei mir erscheinen, um einen Kaffee zu trinken.«

»Erwischt«, sagte sie, und Jakob bat sie herein. »Darf ich dich um einen weiteren Gefallen bitten?«

»Klar.«

»Ich bräuchte mein Auto, und das parkt vor dem Haus.«

Sie musste zum Baumarkt, um Farbe, Kreppband, Rollen, Pinsel und Abdeckvlies zu kaufen.

»Kein Problem. Ich hole es.« Er zog Jacke und Schuhe an. »Welches ist es?«

»Ein grüner VW Golf«, antwortete sie und nannte ihm das Kennzeichen.

»Lass uns am besten vor dem Getränkemarkt treffen«, schlug er vor.

Sie nickte und gab ihm den Autoschlüssel. Jakob ließ sie zur Terrasse raus. Sam zwängte sich durch die Büsche und blieb mit dem Rucksack hängen. Wassertropfen fielen von den nassen Zweigen in ihren Nacken, und sie schüttelte sich. Nachdem sie sich aus dem Geäst befreit hatte, ging sie den schmalen Weg entlang und bog nach rechts ab, vorbei an einem Spielplatz, als Kehl plötzlich vor ihr auftauchte. Erschrocken blieb sie stehen.

»Hallo, Sam«, sagte er und richtete sein Smartphone auf sie. »Schön, Sie wiederzusehen.«

Sam starrte ihn mit offenem Mund an. Sie hatte nicht damit gerechnet, dass er sie durchschauen und hinter dem Haus abfangen könnte. Er schien durchtriebener zu sein als gedacht.

Sie streifte sich die Kapuze ihrer Jacke über, senkte den Kopf und wollte an ihm vorbei, doch er machte einen Schritt zur Seite und hielt sie auf.

»Wie ist das gestrige Gespräch mit Ihrem Vater gelaufen?«, fragte er. »Weiß er, wer der Schlitzer ist?«

Sie ignorierte ihn und versuchte erneut vergeblich, an ihm vorbeizukommen.

»Geben Sie sich einen Ruck, Sam. Beantworten Sie mir ein paar Fragen.«

»Lassen Sie mich in Ruhe!«

»Sie haben Ihren Vater bei einem Mord beobachtet und daraufhin den Kontakt zu ihm abgebrochen. Wie haben Sie sich gefühlt, als Sie ihn wiedergesehen haben?«

Sie schwieg und überlegte, wie sie ihn loswerden könnte.

»Was hat das Treffen in Bezug auf Ihre alten Traumata ausgelöst?«

Wortlos drehte sie sich um und rannte den Weg zurück, um den Spielplatz auf der anderen Seite zu umrunden. Kehl lief ihr nach. Auf halber Strecke hatte er sie eingeholt und versperrte ihr den Weg.

»Wie haben Sie sich dabei gefühlt?«, wiederholte er.

»Lassen Sie mich gefälligst in Ruhe!«

»Erst wenn Sie mir antworten.«

Ein weiteres Mal versuchte sie, sich an ihm vorbeizudrängen, doch er packte sie am Arm.

»Nehmen Sie die Finger von ihr!«, schrie eine Stimme hinter ihr.

Jakob!

Für eine Sekunde war Kehl abgelenkt, und Sam schaffte es, sich loszureißen. Dann hatte Jakob sie erreicht.

»Wer ist der Kerl?«, wollte er wissen.

»Ein Reporter. Er lässt mich nicht gehen.« Ihre Stimme bebte.

Jakob baute sich drohend vor Kehl auf. Das Lächeln, das sie so an ihm mochte, war einem aggressiven Gesichtsausdruck gewichen. Seine Augen funkelten zornig.

»Wenn Sie sie noch mal belästigen oder ihr zu nahe kommen, dann kriegen Sie es mit mir zu tun. Haben Sie das verstanden? Und hören Sie endlich auf zu filmen.«

Kehl rührte sich nicht, und Sam spürte die Spannung zwischen den beiden Männern, die sich wie rivalisierende Tiger gegenüberstanden, bereit für den Kampf um das Territorium.

Ohne die Augen von Jakob zu wenden, ergriff Kehl schließlich das Wort.

»Ist das Ihr Freund?«, fragte er, woraufhin Jakob die Beherrschung verlor.

Mit voller Kraft stieß er den Reporter von sich, sodass der rückwärts stolperte. Das Smartphone fiel ihm fast aus der Hand, und er ruderte wild mit den Armen, um sein Gleichgewicht nicht zu verlieren.

»Verschwinden Sie! Und wehe, ich erwisch Sie noch mal hier.« Er legte den Arm um Sam und schob sie von Kehl fort.

»Das war Körperverletzung«, rief der Reporter ihnen

hinterher. »Ich habe alles auf Video. Wenn Sie keine Anzeige wollen, dann …«

Jakob ballte die Hände zu Fäusten und fuhr herum. Bevor er auf ihn losstürmen konnte, packte Sam ihn am Ärmel und hielt ihn zurück.

»Lass es, das ist er nicht wert.«

Er warf Kehl einen vernichtenden Blick zu, ehe er mit Sam den Spielplatz verließ.

»Du hättest vor mir am Treffpunkt sein müssen«, sagte er. »Als du nicht da gewesen bist, hab ich mir Sorgen um dich gemacht.«

»Danke für deine Hilfe.« Sie strich sich die Haare aus dem Gesicht. »Er ist Reporter beim *Blitz* und hat mir vorgestern schon aufgelauert. Er hat aufgedeckt, dass ich die Tochter von Thomas Rohde bin.«

»Sensationsgeiles Arschloch.«

Sie erreichten Sams Wagen, er gab ihr den Autoschlüssel.

»Was hast du heute noch vor?«, fragte er und schickte hastig hinterher: »Entschuldige, ich wollte nicht neugierig sein.«

»Schon okay«, antwortete sie. »Ich will meine neue Wohnung streichen.«

»Du ziehst um?«

Sie bemerkte seine Enttäuschung. »Nach Pasing. Ist näher an meiner Arbeitsstelle, wo ich im Januar anfange.«

»Oh.« Er sah zu Boden und kickte mit dem Fuß einen Stein ins Gebüsch.

Betretenes Schweigen machte sich zwischen ihnen breit.

»Kann ich dir beim Streichen helfen?«, fragte er nach einer Weile.

Augenblicklich wurde Sam misstrauisch. Wollte er

ihr Vertrauen erschleichen, bevor er sie ausfragte? Hatte er sie vor Kehl beschützt, weil er als Erster an die Informationen gelangen wollte, um sie an die Presse zu verkaufen?

Hör auf damit, schalt sie sich selbst. Jakob ist nett. Er ist nicht wie die anderen.

Zumindest hoffte sie das.

Sie dachte über sein Angebot nach. Wenn sie allein malerte, würden ihre Gedanken mit Sicherheit wieder zu dem grausigen Paket abschweifen. Jakobs Gesellschaft wäre daher eine willkommene Ablenkung. Außerdem konnte sie ihn endlich näher kennenlernen.

»Gerne«, sagte sie, bevor ihre Zweifel wieder die Oberhand gewinnen konnten.

Kapitel 36

Die Luft war so klar und frisch wie schon lange nicht mehr. Thomas Rohde schaute in den diesigen Nachmittagshimmel und atmete tief ein. Früher hatte er sich nie etwas aus der Natur gemacht, aber wenn man täglich dreiundzwanzig Stunden in einem winzigen Zimmer eingesperrt war, änderten sich die Prioritäten. Egal, ob es regnete oder schneite, er nahm jeden Tag sein Recht wahr, eine Stunde im Freien zu verbringen. Er schloss die Augen und genoss den eisigen Wind, der über sein Gesicht strich.

Ein paar Minuten stand er da, dann schlurfte er weiter. Einen kleinen Schritt nach dem anderen, mehr ließen die Fußfesseln nicht zu. Seine Hände waren auf dem Rücken fixiert, die Finger vor Kälte klamm geworden. Morgen würde er Handschuhe anziehen.

Er warf einen Blick zu den beiden Pflegern, die unter dem überdachten Eingangsbereich warteten und ihn aus der Ferne beobachteten. Als sie ihn vorhin abgeholt hatten, war Peschke noch nervöser gewesen als sonst. Grinsend malte sich Rohde aus, wie es erst sein würde, wenn seine Forderungen erfüllt und seine Hände vorne gefesselt wären. Peschke hätte vermutlich keine ruhige Minute mehr. Im Gegensatz zu Keppler, auf den musste er achtgeben.

Es wunderte ihn nicht, dass sich Dr. Jelic mit seiner Entscheidung Zeit ließ. Rohde war sich sicher, dass er sofort kategorisch abgelehnt hatte und sich deswegen jetzt mit Krüger stritt.

Der Psychiater war leicht zu durchschauen. Sein guter Ruf und seine Karriere waren für ihn das Wichtigste, und er spekulierte darauf, in zwei Jahren die Leitung der Krüssmannklinik zu übernehmen, wenn Professor Dr. Pochtel in Rente ging.

Rohde stieß verächtlich Luft durch die Nase. Er konnte nicht sagen, wen er mehr verachtete: Professor Dr. Überheblich Pochtel oder Dr. Arrogant Jelic.

Seine Gedanken schweiften zu Sam. Er genoss die Gespräche mit ihr und freute sich, dass sie jedes Mal wütender wurde. Und noch immer musste er schmunzeln, wenn er daran dachte, dass sie ihn als »Monster« bezeichnete.

Tief in Gedanken versunken, vollendete er die Acht bei seinem Hofgang und wurde von den Pflegern zurückgebracht.

»Okay, Checkmate«, sagte Keppler. »Doktor Jelic will Sie sprechen. Setzen Sie sich aufs Bett, er ist gleich da.«

Rohde hob eine Braue und ließ sich auf der Matratze nieder. Sein Blick blieb an dem Bücherregal an der Wand hängen. Die gebundene Springer-Lehrbuchausgabe *Psychologie* von David G. Myers stand ein wenig weiter links als vorher. Was bedeutete, dass sie während seines Hofgangs das Zimmer durchsucht hatten.

Es dauerte zehn Minuten, bis Dr. Jelic den Raum betrat. Keppler und Peschke bezogen an der Tür Stellung, während sich der Psychiater in sicherem Abstand gegen die Tischkante lehnte und die Brille zurechtrückte. Sein Kopf zuckte leicht, auf seinen Wangen zeichneten sich hektische Flecke ab.

»Ich mache Ihnen folgendes Angebot«, kam er direkt zur Sache. »Und um eines gleich klarzustellen, ich werde nicht mit Ihnen verhandeln. Entweder Sie gehen auf das Angebot ein, oder Sie lassen es bleiben. Es ist allein Ihre

Entscheidung.« Er bedachte ihn mit einem stechenden Blick.

Rohde blieb ruhig und mit unbeweglicher Miene sitzen.

»Sie dürfen dreimal pro Woche neunzig Minuten mit den anderen Patienten verbringen. Allerdings weiterhin mit Hand- und Fußfesseln und einer Zwei-zu-eins-Bewachung. Die Handschellen werden vor dem Körper angelegt. Wenn Sie einen der Patienten oder das Pflegepersonal attackieren, werden die Lockerungen auf der Stelle und unwiderruflich gestrichen. Sie dürfen Gabriele Kunzmann für eine Stunde in einem Raum ohne Trennscheibe treffen. Die Handschellen werden in der Zeit abgenommen, die Fußfesseln bleiben jedoch dran. Und zur Sicherheit steht ein SEK vor der Tür bereit. Sollten Sie Frau Kunzmann angreifen oder versuchen, sie als Geisel zu nehmen, wird das SEK sofort einschreiten. Haben Sie das verstanden?«

Gute Arbeit, Krüger, dachte Rohde anerkennend und fragte sich, wie er Dr. Jelic dazu gebracht hatte, auf seine Forderungen einzugehen. Freiwillig hatte der Psychiater mit Sicherheit nicht zugestimmt.

»Klar und deutlich«, antwortete er lächelnd und sah, dass sich die roten Flecke auf Dr. Jelics Wangen verstärkten.

Rohde war sich im Klaren darüber, dass der Arzt die Lockerungen bei erstbester Gelegenheit aufheben würde. Aber das spielte keine Rolle. Bis dahin hatte er, was er wollte.

»Wann treffe ich Gabriele?«, erkundigte er sich.

»Sonntagnachmittag. Ich habe vorhin mit ihr telefoniert, sie ist gegenwärtig bei ihrer Mutter in Nürnberg und fährt übermorgen in der Früh zurück. Ich soll Ihnen einen schönen Gruß von ihr ausrichten, sie freut sich sehr darauf, endlich Ihre Hand zu halten.«

Rohde entging nicht, dass Dr. Jelic kaum merklich die Augen verdrehte. Am liebsten hätte er ihm beide Augäpfel herausgerissen und sie ihm in den Hals gestopft, sodass er daran erstickte. Stattdessen zwang er sich zu einem freundlichen Gesichtsausdruck.

»Ich danke Ihnen vielmals für Ihr Entgegenkommen, Doktor, und nehme das Angebot gerne an.«

Der Psychiater rührte sich nicht, nur sein Kopf zuckte leicht. Sein Blick durchbohrte Rohde, als würde er versuchen, seine Gedanken zu lesen.

»Sie dürfen heute mit den anderen Patienten zu Abend essen«, sagte er, und der Klang seiner Stimme verriet seinen Widerwillen.

Rohde nickte als Zeichen seiner Wertschätzung.

»Wir haben Ihre Forderungen erfüllt. Ich erwarte, dass Sie sich nun ebenfalls kooperativ zeigen.«

»Sagen Sie meiner Tochter, dass ich sie morgen gerne sprechen würde.«

Kapitel 37

Das Abkleben der Wohnung war in einer Stunde erledigt, und Sam war froh, dass Jakob ihr half.

Während er die Farbe anrührte – sie hatte sich für ein dezentes Blau entschieden –, bedeckte Sam den Schlafzimmerboden mit Vlies.

»Ich find's übrigens ziemlich cool von dir, dass du der Polizei hilfst«, sagte er.

Sie warf ihm einen skeptischen Blick zu.

»Wenn es stimmt, was in der Zeitung steht«, ergänzte er hastig und strich seine Locken aus der Stirn. Er hatte seinen Pulli ausgezogen, unter dem T-Shirt zeichnete sich sein athletischer Oberkörper ab. »Ist bestimmt nicht leicht, die Tochter von Thomas Rohde zu sein.«

Sie zuckte als Antwort lediglich mit den Schultern.

»Was machst du sonst so, wenn du nicht gerade auf Verbrecherjagd bist?«, fragte er grinsend, und Sam musste lachen.

»Ich fange ab Januar in einem Architekturbüro an.«

»Du hast Architektur studiert?«

»Ja«, antwortete sie. »Eigentlich wollte ich Erzieherin werden und zusammen mit meiner Freundin eine Kindertagesstätte eröffnen, aber …« Sie hielt abrupt inne. Beinahe hätte sie sich versprochen und zu viel preisgegeben.

»Aber was?«

»Nichts. Ich hab mich umentschieden.«

Jakob bohrte zum Glück nicht weiter nach, sondern tauchte den Roller in den Farbeimer und begann, die

Wand zu streichen. Sam nahm sich die angrenzende Seite vor.

»Was ist mit dir?«, wollte sie wissen. »Wie bist du darauf gekommen, ein Buch über Minimalismus zu schreiben?«

»Das verdanke ich meinem Burn-out.«

»Du hattest einen Burn-out?« Das hätte sie nicht erwartet. Er wirkte immer so lebensfroh und gut gelaunt »Wie ist das passiert?«

»Das ist eine lange Geschichte.«

Sie sah sich im Zimmer um. »Ich glaube, wir haben jede Menge Zeit.«

Er lächelte. »Ich stamme aus einer recht armen Familie«, begann er. »Geldsorgen und Schulden waren bei uns an der Tagesordnung, was nach der Scheidung meiner Eltern noch schlimmer geworden ist. Du kannst dir vorstellen, wie ätzend es in der Schule war, die Kleidung meiner älteren Brüder aufzutragen. Ich hab mir damals geschworen, irgendwann so viel Geld zu verdienen, dass ich nie wieder jeden Cent einzeln umdrehen muss. Nach meinem VWL-Studium bin ich ins Investmentbanking eingestiegen, zuerst bei einer Bank in New York, danach für eine Hedgefondsgesellschaft in Frankfurt. Ich habe wie ein Besessener gearbeitet, hatte ein gutes Händchen für die Börse, und auf einmal spielte Geld keine Rolle mehr. Markenklamotten, eine schicke Penthousewohnung, ein Cabrio und teure Restaurants – ich konnte mir all das leisten, wovon ich früher nur geträumt habe.« Er senkte den Roller, und sein Blick verlor sich in dem frisch gestrichenen blauen Streifen.

Sam wartete geduldig, dass er weitersprach.

»Irgendwann spürte ich diese Leere in mir. Je mehr ich verdiente, desto schlimmer wurde es. Vor zweieinhalb Jahren fingen die Albträume an. Ich konnte kaum noch schlafen und wusste nicht mehr, warum ich überhaupt zur Arbeit ging. Der Arzt diagnostizierte einen Burn-out und schrieb mich krank. Er empfahl mir, einen entspannenden Ausgleich zu suchen, wie Yoga oder Meditieren.« Er lachte laut auf. »Ausgerechnet Yoga. Das war für mich damals was für absolute Weicheier.«

Er hielt inne, seine Gesichtszüge entspannten sich.

»Und dann?«

»Die ersten zwei Wochen hab ich nur im Bett verbracht. Dann bin ich zum Einkaufen gegangen und auf dem Weg dorthin an einem Yogastudio vorbeigekommen, das neu eröffnet hatte. Keine Ahnung, warum, aber ich bin rein und hab spontan mitgemacht. Und zum ersten Mal seit Wochen konnte ich ohne Albträume wieder durchschlafen. Ich hab erkannt, dass ich in meinem Leben den völlig falschen Weg eingeschlagen habe. Also hab ich gekündigt und eine Ausbildung zum Yogatrainer absolviert. Ich bin sogar für drei Monate nach Indien geflogen, um dort von einem der großen Meister zu lernen.«

»Echt jetzt?«

»Ja. Er lebte in einfachen Verhältnissen und war dennoch glücklich und zufrieden. Die Ruhe, die er ausgestrahlt hat, hat mich zutiefst beeindruckt. Mir wurde allmählich klar, dass Geld nicht alles im Leben ist und materielle Dinge häufig nur dazu dienen, um die eigene innere Leere zu überdecken. Ich habe mich gefragt, welchen Einfluss es auf mich hätte, wenn ich so leben würde wie der indische Meister. In meiner Kindheit hatte ich zwar auch nicht viel, aber damals habe mich zu sehr darauf fokussiert, was mir fehlte, anstatt für das dankbar zu sein, was ich hatte.« Er tauchte den Roller in den Farbeimer und strich weiter. »Als mein Yogastudio eine Filiale in München eröffnet hat, habe ich die Chance ergriffen und bin umgezogen. Ich hab fast alles verkauft, was ich besaß, und wollte hier neu anfangen.«

»Wow.«

»Seitdem unterrichte ich und schreibe ein Buch über den Minimalismus. An der Börse spekuliere ich privat weiterhin und verdiene damit ziemlich gut. Das Geld möchte ich in mein eigenes Yogastudio investieren. Ich will Menschen, die in einer Lebenskrise oder einem Burn-out stecken, helfen und arbeite parallel zu meinem Ratgeber an einem Konzept dafür. Außerdem studiere ich seit Oktober an der Fernuniversität Hagen Psychologie, damit ich später als zertifizierter Coach arbeiten darf.«

Sam hob beeindruckt die Brauen. Sie hatte ihm so gebannt zugehört, dass sie den Roller in ihrer Hand völlig vergessen hatte. Dass Farbe auf ihre alten Turnschuhe tropfte, nahm sie nur am Rand wahr.

»Ist es dir nicht schwergefallen, alles hinter dir zu lassen?«, wollte sie wissen.

Jakob sah sie an, und seine Augen strahlten eine mitfühlende Wärme aus. »Jede Veränderung ist schwer. Aber wenn einem etwas nicht guttut, sollte man es loslassen. Nur dann kann man sich eine neue, bessere Zukunft aufbauen.«

Ein Ruck ging durch Sam, und sie zuckte leicht zusammen.

Eigentlich wollte ich Erzieherin werden.

Sie schluckte, doch der Kloß in ihrem Hals hinderte sie daran.

Ich hab mich umentschieden.

Vor ihrem geistigen Auge erschien der kleine Benni, der bitterlich schrie, als seine Eltern zurückkamen und sich Sam, die Babysitterin, verabschiedete.

Sie hörte die Stimme ihres Vaters.

Wem willst du was vormachen?

»Alles in Ordnung?«, fragte Jakob.

Du hast meine Träume zerstört.

Nein. Du hast sie einfach aufgegeben. Ich bin nicht für dein Leben verantwortlich, Sam. Das bist allein du.

»Sam?« Er berührte sie am Oberarm und katapultierte sie damit in die Realität zurück.

»Ja, alles in Ordnung«, erwiderte sie hastig und drehte sich um. Er sollte nicht sehen, dass sich ihre Augen mit Tränen füllten.

»Hab ich was Falsches gesagt?«

Sie wischte sich über die Augen und zwang sich zu einem Lächeln, bevor sie sich ihm zuwandte. »Nein, keine Sorge. Ich bin echt beeindruckt von deiner Geschichte und finde es klasse, dass du anderen Menschen helfen willst, die Ähnliches erlebt haben.« Sie griff nach dem Roller und nahm die Arbeit wieder auf. »Erzähl mir von deinen Plänen für dein eigenes Yogastudio.«

Jakob lächelte, und mit seinem Lächeln kehrte ihre gute Laune zurück.

Er berichtete ihr von dem geplanten Konzept.

Nachdem sie das Schlafzimmer und den Flur fertig hatten, legten sie eine Pause ein.

»Ich könnte einen Kaffee vertragen«, meinte Jakob. »Auf dem Weg hierher hab ich einen Bäcker gesehen, nur zwei Straßen weiter. Was hältst du davon, wenn ich uns dort schnell einen hole? Und ein Gebäck.«

»Gute Idee«, antwortete sie, und Jakob verließ die Wohnung.

Sam ging ins Schlafzimmer und betrachtete zufrieden die frisch gestrichenen Wände. In der nächsten Sekunde klingelte ihr Handy. Sam zog es aus der Hosentasche.

Auf dem Display wurde *Unbekannter Anrufer* angezeigt.

»Samantha Davis«, meldete sie sich.

Am anderen Ende der Leitung blieb es still.

»Hallo?«

Sie vernahm ein leises Atmen – und bekam ein mulmiges Gefühl.

»Wer ist denn da?«

Niemand antwortete, nur das Atmen war zu hören.

Sam legte auf und schaute gedankenverloren aus dem Fenster.

Dann klingelte ihr Handy erneut.

Wenn das wieder dieser unbekannte Anrufer war …

Doch es war Nadine.

»Wo sind Sie?«, fragte sie, kaum dass Sam dran war. »Ich stehe vor Ihrer Haustür.«

»In bin in meiner neuen Wohnung.«

»Sind Sie allein?«

Irgendetwas an ihrer Stimme machte Sam nervös.

»Nein. Jakob ist bei mir.«

»Jakob?«

»Mein Nachbar. Er hilft mir beim Streichen.«

»Geben Sie mir die Adresse.«

Sam nannte sie ihr.

»Ich bin auf dem Weg zu Ihnen. Bleiben Sie in der Wohnung, und öffnen Sie niemandem. Haben Sie verstanden?«

»Was ist los?« Allmählich beschlich sie Angst.

Die Polizistin antwortete nicht.

»Was ist los?«, wiederholte Sam.

»Wir haben das Paket zurückverfolgt. Der Absender ist falsch, genau wie das Versandetikett. Laut DHL wurde heute gar keine Sendung an Sie ausgeliefert.«

Sam spürte, wie ihr sämtliche Farbe aus dem Gesicht wich.

»Was soll das heißen?«, krächzte sie.

»Es war kein DHL-Bote, der bei Ihnen geklingelt hat, sondern vermutlich der Schlitzer.«

Kapitel 38

Heute

Paul hatte sich hinter einem Baum versteckt und sah mit dem Handy am Ohr zu dem Fenster im ersten Stock hoch.

»Samantha Davis«, meldete sie sich.

Sie war von hier aus deutlich zu erkennen.

»Hallo?«

Er schwieg, nur sein Atem ging ein wenig schneller.

»Wer ist denn da?«

Er antwortete nicht.

Sie legte auf, und er beobachtete, wie sie gedankenverloren aus dem Fenster blickte. Paul zog sich weiter hinter den Baum zurück. Es war nachmittags und noch hell, er wollte nicht, dass sie ihn entdeckte. Er hatte erwartet, dass sie nach dem Paket ängstlicher sein würde, und war fast ein wenig enttäuscht.

Paul steckte das Handy in seine Jackentasche und malte sich zum wiederholten Mal ihre Reaktion nach dem Öffnen des Pakets aus. Bestimmt hatte sie geschrien, und er hoffte, dass sie sich übergeben hatte. Zumindest hatte er sie so gezeichnet.

Ihm war bewusst, dass er ein Risiko eingegangen war, aber eine solche Gelegenheit bot sich einem nur einmal. Es hatte geschüttet, und abgesehen von dem Journalisten im weißen Van war niemand auf der Straße gewesen. Und wer achtete schon auf einen Paketboten?

Die Ohren waren das perfekte Geschenk für Sam,

nachdem er aus der Zeitung erfahren hatte, dass sie mit ihrem Vater sprach. Dass er es ihr persönlich übergeben musste, hatte für ihn außer Frage gestanden. Und gleichzeitig hatte er noch etwas damit erreicht.

Die DHL-Jacke, das Käppi und den Scanner hatte er sich schon vor langer Zeit im Internet besorgt – einem Paketzusteller machte schließlich jeder auf –, genau wie einige andere Verkleidungen, um für alle Eventualitäten vorbereitet zu sein. Farbige Kontaktlinsen und eine Gesichtsmaske aus Latex, wie sie Maskenbildner beim Film verwendeten, hatten sein Äußeres so verändert, dass er sich im Spiegel selbst nicht mehr erkannt hatte. Die Polizei würde dank Sam endlich eine Personenbeschreibung von ihm haben – nur eine völlig falsche.

Paul konnte sich ein Grinsen nicht verkneifen. Er war viel zu gerissen, als dass sie ihm jemals auf die Spur kommen würden. Er würde ihnen immer einen Schritt voraus sein.

Allerdings wunderte er sich, dass sie seine Verkleidung offenbar noch nicht durchschaut hatten. Ansonsten stünde Sam bereits unter Personenschutz, und er konnte nirgendwo ein Auto ausmachen, in dem zwei Beamte in Zivil saßen, die schon aus einem Kilometer Entfernung als solche zu erkennen wären.

Er beobachtete, wie Sam ihr Handy hervorholte und telefonierte.

Paul verharrte erwartungsvoll und registrierte, dass sich ihre Mimik änderte. Zuerst wirkte sie nervös, dann verängstigt, und schließlich entgleisten ihr die Gesichtszüge. Er musste kein Hellseher sein, um zu wissen, dass die Polizei ihr gerade mitgeteilt hatte, dass er, der Schlitzer höchstpersönlich, ihr die Ohren übergeben hatte. Dass sie dem Mörder, den die Kripo verzweifelt suchte, so nah gewesen war, dass er mit einer fließenden Bewegung sein Messer aus der Hosentasche hätte ziehen und ihr die Kehle durchschneiden können.

Er war diesen Dummköpfen haushoch überlegen, und nun würde es ihnen zweifellos ebenfalls dämmern.

Sein Grinsen wurde breiter, als Sam eine Hand vor den Mund schlug.

Er blieb noch eine Weile stehen und genoss seinen Triumph. Schließlich riss er sich von dem Anblick los und überquerte die Straße.

Kapitel 39

Sie holten ihn kurz vor halb sechs am Abend.

»Okay, Checkmate«, sagte Keppler durch die geöffnete Klappe. »Zeit fürs Abendessen.«

Rohde musste all seine Willenskraft aufbringen, um nicht zur Tür zu stürmen und dem Pfleger mit bloßer Hand die Gurgel rauszureißen.

Manchmal wunderte es ihn selbst, dass er die Kontrolle behielt, vermutlich war es seinem Zwangsaufenthalt geschuldet. Von den Mitinsassen isoliert und an Händen und Füßen gefesselt, blieb ihm gar nichts anderes übrig, als sich zu beherrschen.

»Strecken Sie die Hände vor dem Körper durch die Klappe. Und kommen Sie nicht auf dumme Ideen.«

Keppler kniff drohend die Augen zusammen, und Rohde dachte einmal mehr, dass er auf ihn achtgeben musste. Er lief zur Tür, der Pfleger legte ihm Handschellen an.

»Gehen Sie zurück und knien Sie sich vor die Wand.«

Rohde drehte sich um und bewegte die Arme, bevor er, parallel zur Tür, auf die Knie ging. Es fühlte sich besser an, wenn seine Hände nicht hinter dem Rücken gefesselt waren. Er hatte eine größere Bewegungsfreiheit und damit mehr Möglichkeiten.

Die beiden Pfleger betraten den Raum, und Rohde bemerkte die Ausbeulung in Peschkes Hosentaschen. In der rechten steckten das Notfallgerät, das jeder Mitarbeiter griffbereit haben musste, und ein Schlüsselbund.

Doch dass er links etwas mit sich führte, dessen Form verdächtig nach einem Klappmesser aussah, war neu.

Aber, aber, Peschke, dachte er amüsiert, auf der Station sind Waffen strengstens verboten.

Keppler hielt ihn am Oberarm fest, während Peschke seine Füße fesselte. Auch wenn sich Keppler äußerlich nichts anmerken ließ, sein Griff, stärker als sonst, verriet ihn.

Wenig später erreichten sie den Gemeinschaftsraum, in dem sich etwa zwanzig Patienten und drei Pfleger aufhielten. Rohde trat ein, und augenblicklich verstummten die Gespräche. Sie schauten ihn neugierig an, manche ehrfürchtig, und ein paar von ihnen stand Angst in die Gesichter geschrieben.

Rohde erkannte einige wieder, die wie er seit Jahren hier eingesperrt waren. Adrian Dorn, der den abgetrennten Kopf seiner Frau an einem Bankschalter abgegeben hatte, saß apathisch an dem linken der beiden Tische und machte auf Rohde den Eindruck, als wäre er mit Psychopharmaka vollgepumpt.

»Sie haben neunzig Minuten«, sagte Keppler. »Verhalten Sie sich ruhig, oder es bleibt bei einem einmaligen Ausflug.«

Er zog seine Strickmütze – heute ein hellgraues Modell – aus der Stirn und begab sich zusammen mit Peschke zum Eingang.

Drei Insassen kamen sofort auf Rohde zu und begannen ein Gespräch, die anderen hielten Abstand. Ein schmächtiger junger Mann und ein älterer deckten derweil die Tische. Rohde entging nicht, dass sie Pappteller und -becher verteilten und das Besteck aus Plastik war.

Als würde ihm ein Plastikmesser nicht reichen, um jemanden zu töten.

Ein Mann in einem weißen Küchenkittel schob einen

Rollwagen mit Töpfen und Edelstahlwannen herein und stellte sie auf den Tisch. Stühle wurden gerückt, Rohde setzte sich rechts an die Längsseite. Der Geruch nach gebratenem Fleisch, Reis und Pilzsoße erfüllte den Raum.

»Gib mir deinen Teller, Kumpel«, sagte der Patient neben ihm, ein übergewichtiger Mittvierziger mit Glatze und Brille.

Ich geb dir gleich 'nen Kumpel, dachte Rohde und reichte ihm wortlos seinen Teller.

Der Fettwanst lud Essen auf, und Rohde bedankte sich mit einem aufgesetzten Lächeln. Der Mann in dem weißen Küchenkittel schnitt ihm das Fleisch in kleine Stücke, weil Rohde es mit seinen gefesselten Händen nicht selbst tun konnte.

Allmählich löste sich die angespannte Atmosphäre, und es entstand eine rege Unterhaltung. Rohde genoss es, wieder unter Menschen zu sein, wenngleich ihn das Gerede der anderen nicht interessierte. Von Zeit zu Zeit sah er zu den Pflegern, die versuchten, sich möglichst unauffällig zu verhalten, ihn jedoch nicht aus den Augen ließen und in Hörweite blieben. Peschke hatte die Hand in der linken Hosentasche vergraben. Rohde lachte innerlich bei der Vorstellung, dass ihm die Waffe eine Illusion von Sicherheit vermittelte.

Nach dem Essen verließ die Hälfte der Patienten den Raum. Die anderen hatten sich in drei Gruppen aufgeteilt. Lediglich ein Mann kniete abseits am Boden und bearbeitete mit einem Plastiklöffel den Linoleumboden. Rohde bedachte ihn mit einem abfälligen Blick.

Darius Benett. Der Spinner versuchte immer noch, ein Loch zu graben, um zu entkommen.

Anderthalb Stunden später führten ihn die Pfleger auf sein Zimmer zurück. Bevor sie ihm die Fesseln abnahmen, tasteten sie ihn am ganzen Körper ab, um sicherzustellen, dass er nichts eingesteckt hatte. Keppler leuchtete ihm mit einer Stifttaschenlampe in den Mund, wagte es aber nicht, mit dem Finger hineinzulangen. Angesichts von Gabrieles bevorstehendem Besuch sehr zu Rohdes Beruhigung. Denn er hätte ihn ansonsten wahrscheinlich abgebissen.

Nachdem sie die Tür hinter ihm geschlossen hatten, schlenderte er zum Fenster und schaute mit verschränkten Armen in die Dunkelheit hinaus. Ein Lächeln huschte ihm über die Lippen.

Bis jetzt lief alles nach Plan.

Kapitel 40

Samstag, 30. November

Mittlerweile war es zur Routine geworden. Sam gab dem Wachmann ihren Mantel und ihre persönlichen Gegenstände und trat durch den Metalldetektor. Obwohl er bisher nie angeschlagen hatte, fühlte sie sich trotzdem immer so, als hätte sie etwas zu verbergen und würde gleich erwischt werden. In der Schleuse lief es ihr jedes Mal kalt über den Rücken, weil sie daran erinnert wurde, dass ihr Vater es bis hierher geschafft hatte.

»Es ist unverantwortlich, was Sie tun«, sagte der Psychiater zu Krüger. »Rohde ist unberechenbar.«

Die beiden Männer gingen vor Sam und Nadine den Flur entlang.

»Wenn wir den Schlitzer gefasst haben, können Sie die Maßnahmen gegen ihn wieder verschärfen, Doktor Jelic. Bis dahin sind wir auf seine Mithilfe angewiesen.«

»Rohde wird sich nicht damit zufriedengeben. Er wird weitere Forderungen stellen. Ich bin jedoch zu keinen Zugeständnissen mehr bereit.« Er warf der Polizistin einen scharfen Blick über die Schulter zu.

»Wir haben seine Forderungen erfüllt, jetzt ist er an der Reihe«, entgegnete Krüger.

»Das Treffen mit Gabriele Kunzmann findet erst morgen statt.«

»Ich weiß, Doktor. Und Sie brauchen sich diesbezüglich keine Sorgen zu machen. Das SEK wird für ihre Sicherheit garantieren.«

»Sie unterschätzen Rohde.«

»Das tue ich ganz bestimmt nicht.«

Sam hörte ihnen schweigend zu und fragte sich, ob Dr. Jelic recht hatte. Wie gefährlich ihr Vater war, hatte sie mit eigenen Augen gesehen. Und doch war er in den Gesprächen mit ihr bisher ruhig gewesen. Er hatte sie verbal attackiert, aber er hatte nicht versucht, sie anzugreifen oder als Geisel zu nehmen.

Sam unterdrückte ein Gähnen. Sie hatte schlecht geschlafen und schreckliche Albträume gehabt, in denen ihr der Schlitzer ein geöffnetes Paket überreichte. Während sie entsetzt auf die abgeschnittenen und verwesenden Ohren darin starrte, zog er ein Messer und schlitzte ihr die Kehle auf. Zweimal war sie schreiend und zitternd hochgeschreckt und hatte sich reflexartig an den Hals gegriffen. In der Früh hatte sie zwei Tassen Kaffee gebraucht, um ansprechbar zu sein. Nur gegen die schreckliche Angst half kein Koffein.

Nadines gestriger Anruf war einem Schock gleichgekommen. Zum Glück war Jakob kurz darauf vom Bäcker zurückgekehrt. Sie hatte ihm nichts sagen dürfen, doch ohne ihn wäre sie in Panik geraten. Er hatte sie beruhigt und später ihr Auto heimgefahren. Sam war nicht mehr in der Lage gewesen, sich ans Steuer zu setzen. Die Kriminalhauptkommissarin hatte sie mit aufs Präsidium genommen, wo sie ein Phantombild des Schlitzers angefertigt hatten. Sam konnte sich kaum an ihn erinnern, nur dass er älter war, um die fünfzig, sie um einen Kopf überragte und einen stoppeligen Bartansatz hatte. Zwar war die Zeichnung äußerst vage ausgefallen, sie hatten jedoch endlich eine Personenbeschreibung von ihm.

Sie näherten sich der T-Kreuzung, und Sams Angst wuchs. In ihrem Zustand fürchtete sie, dem bevorstehenden Gespräch mit ihrem Vater nicht gewachsen zu sein. Am liebsten wäre sie wieder umgedreht, ihr war allerdings klar, dass sie nicht länger vor ihrer Angst davonlaufen konnte. Nicht seit der Schlitzer es auf sie abgesehen hatte. Nadine war nach wie vor der Meinung, dass er sie nicht töten, sondern ihr nur einen Schreck einjagen oder sich einen Spaß erlauben wollte, aber Sam würde erst dann wieder ruhig schlafen, wenn er gefasst war. Und dabei spielte sie eine zentrale Rolle.

Die Polizistin hatte noch gestern für ihren Personenschutz gesorgt. Rund um die Uhr saßen zwei Beamte in einem Auto vor ihrem Haus. Sam hatte eine Handynummer erhalten. Wenn sie ihre Wohnung verlassen wollte, musste sie nur die Zieladresse telefonisch durchgeben, und sie folgten ihr – entweder mit dem Wagen oder zu Fuß.

Sie erreichten die T-Kreuzung und bogen nach rechts ab. Dr. Jelic sperrte die vergitterte Tür auf, und Sam erblickte die vermummten und schwer bewaffneten Männer vor dem Besprechungszimmer. Sie blieb abrupt stehen.

»Das SEK ist zu Ihrem Schutz da«, beruhigte Nadine sie. »Beim letzten Mal hat Ihr Vater uns mit der Forderung überrumpelt, ihm die Handschellen abzunehmen. Heute gehen wir auf Nummer sicher.«

Sam spürte Erleichterung. Auch wenn er sie nicht angegriffen hatte, war sie dennoch die ganze Zeit über angespannt gewesen. Die Anwesenheit des Spezialeinsatzkommandos entlastete sie zumindest ein wenig von dem Gewicht auf ihren Schultern.

Krüger wechselte ein paar Worte mit dem Leiter des SEK, dann begab sich Sam mit ihm, Nadine und dem Psychiater in den Raum neben dem Besprechungszimmer. Zu viert saßen sie am Tisch und verfolgten über den Monitor, wie zwei ihr unbekannte Pfleger – Keppler und Peschke hatten laut Dr. Jelic das Wochenende frei – ihren Vater hereinbrachten. Drei Männer der Spezialeinheit eskortierten sie und befreiten ihn von den Handschellen. Mit den Waffen im Anschlag bewachten sie ihn, die Pfleger verließen den Raum.

Jetzt war sie dran.

Sie erinnerte sich an das Gespräch vor zwei Tagen und ihren Triumph über ihn.

Ich kann ihn kriegen, dachte sie und korrigierte sich sofort. Nein. Ich muss ihn kriegen.

Kapitel 41

Nadine begleitete sie nach nebenan. Die vermummten und schwer bewaffneten Männer des Spezialeinsatzkommandos beruhigten Sam und jagten ihr gleichzeitig Angst ein, weil sie sie daran erinnerten, wozu ihr Vater fähig war. Auf dem Boden stand ein Monitor, auf dem das Bild der Kameras aus dem Besprechungszimmer übertragen wurde. Ihr Vater saß friedlich am Tisch.

»Viel Erfolg«, sagte die Polizistin und drückte ihren Oberarm.

Sam sammelte sich kurz, dann öffnete sie die Tür und trat ein. Sie wartete, bis die Männer, die ihren Vater bewacht hatten, gegangen waren, und nahm Platz.

»Hallo, Sam«, begrüßte er sie mit einem Lächeln.

»Hallo«, entgegnete sie und schielte auf seine ungefesselten Hände. Sie beunruhigten sie weitaus weniger als beim letzten Mal.

»Du siehst müde aus.«

»Ich hab schlecht geschlafen und hatte Albträume.«

»Ich dachte, die wären vorbei«, wunderte er sich.

»Es war nicht der übliche Traum.«

»Sondern?«

»Ich habe davon geträumt, was gestern Vormittag passiert ist. Der Schlitzer hat sich als DHL-Bote verkleidet und mir ein Paket übergeben. Darin lagen sechs Ohrenpaare und ein Zettel: *Mit den besten Empfehlungen von Thomas Rohde.*«

Er zog die Brauen hoch und schien nachzudenken.

»Wie sah er aus?«, wollte er schließlich wissen.

»Um die fünfzig, einen Kopf größer als ich und mit einem leichten Bartansatz. An mehr kann ich mich nicht erinnern.«

Sie bemerkte, dass er sich ein Schmunzeln verkniff. Und in dem Moment wusste sie, dass er den Schlitzer kannte.

»Du sagtest, in dem Paket lagen sechs Ohrenpaare. Gibt es ein neues Opfer?«

»Keine Ahnung. Die Polizei hat zumindest keine weitere Leiche gefunden.«

»Interessant«, meinte er und rieb sich das Kinn.

»Warum hat er mir die Ohren geschickt?« Die Frage ging ihr nicht mehr aus dem Kopf.

Hat er es auf mich abgesehen?

»Er führt die Polizei vor und zeigt ihr, wie unfähig sie ist und dass sie ihn nie fassen wird.«

Sam atmete auf.

»Warum schneidet er seinen Opfern die Ohren ab? Wenn er sie als Trophäe mitgenommen hat, hätte er sie mir nicht geschickt, sondern behalten.«

»Gut erkannt. Ihr müsst das Ganze symbolisch betrachten. Es geht ihm nicht um die Ohren an sich, vielmehr will er etwas damit ausdrücken.«

»Und was?«

»Ich bin mir sicher, ihr kommt selbst darauf.« Er lehnte sich zurück. »Was ist in dir vorgegangen, als du das Paket geöffnet hast?«

Sie hatte damit gerechnet, dass er ihr diese Frage stellen würde.

»Ich war geschockt, empfand Ekel. Und musste mich übergeben.«

»Stehst du unter Polizeischutz?«

Sie nickte.

»Sie gehen kein Risiko ein«, sagte er und deutete zur

Tür. »Glaubst du, ich würde dir etwas tun, wenn das SEK nicht bereitstünde?«

»Ich weiß es nicht.«

Er fixierte sie mit seinem Blick, und unwillkürlich rutschte sie auf ihrem Stuhl zurück.

»Du hast immer noch Angst vor mir.«

Natürlich hatte sie das.

»Du hast der Putzfrau den Schädel zertrümmert.«

»Das war nur ein unbedeutender Moment. Vergiss nicht die schönen Jahre davor.«

Sam geriet emotional ins Wanken, als sie daran dachte. Vergeblich versuchte sie, sich dagegen zu wehren, doch plötzlich erfasste sie Wehmut, und sie wünschte sich nichts sehnlicher, als die Zeit zurückdrehen zu können. Bevor er ihr von einer Sekunde auf die andere ihr Vertrauen genommen hatte. Der winzige Rest, der damals übrig geblieben war, war endgültig zerstört worden, als ihre Mutter Selbstmord begangen und sie allein zurückgelassen hatte.

»Ich habe dich immer beschützt«, sagte er.

Ja, das hatte er.

Sie senkte den Kopf. Die Sehnsucht nach einer heilen Familienwelt war so groß, dass ihr der Schmerz über den Verlust fast das Herz zerriss.

Er ist ein Monster. Er hat draußen siebzehn Menschen getötet.

Ihr Puls beschleunigte sich.

Er hat im ganzen Haus die Lampen abmontiert und mir geholfen, den Albtraum-Gnom loszuwerden. Er hat meine Hand gehalten und mir Mut zugesprochen, als ich am ersten Schultag vor lauter Angst geweint habe.

Ein Gefühl von Geborgenheit durchströmte sie, und weitere Erinnerungen kamen hoch. Wie er sie getröstet hatte, nachdem sie beim Fahrradfahren gestürzt war und sich die Knie blutig geschlagen hatte. Als er sie zu Lucas' Party gebracht und erst nach Mitternacht wieder abgeholt hatte, obwohl Mama darauf bestanden hatte, dass sie um elf zu Hause war. Oder wie sie zusammen die Unterwasserwelt erkundet hatten.

Sie schwitzte und schob die Ärmel ihres Pullovers hoch.

»Schönes Armband«, sagte er.

»Ist ein Geschenk von Jenny.«

»Darf ich mal sehen?«

Sie zögerte.

»Ich will nur die Schrift lesen«, sagte er.

Er will dir was tun!, schrie es in ihr.

Ich bin seine Tochter, er würde mir nie etwas antun, widersprach sie.

Sam streckte ihm den Arm entgegen. Er beugte sich vor und drehte das Lederband, wobei seine Finger sie berührten. Sie hielt vor Schreck den Atem an.

»*Angst beginnt im Kopf. Mut auch*«, las er vor und lächelte. »Ein weiser Spruch.«

Er ergriff mit beiden Händen ihre Hand.

Sofort versteifte sich Sam. Angst machte sich in ihr breit, und gleichzeitig sehnte sie sich plötzlich nach seiner Nähe. Sie wollte ihren Arm zurückziehen, doch sie konnte sich nicht rühren. Ihr Herz schlug so fest, dass sie glaubte, es wäre noch im Nebenraum zu hören.

Sein Griff war sanft, und die Wärme, die von ihm ausging, erfüllte sie mit Liebe. Es fühlte sich an wie früher. Ein Gefühl von Geborgenheit und Vertrauen erfasste sie.

Ihre Augen wurden feucht.

»Papa«, flüsterte sie und erwiderte seinen Händedruck. Tränen liefen ihr über die Wangen.

Eine Weile saßen sie so da, und Sam vergaß, dass er

ein achtzehnfacher Serienkiller war, den sie bei einem Mord beobachtet hatte. Sie dachte nicht mehr daran, dass er in der Psychiatrie eingesperrt war und dort einen weiteren Menschen getötet hatte. Und es spielte keine Rolle mehr, ob er den Schlitzer deckte oder nicht. Er war einfach wieder ihr Papa, den sie liebte und der sie beschützte. Ein zerbrechlicher Moment der Stille und Ruhe inmitten des Wahnsinns der letzten Tage.

»Es gibt etwas, das du wissen solltest«, sagte er schließlich.

Sie sah ihn durch den Tränenschleier an.

»Deine Mutter hat sich nicht umgebracht, weil ihr alles zu viel geworden ist und sie es nicht ertragen konnte, mit einem Serienmörder verheiratet zu sein.«

»Wie meinst du das?« Sie bemerkte das leichte Beben in ihrer Stimme.

»Sie hat über alles Bescheid gewusst. Sie hat sich nicht aus Scham selbst getötet, sondern weil sie Angst hatte aufzufliegen.«

Es war, als würde er ihr mit der Faust ins Gesicht schlagen.

»Nein«, keuchte sie und schüttelte den Kopf, der dumpf zu dröhnen begann. »Nein!«

Wie konnte er so etwas behaupten?

Sam riss sich von ihm los und sprang auf. Ihr Stuhl kippte um.

»Du lügst!«

Mama ist seine Komplizin gewesen?

Wie versteinert stand sie da. Das konnte unmöglich sein. Durfte nicht sein.

Sie begann zu zittern. Kalter Schweiß rann ihr über Stirn und Nacken, und sie hatte das Gefühl, keine Luft mehr zu kriegen. Ihre Knie drohten nachzugeben, und sie musste sich am Tisch abstützen, um nicht umzukippen.

»Du lügst! Mama wusste über gar nichts Bescheid, genauso wenig wie ich.«

»Tut mir leid, Sam, aber das ist die Wahrheit.«

Sie starrte ihn ungläubig an. Sie liebte ihre Mutter, doch das Gift seiner Worte hatte sich bereits in ihr ausgebreitet. Eine Welle tiefsten Schmerzes erfasste sie und rollte mit einer zerstörerischen Wucht über sie hinweg.

Nur allmählich begriff sie das ganze Ausmaß. Sie wollte ihn anschreien, ihre Kehle war jedoch wie zugeschnürt, sodass sie keinen Ton herausbrachte. Das Dröhnen in ihrem Kopf schwoll auf eine unerträgliche Lautstärke an, als stünde sie neben den laufenden Turbinen eines Düsenjets, und in ihren Schläfen pulsierte ein heller Schmerz, der sich wie weiß glühende Nadeln in ihr Gehirn bohrte.

Sie musste hier raus!

Sam stolperte zur Tür und blieb mit der Hand auf der Klinke stehen.

Er hat dein Leben zerstört, und nun zieht er auch noch Mama in den Schmutz.

In ihren Schmerz mischten sich Wut und Hass.

Er durfte nicht damit durchkommen.

Sie wirbelte herum und lief zum Tisch zurück. »Wer ist es? Wer ist der Schlitzer?«

»Meine Forderungen sind noch nicht vollständig erfüllt worden. Ich treffe Gabriele erst morgen.«

»Warum wolltest du mich dann unbedingt heute sprechen?«

»Um meine Bereitschaft zu zeigen. Ihr seid mir entgegengekommen, nun tue ich das Gleiche.«

»Indem du mir an den Kopf wirfst, dass Mama Bescheid gewusst hat?«

»Nein. Indem ich euch einen Hinweis gebe.« Er deutete auf den Stuhl. »Bitte nimm wieder Platz.«

Widerwillig hob Sam den Stuhl vom Boden auf und strich sich die Haare nach hinten über die Schultern, bevor sie sich setzte.

Ihr Vater lächelte. »Das hast du früher auch schon gemacht.«

»Was?«

»Die Art, wie du dir die Haare aus dem Gesicht streichst, mein kleiner Engel.«

»Du wolltest mir was sagen.« Ihre Stimme war kalt und emotionslos.

Er ließ einige Atemzüge verstreichen, ehe er antwortete. »Es ist wie beim Schach. Die Bauern werden geopfert, um die wichtigen Figuren zu schützen. Und genauso geht der Schlitzer vor. Ihr müsst herausfinden, wer die wichtigen und wer die unwichtigen Opfer sind.«

Sam runzelte die Stirn. Die Wut in ihr wuchs ins Unermessliche.

»Nenn mir endlich seinen gottverdammten Namen!«

Er lächelte, was sie zur Weißglut trieb.

»Ich weiß, was in dir vorgeht, Sam«, sagte er und lehnte sich mit verschränkten Armen zurück. »Du hasst mich und willst mich nie wiedersehen. Aber du kannst mich nicht loswerden. Ich werde immer da sein. Ich bin dein dunkler Schatten.«

Nein, widersprach sie ihm in Gedanken. Der Schatten ist nicht dunkel. Er ist rot. Blutrot.

Kapitel 42

»Rohde spielt ein mieses Spiel mit ihr.« Nadine schob sich den letzten Bissen ihres Döners in den Mund.

Sams Personenschützer hatten sie nach Hause gebracht, sodass Nadine und Krüger direkt zum Polizeipräsidium hatten fahren können. Unterwegs hatten sie bei einem Dönerladen angehalten und aßen nun in Krügers Büro zu Mittag.

»Sie schlägt sich tapfer«, sagte er, knüllte das Dönerpapier und die Alufolie zusammen und warf beides in den Mülleimer.

»Ja, aber wie lange noch? Sie war vorhin nervlich völlig am Ende.« Nadine sah ihren Vorgesetzten mit ernster Miene an. »Glaubst du, es stimmt, was er gesagt hat? Dass ihre Mutter über Rohdes Treiben Bescheid gewusst hat?«

Er zuckte mit den Schultern. »Nach meinem Eindruck war sie damals sehr geschockt, doch wie es in ihr ausgesehen hat, weiß ich nicht. Möglich, dass sie etwas gewusst hat, an den Morden war sie definitiv nicht beteiligt.«

»Samantha tut mir leid. Sie hat bereits so viel durchgemacht und nun das. Ich hoffe, sie verkraftet es.«

»Sie ist eine starke Frau.«

»Ich weiß. Trotzdem werde ich im Anschluss an unsere Besprechung bei ihr vorbeifahren und nach ihr schauen.«

»Ja, tu das. Wir brauchen sie mehr denn je. Wenn sie

zusammenbricht, hat Rohde sein Ziel erreicht und wird sie endgültig zerstören.«

Nadine griff nach ihrer Wasserflasche auf Krügers Schreibtisch. Ihr Blick fiel auf das Foto, das dort stand und ihn zusammen mit seiner Frau und seinem erwachsenen Sohn zeigte.

»Wie geht's eigentlich dem schwarzen Schaf?«, wollte sie grinsend wissen.

Krüger lachte auf.

In seiner Familie war es fast schon Tradition, dass die Männer zur Polizei gingen. Sein Vater hatte wie er bei der Mordkommission Karriere gemacht, sein Onkel beim BKA in der Abteilung für organisierte Kriminalität und sein Großvater im Rauschgiftdezernat. Krügers Sohn hingegen hatte sich für eine Ausbildung zum Schreiner entschieden, weshalb er scherzhaft das »schwarze Schaf der Familie« genannt wurde.

»Tobias geht's gut. Er hat sich vor ein paar Monaten von seiner Freundin getrennt und ist in eine neue Wohnung gezogen. Seine Möbel baut er selbst, und ich muss sagen, er beherrscht sein Handwerk.« Er schaute auf die Uhr. »Es ist kurz vor eins. Wir müssen los.«

Das Besprechungszimmer platzte aus allen Nähten. Drei Mitglieder der Soko »Messer« lehnten an der Fensterfront, Nadine gesellte sich zu ihnen.

Krüger gab einen kurzen Überblick zum aktuellen Ermittlungsstand, bevor er alle über das Gespräch zwischen Rohde und Sam informierte.

»Wir sollen herausfinden, wer die wichtigen und wer die unwichtigen Opfer sind?«, wiederholte ein Mann in der ersten Reihe.

»Das waren seine Worte.«

»Was soll das bedeuten? Dass der Schlitzer einige Opfer gezielt auswählt und die anderen zufällig?«

»Das ist die Frage. Irgendetwas haben wir übersehen. Es muss eine Verbindung zwischen den Opfern existieren, zumindest bei einigen von ihnen.« Er wandte sich an Zettler, der auf der linken Seite saß. »Georg, dein Team soll noch einmal alle Opfer durchleuchten. Seziert ihre Profile auf eine Gemeinsamkeit. Beruf, Partner, Hobbys, Vorlieben – egal was. Und prüft erneut, ob sie Rohde nicht doch gekannt haben.«

»In Ordnung.«

»Und wenn Rohde nur blufft?«, fragte die Frau hinter Zettler. »Wenn er gar nicht weiß, wer der Schlitzer ist, und uns einen falschen Hinweis geliefert hat? Der, wie du zugeben musst, äußerst kryptisch klingt.«

»Das Risiko besteht«, entgegnete Krüger. »Aber ich bin nach wie vor davon überzeugt, dass er weiß, wer der Schlitzer ist. Ich lade nachher die Videodatei von dem Gespräch hoch, dann könnt ihr euch selbst eine Meinung bilden.«

Rohde kennt den Namen, dachte Nadine. Jede Wette.

Krügers Blick suchte den Raum ab, bis er Ute fand, eine Frau Ende dreißig mit langen blonden Haaren, die sie zu einem Pferdeschwanz gebunden hatte.

»Ute, gibt es schon Reaktionen auf das Phantombild?«

Sie hatten heute Morgen die Beschreibung des Schlitzers veröffentlicht und eine Hotline eingerichtet.

»Wir werden mit Anrufen bombardiert«, antwortete sie. »Bis jetzt sind knapp zweihundert Hinweise eingegangen, die wir priorisieren und abarbeiten. Und es werden mit Sicherheit noch mehr.«

»Ist schon etwas Vielversprechendes dabei?«

»Schwer zu sagen. Es fielen Namen, die wir gegenwärtig überprüfen, ansonsten zahlreiche Hinweise von Leuten, die den Schlitzer an den unterschiedlichsten Orten gesehen haben wollen. Von München über Hamburg bis Barcelona. Und bis jetzt drei Anrufer, die behaupten, der Gesuchte selbst zu sein.«

Nadine verdrehte die Augen. Wie immer gab es Spinner, die sich wichtig machen wollten oder sich einen Spaß erlaubten. Und verwundert waren, wenn trotz unterdrückter Nummer die Polizei an ihre Tür klopfte.

Sie hatten gestern noch den Nachrichtensender aufgesucht, dessen Van zum Zeitpunkt der Paketlieferung im Regen vor Samanthas Haus geparkt hatte. Doch ihre Hoffnung, dass die Reporter den DHL-Boten gefilmt hatten, hatte sich nicht erfüllt.

»Was hat die Überprüfung der Ohren ergeben, die in dem Paket an Rohdes Tochter gewesen sind?«, fragte Krüger in die Runde.

Ein glatzköpfiger Mann Ende vierzig meldete sich. »Die fünf zum Teil stark verwesten Ohrenpaare sind von den Opfern der aktuellen Mordserie. Der DNA-Abgleich war positiv.«

»Und das sechste?«

»Gehört einem sechzigjährigen Mann namens Jürgen Lange, dessen skelettierte Leiche vor knapp einem Jahr in einem Wald entdeckt worden ist.«

»Also hat der Schlitzer vorher schon gemordet.«

»Davon können wir ausgehen. Im Gegensatz zu den anderen Ohren war dieses Paar sehr gut erhalten und nicht im Verwesungsstadium. Das Labor hat Spuren von Formaldehyd gefunden, der Täter hat die Ohren darin eingelegt.«

Krüger kratzte sich am Kinn. »Dann hat er sie doch als Trophäen mitgenommen?«

»Vielleicht hat er das früher getan. Die Ohren der aktuellen Opfer waren dagegen frei von Chemikalien.«

»Das passt nicht zusammen«, wandte Nadine ein.

»Warum konserviert er ein Ohrenpaar und den Rest nicht?«

»Ich denke, er hatte von Anfang an nicht vor, die Ohren der neuen Opfer als Trophäe aufzuheben«, antwortete Jochen Kolb, der Leiter der operativen Fallanalyse. »Er ist ein großes Risiko eingegangen, als er Samantha als DHL-Bote verkleidet das Paket persönlich überreicht hat. Es zeigt, wie sicher und überlegen er sich fühlt. Er demonstriert uns seine Macht. In dem Punkt muss ich Rohde recht geben. Daher ist es durchaus möglich, dass er die Ohren mit dem Ziel gesammelt hat, sie uns eines Tages als Provokation zu schicken.«

»Aber er hat sie Sam gebracht«, beharrte Nadine.

»Wahrscheinlich hat er einfach die Gelegenheit ergriffen, als er aus der Zeitung erfahren hat, dass sie mit ihrem Vater spricht. Wenn unsere Hypothese zutrifft, dass er ein Bewunderer von Rohde ist, war das aus seiner Sicht eine gute Symbolik.«

»Und warum legt er die Ohren eines seiner früheren Opfer dazu?«

»Das könnte eine weitere Machtdemonstration sein. Seht her, ich habe vorher schon gemordet, ohne dass ihr mich gefasst habt, und ihr werdet es auch jetzt nicht tun.«

Nadine nickte. Auf perverse Art und Weise klang die These stimmig.

»Er hält sich für überlegen und klüger als wir«, fasste der Mann zusammen, der direkt vor ihr saß. »Das könnte unsere Chance sein. Denn wenn er überheblich wird, fängt er vielleicht an, Fehler zu machen.«

»Ich gebe dir prinzipiell recht, Martin, aber wir haben es hier nicht mit einem typischen Serienmörder zu tun«, entgegnete Kolb. »Der Schlitzer geht äußerst planvoll und überlegt vor. Ich bezweifle, dass er irgendetwas dem Zufall überlässt, und dazu zählt die Paketübergabe. So einfach begeht er keinen Fehler.«

Das sehe ich genauso, dachte Nadine. Auf Kommissar Zufall können wir nicht hoffen. Wir brauchen von Rohde den Namen.

Krüger ergriff wieder das Wort und wandte sich an einen jungen Polizisten in der zweiten Reihe. »Wie weit seid ihr mit der Befragung von Rohdes ehemaligem Schachklub?«

»Wir sind noch dabei. Es sind fünfzig Personen, die Hälfte davon haben wir durch. Bis jetzt allerdings Fehlanzeige.«

Nadine wunderte sich nicht. Nach dem heutigen Gespräch glaubte sie nicht, dass diese Spur zu etwas führte. Rohdes Hinweis, wie ein Schachspieler zu denken, hatte sich nicht auf seinen Schachklub bezogen, sondern auf die Auswahl der Opfer.

»Okay, danke. Gibt es weitere Fragen?«

Niemand meldete sich.

»Morgen findet das Treffen zwischen Rohde und Gabriele Kunzmann statt. Damit sind seine Forderungen erfüllt, und wir hoffen, dass er uns dann endlich einen Namen nennt.«

Das hoffte Nadine auch. Doch sie hatte das ungute Gefühl, dass Rohde nicht nur mit seiner Tochter ein durchtriebenes Spiel spielte.

Kapitel 43

Sam saß im Auto auf der Rückbank und starrte aus dem Fenster. Straßen und Häuser zogen an ihr vorbei, ohne dass sie irgendetwas davon wirklich wahrnahm. Ihr Kopf fühlte sich dumpf und leer an, und sie war so kraftlos wie nie zuvor. Als wäre jegliches Leben in ihr endgültig abgestorben.

Sie hat über alles Bescheid gewusst. Sie hat nicht aus Scham Selbstmord begangen, sondern weil sie Angst hatte aufzufliegen.

Mit nur zwei Sätzen hatte er es geschafft, ihr alles zu nehmen, was ihr von ihrer Mutter geblieben war.

»Wir sind da«, sagte der Fahrer.

Sam benötigte einen Moment, bis sie realisierte, dass sie auf einem Parkplatz waren. Sie hatte ihre Personenschützer gebeten, auf dem Heimweg von der Psychiatrie am Westfriedhof haltzumachen, wo ihre Mutter begraben war.

»Danke«, sagte sie tonlos und stieg aus. Ein kalter Wind schlug ihr entgegen, doch er war nichts im Vergleich zu dem Sturm, der in ihr wütete.

Sie ging auf das schmiedeeiserne Eingangstor zu, gefolgt von den beiden Männern. Der feuchte Kies knirschte unter ihren Füßen, als sie den Weg zwischen den Gräbern entlanglief. Kurz darauf erreichte sie die Ruhestätte. Die Personenschützer warteten in gebührendem Abstand auf dem Weg und ließen ihr Privatsphäre.

Mit zugeschnürter Kehle stand Sam vor dem Grab, das mit herbstlichen Pflanzen bedeckt war. Eine war verwelkt, und die abgestorbenen Blätter spiegelten Sams Gefühlswelt wider.

»Ist das wahr, Mama?«, fragte sie mit belegter Stimme. »Hast du von seinem Treiben gewusst?«

Sie lauschte in die Stille, obwohl ihr klar war, dass sie nie eine Antwort erhalten würde.

Der Himmel über ihr war grau, Sam kam es jedoch so vor, als wären die Wolken tiefschwarz und würden die Welt in die gleiche ewige Dunkelheit tauchen, wie sie in ihrem Inneren herrschte.

War sie seine stumme Komplizin gewesen, oder hatte ihr Vater gelogen? Sam wusste nicht mehr, was sie glauben sollte.

Der Schmerz brach mit voller Wucht über sie herein. Sie weinte bitterlich. Am ganzen Körper bebend, stand sie in der Kälte da und überließ sich ihrem Kummer.

Es dauerte lange, bis ihre Tränen versiegt waren. Eine bleierne Müdigkeit überkam sie. Sie wollte nur noch nach Hause und schlafen, um wenigstens für kurze Zeit zu vergessen.

Sie wischte sich mit dem Jackenärmel das Gesicht trocken.

Ein Zweig knackte, und sie drehte den Kopf in die Richtung. Mit einem mulmigen Gefühl schaute sie zu den Bäumen hinter der letzten Grabreihe.

War dort jemand?

Angestrengt suchte sie mit den Augen die Gegend ab, doch da war nichts. Nur die Bäume, deren kahle Äste sich im Wind wiegten.

Sam sah zu den beiden Männern auf dem Kiesweg, die sie weiterhin dezent im Blick behielten. Ohne sich noch einmal zum Grab umzudrehen, lief sie zu ihnen.

Sie fuhren sie nach Hause. Die Journalisten umringten sie, kaum dass sie aus dem Auto gestiegen war, und bedrängten sie mit Fragen. Kehl war ebenfalls unter ihnen. Die Personenschützer nahmen Sam in die Mitte, führten sie durch die Menschenmenge und begleiteten sie bis zum Hauseingang.

In ihrer Wohnung schloss sie die Tür hinter sich und lehnte sich mit dem Rücken dagegen. Für eine Weile verharrte sie, dann zog sie ihre Jacke aus, ging ins Wohnzimmer und legte sich auf die Couch. Sie war so unendlich müde. Sekunden später fiel sie in einen unruhigen Schlaf.

Nach zwei Stunden schreckte sie aus ihrem wirren Traum hoch. Zuerst wusste sie nicht, wo sie war, doch dann fiel ihr alles wieder ein, und der unerträgliche Schmerz war schlagartig zurück. Schweiß perlte sich auf ihrer Stirn.

Sie rappelte sich auf und schleppte sich ins Bad, wo sie sich kaltes Wasser ins Gesicht spritzte. Ihr Blick streifte den Spiegel – und sie erschrak. Sie war kalkweiß, und die dunklen Ringe um ihre verquollenen Augen verliehen ihr ein totenhaftes Aussehen. Die Pupillen wirkten stumpf und ohne Leben.

Sie strich sich die Haare aus dem Gesicht.

Das hast du früher auch schon immer gemacht.

Was?

Die Art, wie du dir die Haare aus dem Gesicht streichst, mein kleiner Engel.

»Ich bin nicht mehr dein kleiner Engel«, murmelte sie.

Aber du kannst mich nicht loswerden. Ich werde immer da sein. Ich bin dein dunkler Schatten.

»Lass mich in Ruhe!«, schrie sie in den Spiegel.

Ich werde immer da sein.

Sie presste die Hände gegen die Schläfen, in dem verzweifelten Versuch, seine Stimme in ihrem Kopf loszuwerden.

Mein kleiner Engel.

»Verschwinde endlich! Ich bin nicht mehr dein kleiner Engel.« Sie griff nach der Nagelschere, die in dem Wandregal über der Waschmaschine lag. »Hast du gehört?«

Mit der freien Hand packte sie eine Haarsträhne und schnitt sie auf Kinnhöhe ab. Anschließend nahm sie die nächste Strähne und kürzte sie. Büschelweise fielen ihre langen hellbraunen Haare ins Waschbecken und auf den Boden.

Keuchend beugte sie sich vor und starrte in den Spiegel, aus dem ihr eine fremde Person entgegensah. Die Schere glitt ihr aus der Hand und landete klirrend auf dem Ablaufventil.

»Siehst du?«, sagte sie zitternd, und eine Träne rann ihr über die Wange. »Ich bin nicht mehr dein kleiner Engel.«

Das Spiegelbild verschwamm vor ihren Augen, und sie hörte die Stimme ihres Vaters.

Ich werde immer da sein.

Sams Knie gaben nach. Kraftlos glitt sie zu Boden, wo sie, zusammengekauert und das Gesicht in den Händen vergraben, sitzen blieb.

Kapitel 44

Damals

Paul eilte zum Ausgang und sog gierig die frische Luft ein.

Der typische Zahnarztgeruch, der in der Praxis hing, verursachte bei ihm jedes Mal Übelkeit. Aber er wollte seine Eltern nicht enttäuschen, und so hatte er nachmittags nach der Uni in der Praxis ausgeholfen, nachdem die Sprechstundenhilfe erneut krank gewesen war. Wie so oft in letzter Zeit.

Wenigstens hatte er hinter dem Empfangsbereich gesessen und nicht bei den Behandlungen assistieren müssen.

Ihm graute immer noch vor der Vorstellung, eines Tages in fremden Mündern arbeiten zu müssen, und er fragte sich, ob er sich dann würde beherrschen können oder nicht hin und wieder bewusst mit dem Bohrer abrutschte.

Paul verließ die Straße und bog in den nahe gelegenen Westpark ein. Er musste den Kopf freibekommen. Gedankenverloren schlenderte er den Weg entlang, vorbei an grünen Bäumen und Pfingstrosen sowie Rittersporn und Lavendel, die überall aus dem Boden sprießten. Es war Anfang Mai, und das sonnige Wetter hatte zahlreiche Menschen nach draußen gezogen. Kinder spielten auf der mit Gänseblumen übersäten Wiese, und ein Hund jagte einem Tennisball hinterher.

Seit er mit Melina geschlafen hatte, waren drei Monate vergangen, und er hatte immer noch keine Idee, wie er seinen größten Traum in die Tat umsetzen sollte. Mit jedem Tag, der verstrich, wurde er frustrierter und zweifelte daran, dass er sich noch länger beherrschen könnte. Gleichzeitig war ihm klar, dass er nicht einfach losziehen und jemanden töten konnte. Er brauchte einen Plan, oder er würde wegen Mord ins Gefängnis wandern.

Er kickte mit dem Fuß einen Stein in die Wiese und verfehlte nur knapp eine Ente. Schnatternd flatterte sie davon.

Wenig später blieb er vor einer Vereinsgaststätte am Schaukasten mit der Speisekarte stehen. Er warf einen Blick darauf, entschied sich aber doch dagegen, etwas zu essen.

Als er das Gebäude passierte, bemerkte er versteckt hinter Büschen ein Freilandschachfeld. Sein Vater war ein passionierter Schachspieler und hatte Paul das Spiel mit vierzehn beigebracht. In unregelmäßigen Abständen hatten sie gegeneinander gespielt. Paul hatte schnell gelernt und nach einem halben Jahr seinen Vater hin und wieder geschlagen.

Neugierig trat er näher. Es war niemand zu sehen. Wer immer gespielt hatte, schien die Partie abgebrochen zu haben. Beide Könige waren noch im Spiel, ein paar Figuren abseits des Felds.

Er betrachtete die Aufstellung.

Wenn ich den schwarzen Springer vorrücke, könnte ich im nächsten Zug den weißen Turm kassieren und anschließend die Dame einkesseln.

Er grinste und griff nach dem Springer, der ihm bis über die Knie reichte.

»Wenn du das tust, bist du in sechs Zügen schachmatt«, sagte eine Stimme hinter ihm, und er wirbelte herum.

Vor ihm stand ein Mann Mitte vierzig in einem schwarzen Anzug. Die Krawatte hatte er ein wenig gelockert.

»Ach ja?«, entgegnete Paul.

»Ja. Willst du es testen?« Er sah Paul herausfordernd an.

»Klar«, antwortete er.

»Dann mach deinen Zug.«

Paul schob den Springer vor. Er rechnete damit, dass sein Gegner mit dem Läufer einen Angriff auf seine Dame starten würde, sodass er im nächsten Zug den weißen Turm schlagen könnte. Zu seiner Überraschung griff er jedoch nach einem Bauern. Paul überlegte kurz und rückte den Springer weiter vor.

»Das war kein guter Zug«, sagte der Mann, trug seine Dame quer über das Spielfeld und sammelte Pauls Turm ein.

Mist!

Das hatte er übersehen.

Er dachte eine Weile nach und legte sich eine neue Strategie zurecht.

Vier Züge später rückte der Mann seinen Läufer vor. »Schachmatt.«

»Oh.« Perplex starrte Paul auf das Schachfeld. Der Fremde hatte ihn, wie vorhergesagt, in genau sechs Zügen besiegt.

»Willst du wissen, was dein Fehler war?«

Paul nickte.

Der Mann nahm die Figuren und stellte sie um. »Das war die ursprüngliche Ausgangsposition.«

Paul zog die Brauen hoch.

Wie konnte er sich noch daran erinnern?

»Du hast den Springer bewegt und damit die rechte Seite frei gemacht, siehst du?«

Paul nickte. »Welchen Zug würden Sie stattdessen empfehlen?«

»Stell die Dame ein Feld nach rechts. Damit verschaffst du deinem Läufer freie Bahn und sicherst deinen Turm.«

Paul führte den Zug aus, und der Mann verschob den Bauern.

»Und was empfehlen Sie als Nächstes?«

»Jetzt kannst du deinen Springer einsetzen.«

Sie spielten weiter, wobei er Paul bei jedem Zug einen Tipp gab, und am Ende konnte Paul den weißen König mit seinem Turm schlagen.

Er hat sieben Züge vorausgedacht, stellte er beeindruckt fest.

»Würden Sie eine neue Partie mit mir spielen?«, fragte er.

»Wenn du bereit bist zu verlieren.«

Sie stellten die Figuren auf.

»Fang an«, forderte er Paul auf.

»Welche Taktik würden Sie generell am Anfang empfehlen?«, wollte er wissen.

»Das kommt darauf an«, antwortete er und erklärte verschiedene Möglichkeiten.

Paul eröffnete das Spiel. Zwanzig Minuten später befanden sich nur noch drei seiner Figuren auf dem Feld.

Der Mann bewegte seine Dame.

»Mit den besten Empfehlungen von Thomas Rohde«, sagte er grinsend. »Schachmatt.«

Kapitel 45

Sam kauerte noch immer auf dem Boden im Bad. Sie hatte zu weinen aufgehört, aber sie hatte nicht die Kraft aufzustehen. Die Stimme ihres Vaters hing schwer im Raum, wenngleich sie aus ihrem Kopf verschwunden war.

Irgendwann klingelte es an der Tür, doch Sam schaute nicht einmal auf. Egal, wer es war, sie wollte jetzt mit niemandem reden.

Wieder läutete es, diesmal Sturm.

Es war ihr gleichgültig. Alles war unwichtig.

Kurz darauf vibrierte ihr Handy. Erst ignorierte sie es, der Anrufer gab jedoch nicht auf. Sam holte das Smartphone hervor und sah, dass es Nadine Herfurth war. Sie nahm ab.

»Wo sind Sie, Sam?«

»Zu Hause«, antwortete sie.

»Ich stehe vor Ihrer Tür. Bitte öffnen Sie.«

Mühsam zog sich Sam am Waschbecken hoch und schlurfte in den Flur hinaus, wo sie den Türöffner betätigte. Kurz darauf stand die Polizistin vor ihr.

»Um Himmels willen! Wie sehen Sie denn aus? Was ist mit Ihren Haaren passiert?«

»Ich hab sie abgeschnitten.«

»Warum?«

»Weil … weil ich nicht mehr sein kleiner Engel sein will.«

Die Kriminalhauptkommissarin sah sie stumm an.

»Ziehen Sie sich an. Wir machen einen Ausflug«, sagte sie dann.

»Wohin?«

»Lassen Sie sich überraschen.«

»Ich hab keine Lust.«

»Das ist mir egal. Los, kommen Sie.«

Ihr Blick sagte deutlich, dass sie nicht mit sich diskutieren ließ, und Sam fehlte ohnehin die Kraft dafür. Widerwillig griff sie nach ihrer Jacke, während die Polizistin im Hausflur telefonierte.

»Ziehen Sie die Kapuze über den Kopf, damit die Journalisten Sie nicht so sehen«, sagte sie, als Sam die Tür hinter sich abschloss. »Und halten Sie sich die Hand vors Gesicht.«

Zusammen verließen sie das Haus. Nadine legte den Arm um Sam und schob sie an den Reportern vorbei zu ihrem Auto.

»Kein Kommentar«, sagte die Polizistin und stieg ein. Sie ließ den Motor an und fuhr los.

Im Seitenspiegel sah Sam, dass der Wagen mit ihren Personenschützern ihnen folgte.

Die Fahrt verlief schweigend. Sam war froh darüber. Zusammengesunken saß sie in ihrem Sitz und stierte nach draußen in den tristen Nachmittag. Wenig später erreichten sie eine kleine Sporthalle, über deren Eingang ein Schild mit japanischen Schriftzeichen und dem Namen *Karate SV München 1964* hing.

Ein älterer Mann in einem weißen Karateanzug und mit einem schwarzen Gürtel trat heraus und begrüßte Nadine.

»Es liegt alles bereit«, sagte er. »Das Training beginnt in einer halben Stunde. Reicht dir die Zeit?«

»Bis dahin sind wir fertig. Danke, Wolfgang.«

»Was tun wir hier?«, fragte Sam, als sie den Eingangsbereich mit den hellen Holzdielen betraten, die unter ihren Schritten knarzten.

Poster mit Wettkampf- und Seminarankündigungen zierten die Wände. In einer Glasvitrine standen zahlreiche Pokale und Medaillen zur Schau.

»Erklär ich Ihnen gleich.«

Sie streiften ihre Schuhe ab und stellten sie in das Regal neben dem Eingang. Der ältere Mann nahm ihre Jacken und reichte Sam ein Paar schwarze Handschuhe, die die Knöchel polsterten und die Finger frei ließen.

»Diese Art Handschuhe wird im Mixed Martial Arts verwendet«, erklärte Nadine.

Sam schaute die Polizistin irritiert an.

Was sollte das? Wollte Nadine sie zum Karatetraining schleppen? Das konnte sie vergessen.

»Ziehen Sie sie an.«

»Aber …«

»Vertrauen Sie mir.«

Sam zog die Handschuhe an und folgte ihr in die Trainingshalle, die mit blauen und roten Matten ausgelegt war. An den Wänden hingen Porträts alter japanischer Meister, die komplette rechte Seite war verspiegelt. In einem Gestell in der Ecke standen Holzstöcke unterschiedlicher Länge.

Nadine steuerte auf den Boxsack zu, der am anderen Ende der Halle von der Decke hing.

»Ich hab keine Lust auf Sport«, murrte Sam. Sie fühlte sich müde und ausgelaugt und sehnte sich nach ihrem Bett, wo sie die Decke über sich ziehen und der Welt entfliehen konnte.

»Keine Sorge, wir werden nicht trainieren.«

Sie blieben vor dem Boxsack stehen.

Sam betrachtete ihn stirnrunzelnd. »Was tun wir dann hier?«

»Ihre Vergangenheit aufarbeiten.«

»Wie bitte?« Sam starrte sie unverhohlen an.

»Wissen Sie, was Ihr Problem ist, Sam? Sie haben den Vorfall damals nie aufgearbeitet, sondern verdrängt. In Ihnen steckt so viel aufgestaute Wut, die nie rauskonnte. Wut auf Ihren Vater, den Sie dafür verantwortlich machen, Ihr Leben zerstört zu haben. Wut darüber, dass er Ihnen Ihre Unbeschwertheit genommen hat, und Wut auf Ihre Mutter, die Sie im Stich gelassen hat.«

Sam schnappte nach Luft. Nadines Worte trafen sie mit voller Wucht, wenngleich sie es nicht zugeben konnte. Jenny hatte ihr vor ein paar Tagen etwas Ähnliches gesagt.

»Und wissen Sie, was das Problem mit Wut ist, wenn man sie nicht rauslässt?« Die Polizistin blickte sie fragend an. »Sie setzt sich fest und macht einen krank.«

Sams Augen füllten sich mit Tränen.

»Solange Sie diese Wut in sich haben, wird Ihr Vater Macht über Sie haben. Sie müssen diese Wut rauslassen, erst dann können Sie sich endgültig von ihm lösen.«

Sam öffnete den Mund, um zu protestieren, doch sie brachte keinen Ton raus.

»Mir ist klar, dass Sie nicht mit Worten ausdrücken können, was Sie damals mit ansehen mussten. Deshalb haben Sie Ihre Therapie abgebrochen. Aber es gibt noch einen anderen Weg, Wut rauszulassen.«

Sam sah skeptisch vom Boxsack zu ihren Handschuhen.

Nadine lächelte. »Ich weiß, was Sie denken. Nein, Sie werden Ihre Wut nicht los, indem Sie auf einen Sandsack eindreschen.« Sie bückte sich und hob ein Blatt Papier auf, das neben einer schwarzen Panzertaperolle auf dem Boden lag. »Sie sollen dagegen schlagen.«

Sie drehte das Blatt um. Es war ein ausgedrucktes

Schwarz-Weiß-Foto von ihrem Vater und stammte aus der Zeit vor seiner Verhaftung. Darauf abgebildet waren sein Gesicht und der obere Teil seines Brustkorbs. Er trug Anzug und Krawatte und lächelte, als hätte er gerade einen Prozess gewonnen.

Sollte das ein Scherz sein?

Nadine befestigte das Foto mit dem Klebeband am Boxsack. »Hier ist die Ursache für Ihre Wut, Sam. Es wird Zeit, ihr freien Lauf zu lassen und sich endlich von Ihrem Vater zu lösen.«

Sams Atem beschleunigte sich.

»Na los«, forderte die Polizistin sie auf. »Schlagen Sie zu.«

Sam rührte sich nicht.

»Erinnern Sie sich daran, wie Sie vor zehn Jahren ins Wohnzimmer gekommen sind. Ihr Vater hat die Steinfigur genommen und sie der Putzfrau über den Kopf gezogen. Er hat ihr den Schädel zertrümmert.«

Jäh tauchten die Bilder vor ihrem geistigen Auge auf.

»Hören Sie auf.«

»Sehen Sie das Blut, das an Wand und Decke spritzt? Die Lache, die sich auf dem Boden ausbreitet?«

»Sie sollen aufhören!«

»Hören Sie das Keuchen Ihres Vaters?«

Sam ballte die Hände zu Fäusten und spürte, wie Wut in ihr aufstieg.

»Er schlägt immer und immer wieder auf sie ein.«

Sam wollte weg von hier. Ihr Blick wanderte hektisch umher und blieb an dem Foto hängen. Das Lächeln ihres Vaters zog sich auseinander, bis er sie mit einem diabolischen Grinsen anschaute. Seine Augen waren kalt, Blut lief ihm übers Gesicht. Er keuchte, während er die Steinfigur hob und senkte. Hob und senkte. Sam roch den schrecklichen metallischen Geruch und würgte. Die gesichtslose Putzfrau lag in der Blutlache, die sich auf dem Parkett ausbreitete. Das Geräusch, wenn die mit einer schmierigen Schicht aus Blut und Knochensplittern bedeckte Steinfigur ihren Schädel traf, war grauenvoll.

Ein krächzender Laut kroch Sams Kehle hinauf und entlud sich in einem Schrei. Sie versetzte dem Foto auf dem Boxsack einen zaghaften Schlag.

»Er hat ihr das Gesicht zerschmettert«, schob Nadine hinterher.

Erneut schlug sie zu. Immer noch kraftlos, doch der nächste Fauststoß war stärker. Das Papier zerriss.

Ich werde immer da sein.

Wut und Hass explodierten in ihr.

»Du hast alles zerstört!«, schrie sie und drosch im nächsten Moment wie von Sinnen auf den Boxsack ein. Trotz der gepolsterten Handschuhe verspürte sie einen leichten Schmerz, aber er stachelte sie nur weiter an und ließ sie umso härter zuschlagen.

Das Bild in ihrem Kopf änderte sich. Sie war nicht länger im Wohnzimmer, sondern betrat das Bad und blickte auf ihre Mutter hinab, die inmitten von leeren Medikamentenschachteln am Boden lag und sich nicht rührte. Eine tiefe Trauer erfasste sie. Tränen rannen über ihre Wangen, während sie weiterhin auf ihren Vater einprügelte.

Sie hat über alles Bescheid gewusst. Sie hat nicht aus Scham Selbstmord begangen, sondern weil sie Angst hatte aufzufliegen.

Die Trauer verschwand und machte einer nie gekannten Hilflosigkeit Platz.

Sam keuchte. Ihre Armmuskeln verkrampften, die Schläge wurden langsamer, sie konnte jedoch nicht aufhören. Sie wollte nicht länger das hilflose Opfer sein.

Sorry, aber das ist mir too much. Wir sollten uns nicht mehr sehen.

Lucas hatte sie im Stich gelassen, genau wie ihre anderen Freunde.

Eigentlich wollte ich Erzieherin werden.

Erneut überkam sie unbändige Wut. Sie entlud sich so stark, dass Sam sie nicht mehr kontrollieren konnte.

Wie viele hast du ermordet?

In Freiheit?

Ja.

Siebzehn.

»Ich hasse dich!«, brüllte sie. »Ich hasse dich! Ich hasse dich!«

Ihre Verachtung ihrem Vater gegenüber setzte ungeahnte Kräfte frei. Die Hiebe wurden härter und schneller. Sie schlug so fest gegen den Sandsack, dass er zu schwingen begann. Das Papier war längst zerfetzt, nur die Ecken hingen noch mit Panzertape am Boxsack. Doch Sam sah weiterhin in die kalten Augen ihres Vaters, sah sein zufriedenes Lächeln, während ihm das Blut über die Wangen lief, und hörte sein Keuchen.

Mein kleiner Engel.

Ihre Schläge prasselten auf ihn ein.

»Ich. Will. Nicht. Mehr. Dein. Kleiner. Engel. Sein.«

Sie japste vor Anstrengung und brachte die Worte nur mit Mühe hervor. Ihre Arme und Hände schmerzten, und sie bekam kaum mehr Luft. Sam schlug mit ihrer Rechten zu und verlor das Gleichgewicht. Sie taumelte gegen den Boxsack und klammerte sich daran fest. Ihre Knie gaben nach. Sam sank zu Boden und blieb keuchend sitzen. Sie schwitzte, die Kleidung klebte ihr schweißnass auf der Haut. Und trotzdem spürte sie, dass etwas anders war. Ihre Wut ließ nach, sie fühlte sich leichter.

Freier.

Sie versuchte, ihren Atem zu beruhigen.

Ihr Herz pochte, doch der Druck auf ihrem Brustkorb war verschwunden. Als wäre ein eng angezogenes Gummiband darum gewickelt gewesen, das sich jetzt gelöst hatte.

Erneut begann sie zu schluchzen, diesmal waren es Tränen der Erleichterung.

Sie spürte, wie sich eine Hand auf ihre Schulter legte, und hob erschöpft den Kopf. Nadine kniete neben ihr und schaute sie warmherzig an.

»Wie fühlen Sie sich?«

Sam lächelte und wischte sich die Tränen aus dem Gesicht.

»Besser.«

Kapitel 46

Sams Befürchtung, Jenny könnte nicht zu Hause sein, war unbegründet gewesen. Ihre Freundin öffnete die Tür, kurz nachdem sie geklingelt hatte.

»Das ist ja eine Überraschung«, sagte Jenny und stutzte. »Wie siehst du denn aus?«

Unsicher trat Sam von einem Fuß auf den anderen. Nadine hatte sie im Anschluss an die Boxsackaktion zum Friseur gefahren, der ihr einen modernen Kurzhaarschnitt verpasst hatte.

Ihre Freundin machte eine kreisende Bewegung mit dem Zeigefinder, und Sam drehte sich einmal um die eigene Achse.

Jenny grinste. »Sieht super aus!«

»Findest du?« Sam war erleichtert.

»Ja. Du siehst … erwachsener aus.«

Nun lächelte auch Sam. Nadine hatte das Gleiche gemeint.

»Danke.«

»Was ist der Grund dafür?«, wollte Jenny wissen und ließ Sam in die Wohnung. »Normalerweise würde ich auf einen neuen Freund tippen, aber dann hättest du wohl kaum so verquollene Augen. Was ist passiert?«

»Ist eine längere Geschichte.«

Sam hängte ihre Jacke auf, und sie gingen ins Wohnzimmer, wo sie sich nebeneinander auf die Couch setzten. Dann begann Sam zu erzählen. Von dem Gespräch mit ihrem Vater – zumindest den Teil, den sie sagen durfte –, dass sie sich in ihrer Verzweiflung die Haare abgeschnitten hatte und anschließend von Nadine in den Karateklub geschleppt worden war. Hin und wieder stockte sie, weil der Drang zu weinen zu groß wurde, doch sie hatte bereits am Boxsack alle Tränen vergossen. Ein kurzer Schluchzer war alles, was hochkam. Und obwohl sie immer noch aufgewühlt war, war es kein Vergleich zu vorher. Die jahrelang aufgestaute Wut hatte sich endlich entladen.

Jenny, die ihr beruhigend die Hand auf den Arm gelegt hatte, hörte ihr schweigend zu. Ihre Miene verriet Mitgefühl.

»Dein Vater ist und bleibt ein Arschloch«, sagte sie, nachdem Sam geendet hatte, und nahm sie in die Arme. Sanft streichelte sie ihr über den Rücken, Sam schloss die Augen. »Es tut mir so leid, was du gerade durchmachen musst. Ich wünschte, ich könnte dir dabei helfen.«

Das tust du bereits, indem du für mich da bist, dachte Sam und spürte Geborgenheit. Zum ersten Mal seit zehn Jahren hatte sie das Gefühl, loslassen zu können.

Für eine Weile saßen sie eng umschlungen da.

»Die Polizistin hat dich echt gegen das Foto deines Vaters schlagen lassen?«, fragte Jenny und löste sich aus der Umarmung.

»Ja. Mit so Handschuhen aus dem … wie hieß das gleich? Ach ja, Mixed Martial Arts.«

»Clevere Idee.«

»Das Bild war anschließend vollkommen zerfetzt. Ich hätte nicht gedacht, dass ich so fest zuschlagen kann.«

»Und wie geht es dir jetzt?«

»Tatsächlich besser. Es fühlt sich an wie … Ich kann es kaum beschreiben.«

»Du glaubst gar nicht, wie sehr ich mich für dich freue«, sagte Jenny und strahlte dabei so viel Wärme aus, dass Sam unendlich dankbar war, sie als Freundin zu haben. »Du hast das schon viel zu lange mit dir herumgeschleppt. Ich hoffe, du kannst jetzt endlich anfangen, mit deiner Vergangenheit abzuschließen und dich von deinem Vater zu lösen.«

Das hoffte sie auch. Mehr als alles andere.

»Trotzdem wäre mir ein Freund als Grund für deine neue Frisur lieber gewesen. Seit Lucas hast du kein einziges Date gehabt. Es wird Zeit, dass du dich mal wieder verliebst.«

Verlegen sah Sam an ihr vorbei.

»Moment. Wie soll ich denn diesen Blick deuten?«

Sam lächelte schüchtern.

»Nee jetzt? Du hast dich verknallt und sagst mir nichts davon!« Sie stemmte entrüstet die Hände in die Hüften.

Sam musste lachen. »Keine Ahnung, ob ich in ihn verliebt bin. Ich finde ihn nur … ganz nett.«

»Ganz nett? Mensch, jetzt lass dir doch nicht alles aus der Nase ziehen. Ich will Details! Wer ist es? Wo hast du ihn kennengelernt?«

»Er heißt Jakob und ist mein Nachbar.« Sam erzählte ihr von ihm. »Ich weiß ja nicht mal, ob er an mir interessiert ist.«

Jenny verdrehte die Augen. »Er hilft dir beim Streichen, lädt dich zum Kaffee ein … Das macht er bestimmt nur, weil ihm langweilig ist.«

Sam knetete die Hände.

»Ich sehe nur eine Möglichkeit herauszufinden, ob er dich mag. Nimm seine Einladung an.« Jenny warf ihr einen strengen Blick zu. »Und wehe, du erzählst mir danach nicht sofort alles!«

Kapitel 47

Heute

Paul drückte sich an die Hauswand und verschmolz mit der Dunkelheit. Die umliegenden Gebäude waren verlassen, die Mauer, die um das Haus verlief, schirmte ihn von der Straße ab. Nur hin und wieder war ein vorbeifahrendes Auto zu hören.

Vorsichtig spähte er durchs Fenster. Innen brannte Licht, der Mann stand mit dem Rücken zu ihm über einen Tisch gebeugt und war in seine Arbeit vertieft.

Paul grinste unter seiner Sturmhaube, seine Vorfreude stieg. Seit er die Stewardess mit Schaschlikspießen ermordet hatte, war das Feuer in ihm neu entfacht. Das Kribbeln in seinem Nacken war zurückgekehrt und hatte die eingekehrte Routine unterbrochen. Er hatte seinen Spaß wiedergefunden.

Es war vier Tage her, doch noch immer hatte er das Gefühl, auf einer Endorphinwolke zu schweben. Er hätte nicht gedacht, dass die Änderung des Tatwerkzeugs einen derart großen Unterschied bedeuten würde. Deshalb hatte er sich entschieden, heute erneut etwas Neues zu versuchen.

Nach dem letzten Mord hatte er sich Gedanken gemacht, auf welche Art und Weise man jemanden töten konnte, und er hatte so viele Ideen gehabt. Er konnte es kaum erwarten, sie alle auszuprobieren.

Der Mann bewegte sich, und Paul zog den Kopf ein.

Was er für ihn geplant hatte, würde ein Highlight

werden, egal, wie viele Menschen er später noch tötete. Es hatte zwei Alternativen gegeben, und nachdem er sie gezeichnet hatte, war ihm die Entscheidung leichtgefallen. Beide Möglichkeiten waren speziell, aber die eine war etwas Besonderes. Und eine Gelegenheit wie jetzt würde sich ihm so schnell nicht mehr bieten.

Die Zeichnung war ihm äußerst gut gelungen, und in seiner Galerie der Träume nahm sie nach seinem Kronjuwel den zweiten Platz ein.

Kurz befürchtete er, dass die Realität nicht so aufregend werden könnte, wie er es sich in seiner Fantasie ausgemalt hatte. Doch dann erinnerte er sich an die Stewardess und daran, dass die Ausführung seine Erwartungen weit übertroffen hatte.

Komm schon, dachte er. Mach endlich Schluss für heute!

Der Mann war längst über seiner üblichen Zeit. Paul wartete ungeduldig darauf, dass er in den Nebenraum ging und seine Jacke holte. Dieses Zeitfenster würde ihm reichen, um unbemerkt eindringen und ihn überwältigen zu können. Die Eingangstür war immer offen, erst der Letzte, der das Gebäude verließ, sperrte sie ab.

Er beugte sich vor und lugte wieder durch das Fenster. Sein Puls beschleunigte sich, als er sah, dass der Mann sein Werkzeug beiseitelegte und die Maschine ausschaltete.

Es war so weit!

Der Mann lief zur hinteren Tür, die in den Aufenthaltsraum führte.

Paul zögerte nicht länger. Er hastete zum Eingang um die Ecke. Ein Blick, ob der Mann tatsächlich nach nebenan verschwunden war, dann trat er ein. Der Schlüssel steckte innen im Schloss, und er sperrte ab. Leise durchquerte er die Werkstatt und positionierte sich neben der

Tür zum Aufenthaltsraum. Er nahm einen Stofffetzen aus der Umhängetasche und tränkte ihn mit Chloroform. Beim letzten Mal hatte es so gut geklappt, dass er erneut darauf zurückgriff. Allerdings musste das Timing stimmen, denn im Gegensatz zur Stewardess konnte er sein Opfer nicht einfach im Schlaf überwältigen.

Geräusche drangen aus dem Nebenraum, ein Stuhl wurde verrückt, Schritte erklangen. Die Klinke wurde hinuntergedrückt, und die Tür öffnete sich.

Paul wartete noch eine Sekunde, sprang vor, packte den Mann mit einer Hand am Nacken und presste ihm mit der anderen den Lappen aufs Gesicht.

Der Mann riss die Augen auf und benötigte einen Moment, um die Situation zu erfassen. Er schlug um sich und wollte nach hinten ausweichen. Paul hatte damit gerechnet und schob ihn rückwärts, bis der Mann ins Stolpern geriet und stürzte. Paul fiel auf ihn. Sein Opfer schrie, doch der Stofffetzen erstickte seinen Laut. Panisch bäumte er sich auf. Paul drückte ihn mit seinem ganzen Gewicht auf den Boden und presste ihm den mit Chloroform getränkten Lappen so fest auf Nase und Mund, dass er schon befürchtete, ihn zu ersticken. Der Mann versuchte ein letztes Mal verzweifelt sich zu befreien. Schließlich erschlaffte er.

Paul packte ihn an den Beinen und schleifte ihn in die Halle. Beim Anblick der Maschine, die er gleich verwenden würde, schoss ein Adrenalinschub durch seinen Körper, und er wusste, dass es noch viel besser werden würde als bei der Stewardess.

Kapitel 48

Sonntag, 1. Dezember

Nadine raste zu der Adresse, die ihr der Beamte vom Kriminaldauerdienst durchgegeben hatte. Die ganze Fahrt über betete sie, dass der Schlitzer nicht erneut zugeschlagen hatte. Zehn Minuten später hatte sie das Gewerbegebiet in Obersendling erreicht und sprang aus dem Auto. Die Gegend war weiträumig abgesperrt worden, mehr als ein halbes Dutzend Streifenwagen standen am Straßenrand. Es nieselte, und die flackernden Lichter durchbrachen den dämmrigen Morgen. Der Van der Kriminaltechnik parkte neben dem großen weißen Zelt, das vor dem Gebäude aufgestellt worden war.

Sie eilte darauf zu und zeigte den beiden Beamten, die den Eingang bewachten, ihren Ausweis. Die Männer wirkten angespannt.

Nadine bemerkte die breiige Masse auf dem Boden.

»Der Kollege vom KDD hat sich übergeben«, sagte der Ältere, der ihrem Blick gefolgt war.

Ihre Kehle schnürte sich zu. Wenn ein Polizist vom Kriminaldauerdienst kotzen musste, war es entweder seine erste Leiche, oder sie war besonders grausam zugerichtet.

»War Krüger schon da?«, fragte sie.

»Nein.«

»Gut. Haltet ihn von hier fern, falls er kommen sollte. Und achtet auf einen Mann Anfang vierzig mit hellbraunen Haaren. Er heißt Christian Kehl und ist Reporter beim *Blitz*. Es würde mich sehr wundern, wenn er nicht demnächst auftaucht.«

Im Zelt zog sich Nadine einen Ganzkörperschutzanzug an, der dort bereitlag, und ging auf den Eingang des Gebäudes zu, der ebenfalls von dem Zelt überdacht war. Sie straffte sich, dann betrat sie die Schreinerei.

Die Kollegen von der Kriminaltechnik waren im vorderen Drittel der Werkstatt und arbeiteten sich langsam zur anderen Seite vor. Ekhard Stollberg, der Leiter, hob den Kopf. Sein Mund war hinter einer Schutzmaske verborgen, seine Miene spiegelte jedoch Betroffenheit wider.

»Er liegt dort drüben. Pass bitte auf, wo du hintrittst«, sagte er, und Nadine nickte.

Eine Staubspur bedeckte den Boden. Sie gab acht, sie nicht zu kontaminieren, und durchquerte den Raum. Schon von Weitem sah sie das Blut, eine große Maschine versperrte ihr allerdings die vollständige Sicht. Sie passierte eine Werkbank und einen Tisch mit einer Kreissäge auf der rechten Seite. An der linken Wand lagerten Bretter, davor standen ein Gabelstapler und ein halbfertiger Schrank ohne Türen. Dann erreichte sie den hinteren Teil der Werkstatt. Das Bild, das sich ihr dort bot, ließ sie scharf einatmen. In der Luft hing ein Gestank, der kaum auszuhalten war. Sie würgte und konnte den Brechreiz nur mit Mühe unterdrücken.

Schräg vor ihr war eine riesige Presse. Nadine wusste, dass damit normalerweise billige Spanplatten mit hochwertigen Furnieren beschichtet und dadurch aufgewertet wurden. Doch anstatt eines Bretts befand sich ein zerquetschter menschlicher Körper zwischen den Pressplatten. Fleischfetzen klebten am Rand, das Blut war in Strömen geflossen. Auf dem Boden lag inmitten einer riesigen Lache ein Kopf – der Mund mit einem silberfarbenen Klebeband verschlossen, die Augen in blankem Horror weit aufgerissen. Die Ohren fehlten. Wie bei einem grausigen Kunstobjekt war der am Ellenbogen abgetrennte linke Arm neben dem Kopf platziert. Zwischen den Fingern steckte eine laminierte rote Karte mit schwarzer Schrift.

Mit den besten Empfehlungen von Thomas Rohde.

Nadine lief es eiskalt über den Rücken. Schockiert verharrte sie und starrte in die toten Augen von Tobias Krüger, dem schwarzen Schaf der Familie, dessen Foto sie gestern auf dem Schreibtisch ihres Vorgesetzten betrachtet hatte. Die Zeit schien stillzustehen. Sie konnte den Blick nicht von dem Grauen abwenden.

In Gedanken sah sie Tobias zwischen den Platten eingeklemmt, nur der Kopf und der linke Arm waren außerhalb. Die Presse fuhr langsam zusammen, seine Knochen brachen unter der gewaltigen Kraft und wurden pulverisiert. Sie konnte seine durch das Klebeband gedämpften Schreie hören. Sah, wie ihm die Augäpfel aus den Höhlen traten und er mit der linken Hand verzweifelt versuchte, die Maschine anzuhalten, während das Blut aus ihm strömte. Und sie sah den Schlitzer, der das Schauspiel grinsend genoss, bis der Kopf abgetrennt wurde und zu Boden fiel.

Erneut rumorte ihr Magen.

»Ich war schon an vielen Tatorten, der hier ist definitiv einer der schlimmsten«, sagte Stollberg, der neben sie getreten war.

Sie zuckte leicht zusammen und schluckte, um das Engegefühl in ihrem Hals loszuwerden.

»Ist es Krügers Sohn?«

»Ja«, antwortete sie mit belegter Stimme. Sie hatte ihn zweimal persönlich getroffen, es bestand kein Zweifel, dass es sein Kopf war.

Für einen Moment schwiegen sie.

»Weißt du, wer ihn gefunden hat?«, fragte sie schließlich.

»Jemand von der Schreinerei, der heute arbeiten wollte.«

»Es ist Sonntag.«

»Ich weiß. Am Wochenende ist geschlossen, aber die Mitarbeiter nutzen die Zeit häufig, um private Arbeiten zu erledigen.«

Nadine erinnerte sich daran, was Krüger erzählt hatte. Dass Tobias in eine neue Wohnung gezogen war und seine Möbel selbst baute. Vermutlich den Schrank, den sie vorne bemerkt hatte.

»Der Schreiner hat erst mal gekotzt.« Stollberg deutete auf das Erbrochene vor ihren Füßen. »Er ist zusammengebrochen. Die Sanitäter haben ihn ins Krankenhaus gefahren.«

Nadine wagte nicht, daran zu denken, wie es erst Krüger ergehen würde, wenn er erfuhr, dass sein Sohn ermordet worden war.

Plötzlich vernahm sie laute Stimmen von draußen.

Krüger!

Sie wandte sich um und verließ die Schreinerei.

Im Zelt streifte sie sich Kopf- und Mundschutz herunter und sog tief die frische Luft ein. Sie hatte das Gefühl, dass sich der bestialische Gestank in jedem einzelnen Nasenhaar festgesetzt hatte.

»Ihr sollt mich durchlassen«, hörte sie Krüger.

Nadine atmete tief durch. Das Schlimmste an ihrem Job war, den Angehörigen den Tod eines geliebten Menschen mitzuteilen. Dass sie das nun ausgerechnet ihrem Vorgesetzten beibringen musste, machte es noch schwerer.

Sie gab sich einen Ruck und verließ das Zelt. Vier Beamte hielten Krüger zurück. Er drehte den Kopf in ihre Richtung, und sie spürte, wie sich alles in ihr zusammenzog.

»Nadine!«, rief er.

Er sah fürchterlich aus. Die Furchen auf seiner Stirn waren noch tiefer als sonst, seine Gesichtsfarbe glich einer schneeweißen Wand.

Sie ging zu ihm und gab den Beamten ein Zeichen, ihn loszulassen.

»Sag, dass das nicht wahr ist!«

Der flehende Blick versetzte ihr einen Stich ins Herz.

Nadine schaute ihn mitfühlend an. »Es tut mir so leid, Frank.«

Seine Augen füllten sich mit Tränen, er schüttelte ungläubig den Kopf.

»N-nein«, stammelte er. »Das kann nicht sein. Du musst dich irren.«

Er wollte losstürmen, doch die Beamten bekamen ihn in letzter Sekunde zu fassen.

»Ich wünschte, es wäre ein Irrtum«, sagte sie und legte ihm sanft die Hand auf die Schulter.

Verzweifelt versuchte Krüger, sich aus dem Griff der Männer zu befreien.

»Ich muss ihn sehen«, brüllte er.

»Nein, Frank. Ich lass dich da nicht rein.«

Er verzog das Gesicht zu einer gequälten Grimasse. »War es der Schlitzer?«

Sie nickte wortlos.

»Was hat er mit ihm gemacht?«

»Ich werde dich jetzt nach Hause fahren.«

»Was hat er mit ihm gemacht?«, wiederholte er und schrie so laut, dass Speicheltropfen aus seinem Mund flogen.

»Lass uns zum Auto gehen.«

»Verdammt noch mal, beantworte meine Frage!«

Nadine zögerte. Aber er würde es ohnehin erfahren.

»Er hat ihn enthauptet.«

Krüger stieß einen gutturalen Laut aus und fiel auf die Knie. Sie ging in die Hocke und nahm ihn in die Arme. Er wehrte sich, wollte sie wegdrücken, doch sie ließ ihn nicht los. Ein letztes Mal bäumte er sich auf, dann begann er, bitterlich zu weinen. Nadine hielt ihn fest, während er am ganzen Körper bebte.

Sie versuchte erst gar nicht, ihn mit Worten zu beruhigen. Alles, was sie im Moment für ihn tun konnte, war, für ihn da zu sein, während er seinem Schock und seiner Trauer freien Lauf ließ.

Wut stieg in ihr auf.

Ich krieg dich, du gottverdammtes Schwein, dachte sie. Dafür wirst du bezahlen!

Vor ihrem geistigen Auge sah sie die laminierte Karte, die zwischen den Fingern des Toten steckte.

Mit den besten Empfehlungen von Thomas Rohde.

Krüger hatte damals die Ermittlungen gegen Rohde geleitet. Es konnte kein Zufall sein, dass der Schlitzer ausgerechnet seinen Sohn als Opfer ausgewählt hatte.

Kapitel 49

Es war später Vormittag, als Sam aus der Dusche stieg. Zum ersten Mal seit einer Woche hatte sie tief und fest durchgeschlafen.

Sie wickelte sich das Handtuch um und ging zum Spiegel, der vom Dampf beschlagen war. Sam wischte ihn mit der Hand frei.

Das Bild, das sich ihr bot, war ihr fremd, und vermutlich würde sie einige Zeit brauchen, um sich an ihre neue Frisur zu gewöhnen.

Ihre Augen waren vom Weinen leicht geschwollen, doch der Glanz in ihren Pupillen war zurückgekehrt.

Nadine hatte recht gehabt. Die Wut, die Sam seit zehn Jahren unterdrückt hatte, hätte sie irgendwann zerstört. Stattdessen war nun Leichtigkeit an ihre Stelle getreten, und Sam hatte das Gefühl, wieder frei atmen zu können. Ihr war klar, dass es noch eine Weile dauern würde, bis sie vollständig mit ihrer Vergangenheit abgeschlossen haben würde, aber der erste Schritt war getan. Die unsichtbaren Ketten, die sie an ihren Vater gefesselt hatten, waren gelöst. Sie hatte die Kontrolle über ihr Leben zurück.

Der Spiegel beschlug erneut, und Sam verschwand hinter einem milchigen Schleier.

Heute Nachmittag würde ihr Vater, das Ex-Monster, Gabriele treffen. Und wenn Sam ihm morgen gegenübersaß, würde sie nicht eher lockerlassen, bis sie von ihm erfahren hatte, wer der Schlitzer war.

Kapitel 50

Damals

Paul lief den Weg vor der Vereinsgaststätte auf und ab. Immer wieder schaute er auf die Uhr. Es war bereits nach sieben, und er war bis jetzt nicht aufgetaucht. Hatte er es sich anders überlegt?

Nach ihrer Schachpartie vor einer Woche – Paul hatte insgesamt drei Partien verloren –, hatte er Rohde gefragt, ob er ihm eine Revanche geben würde. Der hatte zugestimmt, und so hatten sie sich für diesen Abend erneut verabredet.

Paul sah mit gemischten Gefühlen zum Himmel hoch. Dunkle Wolken zogen auf, es wehte ein leichter Wind. Der Wetterdienst hatte schwere Gewitter angekündigt. Den ganzen Tag hatte er gebetet, dass das Unwetter erst spät am Abend losging. Wenn es regnete, würde ihre Partie ausfallen, und Paul wusste nicht, wie er Rohde erreichen konnte.

Er war aufgeregt. In der letzten Woche hatte er keine einzige Vorlesung besucht und seinen Eltern abgesagt, als sie ihn gefragt hatten, ob er kurzfristig für die Sprechstundenhilfe einspringen könnte. Stattdessen hatte er von früh bis spät Schachpartien berühmter Spieler studiert. Kasparov, Karpov, Carlsen, Karjakin, Anand – er hatte sie alle nachgespielt.

Zum Schluss hatte er sich eine spezielle Strategie zurechtgelegt und sie Dutzende Male geübt. Heute würde

Rohde ihn nicht in zwanzig Minuten schlagen. Und mit ein wenig Glück konnte er sogar gewinnen.

»Bereit zu verlieren?«, fragte eine Stimme hinter ihm, und Paul fuhr herum.

Rohde stand breit lächelnd vor ihm. Er trug einen perfekt sitzenden schwarzen Anzug und eine rote Krawatte, die er ein wenig lockerte.

Pauls Gesicht erhellte sich. »Ich habe die Figuren schon aufgestellt.«

Am Freilandschachfeld angekommen, ließ Rohde ihn den ersten Zug machen. Paul schob einen Bauern vor und war gespannt, wie Rohde reagieren würde. Er war auf alle Möglichkeiten vorbereitet.

»Das Schachbuch, das Sie mir empfohlen haben, war übrigens klasse«, sagte er, während Rohde ebenfalls einen Bauern vorsetzte. »Ich hab es zweimal gelesen.«

»Tatsächlich?«

»Ja.« Paul hob den Springer hoch und trug in ein paar Felder weiter.

Rohde reagierte mit einem zweiten Bauern.

Nach fünf Zügen nahm Paul Rohdes erste Figur aus dem Spiel. Sein Herz pochte. Bis jetzt verlief alles genau nach Plan. Er griff nach dem Läufer.

»Das war ein großer Fehler.« Rohde grinste und versetzte seinen Turm.

Paul zuckte leicht zusammen und analysierte die Aufstellung. Hatte er etwas übersehen?

Kurz darauf wusste er es, als Rohde seinen Turm schlug und zwei weitere wichtige Figuren eingekreist hatte. Das Spiel entglitt ihm.

Mist!

»Welchen Zug hätten Sie empfohlen?«, fragte er.

»Ich hätte den Springer genommen.«

Wenig später schlug Rohde mit seiner Dame Pauls weißen König.

»Mit den besten Empfehlungen von Thomas Rohde«, sagte er.

Paul fluchte innerlich. Ein verstohlener Blick auf seine Uhr verriet ihm, dass Rohde zweiundzwanzig Minuten gebraucht hatte. Zumindest hatte er länger durchgehalten als letztes Mal.

»Du bist besser geworden«, stellte Rohde fest und baute die Figuren neu auf.

»Finden Sie?«

»Ja. Deine Taktik war nicht schlecht. Nur der Zug mit dem Läufer war ein Fehler.«

Er zog sein Sakko aus und hängte es über die Lehne der blau gestrichenen Holzbank, die neben dem Schachfeld stand und mit einer Plakette verziert war: *Blauer Turm.*

»Versuch bei der nächsten Partie, deine Figuren schneller zu mobilisieren«, riet Rohde. »So kannst du viel mehr Power entwickeln.«

»Okay.«

Jetzt eröffnete Rohde das Spiel.

»Was machen Sie eigentlich beruflich?«, wollte Paul wissen.

»Ich bin Anwalt.«

»Anwalt?« Er pfiff anerkennend durch die Zähne. Daher der teure Anzug.

»Und du?«, fragte Rohde. »Studierst du?«

»Ja. Zahnmedizin. Ich bin im vierten Semester – und hasse es.«

»Warum studierst du es dann?«

»Nun ja, ich will meine Eltern nicht enttäuschen. Sie haben eine Gemeinschaftspraxis, und es ist ihr größter Wunsch, dass ich die eines Tages übernehme.«

Rohde verschränkte die Arme vor der Brust und sah ihn eindringlich an. »Du willst allen Ernstes vierzig Jahre lang einen Beruf ausüben, den du hasst, nur um deine Eltern zufriedenzustellen?«

Paul erwiderte seinen Blick und hatte auf einmal das Gefühl, dass das Studium mehr als eine dumme Entscheidung gewesen war. Plötzlich kam er sich wie ein kleines Kind vor, das brav befolgte, was seine Eltern von ihm verlangten, damit es geliebt wurde. Das seit Jahren die Konfrontation vermied, die nötig war, um sich von ihnen zu lösen und endlich erwachsen zu werden.

Ein flaues Gefühl breitete sich in seinem Magen aus. Sie würden mehr als enttäuscht sein. Wahrscheinlich würden sie nicht länger seine Wohnung finanzieren. Selbst mit einem Nebenjob könnte er die Miete nicht bezahlen und müsste in eine kleinere Bleibe umziehen oder sogar zurück zu seinen Eltern. Sofern sie ihn überhaupt noch ins Haus ließen.

»Du bist deinen Eltern gegenüber zu nichts verpflichtet.«

»Ich weiß. Aber …« Er zuckte unsicher mit den Schultern.

»Was würdest du lieber tun?«, wollte Rohde wissen.

»Ich kann sehr gut zeichnen und würde gerne in diese Richtung gehen. Illustrator oder irgendetwas mit Grafik. Comics wären mein absoluter Traum.«

Allein bei dem Gedanken daran spürte er, wie er aufblühte.

»Was hält dich davon ab?«

Paul wusste nicht, was er antworten sollte. Jetzt da Rohde den Finger in die Wunde gelegt hatte, erschien es ihm noch unsinniger, dass er sich seit fast zwei Jahren mit einem Studium herumschlug, das er auf den Tod nicht ausstehen konnte. Mehr denn je graute ihm vor der

Vorstellung, in den Mündern anderer Leute rumzustochern. Wohingegen ihn der Gedanke an einen Comic, den er zeichnete, mit Befriedigung erfüllte.

»Ich geb dir mal eine gut gemeinte … Empfehlung.« Rohde lächelte milde, doch der Blick, mit dem er ihn fixierte, war stechend. »Schmeiß das Studium, und tu endlich das, was dich glücklich macht. Egal, was deine Eltern oder andere dazu sagen. Du kannst nicht gegen das ankämpfen, was in dir brennt. Wenn du nicht deinen eigenen Weg gehst, wirst du es dein Leben lang bereuen.«

Paul nickte nachdenklich.

Du kannst nicht gegen das ankämpfen, was in dir brennt.

In diesem Moment wurde ihm bewusst, dass er nicht nur in Bezug auf sein Studium endlich eine längst überfällige Entscheidung treffen musste.

Kapitel 51

Nadine hatte mittags einen Termin bei Polizeioberrat Dirk Walter gehabt. Krüger war nach dem Mord an seinem Sohn mit sofortiger Wirkung von dem Fall abgezogen worden, und Walter hatte ihr die Leitung übertragen. Der Gedanke, welche Verantwortung sie damit einging, behagte ihr nicht, denn die Soko stand unter gewaltigem Druck. Dann hatte ihre Wut auf den Schlitzer und der Drang, ihm endlich das Handwerk zu legen, jedoch die Oberhand gewonnen, und sie hatte zugesagt.

Als Nadine am frühen Nachmittag das Besprechungszimmer betrat, verstummten die Gespräche schlagartig. Die Stimmung war gedrückt, sie blickte in ernste Mienen. Jeder war sich bewusst, dass ihr Beruf Gefahren barg, und sie konnten damit umgehen. Doch dass ein naher Angehöriger eines Kollegen brutal ermordet wurde, während sie seit Wochen erfolglos nach dem Täter fahndeten, zehrte an ihren Nerven.

»Wir alle sind fassungslos, was mit Krügers Sohn passiert ist«, begann sie.

»Wie geht es Frank?«, erkundigte sich jemand.

»Nicht gut. Ich habe vorhin mit ihm telefoniert, er ist völlig fertig. Seine Frau hat einen Nervenzusammenbruch erlitten.«

»Wir müssen das Schwein endlich fassen.«

»Das werden wir. Wir sind es Frank schuldig.«

Ihr Blick wanderte zu dem Whiteboard, an dem bereits die Fotos aus der Schreinerei hingen. Der abgetrennte Kopf von Tobias, der inmitten der Blutlache lag, ließ sie frösteln.

Nadine brachte die Soko auf den neuesten Stand und berichtete Details zu dem Mord an Krügers Sohn. In den Gesichtern der Kollegen spiegelte sich blankes Entsetzen. Einige waren aschfahl geworden.

»Der Schlitzer hat erneut anders gemordet«, stellte Jochen Kolb fest. Der Fallanalytiker saß direkt neben dem Whiteboard, auf seiner Stirn hatte sich eine tiefe Falte gebildet. »Es stützt unsere Hypothese, dass sich der Täter ausprobiert. Der Grad an Brutalität ist allerdings erschreckend. Er muss in einem wahren Blutrausch sein.«

Nadine stimmte ihm zu und wagte gar nicht, daran zu denken, zu was er noch fähig wäre, wenn es ihnen nicht gelänge, ihn endlich zu fassen.

»Wie immer hat er die Botschaft *Mit den besten Empfehlungen von Thomas Rohde* hinterlassen«, sagte sie. »Frank hat damals die Ermittlungen gegen Rohde geleitet, und der Schlitzer sucht sich ausgerechnet seinen Sohn als Opfer aus. Das kann kein Zufall sein.«

»Rohde hat den Hinweis gegeben, dass wir herausfinden müssen, wer die wichtigen und wer die unwichtigen Opfer sind«, sagte eine Polizistin.

»Ja«, meinte Nadine. »Und ich gehe jede Wette ein, dass Tobias Krüger ein wichtiges Opfer ist.« Sie wandte sich an Zettler in der ersten Reihe. »Georg, war unter den anderen fünf Toten jemand, dessen Vater oder Mutter bei der Polizei ist und an den Ermittlungen gegen Rohde beteiligt war?«

»Nein«, antwortete er. »Niemand. Und die Opfer selbst standen in keinerlei direkter Beziehung zu Rohde.«

»Dein Team soll eine Liste erstellen, wer damals für Rohdes Verhaftung und Verurteilung verantwortlich gewesen ist«, wies Nadine ihn an. »Und dann überprüft, ob zwischen diesen Personen und den Opfern eine Verbindung besteht. Kinder, Enkel, Ehepartner, egal was.«

»Du glaubst, der Schlitzer ist auf einem Rachefeldzug?«

»Ich halte es für möglich, ja. Aber er tötet nicht diejenigen, die Rohde verhaftet oder verurteilt haben, sondern deren Angehörige.«

Ein Raunen ging durch den Raum, und Nadine konnte an den Gesichtern erkennen, dass die Kollegen ihre Vermutung für realistisch hielten.

Kolb schaute nachdenklich drein. »Es wäre ein durchaus denkbares Motiv, auch wenn wir die These noch mit Fakten stützen müssen. Falls Rohde mit seinem Hinweis nicht gelogen hat, müssten wir die Opfer in zwei Gruppen einteilen können. In diejenigen, deren Angehörige an Rohdes Verurteilung mitgewirkt haben, und in diejenigen, die gar nichts damit zu tun hatten. Die der Schlitzer nur deshalb getötet hat, um diesen Zusammenhang zu verschleiern.«

Erneut kam Gemurmel auf.

»Wenn dem wirklich so sein sollte, bin ich sprachlos«, meinte ein älterer Polizist, der kurz vor der Pensionierung war. »Das wäre an Abgebrühtheit nicht mehr zu überbieten.«

»Würde allerdings zu dem Profil passen, das wir von ihm erstellt haben«, entgegnete Kolb.

»Unsere Hypothese, dass der Schlitzer ein Bewunderer von Rohde ist und ihn mit den Nachrichten ehren möchte, wäre damit hinfällig«, gab Nadine zu bedenken.

»Ja. Sollte der Schlitzer mit den Morden auf einem Rachefeldzug sein, müssen sie ein engeres Verhältnis gehabt haben. Sie haben sich persönlich gekannt, und Rohdes Verhaftung hat ihn zutiefst getroffen. Vermutlich hat sich in den letzten zehn Jahren sehr viel Hass in ihm aufgestaut, der jetzt explodiert ist.«

Nadine nickte. Rohde hatte ihnen nichts vorgemacht. Er wusste, wer der Schlitzer war. Er war der Schlüssel zu allem. In anderthalb Stunden fand das Treffen mit Gabriele statt, und morgen Vormittag wollte er mit Sam sprechen. Sie hatten seine Forderungen erfüllt, und Nadine hoffte inständig, dass er endlich den Namen preisgab, sodass sie weitere Morde verhindern konnten.

»Sie haben sich gekannt«, bestätigte ein junger Mann, und alle Köpfe im Raum drehten sich ruckartig zu ihm. »Ich habe zusammen mit zwei Kollegen die Mitglieder von Rohdes Schachklub überprüft und befragt.«

»Und?«, wollte Nadine wissen. Sie waren der Spur nach seinem Hinweis, wie ein Schachspieler zu denken, nachgegangen, jedoch hatte sie sich nichts davon erwartet.

»Unter den Mitgliedern war niemand, der als Schlitzer infrage kommt. Aber ein älterer Herr, ein langjähriger Schachpartner von Rohde, hat etwas Interessantes erzählt. Rohde hat eine Zeit lang – es muss kurz vor seiner Verhaftung gewesen sein – öfter mit einem jungen Mann Freilandschach gespielt. Der Zeuge hat ihnen einmal zugeschaut. Er kann sich deshalb so genau daran erinnern, weil Rohde die Partien mit einem seltsamen Satz beendet hat.«

Nadine sah ihn fragend an.

»Er sagte: ›Mit den besten Empfehlungen von Thomas Rohde. Schachmatt.‹«

Kapitel 52

Thomas Rohde saß auf dem Bett und verfolgte die Nachrichten. Auf dem Bildschirm war eine Schreinerei zu sehen, vor der ein halbes Dutzend Polizeifahrzeuge parkte. Der Sprecher berichtete vom vermeintlich sechsten Opfer des Schlitzers, angeblich der Sohn eines Kripobeamten, der an den Ermittlungen in dem Fall beteiligt war. Die Soko »Messer« hatte für den späten Nachmittag eine Pressekonferenz angekündigt.

Die Kamera zoomte auf einen Mann, der am Boden kauerte. Eine Frau hockte neben ihm und umklammerte ihn, bevor zwei Beamte sie mit einer Sichtschutzplane abschirmten.

Na, sieh mal einer an. Er hat also deinen Sohn erwischt, Krüger, dachte Rohde und konnte sich die Schadenfreude nicht verkneifen. Er malte sich aus, wie es Krüger gerade ergehen mochte, und dieser Gedanke befriedigte ihn zutiefst.

Kurz darauf hörte er, wie die Klappe in der Tür geöffnet wurde, und eine ihm unbekannte Männerstimme sagte: »Herr Rohde.«

Er stand auf und ging um die Ecke. Ein vermummter SEK-Beamter war durch die Luke zu erkennen.

Rohde verdrehte die Augen.

Er streckte die Arme durch die Klappe. Nachdem er mit Handschellen gefesselt worden war, machte er ein paar Schritte zurück und kniete sich vor die Wand. Die Tür wurde geöffnet, und fünf schwer bewaffnete Männer kamen ins Zimmer.

Rohde hätte beinahe laut aufgelacht.

Ihm war klar, dass sie den ganzen Aufwand nur betrieben, um ihn einzuschüchtern. Als würde ihn das beeindrucken.

Einer der Männer legte ihm Fußfesseln an, während die anderen ihre Waffen weiter auf ihn richteten. Anschließend halfen sie ihm auf die Beine. Zwei SEK-Beamte hielten ihn fest, ein dritter tastete ihn ab und leuchtete mit einer Taschenlampe in seinen Mund.

Rohde amüsierte sich über die Sicherheitsvorkehrungen, die so unsinnig waren wie der Versuch, Wäsche im Regen zu trocknen. Sie würden ihn nicht aufhalten.

Bereits während seines Hofgangs heute am späten Vormittag hatten sie sein Zimmer durchsucht, und er wettete, dass sie es noch gründlicher als sonst getan hatten.

Kurz darauf trat Dr. Jelic ein. Er blieb in gebührendem Abstand zu Rohde stehen. Genau wie beim letzten Mal zeichneten sich hektische Flecke auf seinen Wangen ab, sein Kopf zuckte leicht.

»Ich möchte Ihnen die Details dieses Treffens erläutern, damit es keine Missverständnisse gibt.«

Rohde schaute ihn mit einem spöttischen Lächeln auf den Lippen an, woraufhin der Kopf des Psychiaters noch mehr zuckte.

»Sie haben genau eine Stunde, keine Minute länger. Während der ganzen Zeit sitzen Sie auf Ihrem Stuhl. Sollten Sie Ihren Hintern auch nur einen Millimeter von der Stuhlfläche anheben, wird das SEK den Raum stürmen, und Sie können die nächsten drei Tage fixiert verbringen.«

»So lange ist das nicht erlaubt«, entgegnete Rohde. »Maximal eine halbe Stunde auf Anordnung eines Arztes, alles darüber hinaus erfordert einen richterlichen Beschluss, und den werden Sie nicht bekommen.«

Dr. Jelics Blick verfinsterte sich. »Sie dürfen die Hand von Frau Kunzmann halten. Ein Kuss ist strengstens verboten und zieht den sofortigen Abbruch des Treffens nach sich.«

Äußerlich zeigte sich Rohde gelassen, doch die Vorstellung, Gabriele zu küssen, widerte ihn an. Ihm graute schon davor, ihre schwitzige Hand zu berühren, aber dieses Übel musste er eingehen, um zu kriegen, was er wollte.

»Ihre Handfesseln werden während des Gesprächs entfernt. Sollten Sie Frau Kunzmann bedrohen oder versuchen, sie als Geisel zu nehmen, wird das SEK einschreiten und kurzen Prozess mit Ihnen machen. Haben Sie die Anweisungen verstanden?«

»Klar und deutlich.«

Dr. Jelic trat einen Schritt auf ihn zu. »Ich weiß nicht, was Sie im Schilde führen, Herr Rohde, doch ich rate Ihnen, sich ruhig zu verhalten. Wir haben alle Ihre Forderungen erfüllt, ich erwarte, dass Sie Ihren Teil ebenfalls einlösen, oder wir werden die Lockerungen schneller aufheben, als Sie bis drei zählen können.«

Als ob du das nicht ohnehin vorhast, erwiderte Rohde in Gedanken. Sobald die Polizei den Namen hat, werde ich wieder vierundzwanzig Stunden isoliert sein.

Aber das spielte dann keine Rolle mehr.

»Ich weiß Ihr Entgegenkommen zu schätzen und werde mich an die Abmachung halten«, entgegnete er.

»Gut.«

Das Spezialeinsatzkommando brachte Rohde in den Gang hinaus.

Aufregung stieg in ihm hoch, und er mahnte sich zur

Ruhe. Zu viel hing davon ab, dass sie keinen Verdacht schöpften.

Trotzdem konnte er es kaum erwarten, Gabriele zu sehen.

Kapitel 53

Damals

Zieh endlich Leine, du Penner!

Paul schielte zu dem älteren Mann hinüber, der auf der blau gestrichenen Parkbank saß und zusah, wie Paul die dritte Partie Schach gegen Rohde verlor. Er musste dringend unter vier Augen mit ihm reden.

Seit ihrem letzten Treffen vor zwei Wochen hatte er wieder jeden Tag geübt. Er war besser geworden, trotzdem hatte er keine Chance.

»Mit den besten Empfehlungen von Thomas Rohde. Schachmatt.«

Paul verzog das Gesicht. Dann stand der ältere Mann auf, nickte Rohde zu und verschwand in der Vereinsgaststätte.

Na endlich!

»Ich hab das Studium geschmissen«, sagte er, kaum dass sie allein waren.

»Tatsächlich?« Rohde hob die Brauen und stellte die Figuren neu auf.

»Ja. Sie hatten vollkommen recht. Ich will nicht mein Leben lang etwas tun, das ich hasse.«

»Was haben deine Eltern dazu gesagt?«

»Die waren enttäuscht, haben die Entscheidung aber akzeptiert.« Er grinste. »Sie setzen jetzt all ihre Hoffnung in meine jüngere Schwester.«

Rohde lachte.

Paul war ihm für seinen Rat unendlich dankbar.

Ohne seinen Anstoß hätte er diese Entscheidung nicht getroffen und damit Jahre seines Lebens vergeudet.

»Und wissen Sie was? Ich fühle mich total erleichtert. Das Studium hat mich mehr belastet und blockiert, als ich dachte.«

Auch im Hinblick auf eine andere Sache.

»Manchmal muss man über seinen Schatten springen«, erwiderte Rohde und warf ihm ein Lächeln zu.

Paul nickte. Vor allem war ihre Reaktion nicht so schlimm ausgefallen, wie er befürchtet hatte. Seine Mutter hatte einige Tränen der Enttäuschung vergossen, doch am Schluss hatte sie ihn umarmt und versprochen, dass sie ihn immer unterstützen würden. Die Miete für seine Wohnung bezahlten sie weiterhin.

»Was hast du jetzt vor?«

»Ich suche mir ein neues Studienfach. Wahrscheinlich wird es eine Entscheidung zwischen Grafikdesign und Illustration werden.«

»Klingt gut.«

Rohde bedeutete ihm, den ersten Zug zu machen. Paul schob einen Bauern zwei Felder vor.

»Sie sagten, Sie sind Anwalt. Wen vertreten Sie?«

»Jeden, der bereit ist, entsprechend zu zahlen«, antwortete er. »Ich gehöre zu den Besten.«

»Sind unter Ihren Klienten Menschen, die … nun ja, sagen wir, ungewöhnliche Gedanken haben?«

Rohde setzte seinen Springer vor. »Was meinst du mit ungewöhnlichen Gedanken?«

Paul zögerte. »Zum Beispiel Tötungsfantasien.«

Fast rechnete er damit, dass Rohde weiter nachhaken und ihn durchschauen würde.

»Eine Fantasie allein ist nicht strafbar, erst die Umsetzung. Zumindest, wenn man sich dabei erwischen lässt.« Er zwinkerte ihm zu. »Falls du darauf hinauswillst, ob ich auch in einem Mordfall die Verteidigung übernehme – selbstverständlich.«

»Gibt es den perfekten Mord?«

Die Frage sprudelte nur so aus ihm heraus, und er schalt sich selbst dafür.

»Kommt darauf an, wie du ›perfekt‹ definierst. Perfekt in dem Sinne, dass ein Mord erst gar nicht als solcher erkannt wird oder dass jemand nicht entdeckt wird?«

»Sagen wir, Letzteres.« Paul trug seinen Turm ein paar Felder weiter.

»Das war ein guter Zug.«

»Was?« Irritiert schaute er auf. In Gedanken war er gar nicht beim Spiel gewesen.

Rohde überlegte und rückte seine Dame vor. »Es gibt immer wieder Mordfälle, die nie aufgeklärt werden. Selbst nach Jahrzehnten nicht.«

»Was unterscheidet diese Täter von anderen?« Paul versuchte, so beiläufig wie möglich zu klingen, doch er hatte das Gefühl, dass ihn das Zittern in seiner Stimme verriet.

»Nun, bei einem Mord geht es im Wesentlichen darum, wer ein Motiv hat. Ist ein solches nicht erkennbar, erschwert das die Ermittlungen. Ein Täter, der sich besonnen im Hintergrund hält, hat bessere Chancen, unentdeckt zu bleiben, als jemand, der nervös oder unvorsichtig wird. Die größte Herausforderung ist, keine Spuren zu hinterlassen. Es reicht eine Hautschuppe, und schon hat die Polizei DNA. Aber solange der Täter nicht in der Datenbank gespeichert ist oder in den Fokus der Ermittlungen gerät, ist es lediglich eine DNA-Spur, die niemandem zugeordnet werden kann. Und selbst wenn die Indizien gegen ihn sprächen, bedeutet das nicht zwangsläufig, dass er verurteilt wird.« Er spielte weiter.

»Schwierige Fälle sind übrigens meine Spezialität. Ich habe bereits mehrfach Freisprüche für Klienten erzielt, die wegen Mord angeklagt waren.«

Paul nickte anerkennend.

Ich sollte es bei Regen tun. Er würde meine Spuren verwischen.

»Haben Sie schon mal einen Serienmörder vertreten?«

»Das wäre interessant.« Rohde grinste. »Leider hatte ich das Vergnügen bislang nicht. Einer meiner Klienten war wegen Doppelmord angeklagt, er wurde freigesprochen.«

»Gibt es überhaupt ungelöste Serienmorde in Deutschland?«

»Mit Sicherheit. Stell dir vor, ein Serienmord wird für eine Einzeltat gehalten. Dann sind es scheinbar voneinander unabhängige Fälle.«

»Ist das nicht unwahrscheinlich?«

»Ich denke, das passiert öfter, als man glaubt. Gründe hierfür gibt es genug: ein fehlendes Motiv, unterschiedliche Tötungsarten, kein erkennbarer Zusammenhang zwischen den Opfern.«

Er schlug mit seiner Dame Pauls Turm. Paul kümmerte es nicht, er schenkte dem Spiel ohnehin kaum mehr Beachtung. Er bewegte irgendeine Figur und sah Rohde erwartungsvoll an.

»Was meinen Sie mit ›kein erkennbarer Zusammenhang zwischen den Opfern‹?«

»Die meisten Serienmörder haben einen bevorzugten Opfertyp. Prostituierte, Rothaarige, Schwule, Frauen, die der Mutter des Täters ähnlich sehen … Wenn hingegen jemand wahllos tötet oder falsche Spuren hinterlässt, wird es schwieriger. Sagt dir der ›Hammermörder‹ etwas?«

Paul schüttelte den Kopf.

»Ist schon einige Jahre her. Der Hammermörder war ein Mann Mitte fünfzig, der mit einer sehr wohlhabenden Frau verheiratet war. Er hatte eine jüngere Geliebte, mit der er ein neues Leben beginnen wollte – mit dem Geld seiner Frau. Allerdings gab es einen Ehevertrag, und im Fall einer Scheidung hätte er keinen Cent gekriegt. Und so hat er beschlossen, sie zu töten, um an ihr Vermögen zu gelangen. Ihm war klar, dass er der Hauptverdächtige wäre, wenn sie ermordet werden würde. Daher hat er zunächst vier fremde Menschen umgebracht, Männer und Frauen. Er hat ihnen mit einem Hammer den Schädel eingeschlagen. Doch diese Morde sollten nur von seinem eigentlichen Ziel ablenken: seiner Frau. Er dachte, die Polizei würde von einem wahnsinnigen Serientäter ausgehen.«

»Ist er damit durchgekommen?«

»Nein. Seine Gier ist ihm letztendlich zum Verhängnis geworden. Drei Wochen nach dem Tod seiner Frau ist er mit seiner Geliebten zusammengezogen und hat das Geld nur so aus dem Fenster geworfen. Das hat die Polizei stutzig gemacht. Der Mann hatte die Tatorte jeweils mit Fremdspuren verunreinigt, eine Zigarette hier, Haare und Staub dort. In der Wohnung eines seiner Opfer hat er zusätzlich Feuer gelegt, um seine Spuren zu verwischen, in einer anderen hat er Chlorbleiche eingesetzt. Der Polizei ist es trotzdem gelungen, eine DNA-Übereinstimmung für drei Tatorte zu finden. Der Mann geriet immer mehr in Verdacht und musste eine Speichelprobe abgeben. Damit hatten sie ihn. Im Verhör hat er alles gestanden.«

»Wie viele Jahre hat er gekriegt?«

»Lebenslänglich mit anschließender Sicherungsverwahrung.«

Paul biss sich auf die Unterlippe. Das war ein verdammt hoher Preis.

Andererseits wollte er nicht wegen Geld töten. Und wenn er ein beliebiges Opfer auswählte und sich unauffällig im Hintergrund hielt, wie Rohde gesagt hatte, sollte er nichts zu befürchten haben. Die Sache mit den falschen Spuren musste er sich merken, genau wie die Möglichkeit, Feuer zu legen oder Chlorbleiche zu verwenden.

Am einfachsten wäre es trotzdem bei Regen.

»Sie haben einen spannenden Beruf«, sagte Paul.

»Definitiv.« Er brachte seinen Läufer in Position. »Mit den besten Empfehlungen von Thomas Rohde. Schachmatt.«

Kapitel 54

Gabriele Kunzmann saß bereits im Besprechungszimmer, als das SEK Rohde hereinführte. Sie trug ein zitronengelbes Kleid mit einem grünen Sternenmuster, in dem sie noch fülliger wirkte als sonst. Die blaue Strickjacke saß so eng, dass Rohde befürchtete, die Knöpfe könnten wie Gummigeschosse abspringen und ihn treffen. Ihr wuchtiger Hintern quoll auf dem Stuhl fast über.

Als Gabriele die vermummten SEK-Beamten sah, entgleisten ihr die Gesichtszüge.

Die Männer begleiteten Rohde zu seinem Stuhl. Gabrieles blumiges Parfüm vermischte sich mit ihrem Schweiß und verströmte einen unangenehmen Geruch. Angewidert rümpfte er die Nase.

Die Handschellen wurden ihm abgenommen.

»Denken Sie daran, wir brauchen nur eine Sekunde, um den Raum zu stürmen«, sagte der Leiter des Spezialeinsatzkommandos.

Rohde stöhnte genervt auf.

Das SEK verließ das Zimmer und schloss die Tür hinter sich. Rohde war mit Gabriele allein.

Er setzte ein Lächeln auf.

»Meine liebste Gabi«, sagte er mit solch süßholzraspelnder Stimme, dass er das Gefühl hatte, vor lauter Schleim von seinem Stuhl zu rutschen.

Gabrieles Miene erhellte sich. »Tommi. Endlich!«

Er musste sich zusammenreißen, um nicht auszurasten.

Er hieß Thomas, verdammt noch mal!

»Ich hatte dir versprochen, dass wir uns ohne Trennscheibe sehen werden, und ich habe mein Versprechen gehalten.«

»Ja, das hast du. Du machst mich zur glücklichsten Frau der Welt.«

Nervös strich sie sich die Haare hinter die Ohren. Ihre Hände wanderten zu ihrem Schoß unter dem Tisch, und Rohde war froh, dass das Händchenhalten damit hinausgezögert wurde.

»Die haben mich am ganzen Körper abgetatscht«, entrüstete sie sich. »Selbst meine Kette und Ringe musste ich abgeben. Und ich musste ein Formular unterschreiben, dass ich mich auf eigene Gefahr mit dir treffe.« Sie schnalzte missbilligend mit der Zunge. »Als ob du mir etwas antun würdest.«

Ich würde dich, ohne mit der Wimper zu zucken, töten.

»Sie verstehen eben nicht, dass wir zusammengehören«, meinte Rohde, dem die Kiefermuskulatur aufgrund seines erzwungenen Dauerlächelns schon jetzt schmerzte.

»Ich habe vor lauter Aufregung kaum schlafen können«, plapperte sie weiter. »Du glaubst gar nicht, wie ich diesen Tag herbeigesehnt habe.«

»Bestimmt nicht so sehr wie ich«, entgegnete er und meinte es ausnahmsweise ernst.

Jahrelang hatte er die Besuche zahlreicher Verehrerinnen ertragen, bis schließlich Gabriele aufgetaucht war. Er hatte sofort gewusst, dass sie die Richtige war. Jetzt, wo er ihr ohne Handschellen und Trennscheibe gegenübersaß, betete er, dass er sich nicht geirrt hatte. Ansonsten würde es die längste Stunde seines Lebens werden.

»Ich träume schon seit Ewigkeiten davon, dass du mich berührst und meine Hand hältst.« Sie legte ihre

Arme auf den Tisch. »Ich kann kaum glauben, dass dieser Traum nun endlich wahr wird.«

Vorsichtig schob sie ihm die Rechte entgegen, und Rohde wusste, dass der Moment der Wahrheit gekommen war. Widerwillig und gleichzeitig in freudiger Erwartung ergriff er ihre Hand, die leicht zitterte und sich noch verschwitzter anfühlte, als er befürchtet hatte. Er umschloss sie mit beiden Händen.

Und spürte den kleinen Plastikgegenstand, der gegen seine Handfläche drückte.

Ein breites Grinsen legte sich über sein Gesicht, und diesmal verursachte es keinen Muskelkrampf.

Sie hatte es geschafft! Sie hatte tatsächlich einen Weg gefunden, den Metalldetektor und das Abtasten zu umgehen.

Genau wie er es ihr vor einem Jahr aufgetragen hatte, als sie sich in dem durch eine Plexiglasscheibe abgetrennten Besucherraum getroffen hatten. Wenn er in dem Raum war, durfte kein anderer Patient anwesend sein. Doch an jenem Tag öffnete sich plötzlich die Tür, und ein Pfleger brachte zwei Besucher herein. Der Sicherheitsbeamte, der das Gespräch zwischen Rohde und Gabriele verfolgte, nahm kurz die Kopfhörer ab, um den Irrtum aufzuklären. Es war nicht lange gewesen, Rohde hatte die Zeit jedoch gereicht.

Er spürte, wie seine innere Anspannung abfiel. Schon immer hatte er eine gute Menschenkenntnis gehabt und war erleichtert, dass er Gabriele richtig eingeschätzt hatte.

Der Plastikgegenstand fühlte sich feucht und warm an, und Rohde ging jede Wette ein, dass sie ihn in ihrer Vagina reingeschmuggelt hatte.

Allein der Gedanke an ihre Geschlechtsteile hätte normalerweise einen starken Brechreiz bei ihm ausgelöst, stattdessen sah er ihr tief in die Augen und hätte sie am liebsten geküsst.

»Meine Gabi«, sagte er mit sanfter Stimme. »Du bist die großartigste Frau, die ich je getroffen habe.«

Gabriele erwiderte seinen Blick mit einer Intensität, die Metall zum Schmelzen gebracht hätte. Sie war ihm mit Haut und Haaren hörig, weshalb sie damals seine erste Wahl gewesen war.

Für einige Minuten saßen sie sich schweigend gegenüber, und Rohde fiel es erstaunlich leicht, ihrem verliebten Blick standzuhalten. Weder ihre Leibesfülle noch ihre penetranten Körperausdünstungen störten ihn mehr. Seine Gedanken waren einzig und allein bei dem Plastikgegenstand in seiner Hand, der alles verändern würde. Sein Herz raste vor Aufregung, und er musste sich zur Ruhe zwingen.

Nach einer Weile fand er, dass genug Zeit verstrichen war.

»Gabi«, sagte er und kräuselte die Nase. »Ich würde dich gerne ...« Er stockte und schniefte.

Es musste für die Kameras, die hinter Gabriele an der Decke hingen, unbedingt authentisch aussehen.

Vorsichtig löste er den Griff und zog seine Hände zurück. Die Rechte schloss er zu einer lockeren Faust, um Gabrieles Geschenk nicht zu verlieren und es vor den Augen des SEK zu verbergen, das ihn draußen über einen Bildschirm beobachtete. Wieder rümpfte er die Nase, dann nieste er theatralisch in die Ellenbogenbeuge.

Hoffentlich hörte es sich echt an.

Um sicherzugehen, nieste er ein zweites Mal.

»Entschuldige bitte«, näselte er und holte ein Taschentuch aus der Hosentasche. Er hatte es vorhin in seinem Zimmer extra eingesteckt. Lautstark schnäuzte er sich. »Ich glaube, ich reagiere allergisch auf dein Parfüm.«

»O nein«, entgegnete sie erschrocken, und er bemerkte, dass sie ihm die Lüge tatsächlich abkaufte. »Mein Gott, dabei hab ich mir heute Mittag noch gedacht, leg das andere Parfüm auf.«

Er warf ihr ein Lächeln zu. »Mach dir keine Gedanken, Gabi.«

Er rutschte auf seinem Stuhl vor, bis sein Bauch den Tisch berührte. Seine Hände verschwanden unter der Tischplatte. Während er mit links das Taschentuch in die Hosentasche zurücksteckte, wanderte seine rechte Hand unauffällig in seine Unterhose. Rasch schob er den Plastikgegenstand mit den Fingerspitzen zwischen Penis und Hodensack. Wenn sie ihn nachher abtasteten, würden sie nichts finden. Anschließend legte er beide Arme zurück auf den Tisch.

»Es tut mir so leid«, entschuldigte sich Gabriele und zupfte hektisch an ihrer blauen Strickjacke.

»Alles gut, meine Liebe.« Er schniefte noch einmal, dann ergriff er wieder ihre Hand und lächelte. »Es ist alles in bester Ordnung.«

Kapitel 55

Sam stand vor Jakobs Wohnungstür. Ihr Finger schwebte über der Klingel.

Wahrscheinlich ist er eh nicht zu Hause, dachte sie.

Und warum bist du dann hier?, fragte sie sich selbst, gab sich einen Ruck und läutete.

Jakob öffnete. »Hey, Sam«, begrüßte er sie gut gelaunt und stutzte im nächsten Moment. »Deine Haare …«

Sie schnitt eine Grimasse.

Jakob neigte den Kopf zur Seite und betrachtete sie. »Sieht toll aus«, meinte er und warf ihr ein Lächeln zu.

»Ja? Findest du?« Sie atmete auf.

Zehn Minuten lang war sie in ihrer Wohnung auf und ab gegangen und hatte überlegt, ob sie bei ihm klingeln sollte. Was, wenn er ihre neue Frisur nicht mochte und deswegen das Interesse an ihr verlor? Irgendwann hatte sie sich selbst gescholten, dass sie ihm Oberflächlichkeit unterstellte.

»Ja. Steht dir wirklich gut.«

Sam strahlte. »Danke schön.«

»Was kann ich für dich tun?«, erkundigte er sich.

»Nun ja … Ich wollte dich fragen, ob du immer noch Lust auf einen Kaffee mit mir hast?«

»Na klar.« Er lachte und hielt ihr die Tür auf.

Sie gingen in die Küche, die sehr sauber und aufgeräumt wirkte. Die Schränke waren mit einer Folie aus Holzimitat überzogen, die Ablageflächen bis auf einen Kaffeevollautomaten und einen Mixer leer. Auf der

Fensterbank verströmte frischer Basilikum in einem Topf einen angenehmen Geruch.

Jakob deutete auf den kleinen Tisch mit den beiden Klappstühlen.

»Nimm Platz. Was darf ich dir anbieten? Espresso, Cappuccino, Latte macchiato? Oder einen ganz normalen Kaffee?«

»Ein Cappuccino wäre toll.«

»Kommt sofort.«

Sie setzte sich auf einen der Stühle, während Jakob zwei Tassen aus dem Schrank holte und Hafermilch in den Aufschaumbehälter goss.

»Gibt es einen Grund für deine neue Frisur?«

Ja. Ich bin total verzweifelt gewesen.

»Ich wollte mal was Neues ausprobieren«, antwortete sie ausweichend.

Jakob schien ihre Ausrede zu akzeptieren. »Gefällt mir wirklich sehr gut.«

Milchschaum floss in die Tassen, dann ratterte das Mahlwerk.

»Wann wollen wir deine Wohnung fertig streichen?«

»Du willst mir immer noch helfen?«

»Natürlich. Wenn ich darf.«

»Ich bin für jede Hilfe dankbar. Geht es bei dir unter der Woche?«

Morgen fand das nächste Gespräch mit ihrem Vater statt, und Sam war sich sicher, dass es das letzte sein würde. Danach hatte sie alle Zeit der Welt.

»Ja, Mittwoch oder Donnerstag«, antwortete er.

»Abgemacht.«

Jakob stellte die beiden Tassen auf den Tisch und nahm Sam gegenüber Platz. Sie trank einen Schluck und war über den Hauch von Haselnuss und Karamell überrascht, der im Nachgang ihren Gaumen kitzelte.

Sie unterhielten sich, und Jakobs Fröhlichkeit färbte auf sie ab. Sam lachte viel und fühlte sich so befreit wie schon lange nicht mehr. Als wäre sie nie in den Fall des Schlitzers hineingezogen worden. Einmal wollte sie sich die Haare hinter die Schultern streichen, bis sie merkte, dass da nichts mehr war. Jakob grinste.

Das Klingeln ihres Handys unterbrach das Gespräch, und Sam ärgerte sich, dass sie den Flugzeugmodus nicht aktiviert hatte. Sie warf einen Blick aufs Display, auf dem *Nadine Herfurth* angezeigt wurde.

»Hallo, Sam«, begrüßte die Polizistin sie. »Ich wollte nur mal hören, wie es Ihnen geht.«

»Bestens. Ich trinke gerade einen Kaffee mit meinem Nachbarn.«

Jakob erhob sich und deutete fragend auf den Kaffeeautomaten. Sam nickte, und er spülte die Tassen aus.

»Schaffen Sie das Gespräch mit Ihrem Vater morgen?«

»Ich bin bereit. Und diesmal wird er mir den Namen nennen.« Sie lehnte sich in ihrem Stuhl zurück. »Hat das Treffen zwischen ihm und Gabriele schon stattgefunden?«

»Ja.«

»Wie ist es gelaufen?«

»Laut Doktor Jelic hätte sich selbst die kitschigste Liebesschnulze eine Scheibe davon abschneiden können.«

»Oh.«

»Ihr Vater hat sich mustergültig verhalten. Er hat weder das SEK provoziert noch versucht, Frau Kunzmann als Geisel zu nehmen. Die beiden haben eine Stunde lang Händchen gehalten und geturtelt.«

Sam runzelte die Stirn. Das sah ihrem Vater nicht ähnlich.

»Was hat er mit dem Treffen bezweckt?«

»Wir wissen es nicht. Möglicherweise haben wir ihn falsch eingeschätzt und er empfindet doch etwas für sie.«

»Egal. Hauptsache er hält seinen Teil der Vereinbarung ein.«

Für einen Moment entstand Schweigen, und Sam bekam das ungute Gefühl, dass etwas nicht stimmte.

»Haben Sie heute zufällig Nachrichten geschaut?«, fragte Nadine.

»Nein. Ist was passiert?«

»Es gab ein neues Opfer.«

Sam spürte, wie sich alles in ihr verkrampfte.

»Wer?«, wollte sie tonlos wissen.

»Krügers Sohn.«

»Was?«

Es war, als hätte ihr jemand einen Schlag gegen den Kopf verpasst. Das Dröhnen setzte gleichzeitig mit den Schuldgefühlen ein, und sie sackte in sich zusammen. Es war ihr nicht gelungen, einen weiteren Mord zu verhindern.

Ausgerechnet der Sohn von Krüger.

»M-mein Gott«, stammelte sie. Das Bild der getöteten Stewardess tauchte vor ihrem geistigen Auge auf.

»Waren es wieder Schaschlikspieße?«

Am anderen Ende der Leitung blieb es still.

»Nadine?«

»Nein«, antwortete sie zögernd. »Es war … schlimmer.«

Sam wagte nicht nachzuhaken und war froh, dass die Polizistin nicht weiter darauf einging.

»Ich hole Sie morgen um neun Uhr ab.«

»Okay.«

Sie beendeten das Gespräch, und Sam steckte das Handy weg.

»Alles in Ordnung?«, fragte Jakob und stellte ihr den Cappuccino hin.

Sie schüttelte den Kopf, bemüht, die aufsteigenden Tränen zu unterdrücken.

Wenn sie es doch nur geschafft hätte, ihrem Vater den Namen zu entlocken, dann wäre Krügers Sohn noch am Leben.

Sie musste dem Ganzen endlich ein Ende setzen. Morgen würde sie anders gegenüber ihrem Vater auftreten.

Sie durfte nicht noch einmal versagen.

Kapitel 56

Damals

Paul hatte aufgehört zu zählen, wie oft er in der letzten Stunde auf die Uhr geschaut hatte. Anfangs hatte er noch gedacht, dass sich Rohde verspätete, aber allmählich musste er akzeptieren, dass er gar nicht auftauchen würde.

Bittere Enttäuschung machte sich in ihm breit.

Er legte den Kopf in den Nacken und sah in den leicht bewölkten Himmel hoch. Es war Anfang Juli, und es herrschte eine drückende Schwüle. Die letzten Tage waren hochsommerlich warm gewesen, für den Rest der Woche hatte der Wetterdienst Regenschauer und Gewitter vorhergesagt.

Paul verzog die Mundwinkel und warf einen sehnsüchtigen Blick auf das Freilandschachfeld. Wie Soldaten standen sich die Figuren gegenüber, bereit für die Schlacht, die er wie immer verlieren würde.

Etwas Dringendes musste Rohde aufgehalten haben.

Sie trafen sich einmal pro Woche, und für Paul waren die Gespräche mit ihm wichtiger geworden als das Schachspielen.

Er hatte sich für ein neues Studium entschieden – Illustration – und begonnen, seinen anderen Plan zu konkretisieren. Zwar war er nicht besonders weit gekommen, zumindest hatte er beschlossen, es bei Regen zu tun und ein Messer zu verwenden. Nach einem geeigneten Ort suchte er noch.

Paul seufzte. Er würde einfach nächste Woche zur gleichen Zeit zurückkehren und hoffen, dass Rohde da war.

Zu Hause schob er eine Pizza in den Ofen und schaltete den Fernseher ein. Lustlos zappte er durch die Programme. Als er bei einem Nachrichtensender landete und das Foto eines Mannes bildschirmfüllend eingeblendet wurde, hielt er abrupt inne. Zwar war die Augenpartie verpixelt, doch Paul erkannte ihn trotzdem sofort.

»Im Fall des sogenannten Putzfrauenmords geht die Polizei mittlerweile von einem Serienmörder aus«, sagte eine Männerstimme. »Unbestätigten Berichten zufolge besteht der Verdacht, dass mindestens sieben weitere Morde auf das Konto des erfolgreichen Anwalts Thomas R. gehen. Ein Sprecher der Polizei teilte mit, dass entsprechende Untersuchungen laufen und ungelöste Fälle aus der Vergangenheit dahingehend überprüft werden.«

Das Bild wechselte.

»Die Staats- und Regierungschefs der sieben wichtigsten Industrienationen und Russlands haben am zweiten Tag des G8-Gipfels im italienischen L'Aquila ihre Beratungen wiederaufgenommen. Auf der Tagesordnung …«

Paul stellte den Ton stumm und starrte sprachlos auf den Fernseher, ohne dass er wahrnahm, was über die Mattscheibe flimmerte.

Ihm schwirrte der Kopf.

… geht die Polizei mittlerweile von einem Serienmörder aus.

Mindestens sieben weitere Morde.

Rohde war ein Mörder? *Der* Thomas Rohde, gegen den er in den letzten zwei Monaten regelmäßig beim Schach verloren hatte?

Er kniff die Augen zusammen.

Das konnte nicht sein.

Oder doch?

Paul spürte, wie sich sein Herzschlag beschleunigte. Er griff nach seinem Laptop und öffnete Google. Eine Stunde später hatte er sämtliche Artikel über den Putzfrauenmord und Rohde gelesen und kam aus dem Staunen nicht mehr heraus. Die Pizza war in der Zeit völlig verbrannt, und Paul hatte die Fenster weit aufgerissen, um den Geruch aus der Wohnung zu vertreiben.

Mein Gott, ich hätte ihn alles fragen können.

Ungläubig schüttelte er den Kopf und erinnerte sich an das Gespräch mit ihm Ende Mai. Als er – rein theoretisch – hatte wissen wollen, ob es den perfekten Mord gebe, und Rohde ihm bereitwillig Auskunft erteilt hatte.

Er hat mir nicht als Anwalt geantwortet, sondern aus Erfahrung gesprochen.

Paul schlug die Hände vors Gesicht. Unterbewusst musste er es gespürt haben, aber er hätte nie im Traum daran gedacht, dass er sich mit einem mehrfachen Serienmörder unterhalten hatte.

Warum hatte er nicht offen über seine Tötungsfantasien geredet? Rohde hätte ihn verstanden. Wahrscheinlich war er sogar der Einzige, der nachempfinden konnte, wie sich Paul fühlte und was in ihm vorging.

»Verdammte Scheiße!«, fluchte er und schleuderte wutentbrannt die Fernbedienung durchs Wohnzimmer.

Kapitel 57

Montag, 2. Dezember

Kaum hatte Sam in Begleitung von Nadine Herfurth und ihren beiden Personenschützern das Haus verlassen, wurde sie von den wartenden Reportern umringt. Wie Maschinengewehrfeuer prasselten die Fragen auf sie ein. Seit der Schlitzer sein sechstes Todesopfer gefordert hatte, war das Interesse an ihr weiter gestiegen. Ein in der Psychiatrie sitzender Serienkiller, der seiner Tochter Hinweise auf einen anderen Serienmörder gab, war *die* Sensationsstory.

Christian Kehl tauchte vor ihr auf und hielt ihr sein Handy so nah vors Gesicht, dass Sam es reflexartig mit der Hand wegschlug.

»Glauben Sie, dass Ihr Vater Ihnen heute den Namen des Schlitzers verraten wird?«

Sie zog ihre Kapuze tiefer in die Stirn und senkte den Kopf. Kehl ließ jedoch nicht locker.

»Ihre Mutter war die Komplizin ihres Mannes. Was hat diese Enthüllung bei Ihnen ausgelöst?«

Sam zuckte zusammen. Wie hatte er davon erfahren?

Die Personenschützer stießen Kehl zur Seite und begleiteten sie zu Nadines Auto. Als sie auf dem Beifahrersitz Platz nahm und die Tür hinter sich schloss, fühlte sie sich ein wenig sicherer. Sie beschloss, das nächste Mal den Hinterausgang über Jakobs Wohnung zu nehmen.

Die Kriminalhauptkommissarin fuhr los, und Sam sah im Seitenspiegel, dass einige Reporter in ihre Autos sprangen. Doch die Personenschützer stellten ihren Wagen quer auf die Straße und blockierten damit die Durchfahrt.

»Wie geht es Krüger?«, wollte sie wissen, als Nadine um die Ecke bog und die Journalisten aus ihrem Sichtfeld verschwanden.

»Nicht gut. Er ist völlig fertig.«

Sam streifte sich die Kapuze vom Kopf. »Es tut mir leid, dass ich es nicht verhindern konnte.«

»Es ist nicht Ihre Schuld«, entgegnete Nadine und warf ihr einen verwunderten Seitenblick zu.

»Wenn ich es geschafft hätte, meinen Vater dazu zu bringen, den Namen preiszugeben, wäre sein Sohn jetzt noch am Leben.«

»Vielleicht. Aber Rohde diktiert das Spiel, und er spielt es in seinem Tempo.« Nadine setzte den Blinker und wechselte die Spur. »Außerdem haben Sie bereits viel erreicht. Ihr Vater hat Ihnen einen Hinweis gegeben, und dank dem wissen wir jetzt zumindest, was der Schlitzer vorhat.«

»Tatsächlich?«

»Er ist auf einem Rachefeldzug und bestraft diejenigen, die an Rohdes Verhaftung und Verurteilung beteiligt gewesen sind, indem er deren Angehörige oder Freunde tötet.«

»Wie bitte?« Sam glaubte, sich verhört zu haben.

»Es konnte kein Zufall sein, dass der Schlitzer ausgerechnet Krügers Sohn ermordet hat. Krüger hat damals die Ermittlungen gegen Ihren Vater geleitet. Rohdes Hinweis, dass wir herausfinden müssen, wer die wichtigen und wer die unwichtigen Opfer sind, hat uns schließlich auf die richtige Spur gebracht. Wir haben eine Liste mit Personen erstellt, die an Rohdes Verhaftung und Verurteilung beteiligt gewesen sind, Polizisten,

Richter, Staatsanwalt, Psychiater. Insgesamt haben wir neun näher ins Auge gefasst. Dann haben wir erneut das Umfeld sämtlicher bisheriger Opfer dahingehend überprüft, ob sie in irgendeiner Art und Weise in Kontakt zu diesen Personen gestanden haben.«

»Und?«

»Das vierte Opfer, die Versicherungsangestellte Stefanie Reichart, war die beste Freundin von Julia Wagner, die damals als Oberstaatsanwältin Anklage gegen Ihren Vater wegen elffachen Mordes erhoben hat. Die junge Frau, die als Austauschstudentin für ein Jahr nach Australien wollte, war das zweite Opfer und die Nichte von Doktor Ingrid Niehaus. Die Ärztin war neben Doktor Jelic eine der beiden Psychiater, die das forensische Gutachten von Rohde erstellt haben. Und bei Krüger war es der Sohn.«

»Wollen Sie damit andeuten, dass der Schlitzer drei Menschen aus Rache getötet hat, und die anderen drei, um von seinem Plan abzulenken? Die wichtigen und die unwichtigen Opfer?«

»Ja«, antwortete Nadine und hielt an einer roten Ampel. »Genau wie Ihr Vater es gesagt hat.«

»Aber warum tötet er nicht die Verantwortlichen selbst, sondern deren Angehörige oder Freunde?«

Die Polizistin zuckte mit den Schultern. »Wir können nur spekulieren. Möglicherweise wäre sein Vorgehen sonst zu offensichtlich gewesen. Und wenn ich daran denke, wie es Krüger momentan geht, dürfte es für ihn schlimmer sein, dass sein Sohn ermordet worden ist, als wenn er selbst das Opfer gewesen wäre.«

Sam nickte nachdenklich. Nur allmählich wurde ihr das ganze Ausmaß bewusst.

»Mein Gott«, keuchte sie. »Ich habe meinen Vater bei dem Mord beobachtet und damit den Stein ins Rollen gebracht. Demnach bin ich auch an seiner Verurteilung schuld.«

»Sie stehen ebenfalls auf dieser Liste, ja.«

Sam richtete sich kerzengerade in ihrem Sitz auf.

Jenny!

»Wenn er sich an mir rächen will, ist meine Freundin Jenny in Gefahr.«

»Machen Sie sich keine Sorgen um sie. Ihre Freundin und deren Eltern werden unter Personenschutz gestellt.« Nadine legte ihr beruhigend die Hand auf die Schulter. »Gibt es weitere Personen, mit denen Sie eng befreundet oder verwandt sind?«

»Nein. Nur Jenny und ihre Eltern.«

Alle anderen haben damals den Kontakt zu mir abgebrochen.

»Wir haben bis jetzt knapp fünfundzwanzig mögliche Opfer identifiziert und sind dabei, sie zu kontaktieren und den Personenschutz zu organisieren.«

»Und wenn er heute Nacht erneut zugeschlagen hat? Wenn er Jenny …?«

Sam stockte. Ihre Kehle fühlte sich auf einmal staubtrocken an, als würden ihre Stimmbänder gegen Schmirgelpapier reiben.

»Das wüssten wir. Wir haben gleich in der Früh Beamte zu Ihrer Freundin geschickt, die das weitere Prozedere mit ihr besprechen.«

Die Ampel sprang auf Grün, und Nadine fuhr an.

Sam ließ der Gedanke, dass Jenny in Gefahr war, nicht mehr los. Sie zog ihr Handy aus der Tasche und wählte ihre Nummer. Es läutete mehrmals, und Sams Angst wuchs mit jedem Klingeln. Vor ihrem geistigen Auge sah sie Jenny tot in einer Blutlache liegen, den Mund zu einem stummen Schrei geöffnet.

Ihr wurde flau.

»Hey, Sam«, sagte Jenny nach einer gefühlten Ewigkeit und riss sie damit aus ihrer Grübelei.

Erleichterung machte sich in ihr breit.

»Ist bei dir alles in Ordnung?«, wollte sie wissen.

»Die Polizei ist bei mir in der Kita. Die sagen, ich wäre in Gefahr. Es geht um den Schlitzer.«

»Hast du was von deinen Eltern gehört?«

»Die haben mich vorhin angerufen, weil die Polizei auch bei ihnen ist.«

Sam vernahm Stimmen im Hintergrund.

»Stimmt das, Sam? Dass es der Schlitzer auf mich oder Mama und Papa abgesehen haben könnte?« Ihre sonst so fröhliche Stimme hatte einen ängstlichen Unterton angenommen.

»Ich hab es auch gerade erst erfahren. Die stellen euch unter Polizeischutz, dann seid ihr in Sicherheit.« Sam fragte sich, ob sie wirklich daran glaubte oder sich nur selbst beruhigen wollte.

»O Gott.«

»Es wird alles gut werden. Ich bin gerade auf dem Weg in die Psychiatrie. Der Schlitzer ist hoffentlich bald verhaftet und der Albtraum zu Ende. Wir telefonieren nachher weiter, okay?«

»Okay. Ich melde mich nach der Arbeit. Pass auf dich auf.«

»Und du auf dich.« Sie beendete das Gespräch und blickte zu Nadine. »Dann hat mein Vater die Wahrheit gesagt. Er wusste von Anfang an, wer der Schlitzer ist.«

»Ja. Eine Spur hat uns zu seinem Schachverein geführt. Die beiden haben zusammen Schach gespielt. Rohde hat die Partien mit den Worten ›*Mit den besten Empfehlungen von Thomas Rohde*‹ beendet.«

»Also haben Sie seinen Namen?«, fragte Sam hoffnungsvoll, doch die Polizistin schüttelte den Kopf.

»Nein. Nicht einmal eine brauchbare Beschreibung seines Aussehens. Das Einzige, woran sich unser Zeuge erinnern konnte, war, dass er Anfang bis Mitte zwanzig und kein Mitglied im Verein gewesen ist. Demnach müsste der Schlitzer jetzt etwa dreißig bis fünfunddreißig sein.«

Sam runzelte die Stirn. »Das kann nicht sein. Der Mann, der das Paket geliefert hat, war deutlich älter. Um die fünfzig.«

»Ich weiß. Wir vermuten, dass er sein Äußeres verändert hat, zum Beispiel mithilfe einer Latexmaske.«

Sam riss die Augen auf.

»Der Schlitzer ist listig. Wahrscheinlich wollte er sich das Vergnügen nicht entgehen lassen, Ihnen die Ohren persönlich zu übergeben, und hat gleichzeitig darauf spekuliert, dass Sie sich an ihn erinnern und ein entsprechend falsches Phantombild dabei rauskommt.«

»Oh.«

Sam dachte an vorgestern zurück, als der vermeintliche DHL-Bote bei ihr vor der Tür gestanden hatte. Erneut schauderte ihr bei dem Gedanken, wie leicht es für den Schlitzer gewesen wäre, sie zu töten.

Für ihn musste sie die Hauptverantwortliche für Rohdes Verhaftung sein. Hätte sie ihren Vater nicht bei dem Mord an der Putzfrau beobachtet, würde er heute nicht im Maßregelvollzug sitzen.

»Wir haben übrigens herausgefunden, wem das sechste Ohrenpaar gehört«, sagte Nadine. »Der DNA-Abgleich hat zu einem Treffer geführt.«

»Wer ist es?«

»Ein Mann, dessen Leiche vor knapp einem Jahr in einem Wald entdeckt worden ist.«

»Der Schlitzer hat früher auch schon gemordet?« Sam war fassungslos.

»Wir hatten es aufgrund seiner Abgebrühtheit und Routiniertheit bereits vermutet.«

Sam stieß hörbar die Luft aus. »Sie wollten mir gestern nicht sagen, wie Krügers Sohn getötet wurde. Was ist, wenn mein Vater wieder Details haben will?«

»Ich würde Ihnen das Foto gerne ersparen.«

»Dann sagen Sie es mir nur.«

Nadine zögerte. »Krügers Sohn war Schreiner. Er wurde in seiner Schreinerei in einer Furnierpresse zerquetscht. Sein Kopf ist dabei am Hals abgetrennt worden.«

So sehr sich Sam bemühte, vor ihrem geistigen Auge keine Bilder entstehen zu lassen, es gelang ihr nicht. Entsetzt schlug sie die Hände vors Gesicht.

»Er steigert sich und ist in einem wahren Blutrausch«, sagte die Polizistin, die Sams Reaktion richtig deutete. »Wir müssen ihn endlich fassen.«

Sam presste die Lippen zusammen. Das Gewicht, das auf ihren Schultern lastete, schien sie fast zu erdrücken.

Kapitel 58

Nadine öffnete die Tür zum Besprechungszimmer, und Sam trat ein. Ihr Vater saß, bereits von seinen Handschellen befreit, am Tisch. Als er Sam sah, lächelte er und zog kaum merklich die Brauen hoch. Das SEK verließ den Raum, sie nahm ihm gegenüber Platz.

»Hallo, Sam«, begrüßte er sie.

»Hallo«, entgegnete sie knapp.

»Schicke Frisur. Gefällt mir.«

»Danke.«

»Warum hast du dir die Haare abgeschnitten?«

Weil ich nicht mehr dein kleiner Engel bin.

»Es war Zeit für etwas Neues.«

Er lehnte sich mit verschränkten Armen zurück und betrachtete sie eine Weile schweigend.

Noch vor zwei Tagen hätte Sam ein mulmiges Gefühl bei dem Blick bekommen, der den Anschein erweckte, als könnte er bis in die dunkelsten Tiefen ihrer Seele vordringen. Doch das, was dahinter verborgen war, begann bereits zu heilen. Er war ihr Vater und würde es immer sein, damit hatte Jenny recht. Aber er hatte nicht länger Macht über sie.

»Hast du in den letzten beiden Nächten wieder Albträume gehabt?«

»Nein. Ich hab so gut geschlafen wie schon lange nicht mehr.«

»Tatsächlich? Trotz unseres Gesprächs?«

»Wenn du darauf hinauswillst, dass Mama deine Komplizin gewesen ist, ich habe es akzeptiert.«

Nach wie vor schmerzte der Gedanke, dass sie ihn gedeckt hatte, Sam wollte ihr Leben jedoch nicht länger von dem Verhalten anderer abhängig machen. Sie hatte sich entschieden, ihre Vergangenheit endgültig hinter sich zu lassen. Mit allen Konsequenzen.

»Wie war dein Treffen mit Gabriele?«

»Ich habe es sehr genossen.«

»Deine Forderungen sind alle erfüllt worden. Jetzt bist du an der Reihe.« Sie fixierte ihn nun ihrerseits stechend. »Nenn mir den Namen.«

»Nicht so voreilig, Sam. Wir haben uns noch gar nicht unterhalten.«

»Zwischen uns gibt es nichts mehr zu bereden. Es ist alles gesagt.«

»Ist es das?« Er neigte den Kopf leicht und schaute sie prüfend an.

Sie hielt seinem Blick stand und sagte mit fester Stimme: »Ja.«

Er nickte bedächtig, und Sam wurde klar, dass er ihre Veränderung bemerkt hatte. Er wusste, dass sie sich von ihm gelöst hatte und nicht länger sein kleiner Engel war.

»Ich habe die Nachrichten gesehen«, meinte er. »Es gab einen weiteren Mord.«

»Der Schlitzer hat Krügers Sohn getötet.«

Seine Mundwinkel zuckten. »Wie ist er gestorben?«

»Er wurde in einer Furnierpresse zerquetscht.«

»Und?«

»Und was?«

»Wo ist das Tatortfoto? Du willst mir doch nicht erzählen, dass du mir keines mitgebracht hast?«

Sam blieb ruhig. Sie hatte damit gerechnet.

»Du willst das Foto?«, fragte sie und erhob sich. »Ich bringe es dir.«

Sie verließ den Raum und ging nach nebenan, wo

Nadine und Dr. Jelic das Gespräch über den Bildschirm beobachteten. Der Psychiater war blass, seine Augen strahlten eine ängstliche Unruhe aus. Wahrscheinlich hatte er bereits erfahren, dass Freunde und Bekannte von ihm als mögliche Kandidaten auf der Liste des Schlitzers waren.

»Geben Sie mir das Bild«, sagte Sam und streckte der Polizistin die Hand entgegen.

»Ich weiß nicht …«

»Wir brauchen den Namen.«

Zögerlich griff Nadine in die Innentasche ihrer Lederjacke und reichte Sam das Foto.

Sam warf einen Blick darauf, und sofort wurde ihr schlecht. Nur mit Mühe konnte sie den Würgereiz unterdrücken.

»Das ist … abartig«, sagte sie.

»Deshalb wollte ich Ihnen das ersparen.«

Sam nickte dankbar, dann kehrte sie zu ihrem Vater zurück.

»Hier«, sagte sie mit betont ruhiger Stimme und legte das Foto vor ihn auf den Tisch.

Er beugte sich vor und betrachtete es interessiert. Ein Lächeln huschte über seine Lippen, und Sam hätte ihm dafür am liebsten eine schallende Ohrfeige verpasst.

»Eine ungewöhnliche Methode, jemanden zu töten«, kommentierte er. »Wie geht es Krüger?«

»Na, wie wohl? Der Schlitzer hat seinen Sohn grausam ermordet.«

»Wer hat die Leitung der Soko übernommen?«

»Nadine Herfurth.«

»Eine toughe Frau.«

»Wir wissen von den Racheplänen des Schlitzers«, sagte Sam. »Er tötet die Angehörigen oder Freunde derjenigen, die an deiner Verhaftung und Verurteilung mitgewirkt haben. Die beste Freundin der Staatsanwältin, die Nichte der Psychiaterin, Krügers Sohn – sie sind die wichtigen Opfer, nicht wahr?«

Er verzog anerkennend das Gesicht. »Ich sehe, ihr habt eure Hausaufgaben gemacht.«

»Woher hast du es gewusst?«

Er stützte die Unterarme auf den Tisch. »Julia Wagner und ich sind uns oft im Gerichtssaal gegenübergestanden. Meistens habe ich gewonnen. Ihre Freundin hat sie eines Tages nach einer Verhandlung abgeholt, und die Wagner hat sie mir vorgestellt. Stefanie Reichart, eine hübsche Frau, die man nicht so schnell vergisst. Ingrid Niehaus kannte ich ebenfalls vom Gericht, wo sie hin und wieder als forensische Gutachterin eingesetzt worden ist. Wir sind zwei- oder dreimal mittags zusammen in der Kantine essen gegangen, und sie hat mir begeistert von ihrer Nichte erzählt. Sie hätte gerne eigene Kinder gehabt, konnte jedoch keine bekommen. Als ich in der Ermittlungsakte die beiden Namen der Opfer gelesen habe, dazu den Satz *Mit den besten Empfehlungen von Thomas Rohde,* konnte ich mir zusammenreimen, was der Schlitzer vorhatte.«

»Weil du mit ihm Schach gespielt und die Partien mit diesem Satz beendet hast.«

Er blickte sie beeindruckt an. »Ihr habt ja wirklich ganze Arbeit geleistet.«

»Lass mich raten, dir gefällt der Racheplan des Schlitzers. Deshalb hast du unsere Gespräche hinausgezögert. Weil er so viele wie möglich töten sollte.«

Er lächelte milde. »Du irrst dich, Sam. Ich habe mich gerne mit dir unterhalten.« Er faltete die Hände und ließ einen Moment verstreichen. »Der Racheplan ist mir völlig egal. Nicht die Freundin der Staatsanwältin hat mich angeklagt, sondern Julia Wagner. Es war nicht das psychiatrische Gutachten der Studentin, das mich in den Maßregelvollzug gebracht hat, sondern das von der Niehaus. Und es war Krüger, der die Ermittlungen gegen mich geleitet hat, nicht sein Sohn.« Er sah zu dem Foto auf dem Tisch. »Ich muss gestehen, es gefällt mir, dass Krüger leidet, doch er hätte die Strafe mehr verdient als sein Sohn.«

»Ich bin vermutlich ebenfalls im Visier des Schlitzers.«

»Davon gehe ich aus. Ich nehme an, Herfurth hat Jenny und ihre Familie unter Polizeischutz gestellt?«

»Ja.«

»Dann sollten sie in Sicherheit sein.«

»Wer ist er?«

Ihr Vater schaute ihr einige Sekunden lang in die Augen, ehe er antwortete. »Er hat Zahnmedizin studiert und das Studium abgebrochen. Seine Eltern hatten eine Zahnarztpraxis, die er weiterführen sollte.«

»Ich will seinen Namen.«

»Geht meinem Hinweis nach, dann findet ihr den Namen heraus.«

Seine Salamitaktik machte Sam wütend. Er wollte seine Überlegenheit bis zuletzt auskosten. Wenn die Polizei den Namen hatte, würde es für ihn vorbei sein. Er wäre wieder ein unbedeutender Patient des Maßregelvollzugs, ohne Privilegien oder ihre Besuche.

»Der Deal war der Name des Schlitzers gegen Gespräche mit mir und Lockerungen für dich. Ich habe mich fünfmal mit dir getroffen, du hast wieder Kontakt zu den anderen Patienten und durftest Gabriele ohne Trennscheibe treffen. Wir haben unseren Teil erfüllt. Halte dich gefälligst an die Vereinbarung!«

»Du willst mir doch nicht die Chance nehmen, dich ein weiteres Mal zu sehen?«

Sein Lächeln wirkte ehrlich und mit einem Hauch von Traurigkeit, es ließ sie allerdings kalt.

Sam verschränkte die Arme und sah ihn schweigend an.

»Ein Vorschlag, Sam. Wenn ihr bis morgen Nachmittag seinen Namen nicht herausgefunden habt, nenn ich ihn dir. Ich weiß, dass das unser letztes Treffen sein wird, aber ich möchte dich gerne noch einmal wiedersehen.«

Sam erhob sich von ihrem Stuhl. Ihr Bauchgefühl sagte ihr, dass es nicht dazu kommen würde. Die Polizei würde den Schlitzer vorher aufspüren.

»Leb wohl, Papa«, sagte sie und verließ den Raum, ohne sich noch einmal zu ihm umzudrehen.

Kapitel 59

Damals

Paul war so aufgeregt, dass er zitterte. Fast sieben Jahre hatte er auf diesen Moment gewartet und konnte es nun kaum erwarten.

Es regnete. Paul stand in der Dunkelheit hinter einem Baum. Die Kapuze seiner schwarzen Regenjacke hatte er tief in die Stirn gezogen, das Gesicht verdeckte eine Sturmhaube. Seine behandschuhten Finger hielten das Springmesser fest umklammert.

Seit der letzten Schachpartie mit Rohde war mehr als ein halbes Jahr vergangen, und noch immer konnte er nicht glauben, dass er sich wochenlang mit einem Serienmörder unterhalten hatte. Elf Morde wurden ihm mittlerweile zur Last gelegt, die Verhandlung war für Anfang Mai angesetzt.

Paul hatte jeden einzelnen Zeitungsartikel über Rohde ausgeschnitten und sorgfältig in einem Ordner abgeheftet, den er mit *Mein Vorbild* beschriftet hatte.

Die elf Opfer von Tom the Ripper.

Die Wahrheit über das Horrorhaus.

Der Killer-Anwalt. Leichen pflasterten seinen Weg.

Rohdes gesamtes Leben war in der Presse ausgebreitet worden. Paul wusste, dass er ein Scheidungskind war, sein Studium mit summa cum laude abgeschlossen und anschließend zwei Jahre in den USA in einer Anwaltskanzlei gearbeitet hatte. Dort hatte er seine Frau Deborah, eine gebürtige Amerikanerin, kennengelernt, mit der er siebzehn Jahre verheiratet gewesen war, bis sie vor knapp drei Monaten Selbstmord begangen hatte. Er hatte eine beeindruckende Karriere hingelegt und war zum jüngsten Seniorpartner bei *Berger & Partner* aufgestiegen, einer renommierten Kanzlei, die jetzt nichts mehr mit ihm zu tun haben wollte und sich ausdrücklich von ihm distanzierte.

Paul hatte die Artikel wieder und wieder gelesen, beeindruckt, dass Rohde zehn Jahre lang unerkannt hatte morden können. Und er würde es noch heute tun, wenn dieses Miststück von seiner Tochter ihn nicht beobachtet hätte.

Bei dem Gedanken an sie erfasste ihn unsägliche Wut. Wenn sie nicht gewesen wäre, wäre Rohde weiterhin ein freier Mann. Paul würde mit ihm Schach spielen und ihn um Tipps für seinen ersten eigenen Mord bitten. Er hätte bei ihm in die Lehre gehen und das Handwerk vom Meister persönlich erlernen können.

Paul schluckte seinen Hass auf Sam herunter. Er brauchte jetzt einen klaren Kopf und konnte es sich nicht leisten, dass der Zorn in ihm die Oberhand gewann und sein Gehirn vernebelte.

Ein Auto näherte sich, und Paul drückte sich an den Baumstamm, damit die Scheinwerfer ihn nicht erfassten.

Auf der Suche nach einem geeigneten Platz für seinen Plan war er in den letzten Monaten häufig durch die umliegenden Ortschaften gefahren. In Kirchheim, einer kleinen Gemeinde östlich von München, war er schließlich fündig geworden. Eine spärlich beleuchtete Umgehungsstraße, die Kirchheim mit der Nachbargemeinde Grub verband und in einem Gewerbegebiet endete. Abends war die Gegend verlassen, genau wie der in der Nähe befindliche Tennisplatz bei Regen verwaist war. Die nächsten Wohnhäuser lagen knapp hundert Meter entfernt. Alle paar Minuten kam ein Fahrzeug vorbei, bis jetzt allerdings kein Radfahrer.

Seinen BMW hatte er um die Ecke auf dem Parkplatz eines bereits geschlossenen Geschäfts abgestellt. Von dort aus war er gleich auf der Staatsstraße und konnte dann über die Autobahn fliehen.

Paul lief auf der Stelle, um die Kälte zu vertreiben, die allmählich in seine Füße kroch. Inzwischen wartete er seit einer Stunde.

Sorgenvoll bemerkte er, dass es stärker regnete. Bei leichtem Regen waren trotzdem hin und wieder Radfahrer unterwegs. Das hatte er festgestellt, als er einen Abend lang aus seinem Wagen heraus die Straße beobachtet hatte. Doch wenn es noch mehr schüttete, müsste er seinen Plan wohl oder übel verschieben.

Nach einer weiteren Viertelstunde waren lediglich vier Autos vorbeigefahren, und der Regen war mittlerweile so stark, dass Paul beschloss, sein Vorhaben abzubrechen.

Gerade, als er zu seinem BMW zurückkehren wollte, bemerkte er den schmalen Lichtstrahl, der schlingernd durch die Dunkelheit brach.

Pauls Herz setzte einen Schlag aus.

Nur schemenhaft zeichnete sich der Radfahrer in der Schwärze der Nacht ab. Paul konnte nicht erkennen, ob die Person, die sich mühsam durch den Regen kämpfte, ein Mann oder eine Frau war. Aber eigentlich war es ihm auch egal.

Er machte sich bereit. Sein Puls raste.

Der Radfahrer war nur noch wenige Meter entfernt. Paul umklammerte das Messer fester, und kaum war der Unbekannte auf seiner Höhe, sprang er aus seinem Versteck hervor, packte ihn an der Jacke und riss ihn zu Boden. Das Fahrrad schlitterte über den nassen Asphalt und blieb liegen, das Hinterrad drehte sich.

Paul stürzte sich auf ihn. Aus der Nähe erkannte er, dass es ein junger Mann in seinem Alter war. In seinen Augen stand eine Mischung aus Benommenheit und Schock geschrieben. Ein Adrenalinstoß durchfuhr Paul, als er mit dem Messer zustieß. Die Klinge traf auf etwas Hartes, und Paul wunderte sich. Er hätte gedacht, dass sie mühelos in den Körper eindringen würde. Hatte er eine Rippe getroffen?

Paul schaute nach unten. Der Mann trug eine Umhängetasche auf der linken Seite. Er fluchte innerlich und holte erneut aus. Doch bevor er zustechen konnte, stieß der Radfahrer mit dem Bein zu und traf ihn im Magen. Paul blieb die Luft weg, er taumelte rückwärts. Zusammengekrümmt musste er mit ansehen, wie sich der Mann hastig aufrappelte und in Richtung der Häuser davonlief.

Scheiße!

Paul keuchte und überlegte, ob er ihm folgen sollte, der Vorsprung war jedoch zu groß. Er würde bei den Häusern sein, bevor Paul ihn eingeholt hätte.

Verfluchte Scheiße!

Paul steckte das Messer in die Tasche und rannte in die entgegengesetzte Richtung davon. Er musste schleunigst von hier verschwinden. Der Radfahrer würde mit Sicherheit sofort die Polizei verständigen.

Außer Atem erreichte Paul sein Auto. Er riss die Sturmhaube vom Kopf, fuhr auf die Staatsstraße und bog kurz darauf auf die A 99. Tränen der Wut und Enttäuschung rannen ihm übers Gesicht, als er auf der linken Spur in die Nacht davonraste.

Kapitel 60

Thomas Rohde saß auf seinem Bett und betrachtete gedankenverloren den Plastikgegenstand in seiner Hand, den Gabriele am Metalldetektor vorbei in den Hochsicherheitstrakt der Psychiatrie geschmuggelt hatte. Er trug seine Winterjacke, deren Reißverschluss er bis oben hin zugezogen hatte, und wartete darauf, dass er für seinen täglichen Hofgang abgeholt wurde.

Einen Hofgang, den es heute und in Zukunft nicht mehr geben würde.

Wie immer hatte er bekommen, was er wollte.

Schon als Kind hatte er seinen Willen durchgesetzt und war bei seiner Mutter, die nach der Scheidung hoffnungslos mit Arbeit und Erziehung überfordert gewesen war, auf wenig Widerstand gestoßen. In der Schule hatte er Lehrer wie Mitschüler um den Finger gewickelt, genau wie später seine Professoren und Kommilitonen. Die Frauen liebten ihn, und er hatte seine Freundinnen so häufig gewechselt wie andere ihre Unterwäsche. Er konnte Menschen wie ein offenes Buch lesen, wusste genau, welche Stellschrauben er drehen musste, damit sie taten, was er verlangte.

Gabriele Kunzmann hatte er von Anfang an richtig eingeschätzt. Dennoch hatte er drei unerträglich lange Jahre warten müssen, bis er die Gelegenheit erhalten hatte, ungestört mit ihr zu reden.

»Ich brauche etwas, um meine Handschellen aufzuschließen«, hatte er bei jenem Treffen zu Gabriele gesagt, als der Sicherheitsmann für einen Moment abgelenkt gewesen war. »Finde eine Möglichkeit, einen Handschellenschlüssel oder dergleichen am Metalldetektor vorbei hier reinzuschaffen. Ich sorge dafür, dass wir uns ohne Trennscheibe sehen. Dann können wir für immer zusammen sein.«

»Okay«, hatte sie geantwortet und eifrig genickt, bevor sich der Sicherheitsbeamte wieder in ihr Gespräch geschaltet und sich Rohdes Gesülze hatte anhören müssen, wie gerne er Gabrieles Hand halten würde.

Sie hatte einen Weg gefunden.

Der Handschellenschlüssel aus schwarzem Plastik ruhte verheißungsvoll in seiner Hand.

Rohde lächelte.

Ein wenig erstaunte es ihn, dass Gabriele auf diese einfache, aber effektive Möglichkeit gekommen war, obwohl sie auf den ersten Blick nicht die Hellste zu sein schien. Ihre verzweifelte Hoffnung auf ein gemeinsames Leben mit ihm hatte jedoch offenbar ihre Kreativität geweckt.

Er hörte, wie die Klappe geöffnet wurde.

»Hey, Checkmate«, sagte Keppler. »Zeit für Ihren Hofgang.«

Rohdes Lächeln wurde breiter.

Irrtum, korrigierte er ihn. Zeit zu verschwinden.

»Bin schon da«, antwortete er und steckte den Schlüssel in den Mund, bevor er um die Ecke ging und seine Arme durch die Öffnung streckte.

Keppler, der eine anthrazitfarbene Mütze trug, legte ihm Handschellen an.

Rohde drehte sich um. Normalerweise machte er ein paar Schritte zurück und kniete sich vor der Wand nieder. Doch heute blieb er mit dem Rücken zur Tür stehen. Mit der Zunge schob er den Schlüssel zu den Zähnen vor und holte ihn aus dem Mund. Er musste die Hand verdrehen, um an das Schloss der linken Fessel zu gelangen. Der Schlüssel verhakte sich an der Kante, und beinahe wäre er ihm hinuntergefallen.

Rohde blieb ruhig.

Beim zweiten Versuch bekam er den Schlüssel ins Schloss.

»Sagen Sie mal, Simon«, meinte er, um das Klicken zu übertönen, als der Verschluss aufsprang. Er befreite die linke Hand. »Wie viele Mützen haben Sie eigentlich?«

»Genug, um jeden Tag eine andere aufzusetzen«, antwortete der Pfleger. »Gehen Sie zur Wand.«

»Ist Ihnen das nicht zu warm?«, wollte er wissen, als die zweite Handschelle aufging.

»Dann würde ich sie nicht tragen. Los jetzt.«

Rohde befreite die rechte Hand. Er schlenderte zur Wand und kniete sich in einem spitzen Winkel zur Tür hin, sodass seine Vorderseite nicht zu sehen war. Genau wie er es in der Nacht Dutzende Male geübt hatte, bis er alle Bewegungsabläufe im Schlaf beherrscht hatte.

Die Tür wurde geöffnet, und die beiden Pfleger betraten das Zimmer.

Rohde war hoch konzentriert. Er vernahm das Klirren der Fußfesseln, als Peschke sie vorbereitete. Keppler stellte sich neben ihn. Genau in dem Moment, da er Rohde am Oberarm packen wollte, drehte er lächelnd den Kopf in seine Richtung und warf Keppler die Handschellen zu. Reflexartig fing der sie auf und benötigte eine Sekunde, bis er verstand. Doch Rohde war bereits aufgesprungen. Er machte eine Vierteldrehung und schlug Peschke mit voller Wucht den Ellenbogen ins Gesicht. Es gab ein lautes Knacken, als die Nase brach. Blut quoll heraus, und Peschke sackte bewusstlos zu Boden. Keppler ließ die Handschellen fallen und wollte nach dem Notfallgerät in seiner Hosentasche greifen. Rohde kam ihm zuvor. Er rammte ihm das Knie zwischen die Beine, woraufhin Keppler einen japsenden Laut ausstieß. Mit schmerzverzerrter Miene griff er sich an die Genitalien. Rohde setzte einen Faustschlag nach, und Keppler kippte rücklings um. Reglos blieb er liegen.

Rohde nahm die beiden Notfallgeräte der Pfleger an sich und warf sie um die Ecke aufs Bett. Anschließend drückte er die Tür zu, bis sie nur noch einen Spalt offen war und niemand von außen ins Zimmer schauen konnte.

Er griff in Peschkes Hosentasche und holte einen Schlüsselbund sowie ein Klappmesser heraus, das der Pfleger vor drei Tagen aus Angst vor ihm eingesteckt hatte.

Rohde klappte das Messer auseinander und grinste. Es fühlte sich gut an.

Im nächsten Augenblick verzog er das Gesicht zu einer Fratze und stach zu. Das Messer drang mühelos durch die Kleidung in Peschkes Brustkorb ein. Blut spritzte und traf Rohde an Wange und Jacke.

Er spürte, wie sich der all die Jahre aufgestaute Stress einen Weg nach oben bahnte. Erneut stach er zu und genoss das berauschende Gefühl, das ihn erfasste. Fast hätte er dem unwiderstehlichen Drang nachgegeben, sich an Peschke auszutoben, doch das Stöhnen in seinem Rücken hielt ihn im letzten Moment davon ab.

Rohde wirbelte herum und registrierte, dass Keppler wieder zu sich kam. Er kniete sich neben ihn und presste ihm die freie Hand auf den Mund, während er mit der anderen das Messer in die Luft hob. Schlagartig war Keppler bei vollem Bewusstsein. Seine Pupillen weiteten sich vor Entsetzen.

Rohde sah ihm kalt lächelnd in die Augen.

»Schachmatt«, sagte er und rammte ihm das Messer in die Brust.

Ein kurzes Aufbäumen des Oberkörpers, dann rührte sich der Pfleger nicht mehr. Erneut verspürte Rohde ein überwältigendes Gefühl tiefster Befriedigung, das so stark über ihn hereinbrach, dass er es am liebsten herausgeschrien hätte. Obwohl Keppler bereits tot war, stieß er noch dreimal zu. Warmes Blut rann ihm übers Gesicht.

Keuchend verharrte er, um sich zu beruhigen. Anschließend nahm er dem Pfleger die Mütze ab, packte seinen Haarschopf und schnitt ihm den Skalp vom Kopf. Er eilte ins Bad und wusch sich das Blut ab, ehe er die blutige Kopfhaut reinigte. Mit dem Handtuch tupfte er den Skalp trocken, setzte ihn auf und fixierte ihn mit Kepplers Mütze, die er bis zu den Brauen in die Stirn zog. Einen Teil der langen blonden Haare strich er nach vorne über die Schultern, sodass sie sein Gesicht umrahmten und halb verdeckten. Er warf einen prüfenden Blick in den Spiegel.

Perfekt, dachte er zufrieden.

Rohde entledigte sich seiner Jacke und holte eine saubere aus dem Schrank. Seine Jeans hatte ein paar Blutspritzer abbekommen, sie fielen auf dem schwarzen Stoff jedoch kaum auf. Er kehrte zu Keppler zurück und achtete darauf, nicht in die sich ausbreitende Blutlache zu treten. Eine Sache musste er noch erledigen.

Bevor er in den Gang trat, versicherte er sich, dass niemand in der Nähe war. Er schloss die Tür hinter sich und lief den Flur entlang.

Als in der Ferne ein Pfleger aus einem Zimmer kam, zuckte er zusammen. Er verlangsamte seine Schritte und umklammerte das Messer in seiner Hosentasche.

Wenn der Pfleger ihn erkannte, hatte er ein Problem.

Der Mann winkte ihm zu und verschwand im nächsten Raum. Rohde atmete auf. Er passierte das Zimmer und nahm aus den Augenwinkeln wahr, dass der Pfleger mit einem Patienten sprach.

Am Ende des langen Flurs versperrte ihm eine massive Tür den Weg. Rohde suchte den passenden Schlüssel an Peschkes Schlüsselbund. Erst der dritte schloss auf. Fünf Meter weiter befand sich eine Tür aus Gitterstäben, Rohde öffnete auch sie.

Wehmut erfasste ihn, als er das Besprechungszimmer hinter sich ließ, in dem er sich in den letzten Tagen mit Sam getroffen hatte.

Kurz darauf schloss er das nächste Gittertor auf. An der T-Kreuzung bog er nach links ab und befand sich nun in dem Gang, wo die Büros des Sicherheitspersonals, die Lagerräume und die Wäscherei untergebracht waren. Eine Tür war offen, dahinter Stimmen. Er zog den Kopf ein und hastete daran vorbei.

Dann hatte er die Schleuse erreicht.

Er öffnete die erste Tür und senkte den Blick, damit sein Gesicht nicht von der Kamera erfasst wurde.

Sein Herz schlug schneller.

Vor vielen Jahren hatte er schon einmal hier gestanden, nachdem er der Therapeutin den angespitzten Kugelschreiber ins Auge gerammt hatte und mit ihrem Schlüssel entkommen war. Doch am Fingerabdrucksensor war damals Endstation gewesen.

Rohde holte Kepplers abgetrennten rechten Daumen aus der Jackentasche. Er legte ihn auf das Sensorfeld und hielt gebannt den Atem an.

Das kleine rote Lämpchen schaltete auf Grün, und die mit Gitterdraht durchzogene Tür öffnete sich.

Erleichtert steckte Rohde den Daumen zurück in die Tasche.

Er nahm ein Taschentuch und tat, als würde er sich schnäuzen. Dann war er im Eingangsbereich, hob grüßend die Hand in Richtung der beiden Wachmänner, während er am Metalldetektor vorbei und schnurstracks auf den Ausgang zuging. Frische Luft schlug ihm entgegen, als er in den tristen Nachmittag hinaustrat.

Rasch entfernte er sich von dem Gebäude und steuerte auf den Parkplatz zu, der zu drei viertel belegt war. Er wäre vor Freude am liebsten gerannt.

Keine zehn Meter vor ihm stieg ein glatzköpfiger Mann in einem Blaukittel in einen Opel Astra. Rohde eilte darauf zu und riss die Tür auf. Er ließ sich auf die Rückbank fallen und drückte dem Mann das Messer an den Hals.

»Keinen Mucks oder Sie sind tot«, drohte er.

Der Glatzkopf war vor Schreck derart erstarrt, dass er sich weder rühren noch irgendeinen Laut von sich geben konnte.

Rohde schlug ihm leicht gegen den Kopf, damit er aus seiner Schockstarre erwachte.

»Was … was wollen Sie von mir?«, fragte der Mann mit bebender Stimme.

»Fahren Sie los.«

Der Glatzkopf startete den Motor und lenkte den Wagen zur Ausfahrt. Er wollte seinen Ausweis in den Automaten an der Schranke stecken, doch seine Hand zitterte so stark, dass er ihm entglitt.

»Sie verdammter Idiot!«, fluchte Rohde und fischte in seiner Tasche nach Kepplers Ausweis, den er sicherheitshalber eingesteckt hatte. »Wenn Sie den auch fallen lassen, schneide ich Ihnen die Kehle durch.«

Der Mann war kalkweiß im Gesicht. Mit sichtlicher Mühe schob er die Plastikkarte in den Schlitz, und die Schranke öffnete sich.

Das Auto fuhr auf die Straße hinaus, und Rohde beobachtete im Rückspiegel das kleiner werdende Gebäude der Psychiatrie, in der er über neun Jahre eingesperrt gewesen war.

Kapitel 61

Damals

Er kauerte in der Dunkelheit hinter einem kahlen Apfelbaum. Die hohe, dichte Thujahecke schirmte den Garten des Einfamilienhauses von dem des Nachbargrundstücks ab. Es war das letzte Haus in einer Straße, in der das Durchschnittsalter der Bewohner drei- bis viermal so hoch war wie das von Paul.

Es war spät am Abend, die meisten Lichter hinter den Fenstern waren bereits erloschen.

Ein Jahr war vergangen, seit er seinen ersten Versuch gewagt hatte und kläglich gescheitert war. Er hatte sich danach drei Wochen in seiner Wohnung verkrochen und jede Sekunde Angst gehabt, dass die Polizei auftauchen und ihn verhaften würde. Doch sie kam nicht, und ein kurzer Artikel im *Münchner Merkur*, dass ein Radfahrer von einem Unbekannten attackiert worden sei, war die einzige Meldung in der Presse. Paul war erleichtert, mit einem blauen Auge davongekommen zu sein, dennoch wagte er keinen erneuten Anlauf. Erst als der Herbst in den Winter überging, wurde der Wunsch, jemanden zu töten, so übermächtig, dass er ihn nicht länger unterdrücken konnte.

Sein Vorbild war in der Zwischenzeit vor Gericht als schuldunfähig befunden und in den Maßregelvollzug eingewiesen worden. Elf Morde hatten sie ihm nachgewiesen. Paul bewunderte ihn dafür. Er wollte so sein wie er und begab sich schließlich erneut auf die Suche.

Per Zufall stieß er auf diese Straße und die alte Frau, die, auf einen Gehstock gestützt, am Tor der Nachbarin stand und mit ihr plauderte. Pauls Bauchgefühl sagte sofort, dass sie die Richtige war. In den nächsten Wochen beobachtete er sie und studierte ihren Tagesablauf.

Ihr Name war Waltraud Kornbichl, sie lebte allein. Jeden Morgen um Punkt acht zog sie die Rollläden hoch, verließ – außer bei Regen – um zehn das Haus für einen Spaziergang, bevor sie einen ausgedehnten Mittagsschlaf hielt und nachmittags einen Kaffee in ihrem Wohnzimmer zu sich nahm. Um Viertel vor zehn abends riss sie die Terrassentür auf und lüftete ein paar Minuten, ehe sie schließlich zu Bett ging.

Und genau auf den Moment, wenn sie die Tür öffnete, wartete Paul nun.

Er hatte sich gründlich vorbereitet, sogar alles gezeichnet, und spürte die wachsende Aufregung. Vergessen waren die Angst nach dem fehlgeschlagenen Versuch und die Zweifel, ob er es wirklich schaffen und unentdeckt bleiben konnte. Er trug dunkle Kleidung und Schuhe, die er später in einem Müllcontainer entsorgen wollte, war mit einer Sturmhaube maskiert und hatte sich schwarze Latexhandschuhe übergezogen. In einer kleinen Umhängetasche führte er mehrere Lappen und eine Flasche Brennspiritus mit sich. Sein BMW parkte ein paar Seitenstraßen entfernt.

Paul berührte das Messer in seiner Jackentasche, das ihm eine vertraute Sicherheit gab.

Er war bereit.

Ein Blick auf die Uhr verriet ihm, dass es gleich so weit sein musste.

Das Herz schlug ihm bis zum Hals, als sich die Silhouette der alten Frau im beleuchteten Wohnzimmer abzeichnete und die Terrassentür geöffnet wurde.

Paul war jetzt hellwach.

Waltraud Kornbichl drehte sich um und kehrte ins Wohnzimmer zurück. Der Zeitpunkt, auf den Paul gewartet hatte, war gekommen. Er nahm das Messer in die Hand, ließ die Klinge herausschnellen und überquerte lautlos den Rasen. Am Haus drückte er sich gegen die Wand und lugte vorsichtig um die Ecke. Die alte Frau stand mit dem Rücken zu ihm am Wohnzimmertisch und schob irgendwelche Magazine zusammen.

Er zögerte keine Sekunde länger.

Mit vier Schritten war er bei ihr, presste ihr von hinten die linke Hand auf den Mund und rammte ihr mit rechts das Messer in den Rücken. Die alte Frau stöhnte auf, dann sackte sie zusammen und fiel zu Boden. Blut sickerte aus der Wunde und tränkte ihr beige geblümtes Nachthemd.

Ein Adrenalinstoß so stark wie ein Stromschlag schoss durch Paul. Seine innere Anspannung entlud sich abrupt, explodierte wie ein Feuerball und schleuderte die aufgeladenen Teile in jede einzelne Zelle seines Körpers. Der Dämon, der jahrelang in ihm eingesperrt gewesen war, war frei, und Paul empfand grenzenlose Erleichterung. Wie elektrisiert sah er auf die tote Frau hinunter. Eine Blutlache breitete sich auf dem Parkettboden aus, und Paul hätte sich in seiner Euphorie am liebsten darin gewälzt. Er fühlte sich noch berauschter wie nach einem doppelten Wodka Red Bull mit anschließendem Sex.

Sein Atem ging schnell, triumphierend streckte er die Arme zur Seite aus. Das Messer hielt er wie ein Schwert, mit dem er gerade die wichtigste Schlacht seines Lebens gewonnen hatte.

Sehen Sie, Thomas Rohde, ich habe es getan!

Von seinen Emotionen völlig überwältigt – es war

noch viel besser, als er es sich in seinen Träumen ausgemalt hatte –, wünschte er sich nichts sehnlicher, als dass Rohde bei ihm wäre und er ihn an seinem überschwänglichen Glücksgefühl teilhaben lassen könnte. Bei dem Gedanken an sein Vorbild mischte sich Traurigkeit in seinen Gefühlscocktail, doch die enthemmte Freude überwog.

Paul genoss ein paar Minuten den gefühlten Zustand des Schwebens, bevor er sein Messer wegsteckte und die Lappen aus der Tasche holte. Er tränkte sie mit Brennspiritus und verteilte sie um die Leiche und auf dem Weg zur Terrassentür. Mit einem Sturmfeuerzeug zündete er die Stofffetzen an, die sofort lichterloh brannten.

Er warf einen letzten Blick auf die tote Frau und prägte sich jedes Detail ein, um es später zeichnen zu können. Dann drehte er sich um und verschwand lautlos in der Nacht.

Kapitel 62

»Ich hatte Sie gewarnt, dass so etwas passieren würde. Ich hatte Sie gewarnt! Aber Sie wollten nicht auf mich hören.« Dr. Jelic fuhr sich durch das silbergraue Haar. Er war noch blasser als gestern, sein Kopf zuckte unentwegt.

Nadine stand an der Tür zu Rohdes Zimmer und starrte entsetzt auf die Leichen der beiden Pfleger. Simon Keppler fehlte der rechte Daumen, und der Anblick seines skalpierten Schädels jagte ihr einen Schauer über den Rücken.

Verdammte Scheiße!

Der Kloß in ihrem Hals schwoll beträchtlich an, ihre Gedanken rasten.

Sie hatten ein gewaltiges Problem.

»Sie haben ihn vollkommen unterschätzt.« Dr. Jelic redete sich allmählich in Rage.

Nadine wechselte einen kurzen Blick mit ihrem Kollegen neben ihr, dann drehte sie sich zu dem Psychiater um. »Bitte beruhigen Sie sich, Doktor Jelic.«

»Beruhigen?« Er deutete den Flur entlang. »Dank Ihnen läuft da draußen ein hochgradig gefährlicher Serienmörder frei herum.«

Nicht nur einer, dachte sie zerknirscht, hütete sich jedoch, es laut auszusprechen.

»Muss ich Sie daran erinnern, wie viele Menschen Rohde bereits getötet hat? Was glauben Sie eigentlich, was er jetzt vorhat? Sich mit Freunden auf einen Kaffee treffen?«

»Wir werden ihn fassen.«

»Ach ja? Genau wie den Schlitzer?« Dr. Jelic nahm seine Brille ab und begann, sie hektisch zu putzen. »Rohde ist unberechenbar. In den letzten Jahren hat sich enorm viel Druck in ihm aufgebaut, und der wird sich jetzt entladen.«

»Nicht, wenn wir ihn vorher erwischen.«

»Für die beiden Pfleger ist es zu spät.«

In diesem Punkt musste Nadine ihm recht geben.

Sie wandte sich wieder den Leichen zu und betrachtete die Handschellen, in denen ein schwarzer Plastikschlüssel steckte.

Wie, zum Teufel, war Rohde an den rangekommen?

»Gabriele Kunzmann muss den Schlüssel reingeschmuggelt haben«, murmelte der Psychiater, und Nadine fragte sich, ob er ihre Gedanken lesen konnte. »Deshalb wollte er sie ohne Trennscheibe sehen.« Er wurde lauter. »Und Sie haben es zugelassen!«

»Das konnte niemand ahnen. Es wurden alle erdenklich möglichen Vorsichtsmaßnahmen ergriffen.«

»Für Rohde gibt es nur eine Vorsichtsmaßnahme, und das ist strikte Isolation. Wenn er Kontakt mit anderen hat, müssen seine Hände auf dem Rücken gefesselt sein, und Besuche finden nur mit Trennscheibe statt. Genauso, wie wir es die letzten Jahre gehandhabt haben.« Er setzte die Brille wieder auf und funkelte sie zornig an. »Sie haben mich gezwungen, diese Maßnahmen zu lockern, und jetzt sind zwei meiner Pfleger tot, und mein Ruf ist ruiniert. Die Presse wird sich auf mich stürzen, ich bin erledigt.«

Nadine ignorierte ihn. Ihre Augen wanderten von Kepplers Hand mit dem abgetrennten Daumen zu dessen skalpiertem Schädel.

»Er hat ein Messer benutzt«, stellte sie fest. »Wie war das möglich?«

»Woher soll ich das wissen? Auf der Station sind Waffen strengstens verboten.«

Nadine runzelte die Stirn. Gabriele Kunzmann konnte es nicht gewesen sein. Der Metalldetektor hätte sofort angeschlagen.

In Gedanken rekapitulierte sie, was sie bisher in Erfahrung gebracht hatten.

Rohdes Flucht war um vier Uhr nachmittags bemerkt worden, nachdem ein Pfleger Simon Keppler und Matthias Peschke vermisst hatte. Er hatte ihre Leichen entdeckt und den Wachdienst und Dr. Jelic informiert, der auf der Stelle das Standardprotokoll für derartige Fälle aktiviert hatte. Die Videoauswertung der Schleuse hatte ergeben, dass Rohde diese um Viertel nach zwei passiert hatte. Das Sicherheitspersonal hatte ihn aufgrund der Mütze und den langen blonden Haaren für Keppler gehalten. Dank der Kamera an der Schranke wussten sie, dass er im Auto eines Handwerkers geflüchtet war. Nach dem Pkw wurde bereits gefahndet, und Nadine betete, dass der Fahrer noch lebte. Doch ihr Bauchgefühl sagte etwas anderes. Rohde hatte mittlerweile einen Vorsprung von zweieinhalb Stunden, er hatte in der Zwischenzeit mit Sicherheit den Wagen gewechselt.

Zähneknirschend musste Nadine zugeben, dass sie ihn tatsächlich unterschätzt hatten. Nicht was seine Gefährlichkeit betraf, jedoch in Bezug auf seine Gerissenheit und seine Fähigkeit vorauszuplanen.

Nadine schob den Gedanken beiseite. Vorwürfe konnte sie sich später machen, jetzt gab es Dringlicheres. Auf einmal hatten sie es nicht mehr nur mit dem Schlitzer zu tun, sondern auch mit einem zweiten Serienmörder.

Sie wagte nicht, daran zu denken, was passieren würde, wenn sich die beiden zusammentaten.

Kapitel 63

Rohde wischte das Blut vom Messer und warf das Taschentuch in den Kofferraum zu dem Jogger, den er vor ein paar Minuten am Rand des Hofoldinger Forsts abgepasst hatte. Er schloss den Kofferraumdeckel und nahm auf dem Fahrersitz Platz. Im Handschuhfach fand er eine Sonnenbrille, ein spezielles Modell für Läufer, und setzte sie auf.

Als er am Auto des Glatzkopfs vorbeirollte, hob er die Hand zum Gruß. Der Mann hing mit aufgeschlitzter Kehle über dem Lenkrad.

Rohde fuhr Richtung Harlaching. Er hielt sich exakt an die Geschwindigkeitsbegrenzung. Nicht dass er in eine Radarkontrolle geriet und die Beamten ihn kontrollierten oder in den Kofferraum schauen wollten.

Ob sie seine Flucht schon bemerkt hatten?

Ein wenig erstaunte es ihn, wie einfach alles gelaufen war. Andererseits hatte er sich jahrelang darauf vorbereitet, und sein Plan war perfekt gewesen.

In Harlaching bog er in den Kornblumenweg ein und parkte vor einem schneeweiß gestrichenen Einfamilienhaus mit verspielten Erkern und hohen Fenstern. Dicht gepflanzte Büsche trennten das Grundstück von den Nachbarn, und ein schmaler, mit weißen Steinplatten ausgelegter Weg führte unter einem efeubewachsenen Torbogen hindurch zum Hauseingang.

Rohde stieg aus und schaute sich verstohlen in der einsetzenden Dämmerung um. Niemand war zu sehen.

Mit dem Messer in der Hand ging er zur Tür und

warf einen Blick auf das Klingelschild. Erleichtert, dass er immer noch hier wohnte, klingelte er.

»Ja?«, erklang es aus der Gegensprechanlage.

»Hermes Versand. Paket für Sie.«

Ein Schatten bewegte sich hinter dem Ornamentglas, dann wurde geöffnet. Kaum war die Tür einen Spalt offen, warf sich Rohde mit seinem gesamten Gewicht dagegen. Er drängte den überraschten Mann in den Eingangsbereich zurück und stieß die Tür mit dem Fuß zu.

»Was …?«, begann der Mann, doch Rohde drückte ihn gegen die Wand und hielt ihm das Messer an die Kehle.

»Still!«

Der Mann erstarrte vor Schreck.

Rohde stellte fest, dass er sich äußerlich kaum verändert hatte. Er trug eine beigefarbene Stoffhose und ein hellblaues Hemd, seine Füße steckten in weißen Leinenschuhen. Sein Gesicht hatte feine, fast feminine Züge, und das schwarze, leicht gewellte Haar hatte er dezent zurückgegelt. Er war in Rohdes Alter, wirkte jedoch zehn Jahre jünger.

Rohde entledigte sich der Sonnenbrille und zog Kepplers Skalp und Mütze vom Kopf.

Der Mann riss erstaunt die Augen auf.

»Herr Rohde«, keuchte er.

»Ich wäre enttäuscht gewesen, wenn Sie sich nicht an mich erinnert hätten. Immerhin verdanken Sie mir Ihre Freiheit.«

Der Mann vor ihm war Tilo Henke, ein erfolgreicher Unternehmer und Playboy, den Rohde vor vierzehn Jahren als Anwalt verteidigt hatte. Er war wegen Doppelmord angeklagt und freigesprochen worden, nachdem ein Zeuge seine Aussage widerrufen hatte und die Mordwaffe nie gefunden worden war.

»Ich … ich dachte, Sie wären im …«, stotterte Henke.

»Maßregelvollzug?«, meinte Rohde und grinste. »Hab mich selbst entlassen.« Er sah sich um. »Ist noch jemand im Haus?«

»Nein.«

Rohde presste ihm das Messer fester gegen den Hals, woraufhin Henke einen stöhnenden Laut von sich gab.

»Ich lebe allein«, stieß er mühsam hervor. »Das sollten Sie eigentlich wissen.«

Rohde glaubte ihm. Henke hatte sich nie etwas aus einer festen Beziehung oder Ehe gemacht, sondern das Leben in vollen Zügen genossen. Ein Geschäftsführer kümmerte sich um die Belange des Unternehmens, Henke selbst verbrachte seine Zeit lieber mit Golfspielen, gutem Essen und Frauen.

»Was wollen Sie von mir?«

»Ich muss für ein paar Tage untertauchen.«

Er schaute Rohde irritiert an, dann begriff er. »Sie meinen, Sie wollen hier …? Das geht nicht.«

»Das war keine Bitte, Henke.« Er beugte sich so nah zu ihm vor, bis ihre Gesichter nur noch wenige Zentimeter voneinander entfernt waren. »Hören Sie mir genau zu. Sie werden alle Termine für die nächsten zehn Tage absagen und das Haus in dieser Zeit nicht verlassen. Behaupten Sie, dass Sie krank sind. Außerdem brauche ich Ihren Laptop und Bargeld. Wie viel haben Sie hier?«

»Etwa hunderttausend. Das Geld liegt oben im Tresor. Sie können alles haben.«

Rohde nickte. Bis er Zugang zu seinem Nummernkonto auf den Kaimaninseln hatte, würde das genügen.

»Ich werde Sie am Leben lassen, wenn Sie tun, was ich Ihnen sage, und sich ruhig verhalten. Kriegen Sie das hin?«

Henke nickte verhalten.

»Sollten Sie sich nicht daran halten und jemandem verraten, dass ich hier bin, oder sogar die Polizei rufen, werde ich denen einen Tipp geben, wo sie die Pistole mit Ihren Fingerabdrücken darauf finden können.«

Henkes Augen weiteten sich, er wurde noch bleicher.

»Aber …«, stammelte er. »Ich dachte …«

»Sie dachten, ich hätte die Waffe damals entsorgt?« Rohde lächelte.

Als er Henkes Verteidigung übernommen hatte, war ihm schnell klar geworden, dass sie den Fall nur gewinnen konnten, wenn Henke die Aussage verweigerte – er wäre im Verhör bei der Polizei oder vor Gericht sofort eingeknickt –, die Tatwaffe nie gefunden wurde und der Zeuge seine Glaubwürdigkeit verlor. Letzteres war für Rohde kein Problem, er drehte ihn im Kreuzverhör derart durch die Mangel, dass er seine Aussage schließlich widerrief. In Bezug auf die Pistole kostete es ihn ein wenig Überzeugungsarbeit, Henke verriet ihm jedoch das dilettantische Versteck, das nicht lange unentdeckt geblieben wäre. Während einer privaten Bootstour hatte Rohde die Waffe für immer auf dem Grund des Bodensees verschwinden lassen.

Doch das brauchte Henke nicht zu wissen.

»Glauben Sie wirklich, dass ich mir diese Gelegenheit hätte entgehen lassen? Ich hatte etwas gegen Sie in der Hand. Und wer weiß, wann einem ein solches Pfand nützlich werden kann?« Er durchbohrte ihn förmlich mit seinem Blick.

Henkes Atem beschleunigte sich.

»Mit der Waffe und Ihren Fingerabdrücken darauf werden Sie lebenslang ins Gefängnis wandern. Die schweren Jungs werden begeistert sein, gut aussehendes Frischfleisch wie Sie zu bekommen, wenn Sie verstehen, was ich meine.«

Henkes Lippen waren nur noch ein schmaler Strich.

Rohde war sich bewusst, dass er ein Risiko einging, ihn am Leben zu lassen. Wenn er allerdings nicht zu einem Termin oder einer Verabredung erschien und jemand nach ihm sah oder die Polizei verständigte, hätte er ein weitaus größeres Problem. Außerdem hatte Rohde einiges zu erledigen, wofür er Henkes Hilfe benötigte.

»Entweder Sie gewähren mir für ein paar Tage Unterschlupf, dafür lasse ich Sie am Leben, und Sie bleiben ein freier Mann. Oder Sie verbringen den Rest Ihres Lebens hinter Gitter, wenn ich Sie nicht vorher töte. Die Entscheidung liegt allein bei Ihnen.«

Henkes Blick flog unruhig zwischen Rohde und dem Messer hin und her. »In Ordnung. Sie können hierbleiben. Aber niemand darf davon erfahren.«

»Darauf können Sie sich verlassen.« Er nahm das Messer von seinem Hals und machte einen Schritt zurück. »Haben Sie ein kühles Bier da?«

Kapitel 64

Sam zog den Küchenvorhang ein Stück zur Seite und lugte durch den Spalt auf die Straße hinaus. Sie wunderte sich, warum seit einer halben Stunde immer mehr Reporter auftauchten. Das Auto mit ihren Personenschützern stand direkt vor dem Haus, zwei Streifenwagen parkten schräg auf der gegenüberliegenden Straßenseite.

Wie die Aasgeier, dachte sie beim Anblick der Pressevertreter und sehnte den Tag herbei, an dem endlich wieder Normalität einkehren würde. Sobald der Schlitzer gefasst war, würden die – sie grinste – Pressefuzzis verschwinden, um sich auf die nächste Sensationsstory oder den nächsten Skandal zu stürzen.

Sam entfernte sich vom Fenster. An der Kaffeemaschine drückte sie die Taste für Espresso, das Mahlwerk begann zu rattern. Der Duft nach Kaffee erfüllte den Raum.

Als sie heute am späten Vormittag die Psychiatrie in der Hoffnung verlassen hatte, ihren Vater nie wiedersehen zu müssen, war eine Last von ihr abgefallen. Sie hatte getan, was sie konnte, und war sich sicher, dass die Polizei mit Rohdes letztem Hinweis den Namen des Schlitzers herausfinden würde. Auch wenn sie den Mord an Krügers Sohn nicht hatte verhindern können, erfüllte es sie mit einem gewissen Stolz, dass sie sich ihrem Vater gestellt und der Polizei bei den Ermittlungen geholfen hatte.

Ihre Personenschützer hatten sie, mit einem Stopp beim Supermarkt, heimgefahren. Zu Mittag hatte sie eine Lasagne zubereitet und einen solchen Appetit gehabt, dass sie die Portion für morgen ebenfalls vertilgt hatte.

Genüsslich trank Sam ihren Espresso. Dann signalisierte ihr Handy den Eingang einer neuen SMS. Sie kam von Jenny.

Bin grad aus der Kita raus. Melde mich in einer Stunde bei dir.

Alles klar, antwortete sie, froh über das Lebenszeichen von ihr.

Nach wie vor hatte sie Angst um ihre beste Freundin, doch dass sie unter Personenschutz stand, beruhigte sie ein wenig.

Sam stellte die Tasse in die Spülmaschine und lief ins Wohnzimmer, wo fünf gepackte Umzugskisten vor dem leer geräumten Regal gestapelt waren. Sie hatte es vorhin tatsächlich geschafft, die Bücher einzupacken und nur hin und wieder bei einem hängen zu bleiben.

Ob Jakob ihr vielleicht auch beim Umzug helfen würde?

Bei dem Gedanken an ihn lächelte sie. Sie freute sich darauf, in zwei Tagen gemeinsam mit ihm die Wohnung fertig zu streichen.

Sam griff nach einem der Umzugskartons, die an der Wand lehnten. Ihr Blick fiel auf das Foto, das sie zusammen mit ihrer Mutter zeigte, und sie stieß einen tiefen Seufzer aus. Bis jetzt hatte sie es nicht fertiggebracht, es abzuhängen.

Sie steckte den Karton zusammen und begann, den Wohnzimmerschrank auszuräumen. Kaum hatte sie die ersten Dekogegenstände in Zeitungspapier gewickelt und in die Kiste gelegt, klingelte es an der Tür.

Nadine Herfurth meldete sich über die Gegensprechanlage, Sam ließ sie herein. An ihrem ernsten Gesichtsausdruck erkannte Sam sofort, dass etwas nicht stimmte.

»Ist was passiert?«, wollte sie wissen und schreckte im nächsten Moment zusammen. »Hat der Schlitzer wieder zugeschlagen?«

»Können wir uns setzen?«, entgegnete die Polizistin statt einer Antwort.

Sam ging mit einem mulmigen Gefühl voraus ins Wohnzimmer.

»Was ist passiert?«, wollte sie erneut wissen.

Nadine zögerte, ehe sie antwortete. »Ihr Vater ist aus dem Maßregelvollzug ausgebrochen.«

Die Worte trafen Sam mit der Wucht eines Vorschlaghammers, während sie gleichzeitig das Gefühl hatte, dass ihr der Boden unter den Füßen weggerissen wurde. Ihre Finger gruben sich ins Couchkissen.

»Er ist *was?*«

Sie musste sich verhört haben. Es war unmöglich, dass er geflohen war. Er käme niemals durch die Schleuse mit dem Fingerabdrucksensor.

»Er ist geflohen.«

Sam schüttelte ungläubig den Kopf. »Nein«, stammelte sie. »Das … das kann nicht sein.«

Ein Dröhnen setzte in ihrem Schädel ein. Die Schläfen pochten wie bei einer Migräneattacke, ein scharfer, unerträglicher Schmerz. Sie presste die Hände dagegen.

»Wie konnte das passieren?«, schrie sie mit schriller Stimme.

Die Kriminalhauptkommissarin schwieg.

»Wie konnte das passieren?«, wiederholte Sam und betonte jedes Wort einzeln.

»Er hatte einen Handschellenschlüssel. Als die Pfleger ihn für den Hofgang abgeholt haben, hat er die Fesseln aufgeschlossen und …« Sie stockte.

»Und was?« Sams Stimme bebte.

»Er hat beide getötet.«

»O Gott.« Sie schluckte schwer. »Wie ist er durch die Schleuse gekommen?«

Erneut zögerte Nadine mit einer Antwort. »Er hat einem der Pfleger den Daumen abgeschnitten.«

Sam vergrub das Gesicht in den Händen.

Ihr Vater, ein siebzehnfacher Mörder, der über neun Jahre im Hochsicherheitstrakt der Psychiatrie gesessen und dort drei weitere Menschen getötet hatte, war wieder in Freiheit. Das hätte niemals passieren dürfen.

Sie erinnerte sich an Dr. Jelics Worte, kurz bevor sie sich zum ersten Mal mit ihrem Vater getroffen hatte.

Thomas Rohde ist eine tickende Zeitbombe. Je länger er im Maßregelvollzug ist und keine Kontrolle über sein Leben hat, desto mehr Druck staut sich in ihm auf und umso unberechenbarer wird er.

Die Bilder von damals, als er die Putzfrau vor ihren Augen getötet hatte, stiegen in ihr hoch.

»Woher hatte er einen Handschellenschlüssel?«

»Wir vermuten, dass Gabriele Kunzmann ihn reingeschmuggelt hat. Der Schlüssel war aus Plastik, sodass der Metalldetektor nicht angeschlagen hat. Meine Kollegen bringen sie für eine Vernehmung gerade aufs Revier.«

Das Treffen mit ihr! Deshalb hatte er sie ohne Trennscheibe sehen wollen. Nicht um aus Zuneigung ihre Hand zu halten, sondern damit sie ihm den Schlüssel übergeben konnte.

Mein Gott, warum war sie so naiv gewesen? Sie hätte misstrauischer sein müssen. Das Liebesgesülze, von dem Nadine ihr erzählt hatte, passte nicht zu ihm. Sie war stutzig geworden, hatte jedoch nicht weiter darüber nachgedacht.

Erneut schüttelte sie ungläubig den Kopf, als sie die Zusammenhänge begriff.

Er hatte seine Flucht von Anfang an geplant und sie für seinen Plan benutzt. Das Treffen mit Gabriele. Die Forderung, dass seine Hände vor dem Körper gefesselt werden, damit er die Handschellen aufschließen konnte. Jetzt wurde ihr auch klar, warum er ihr heute Vormittag den Namen des Schlitzers nicht genannt, sondern sie auf morgen vertröstet hatte. Dr. Jelic hätte die Lockerungen vermutlich auf der Stelle gestrichen.

»Wir fahnden mit Hochdruck nach ihm«, sagte Nadine. »Die Presse ist bereits informiert. Rohdes Foto wird sowohl im Fernsehen als auch in den Onlinemedien veröffentlicht, und spätestens übermorgen steht es in jeder Tageszeitung auf der ersten Seite.«

Daher die vielen Journalisten vor ihrem Haus.

Dann kam ihr ein weiterer Gedanke, der sie in lähmendes Entsetzen versetzte. Ihr wurde eiskalt, und ihre Kehle schnürte sich vor Angst zu.

»Was ist, wenn er sich an mir rächen will?«, krächzte sie. »Wegen mir ist er verhaftet worden.«

»Das halte ich für unwahrscheinlich«, beruhigte Nadine sie. »Ich glaube nicht, dass er seine neu gewonnene Freiheit für Rache riskiert. Wir haben den Personenschutz für Sie verstärkt, Streifenwagen und Beamte in Zivil fahren regelmäßig die Gegend ab. Rohde ist nicht dumm. Er weiß, dass er sofort verhaftet wird, wenn er sich auch nur in Ihrer Nähe sehen lässt.«

Sam blieb skeptisch.

»An Rohdes Stelle würde ich schnellstmöglich untertauchen«, fuhr die Polizistin fort. »In einem Land, wo mich niemand kennt und das nicht nach Deutschland ausliefert.«

»Glauben Sie?« Ein Hoffnungsschimmer keimte in Sam auf.

»Davon bin ich überzeugt.« Sie warf ihr einen aufmunternden Blick zu. »Machen Sie sich keine Sorgen, ich werde nicht zulassen, dass Ihnen etwas passiert, Sam.«

»Okay.« Sie vertraute Nadine.

»Wären Sie damit einverstanden, dass wir Ihr Festnetztelefon und Handy überwachen? Nur für den Fall, dass Ihr Vater telefonisch Kontakt mit Ihnen aufnimmt.«

Sam nickte. Sie würde jeder Maßnahme zustimmen, die sie schützte und ihn schneller wieder in den Maßregelvollzug zurückbrachte.

Sie drückte das Couchkissen an sich.

Hatte sie vorhin noch das Gefühl gehabt, endgültig mit ihrem Vater abgeschlossen zu haben, erschien es ihr nun so, als hätte der Albtraum gerade erst begonnen.

Kapitel 65

Damals

Das Gefühl war überwältigend. Nicht einmal beim Sex fühlte sich Paul so berauscht wie jetzt. Der Moment, wenn das Messer in sein Opfer eindrang und Haut und Fleisch aufschnitt, als wäre es Butter, war mit nichts zu vergleichen.

Endorphine schossen durch seinen Körper. Jede einzelne Zelle schien zu vibrieren, und er hatte das Gefühl, auf einer Wolke puren Glücks zu schweben.

Jürgen Lange, ein sechzigjähriger Mann, der jeden Sonntag nach Sonnenaufgang einen ausgedehnten Spaziergang im Ebersberger Forst unternahm, lag mit aufgeschlitzter Kehle zu Pauls Füßen. Blut floss aus der klaffenden Wunde an seinem Hals und versickerte im Erdreich.

Nach dem ersten Mord hatte das Hochgefühl drei Jahre angehalten. Paul musste sich lediglich die Zeichnungen ansehen, die er von der alten Frau angefertigt hatte, schon fühlte er sich in jene Sekunden zurückversetzt, als er sich an sie herangeschlichen und ihr das Messer in den Rücken gestoßen hatte. Dann war das Gefühl allmählich abgeflaut, und er hatte sich ein neues Opfer gesucht. Nach dem waren es zwei Jahre gewesen, bis er wieder einen Schuss gebraucht hatte, und nach dem dritten anderthalb.

Paul schloss die Augen und legte den Kopf in den Nacken. Es war Ende Oktober, und die Sonne schien durch die kahlen Äste der Bäume. Sein Gesicht glühte unter der Sturmhaube.

Für eine Weile rührte er sich nicht.

Thomas Rohde wäre stolz auf mich.

Der Gedanke an ihn schmerzte. Wie so oft in letzter Zeit.

Das Töten war für Paul berauschend, doch tief in seinem Inneren verspürte er den unbändigen Wunsch, diesen intimen Moment des Glücks mit jemandem zu teilen, mit einem, der ihn verstand, ihm zuhören würde und mit dem er sich austauschen konnte. Nur dass der Einzige, der dafür infrage kam, seit sieben Jahren im Hochsicherheitstrakt der Psychiatrie saß.

Ein Funken Wut mischte sich in sein Glücksgefühl.

Paul hätte ihn gerne besucht, er wusste allerdings, dass die Gespräche von Patienten dieser Sicherheitsstufe überwacht wurden. Und er wollte nicht riskieren, in den Fokus der Polizei zu geraten. Bis jetzt hatte er dank Rohdes Empfehlungen alles richtig gemacht. Die Kripo ermittelte in drei Mordfällen, nie hatte jedoch in der Zeitung gestanden, dass ein Serienmörder dafür verantwortlich war. Zu unterschiedlich hatte Paul die Morde ausgeführt, zu wahllos seine Opfer ausgesucht. Vor allem hatte er seine Spuren verwischt.

Er würde viel dafür geben, noch einmal mit Rohde sprechen zu können.

Die Wut in ihm stieg an und verdrängte das berauschende Glücksgefühl, was ihn noch wütender werden ließ.

Sehnsüchtig dachte er an die Zeit zurück, als sie zusammen Schach gespielt hatten. An seinen Rat, das Studium zu wechseln. Mittlerweile war er Illustrator und hatte in der Comicszene Fuß gefasst. Als seine Eltern den ersten von ihm gezeichneten Comic gelesen hatten, waren sie unglaublich stolz auf ihn gewesen. Vor zwei Jahren hatten sie ihm sogar eine Doppelhaushälfte im Münchner Westen gekauft. Wahrscheinlich in der Hoffnung, dass er sich endlich eine feste Freundin suchte, heiratete und ihnen Enkel schenkte. Das Haus war viel zu groß für ihn, doch es lag in einer ruhigen Gegend, wo er nicht auffiel. Genau das, was Rohde ihm empfohlen hatte. Außerdem wusste er das Arbeitszimmer zu schätzen, wo er ungestört zeichnen und seine Morde planen konnte.

Wie Rohde wohl reagieren würde, wenn Paul ihm erzählte, dass seine jüngere Schwester Zahnmedizin studierte?

Er hätte ihm so viel zu sagen.

Wütend stampfte er mit dem Fuß auf. Der Hass, den er für Rohdes Tochter empfand, war so groß, dass er einige Male kurz davor gewesen war, sie zu töten. Aber Sam war nicht die Einzige, die er für Rohdes Situation verantwortlich machte. Sie hatte den Stein ins Rollen gebracht, doch es war Krüger gewesen, der ihm elf Morde nachgewiesen hatte. Außerdem die Staatsanwältin, die ihn angeklagt, und der Richter, der ihn in den Maßregelvollzug geschickt hatte – basierend auf zwei psychiatrischen Gutachten, die Rohde übereinstimmend eine antisoziale Persönlichkeit mit narzisstischen Zügen attestiert hatten.

Paul umklammerte das Messer in seiner behandschuhten Hand so fest, dass seine Finger schmerzten.

Sie alle führten ein normales Leben mit Freunden und Familie, während Rohde für immer eingesperrt war. Sie hatten jemanden zum Reden, einen, der ihnen zuhörte und mit dem sie ihr Glück teilen konnte. Doch er, Paul, hatte niemanden.

Der Hass in ihm explodierte. Er ging auf die Knie und stieß das Messer in den toten Mann.

Sie gehören alle bestraft!

Erneut stieß er zu.

Sie sollen leiden!

Die Klinge drang in den Bauch ein.

Genau wie ich leide. Und Rohde.

Immer schneller und heftiger rammte er das Messer in die Leiche, zerfetzte Kleidung und Körper. Dutzende Stiche, bis sein Arm müde wurde und er keuchend innehielt.

Er sollte langsam von hier verschwinden.

Paul packte den Mann an den Beinen und schleifte ihn etwa zwanzig Meter von dem Trampelpfad entfernt ins Unterholz, wo er ihn mit Zweigen und Moos bedeckte. Wildschweine und andere Tiere würden sich um die Leiche kümmern, und der für den Nachmittag angekündigte Regen Blut und Spuren wegwaschen.

Paul nahm sein Messer und schnitt dem Mann die Ohren ab.

»Ich werde Sie rächen, Thomas Rohde«, schwor er. »Ich werde Sie rächen!«

Und die Ohren würden ihn daran erinnern.

Kapitel 66

Obwohl Sam Nachrichten normalerweise mied wie der Teufel das Weihwasser, saß sie vor dem Laptop und googelte nach *Thomas Rohde Flucht.* Dutzende Treffer wurden angezeigt, und sie klickte auf den ersten, einen Artikel von Christian Kehl im *Blitz.*

Tom the Ripper auf der Flucht!
Das Unfassbare ist geschehen. Thomas Rohde, ein gefährlicher zwölffacher Serienmörder, ist aus der forensischen Psychiatrie geflohen, wo er die letzten neun Jahre unter Hochsicherheitsvorkehrungen eingesessen hat. Gerüchten zufolge hat er auf seiner Flucht mehrere Menschen getötet. Die Polizei hat für halb acht eine Pressekonferenz angekündigt und zwei Fahndungsfotos veröffentlicht.

Sam betrachtete die beiden Bilder. Das erste war eine gestochen scharfe Farbaufnahme ihres Vaters. Das zweite, ein Schwarz-Weiß-Foto, war deutlich unschärfer und schien von einer Überwachungskamera zu stammen. Rohde hatte darauf lange Haare und hielt sich ein Taschentuch vors Gesicht.

Es scheint, als hätte Rohde eine Verkleidung benutzt, um aus der Psychiatrie zu entkommen. Er ist mit einem Messer bewaffnet und bereit, für seine Freiheit über weitere Leichen zu gehen.
»Ich trau mich nicht mehr aus dem Haus«, sagt eine

Frau (67), die unerkannt bleiben möchte. »Der bringt doch jeden, der ihm begegnet, sofort um.«

Sam verdrehte die Augen und brach die Lektüre ab. Sie öffnete den nächsten Link, der von der *Süddeutschen Zeitung* und weniger reißerisch war, aber nichts enthielt, was sie nicht schon von Nadine erfahren hatte. Eine Viertelstunde später klappte sie den Laptop zu.

Im nächsten Moment rief Jenny an.

»Ich hab es grad im Internet gelesen«, sprudelte sie los, kaum dass Sam abgehoben hatte. »Sag bitte, dass das nicht wahr ist. Dein Vater ist aus der Psychiatrie geflohen?«

»Ja«, antwortete Sam tonlos.

»O Gott, das kann alles nicht wahr sein!«

»Sie fahnden mit Hochdruck nach ihm.«

»Ich habe schreckliche Angst«, sagte Jenny. »Der Schlitzer hat bereits sechs Menschen grausam getötet. Ich will nicht die Nächste sein.«

»Versuch ruhig zu bleiben.«

»Ruhig bleiben?« Ihre Stimme wurde schrill. »Wie stellst du dir das vor? Weißt du, wie furchtbar der Tag gewesen ist? Ich hab die ganze Zeit Panik gehabt, dass der Schlitzer in die Kita stürmt und mir die Kehle aufschlitzt.«

»Ich kann dich gut verstehen, Jenny. Es tut mir leid, dass du da mit reingezogen wirst. Trotzdem brauchst du dir keine Sorgen zu machen, er tötet nicht tagsüber. Außerdem hast du Personenschützer, die auf dich aufpassen.«

»Ich wäre am liebsten heimgefahren und hätte mich in meiner Wohnung verkrochen, aber ich wollte meine Kollegin nicht im Stich lassen. O Gott, bestimmt weiß er, wo ich wohne. Was ist, wenn er bei mir einbricht? So wie bei den anderen Opfern?«

»Die hatten keine Personenschützer und haben im Erdgeschoss beziehungsweise im ersten Stock gewohnt. Du bist im dritten. Ich glaube kaum, dass er an der Fassade hochklettert. Schließ die Haustür ab, dann kommt er nicht rein.«

»Und wenn doch?«

»Das wird er nicht.«

»Ich weiß nicht … Ich darf gar nicht daran denken, dass er es auch auf Mama und Papa abgesehen haben könnte.«

»Die stehen ebenfalls unter Schutz.«

»Das ist alles so schrecklich.«

»Die Polizei hat eine konkrete Spur«, sagte Sam, obwohl sie sich zu Stillschweigen verpflichtet hatte. Doch sie wollte ihre Freundin beruhigen. »Es ist bald vorbei und der Schlitzer gefasst.«

»Wirklich?«

Sam glaubte, immerhin ein wenig Hoffnung herauszuhören. »Mach dir keine Sorgen. Es ist nur eine Frage der Zeit.«

Jenny atmete tief durch. »Wie geht es dir?«, wollte sie wissen.

»Ich bin okay.«

Sam verschwieg ihr, dass Rohdes Flucht sie mehr getroffen hatte, als sie zugeben wollte.

Sie unterhielten sich noch einige Minuten, dann beendeten sie das Telefonat. Sam lehnte sich auf der Couch zurück und schaute gedankenverloren zur Decke.

Wo ihr Vater wohl gerade sein mochte?

Kapitel 67

Heute

Paul betrat die Wohnung und schloss leise die Tür hinter sich. Er verharrte im Flur und lauschte, ob sie ihn gehört hatte. Doch es blieb still.

Es war drei Uhr morgens, das Apartment lag im Dunkeln. Lediglich das schwache Licht der Straßenlaterne schimmerte durch das Küchenfenster und die gläserne Tür.

Paul trug sein Nachtsichtgerät und sah zur zweiten Tür auf der rechten Seite, hinter der ihr Schlafzimmer lag. Sie schlief in der trügerischen Sicherheit, dass die Personenschützer auf sie aufpassten. Dabei war alles nur eine Frage der richtigen Planung, und Paul hatte sich lange und gründlich vorbereitet.

Bereits vor Monaten war er ihr in ein Restaurant gefolgt, wo sie sich mit einer Freundin getroffen hatte. Ihre Handtasche hatte sie achtlos über die Stuhllehne gehängt. Paul setzte sich an den Tisch hinter sie, und als sie zur Toilette ging und sich ihre Freundin in ihr Smartphone vertiefte, stahl er heimlich ihren Schlüssel. Mithilfe einer mit weichem Ton ausgelegten Form machte er einen Abdruck des Schlüssels und ließ ihn anschließend wieder in die Tasche fallen. Zu Hause hatte er damit und mit einer Schlüsselfräsmaschine, die ihn knapp zweihundert Euro gekostet hatte, einen funktionsfähigen Schlüssel hergestellt.

Gestern Abend gegen halb zehn war er, mit einer Latexmaske maskiert, am Auto der Personenschützer vorbei in die Tiefgarage gefahren und hatte sich auf einen seit Wochen freien Stellplatz in der Nähe des Aufgangs gestellt. Dort hatte er bis drei Uhr nachts gewartet. Er hatte sich den Wagen seiner Nachbarn ausgeliehen, einem älteren Ehepaar, das gegenwärtig gemeinsam in Kur war. Sie hatten ihm ihren Haustürschlüssel gegeben, mit der Bitte, den Briefkasten zu leeren und die Pflanzen zu gießen. Paul hatte sich die Gelegenheit nicht entgehen lassen. Unterwegs hatte er die Nummernschilder eines in einer ruhigen Seitenstraße geparkten Fahrzeugs abgeschraubt und an seines montiert. Auf dem Rückweg würde er die Kennzeichen wieder austauschen. Zwar brauchte er es im Laufe des Tages noch einmal, dafür wollte er sich zur Sicherheit jedoch neue Nummernschilder besorgen.

Seine Vorfreude stieg. Wie immer konnte er es kaum erwarten. Und fühlte sich überlegener denn je. Die Polizei hatte seinen Plan durchschaut, sonst stünde der Personenschutz nicht vor dem Haus. Das hatte er einkalkuliert. Die Dummköpfe würden ihn nicht von seinem Vorhaben abhalten. Es gab dem Ganzen eine gewisse Würze. Bei dem Gedanken, dass er vor ihren Augen an ihnen vorbeimarschiert war, musste er grinsen. Er war zu gerissen, als dass sie ihn jemals fassen würden.

Sobald er hier alles erledigt hatte, würde er wieder unten im Auto warten. Wenn er dann in den frühen Morgenstunden aus der Tiefgarage fuhr, wäre er nur einer von vielen, die zur Arbeit mussten.

Paul legte das Ohr an die Schlafzimmertür und lauschte. Nichts war zu hören. Er holte einen Lappen aus der Schultertasche und tränkte ihn mit Chloroform.

Es musste wie üblich schnell gehen. Tür auf, rein und

sie betäuben, bevor sie merkte, was los war und zu schreien begann.

Wie es wohl sein würde, wenn Rohde hier wäre und ihm dabei zusah?

Paul konnte nicht beschreiben, was er gestern empfunden hatte, als er aus den Nachrichten von seiner Flucht erfahren hatte. Glück, Freude, Euphorie – nichts davon kam auch nur annähernd an das Gefühl heran. Triumphierend hatte er die Hand zur Faust geballt und einen Jubelschrei losgelassen. Er wusste nicht, wie Rohde es geschafft hatte, aber offenbar hatte er eine Rolle dabei gespielt, und das erfüllte ihn mit unbeschreiblichem Stolz.

Vielleicht sehe ich ihn doch wieder, hatte er gedacht, und diese Hoffnung hatte ihn wie eine Droge aufgeputscht. Während er unten in der Tiefgarage im Wagen gesessen und gewartet hatte, hatte er davon geträumt, dass Rohde ihn zu Hause besuchte und sie sich unterhielten. Paul erzählte ihm von seinem Rachefeldzug, und Rohde zollte ihm Respekt und Anerkennung.

Welcher Mord ihm wohl am besten gefällt?

Er verspürte ein Kribbeln, als er darüber nachdachte.

Pauls Favorit war der an Krügers Sohn in der Furnierpresse. Ein Highlight, das in puncto Kreativität nur schwer zu toppen sein würde.

Er schob den Gedanken beiseite und konzentrierte sich auf das Hier und Jetzt. Immerhin hatte er mit ihr ebenfalls etwas Aufregendes vor. Und er war sich sicher, dass das berauschende Glücksgefühl danach besser sein würde als alle bisherigen zusammen.

Kapitel 68

Dienstag, 3. Dezember

Nadine entdeckte Christian Kehl, als sie das rot-weiße Polizeiabsperrband hob und darunter hindurchging.

»Versuchen Sie es erst gar nicht, Herr Kehl«, rief sie ihm zu.

Der Reporter tauchte zwischen zwei Autos auf.

»Frau Kriminalhauptkommissarin Herfurth, würden Sie …?«, begann er, wurde jedoch von ihr unterbrochen.

Sie hatte weder die Zeit noch die Nerven, sich mit ihm abzugeben. »Verschwinden Sie auf der Stelle.«

Sie gab einem Streifenpolizisten ein Zeichen, sich um den nervigen Journalisten zu kümmern. Mit raschen Schritten überquerte sie die Straße und lief auf das verlassene Fabrikgelände zu. Das Schiebegitter, von dem an einigen Stellen die Farbe abblätterte, war zur Seite geschoben. Zwei Polizisten bewachten den Zutritt, der Van der Kriminaltechniker parkte am Straßenrand davor.

Es war später Vormittag. Dunkle Wolken hingen über der Stadt, und es wehte ein leichter Wind. Nadine zeigte den Beamten ihren Ausweis und zog einen Einwegoverall über, bevor sie das von einer zwei Meter hohen und mit Graffiti verschmierten Mauer umgebene Gelände betrat. Direkt vor ihr lag die Fabrik, ein länglicher Gebäudekomplex mit schmutzweißen Wänden und staubbeschlagenen Fenstern. Das Firmenschild mit der Aufschrift *H+R Kunststoffbearbeitung* hing schief über der Eingangstür.

Nadine sah zu dem silberfarbenen Mercedes, dem einzigen Auto, das auf dem firmeneigenen Parkplatz stand und in dem das siebte Opfer des Schlitzers saß. Die Türen des Wagens waren geöffnet, die Kriminaltechniker bereits bei der Arbeit.

Sieben Tote, dachte sie verbittert. Es war nicht zu fassen.

Sie verfluchte den Schlitzer, der wie ein Phantom war.

Gestern Nachmittag hatten sie über die Staatsanwaltschaft ein Auskunftsersuchen beantragt und sich damit an die Ludwig-Maximilians-Universität sowie an die Kassenzahnärztliche Vereinigung Bayerns gewandt. Von der Uni hatten sie eine Liste der männlichen Studienabbrecher im Fach Zahnmedizin angefordert, von der KZVB die in München gemeldeten Zahnarztpraxen. Der Zeuge, der Rohde und den Schlitzer damals beim Schachspielen beobachtet hatte, hatte ihn als jungen Mann Anfang bis Mitte zwanzig beschrieben. Daher hatten sie den infrage kommenden Zeitraum auf sieben Jahre, elf Jahre zurückliegend, eingegrenzt. Nadine hoffte, dass sie die Listen noch im Laufe des Tages, spätestens jedoch morgen erhielten. Wenn Rohde nicht gelogen hatte, müsste der Name des Schlitzers in der Liste der Studienabbrecher auftauchen, der seiner Eltern im Verzeichnis der Zahnarztpraxen. Wenn sie Glück hatten, gab es nur eine Namensübereinstimmung, ansonsten mussten sie alle Treffer überprüfen.

Sie ging zu dem Mercedes hinüber.

Der Mann, der mit bereits eingetrübten Augen aufrecht im Fahrersitz saß, den Kopf gegen die Nackenstütze gelehnt, war Ende dreißig und hatte kurzes hellbraunes Haar, das sich an den Schläfen lichtete. Sein Gesicht war aufgedunsen und blauviolett verfärbt. Eine dünne

Nylonkordel war um seinen Hals geschlungen und in die Haut eingeschnürt. Über seinem Mund klebte Panzertape.

Nadine ließ den Blick durch das Auto wandern. Auf dem Beifahrersitz lag eine dunkelblaue Winterjacke, Staub und Schmutz waren im gesamten Innenraum verteilt. Auf dem Armaturenbrett fand sie die übliche laminierte rote Karte mit der schwarzen Inschrift.

Mit den besten Empfehlungen von Thomas Rohde.

Stollberg, der auf der Beifahrerseite beschäftigt war, unterbrach seine Arbeit. »Zumindest ist der Anblick nicht so schlimm wie bei Krügers Sohn. Trotzdem ist der Schlitzer wieder mit äußerster Brutalität vorgegangen. Er hat so fest zugezogen, dass die Kordel in den Hals des Opfers eingeschnitten hat.«

Und wieder hat er eine neue Tötungsart ausprobiert, ergänzte Nadine in Gedanken. Er scheint Gefallen daran gefunden zu haben.

»Habt ihr den Namen des Opfers?«

»Laut den Ausweispapieren in seiner Jacke ist es Philipp Denninger. Das Auto ist ebenfalls auf diesen Namen zugelassen.«

Der Sohn des Richters, der Rohde damals in den Maßregelvollzug eingewiesen hatte.

Nadine verzog die Mundwinkel. Auch wenn sie es bereits befürchtet hatte, hatte sie bis zuletzt gehofft, ihn noch lebend zu finden. Er war der Einzige auf der Liste mit den potenziellen Opfern des Schlitzers gewesen, den sie nicht hatten erreichen können. Sein Handy war ausgeschaltet gewesen, und als sein Vater in seiner Wohnung nachgeschaut und sie verlassen vorgefunden hatte, waren bei ihr sämtliche Alarmglocken angegangen.

Philipp Denninger war Arzt, und ihre Nachforschungen hatten ergeben, dass er am Wochenende Schicht im

Klinikum Großhadern gehabt hatte. Sonntag gegen neun Uhr abends hatte er das Krankenhaus verlassen, seitdem hatte ihn niemand mehr gesehen.

»Wie lange ist er schon tot?«, wollte sie wissen.

»Dem Zustand der Leiche nach zu urteilen, seit mindestens einem Tag«, antwortete Stollberg. »Der Rechtsmediziner wird es dir genauer sagen können.«

Sie nickte nachdenklich.

Vermutlich hatte der Schlitzer ihn Sonntagabend auf dem Parkplatz des Klinikums abgepasst und war mit ihm auf das verlassene Fabrikgelände gefahren, wo er ihn getötet hatte. Zwei Jugendliche, die am Morgen die Schule geschwänzt hatten und über die Mauer geklettert waren, hatten seine Leiche entdeckt.

Nadine war froh, dass alle anderen möglichen Opfer mittlerweile unter Personenschutz standen.

»Gibt es von Rohde schon eine Spur?«, erkundigte sich Stollberg.

»Er ist wie vom Erdboden verschluckt. Wir haben den Wagen des Handwerkers im Hofoldinger Forst sichergestellt, der Mann war tot. Blutspuren deuten darauf hin, dass Rohde eine weitere Person getötet hat. Wir vermuten einen Jogger oder Spaziergänger, um an dessen Fahrzeug zu kommen. Eine Leiche haben wir bisher nicht, entweder liegt sie im Kofferraum, oder Rohde hat sie irgendwo anders abgeladen. Wir versuchen herauszufinden, wer die zweite Person ist und welches Auto sie fuhr. Dann können wir gezielt danach fahnden.«

»Unfassbar«, meinte Stollberg kopfschüttelnd. »Einer der gefährlichsten Mörder der Nachkriegszeit läuft wieder frei herum.«

»Dank einer verliebten Frau, die einen Handschellenschlüssel aus Plastik in die Psychiatrie geschmuggelt hat.«

Die Kollegen hatten Gabriele Kunzmann gestern vernommen, schon nach wenigen Minuten hatte sie alles gestanden. Sie träumte von einem gemeinsamen Leben mit Rohde, der sich, zumindest in ihrer Scheinwelt, ihretwegen im Maßregelvollzug geändert hatte. Statt trauter Zweisamkeit erwartete sie nun ein Verfahren wegen Fluchthilfe.

»Wann …?«, begann Nadine, wurde jedoch von dem Kriminaltechniker unterbrochen, der auf der Fahrerseite zugange war.

»Ich hab was gefunden!«, rief er aufgeregt und leuchtete mit einer Taschenlampe unter den Sitz. Er holte einen weißen Gegenstand hervor.

»Was ist das?«, fragte sie.

»Ein Stück eines Latexhandschuhs.«

Nadine hob ruckartig den Kopf. »Du meinst …?«

Der Kriminaltechniker nickte. »Der Schlitzer hat ihn vermutlich von der Rückbank aus stranguliert. Die Hände des Opfers waren nicht gefesselt, zumindest deuten keine Spuren darauf hin. Er hat sich mit Sicherheit nach Leibeskräften gewehrt und …«

»… dabei ein Stück vom Handschuh des Schlitzers abgerissen«, vervollständigte sie den Satz.

Ihr Puls beschleunigte sich.

Der Schlitzer war Rechtshänder. Wenn das Stück vom linken Handschuh stammte, bestand die Wahrscheinlichkeit, dass darauf Fingerabdrücke zu finden waren, die er beim Anziehen unweigerlich hinterlassen hatte. Sollten die in der AFIS-Datenbank, dem Automatisierten Fingerabdruckidentifizierungssystem, gespeichert sein, hatten sie ihn.

Ein Lächeln huschte ihr übers Gesicht.

Er fing an, Fehler zu machen.

Kapitel 69

Es wurde von Tag zu Tag schlimmer. Knapp zwei Dutzend Reporter warteten vor dem Haus darauf, dass sich Sam ihren Fragen stellte oder sie zumindest einen aktuellen Schnappschuss von ihr bekamen.

Sam war genervt.

Hoffentlich war der Albtraum bald vorbei.

Sie zog ihr Handy aus der Tasche und schickte Jenny eine SMS.

Alles klar bei dir?

Es dauerte ein paar Minuten, bis sie eine Antwort erhielt.

Geht so. Hab mich heute krankgemeldet und bin daheimgeblieben. Meld mich später bei dir, okay?

Klar, schrieb sie zurück und ergänzte: *Mach dir keine Sorgen. Es wird alles gut werden!*

Jenny schickte ihr einen Daumen-hoch-Smiley.

Sam kehrte ins Wohnzimmer zurück, wo mehrere gepackte Kisten standen. Um sich abzulenken, hatte sie vorhin den Schrank fertig ausgeräumt. Sie überlegte, ob sie sich als Nächstes das Schlafzimmer vornehmen sollte, als es an der Tür klingelte.

Durch den Türspion erkannte sie Jakob und lächelte.

»Hi«, sagte sie, nachdem sie geöffnet hatte, und bat ihn herein.

Er hatte eine Winterjacke an und seine Yogamatte unter den Arm geklemmt.

»Hey. Ich wollte nur kurz nachfragen, wie's dir geht.«

»Ganz okay«, antwortete sie.

Jetzt sogar deutlich besser, ergänzte sie in Gedanken und mit klopfendem Herzen.

Seine Sorge um sie rührte sie. Bereits gestern Abend hatte er bei ihr vorbeigeschaut, nachdem er von Rohdes Flucht erfahren hatte.

»Hast du schon was von deinem Vater gehört?«, wollte er wissen.

Sie schüttelte den Kopf. »Nein. Er ist nach wie vor spurlos verschwunden.«

»Ich hab vorhin im Internet gelesen, dass die Polizei jemanden sucht, der gestern Nachmittag im Hofoldinger Forst joggen oder spazieren war. Sie vermuten, dass Rohde dessen Auto entwendet haben könnte.«

Nicht noch ein Toter, dachte Sam verzweifelt.

»Bleibt's eigentlich morgen beim Streichen?«, wechselte er das Thema, und sie dankte ihm stumm dafür.

»Von mir aus gerne. Wenn es bei dir geht?«

»Klar. Ich freu mich schon darauf.«

Und ich mich erst.

»Musst du heute noch außer Haus?«, fragte er.

»Nein.«

Er holte einen Schlüssel aus der Hosentasche. »Ich hab heute den ganzen Tag Yogakurs, anschließend wollen wir Essen gehen. Falls du doch was vorhast, kannst du gerne wieder bei mir rausgehen. Zieh einfach die Terrassentür hinter dir zu.«

Er hielt ihr den Wohnungstürschlüssel entgegen, und Sam sah ihn perplex an.

War das wirklich sein Ernst, oder hatte er einen Hintergedanken?

»Ich meine, wenn du den Pressefuzzis entkommen willst«, ergänzte er rasch. »Seit der Flucht deines Vaters scheinst du stark im Kurs gestiegen zu sein.«

Sie verzog das Gesicht zu einer gequälten Grimasse. »Das ist echt nett von dir, aber das geht nicht.«

»Warum nicht? Deine Personenschützer können auch hinten in der Anlage auf dich warten.«

»Das schon. Deine Wohnung ist dann allerdings nicht abgeschlossen. Hast du keine Angst, dass jemand durch die offene Terrassentür einbricht?«

Jakob lachte auf. »Und was soll der bei mir klauen?« Er deutete auf seine Umhängetasche. »Laptop, Geldbeutel und Handy habe ich dabei, ansonsten gibt es bei mir nichts Wertvolles zu holen. Und wenn jemand unbedingt meinen Futon haben will, soll er ihn halt mitnehmen.«

Sie nahm den Schlüssel entgegen.

»D-danke«, stammelte sie.

»Das ist mein Zweitschlüssel. Du kannst ihn gerne behalten, bis alles vorbei ist.«

Sam war bewegt. Zuerst sein Angebot, ihr beim Streichen zu helfen, und jetzt sein Haustürschlüssel.

Er hatte nicht nur ein umwerfendes Lächeln, *er* war umwerfend.

»Ich hoffe, ich kann mich dafür mal erkenntlich zeigen.«

»Das kannst du«, sagte er. »Geh mit mir essen. Ich würde dich gerne zu einem fantastischen Thailänder einladen. Vorausgesetzt, du magst Thailändisch.«

Nun war es Sam, die laut auflachte. »Sehr gerne. Aber ich zahle.«

»Kommt gar nicht infrage«, entgegnete er, und sein entschlossener Blick verriet, dass er nicht mit sich diskutieren lassen würde. »Also, was ist?«

Er streckte ihr die Hand entgegen.

Sie fühlte sich warm und kräftig an.

Kapitel 70

»Gibt es noch Fragen?«

Nadine sah in die sichtlich erschöpften Gesichter ihrer Kollegen, doch niemand meldete sich. Die Ermittlungen forderten allmählich ihren Tribut. Der Druck, der auf ihnen lastete, war nach Rohdes Flucht und dem Mord an Philipp Denninger noch größer geworden, und als Leiterin der Sonderkommission stand sie an vorderster Front im Kreuzfeuer von Presse, Öffentlichkeit und Vorgesetzten. Polizeioberrat Walter hatte ihr bei ihrer Besprechung vor zwei Stunden erneut klargemacht, dass er endlich Ergebnisse sehen wollte.

Nadine hatte in Gedanken die Augen verdreht.

Als hätte irgendjemand von der Soko den Schlitzer nicht lieber gestern als heute gefasst und Rohde in den Maßregelvollzug zurückgeschickt.

»Wir arbeiten mit Hochdruck an dem Fall«, hatte sie diplomatisch geantwortet, »und sind kurz vor dem Durchbruch.«

Walter hatte ihr versprochen, ihnen weiterhin den Rücken freizuhalten, aber seine Botschaft war unmissverständlich gewesen.

Nadine beendete die Nachmittagsbesprechung und holte sich einen Kaffee, ehe sie an ihren Schreibtisch zurückkehrte. Ihr Blick wanderte zum Telefon. Wenn nur die Kollegen von der Daktyloskopie endlich anriefen.

Die Kriminaltechniker hatten auf dem abgerissenen Teil des Latexhandschuhs tatsächlich einen verwertbaren

Fingerabdruck gefunden. Die Überprüfung mit der AFIS-Datenbank lief, und Nadine wartete ungeduldig auf das Ergebnis.

Wenig später klopfte ein junger Polizist Mitte zwanzig namens Pascal Heckmann an ihre Bürotür.

»Die Liste der KZVB kam eben rein«, berichtete er. »Ich hab sie an die IT-Kollegen weitergeleitet.«

»Wie viele Zahnarztpraxen sind es?«, wollte sie wissen.

»Insgesamt über tausendachthundert.«

»Doch so viele?« Sie zog die Brauen hoch.

»Die ehepaargeführten Praxen sollten bedeutend weniger sein, aber die müssen wir erst herausfiltern.«

»Okay.«

Die IT-Forensiker würden die Daten entsprechend aufbereiten, sodass sie später Suchfilter nach vorgegebenen Parametern darüber laufen lassen konnten. Nadine hoffte, dass beide Elternteile des Schlitzers als Zahnärzte tätig waren. Wenn nur einer von ihnen bei der KZVB gemeldet und der andere als Sprechstunden- oder zahnmedizinische Hilfe angestellt war, hatten sie eine Menge Arbeit vor sich, denn dann mussten sie die Praxen per Hand überprüfen.

»Danke, Pascal«, sagte sie. »Gib mir bitte Bescheid, wenn die Liste der Uni eingetroffen ist.«

»Mach ich.«

Sie lehnte sich in ihrem Stuhl zurück und trank einen Schluck Kaffee, während sie im Kopf die nächsten erforderlichen Schritte durchging. Als das Telefon klingelte, fuhr sie zusammen. Sie hob ab.

»Mike hier von der Daktyloskopie«, meldete sich eine sonore Stimme.

Nadine hielt gebannt den Atem an.

»Wir haben einen Treffer.«

Kapitel 71

Das SEK traf um halb sieben abends ein. Der schwarze Van hielt in einer Feuerwehreinfahrt, etwa zwanzig Meter von dem siebenstöckigen Hochhaus entfernt, in dem die Zielperson wohnte. Die sechs vermummten und schwer bewaffneten Männer warteten auf den Einsatzbefehl.

Ein Polizist in Zivil war vorausgeschickt worden, um sich Zugang zum Haus zu verschaffen.

»Ich bin drinnen«, erklang es in Schäfers Headset. Der Teamleiter nickte seinen Kollegen zu.

»Es geht los.«

Sie stiegen aus dem Einsatzwagen und eilten zum Haus. Der Zivilpolizist hielt ihnen die Tür auf.

Mit den Waffen im Anschlag drangen sie in das Gebäude ein. Während der Zivilpolizist den Fahrstuhl blockierte, um ihn als Fluchtmöglichkeit auszuschließen, liefen die Männer des SEK hintereinander die Treppe in den dritten Stock hoch. Dort verließen sie das Treppenhaus. Leise näherten sie sich der Tür am Ende des Gangs und bezogen links und rechts davon Stellung.

Schäfer hatte die Position des Sicherungsschützen eingenommen und stand in der linken Reihe ganz vorne, die Waffe auf den Eingang gerichtet. Er war hoch konzentriert. Auch wenn sie derartige Einsätze Hunderte Male trainiert und Dutzende Male in realen Situationen durchgeführt hatten, ein Restrisiko blieb immer. Den Grundriss der Zweizimmerwohnung hatten sie zuvor studiert, sie kannten die Anordnung der Räume, doch der unbekannte und damit gefährliche Faktor war die Zielperson, ein Mann Anfang dreißig. Sie mussten davon ausgehen, dass er bewaffnet war, im schlimmsten Fall mit einer Schusswaffe, und sich zur Wehr setzte.

Schäfer gab ein Zeichen, woraufhin der vorderste Mann in der rechten Reihe mit einem schweren Rammbock Schwung holte und ihn gegen die Tür schlug. Krachend sprang sie aus dem Schloss und schwang nach innen auf.

Der Kollege hinter Schäfer warf eine Knallgranate in die Wohnung. Es folgte eine laute Detonation, dann stürmte Schäfer los, Bischoff, der den Rammbock eingesetzt hatte, dichtauf und dahinter die anderen vier.

»Polizei!«, schrie Schäfer.

Er und Bischoff hielten ihre Waffen schussbereit und ließen den Flur nicht aus den Augen, während die Kollegen die Türen links und rechts aufrissen. Küche und Schlafzimmer waren verlassen, genau wie das Wohnzimmer.

Die letzte Tür führte ins Bad.

Schäfer bemerkte das Licht unter dem Türspalt.

»Polizei!«, schrie er erneut.

Ein Blick auf das Drehschloss verriet ihm, dass von innen nicht abgesperrt war.

Bischoff griff nach der Türklinke, und Schäfer machte sich mit der Waffe im Anschlag bereit. Die Tür wurde aufgestoßen, und Schäfer stürmte ins Bad, hinter ihm ein weiterer Kollege.

Sie waren nicht allein.

Jemand war im Raum.

Er vernahm ein zischendes Geräusch.

»Scheiße«, brüllte er. »Sofort raus hier!«

Kapitel 72

Sam war auf der Couch eingeschlafen. *Die Tribute von Panem* lagen aufgeschlagen auf ihrem Bauch. Es fehlten nur noch wenige Kapitel, doch sie war vorhin so müde gewesen, dass ihr die Augen zugefallen waren.

Langsam erwachte sie aus ihrem seltsamen Traum, in dem sie, mit Pfeil und Bogen bewaffnet, vor einer Schar Reportern geflüchtet war.

Die Stehlampe neben der Couch brannte, draußen war es stockdunkel.

Sie gähnte und streckte sich, bevor sie das Buch zur Seite legte und sich aufrichtete.

Wie lange hatte sie geschlafen?

Ein Blick auf die Uhr verriet ihr, dass es halb neun war.

Ihr Magen begann zu knurren, und sie beschloss, sich etwas zu essen zu machen. In der Küche schaute sie aus dem Fenster. Immer noch harrten Journalisten vor dem Haus aus, wenngleich es im Vergleich zu vorhin bedeutend weniger geworden waren.

Sie griff nach der Tüte mit dem Brot, als ihr Handy piepte. Es war eine SMS von Jenny.

Hey, alles okay bei dir?

Ja. Und bei dir? Geht's dir besser?

Hab den ganzen Tag geschlafen. Hat gutgetan!

Es folgte eine weitere SMS.

Warst du schon am Briefkasten?

Am Briefkasten?

Nein. Wieso?

Jennys Antwort ließ nicht lange auf sich warten.

Hab dir vorhin was eingeworfen.

Jenny war hier gewesen? Warum hatte sie nicht geklingelt?

Und was?, tippte Sam.

Ist eine Überraschung. :-)

Na, da bin ich ja mal gespannt, dachte sie und schrieb: *Kleinen Moment.*

Sie verließ die Wohnung und ging zum Briefkasten, der sich außen neben dem Hauseingang befand. Neben einem Werbeprospekt und zwei Briefen, die sie schon von außen als Rechnungen erkannte, lag ein brauner Luftpolsterumschlag darin.

Die Reporter richteten die Kameras auf sie, und Sam eilte zurück in ihre Wohnung. Im Wohnzimmer riss sie den Umschlag auf und zog ein iPhone sowie zwei Airpods, drahtlose Bluetoothkopfhörer, heraus.

Sie runzelte die Stirn.

Hast du es?, simste Jenny.

Ja. Aber was soll das?

Statt einer Antwort klingelte das iPhone, und Sam erschrak.

Es war ein Videoanruf über Facetime, die Handynummer kannte sie nicht. Die Frontkamera wurde aktiviert, und sie sah sich selbst im Display.

Sie drückte auf *Annehmen.*

Das Videobild von ihr verkleinerte sich, und Jenny erschien displayfüllend. Die blonden Haare hingen ihr strähnig ins Gesicht, und ihre weit aufgerissenen Augen spiegelten Todesangst wider.

»Hilf mir!«, schrie sie.

Kapitel 73

»Dieser gottverdammte …«

Nadine musste all ihre Beherrschung aufbringen, um das Wort, das ihr auf der Zunge lag, nicht laut auszusprechen. Sie trug einen Ganzkörperschutzanzug und starrte auf die Badewanne. Ihre Kiefer mahlten.

In der Wohnung, die das SEK vor zwei Stunden gestürmt hatte, wohnte nicht der Schlitzer, sondern sein achtes Opfer. Julian Klaus Nussel, einunddreißig Jahre alt und vorbestraft wegen gefährlicher Körperverletzung, weil er mit achtzehn den neuen Freund seiner Ex vor einem Klub zusammengeschlagen hatte. Seitdem hatte er sich nichts mehr zuschulden kommen lassen. Nussel lag, lediglich mit Boxershorts bekleidet, in der zu zwei Dritteln gefüllten Wanne, die Arme waren nach hinten gebogen und vermutlich auf dem Rücken gefesselt. Das Gesicht war mit blauvioletten Flecken übersäht, die Augen bereits eingetrübt und zur Decke gerichtet. Am Hals klaffte eine Schnittwunde, die nicht tödlich, aber trotzdem tief genug war, dass das Blut das Badewasser rot verfärbt hatte. Ein silberfarbenes Panzertape klebte über seinem Mund, die rechte Hälfte hatte sich von der Haut gelöst. Seine zahlreichen Tattoos wirkten auf der Waschhaut wie verschmierte Ölgemälde.

Ein bestialischer Geruch hing in der Luft, und Nadine rümpfte die Nase. Sie erkannte auf den ersten Blick, dass Nussel seit mehreren Tagen tot war. Die genaue Todesursache würde die Obduktion liefern, doch für sie sah es so aus, dass der Schlitzer ihn ertränkt hatte. Wieder hatte er eine neue Tötungsart gewählt, und sie konnte sich lebhaft vorstellen, wie grausam Nussel gestorben war. Sie hatte bildlich vor sich, wie der Schlitzer ihn unter Wasser drückte und dabei beobachtete, wie ihm die Augen aus den Höhlen quollen. Wie Nussel in Todesangst mit den Beinen um sein Leben strampelte, während sich seine Lungen mit Wasser füllten und er in noch größere Panik geriet.

Nadine wandte sich von der Leiche ab und schaute zu der weiß gekachelten Wand über der Wanne, auf der mit Blut ein großer lachender Smiley gemalt worden war. Die Provokation trieb sie zur Weißglut und toppte sogar die quietschgelbe Badeente am Wannenrand, zwischen deren Gummiflügeln eine laminierte rote Karte steckte.

Mit den besten Empfehlungen von Thomas Rohde.

Jochen Kolb, der Fallanalytiker, hatte recht gehabt. Der Schlitzer spielte mit ihnen und demonstrierte seine vermeintliche Überlegenheit. Wie damals, als er als DHL-Bote verkleidet das Paket mit den Ohren an Sam persönlich übergeben hatte.

Nadine fluchte und schwor sich, dass er dafür büßen würde. Es war nur eine Frage der Zeit, bis sie ihn hatten.

So wie sie die Situation einschätzte, hatte der Schlitzer Nussel zuerst betäubt – genau wie die Stewardess und Krügers Sohn, in deren Blut Chloroform nachgewiesen worden war. Dann hatte er Nussels Fingerabdruck auf einem abgerissenen Stück eines Latexhandschuhs platziert, ehe er ihn in der Badewanne ertränkt hatte. Die Wunde am Hals hatte er ihm zugefügt, um den blutigen Smiley an die Wand malen zu können. Philipp Denninger hatte er nach Nussel getötet und den zerrissenen Latexhandschuh unter dem Autositz versteckt.

Spätestens nach dem Mord an Krügers Sohn musste

er davon ausgehen, dass sie seinen Plan durchschaut hatten. Ein weiteres Bauernopfer wie Nussel, um von den wichtigen Opfern abzulenken, war nicht mehr nötig gewesen, und doch hatte er ihn umgebracht.

Er tötete nicht nur aus Rache, sondern auch, weil er Spaß daran hatte und in einem wahren Blutrausch war.

Nadine betrachtete die Spur aus Staub und Dreck, die von der Wohnungstür bis zur Badewanne reichte und in der sich die Stiefelabdrücke des Spezialeinsatzkommandos abzeichneten. Als Schäfer ins Bad gestürmt war, hatte er die Leiche gesehen und ein zischendes Geräusch vernommen. Aus einem Gerät, das mit Klebeband an der Wand neben der Tür angebracht war, war ein Sprühnebel geströmt. Das SEK hatte die Wohnung sofort verlassen.

Ein Mitarbeiter der Feuerwehr war mit entsprechender Schutzausrüstung in die Wohnung rein, um festzustellen, ob es sich um Gas, Gift oder eine harmlose Substanz handelte. Es war Reizgas gewesen, und nachdem sie gut durchgelüftet hatten, konnten die Kriminaltechniker den Tatort betreten.

Nadine schüttelte beim Anblick der Vorrichtung den Kopf. Der Sprühmechanismus war über einen Draht, der mit der Türklinke verbunden gewesen war, ausgelöst worden. Eine weitere Machtdemonstration des Schlitzers, wenngleich sie den Smiley als provokanter empfand.

Sie lief zum Ausgang, vorbei an Stollberg und seinem Team, das sich vom Flur aus zum Bad vorarbeitete. Im Freien atmete sie tief die frische Nachtluft ein, um den penetranten Leichengeruch loszuwerden, der ihr in der Nase hing.

Es hatte zu nieseln begonnen, was die Schaulustigen

jedoch nicht davon abhielt, zu versuchen, einen Blick auf den Tatort zu werfen.

Bestimmt war Christian Kehl auch in der Nähe.

Nadine entledigte sich ihres Einwegoveralls und stieg in ihren Dienstwagen. Sie zog die Tür so fest hinter sich zu, dass sie aufgrund des Knalls zusammenzuckte.

Ein lachender Smiley.

Wütend schlug sie mit der Hand gegen das Lenkrad.

Sie würde dafür sorgen, dass ihm das Lachen im Hals stecken blieb, wenn er für den Rest seines Lebens hinter Gitter wanderte!

Kapitel 74

Hilf mir!

Die Worte hallten noch immer in Sams Kopf wider, während sie in Jennys angstverzerrtes Gesicht schaute.

Was …?

Im nächsten Moment wurde Jenny ein silberfarbenes Klebeband über den Mund gestrichen. Verzweifelt versuchte ihre Freundin, sich dagegen zu wehren, schüttelte den Kopf und legte ihn in den Nacken. Dann trat jemand neben sie, und Sam hatte das Gefühl, ihr Herz würde einen Schlag aussetzen.

Die Person trug eine schwarze Sturmhaube und hatte ein Messer in der Hand, das sie Jenny an den Hals drückte. Ihr Blick wanderte panisch hin und her, ein dumpfes Wimmern drang durch das Klebeband.

O mein Gott!, durchfuhr es Sam. Geschockt starrte sie auf das Handydisplay und weigerte sich zu glauben, was sie sah.

Das konnte nicht sein. Jenny stand unter Personenschutz.

Ein feiner Schweißfilm bildete sich auf ihrer Stirn. Eisige Kälte ergriff von ihr Besitz, und sie begann zu zittern.

»Bist du allein?«, wollte der Mann mit der Sturmhaube wissen.

Sam reagierte nicht.

»Ich hab dich was gefragt«, schrie er und drückte das Messer fester gegen Jennys Hals.

»Ja«, antwortete Sam. »Ja, ich bin allein.«

»Solltest du mich anlügen, werde ich das Telefonat sofort beenden – und Jenny ist tot!«

»Was wollen Sie?«

»Ich will, dass du eine Entscheidung triffst. Die Entscheidung, ob deine Freundin stirbt oder am Leben bleibt.«

Sam zog die Stirn kraus.

»Weißt du, wer ich bin?«

Sie nickte kaum merklich. »Sie … Sie sind der Schlitzer.«

»Dann ist dir klar, wozu ich fähig bin.«

»Ja«, presste sie mühsam hervor.

Er hielt Jenny das Messer weiterhin an den Hals und strich ihr mit der freien Hand die strähnigen Haare aus der Stirn.

»Ich werde sie in kleine Stücke schneiden, und ich verspreche dir, ihr Tod wird langsam und qualvoll sein.«

Jenny schloss die Lider. Ein ersticktes Schluchzen drang aus ihrer Kehle.

Sam schluckte schwer. Das Bild der getöteten Stewardess tauchte vor ihr auf. Sie sah dutzende Schaschlikspieße, die in ihrem Körper steckten, und den einen, der grotesk aus ihrem linken Auge ragte. Die Vorstellung, dass er Jenny ähnlich grausam töten könnte, raubte ihr fast den Verstand.

Eine Welle der Angst überrollte sie mit der Wucht eines Tsunamis.

»Aber ich gebe dir eine Chance, sie zu retten«, fuhr der Schlitzer fort, und in Sam keimte Hoffnung auf. »Dein Leben gegen ihres.«

Bitte was?

Sie öffnete den Mund, war jedoch zu geschockt, um etwas erwidern zu können.

»Wenn du tust, was ich dir sage, lasse ich sie am Leben.«

Er beugte sich zum Handy vor, und Sam konnte das gefährliche Aufblitzen seiner Augen hinter der Sturmhaube sehen.

»Was soll ich tun?«, fragte sie mit brüchiger Stimme.

»Zu mir kommen. Allein.«

Diesmal hatte Sam nicht nur das Gefühl, dass ihr Herz einen Schlag aussetzte, sie konnte es deutlich spüren.

»Solltest du dich dagegen entscheiden«, fuhr der Schlitzer fort, »werde ich auflegen und mich sofort an die Arbeit machen. Für deine Freundin wird es eine verdammt lange Nacht werden.« Er schwieg kurz. »Was meinst du, Sam?«

Sam presste die Lippen zusammen. Ihre Gedanken rasten.

Egal, wie sie sich entschied, Jenny würde so oder so sterben. Sie glaubte nicht, dass er Jenny im Austausch gegen sie verschonte. Wenn sie zu ihm fuhr, würde er Sam, ohne zu zögern, töten. Immerhin war sie aus seiner Sicht die Hauptverantwortliche für Rohdes Verhaftung. Ging sie nicht auf seine Forderung ein, blieb sie zwar am Leben, würde sich allerdings vermutlich bis an ihr Lebensende vorwerfen, ob sie ihre Freundin nicht doch hätte retten können.

»Triff eine Entscheidung, Sam.«

Ihre Kehle war wie zugeschnürt. Sie schaute zu Jenny, und ihre Blicke trafen sich. Ein verzweifeltes Flehen lag in ihren Augen, Tränen liefen ihr übers Gesicht.

Gemeinsame Erinnerungen schossen in Sam hoch. Zwei Vierjährige, die sich im Kindergarten kennengelernt hatten und seitdem unzertrennlich waren. Die von der ersten Klasse bis zu Sams Wechsel an eine andere

Schule immer nebeneinandergesessen hatten. Ihre gemeinsamen Ausflüge. Die Partys und die ersten Freunde. Wie sie Jenny am Badesee reanimiert hatte und die zwei Jahre später ihr das Leben gerettet hatte, nachdem ihr Vater verhaftet worden war und ihre Mutter Selbstmord begangen hatte. Sie hatte zu ihr gehalten und war mit ihr gemeinsam durch die dunkelste Zeit ihres Lebens gegangen, während sich alle anderen von ihr abgewandt hatten.

Sie wusste, dass es sie zerstören würde, wenn er Jenny ermordete. Sam würde am Leben bleiben, aber innerlich wäre sie tot.

Der Schlitzer nahm das Messer von Jennys Hals und setzte die Klinge über dem Klebeband an ihrer linken Wange an. Mit der freien Hand packte er ihre Haare.

»Triff eine Entscheidung!«, schrie er und zog das Messer quer über ihre Haut.

Jenny stieß einen Schrei aus, wenngleich er durch das Klebeband nur gedämpft zu hören war. Blut quoll aus der Wunde und rann ihr über Kinn und Hals.

Es war, als hätte er Sam ebenfalls geschnitten. Sie zuckte zusammen.

»Ich tue es!«

Die Worte platzten einfach aus ihr heraus. Sie dachte nicht an die möglichen Konsequenzen, sie wollte nur, dass er aufhörte.

Er presste Jenny das Messer wieder an den Hals.

»Eine gute Wahl«, sagte er und schlang den linken Arm um ihre Schultern. Als wäre er ihr Freund, der sie liebevoll an sich drückte.

Ich muss Zeit gewinnen, dachte Sam. Ich muss ihn hinhalten und Hilfe holen.

Nadine Herfurth.

Sie schielte zu ihrem Handy. Wenn sie ihre Nummer

wählte, konnte die Polizistin das Telefonat mit dem Schlitzer verfolgen, das über Lautsprecher lief. Ihre Hand wanderte zum Smartphone.

»Fass dein Handy an und ich leg auf!«

Seine Worte erwischten sie eiskalt.

»Leg die Hand auf deine Brust, sodass ich sie sehen kann.«

Sam gehorchte und hätte sich am liebsten selbst für ihre Dummheit geohrfeigt. Ihr Blick musste sie verraten haben.

»Ich erkläre dir jetzt, wie es läuft, und du solltest genau zuhören, denn ich werde mich nicht wiederholen. Ein Fehler von dir, eine Abweichung von meinen Regeln und ich werde auflegen und mich deiner Freundin widmen. Einen zweiten Anruf wird es nicht geben. Hast du das verstanden?«

»Ja«, krächzte sie. Ihre Kehle fühlte sich so rau an, als hätte sie seit Tagen nichts getrunken.

»Du hältst dein Handy immer auf dich gerichtet. Sollte ich dich nicht mehr sehen, lege ich auf.«

»Okay.«

»Steck die Airpods in deine Ohren und schalte sie ein. Sie sind bereits mit dem iPhone gekoppelt.«

Sie tat, was er verlangte. Der Lautsprecher am Handy schaltete auf stumm, und sie hörte die Stimme des Schlitzers in den Kopfhörern.

»Jetzt leg die Hand wieder auf deine Brust.«

Widerwillig folgte sie seiner Anweisung. Sie zitterte noch immer, doch der erste Schock legte sich allmählich, ihre Gedanken wurden klarer.

Sie musste ihrer Freundin helfen, selbst wenn sie dabei ihr eigenes Leben riskierte.

»Geh in den Flur und zieh dir Schuhe und Jacke an,

Kapuze über den Kopf. Aber behalte das Telefon immer in einer Hand.«

Sam erhob sich und taumelte mit wackligen Beinen aus dem Wohnzimmer. Sie schlüpfte in Stiefel und Jacke, was einhändig eine mühsame Angelegenheit war.

»Hand wieder auf die Brust. Und jetzt wirst du das Haus verlassen, und zwar ohne dass es deine Personenschützer bemerken.«

»Und wie soll das funktionieren?«

»Du hast zwei Nachbarn, deren Wohnungen nach hinten rauszeigen. Klingel bei einem von ihnen und bitte ihn, dich über die Terrasse rauszulassen. Sag ihnen, dass du den Journalisten vorm Haus entkommen willst. Und ich warne dich: Ein verräterischer Blick, eine falsche Geste und es ist vorbei. Kriegst du das hin?«

Auf einmal kam Sam eine Idee.

Jakob war noch unterwegs. Sie konnte bei ihm rausgehen, und er würde es an der offenen Terrassentür erkennen. Ihre Personenschützer waren hingegen vor dem Haus. Bestimmt würde er misstrauisch werden und die Polizei informieren.

Nur wie sollte die sie finden?

Frustriert verwarf Sam den Einfall wieder.

Sie schaute in Jennys verzweifelte Augen.

Komm schon. Denk nach!

Sam schwitzte. Sie brauchte mehr Zeit.

»Bist du eingeschlafen?«, raunzte der Schlitzer sie an und riss sie aus ihren Gedanken.

»Was?«

»Ich will wissen, ob du das hinkriegst?«

»Ja«, antwortete sie.

Ihr Blick fiel auf Jakobs Wohnungsschlüssel, den sie auf den Schuhschrank gelegt hatte. Eine neue Idee schoss ihr durch den Kopf.

Die Polizei konnte ihr nicht helfen. Sam war auf sich allein gestellt. Es gab nur eine einzige Möglichkeit, Jennys Leben zu retten: Sie musste den Schlitzer überwältigen.

Der Schweiß drang ihr aus allen Poren, das T-Shirt klebte ihr unangenehm auf der Haut.

Hatte sie überhaupt eine Chance gegen ihn? Er war viel stärker als sie.

Doch ihr blieb keine andere Wahl.

Eine Waffe. Ich brauche irgendeine Waffe.

»Mein Nachbar ist heute nicht da, aber ich habe einen Schlüssel für seine Wohnung.«

»Wunderbar.«

»Er liegt im Wohnzimmer.«

»Dann hol ihn.«

Sam drehte sich um und schwenkte dabei für einen kurzen Moment das Handydisplay zur Decke, sodass nur ihr Gesicht, nicht jedoch ihre freie Hand zu sehen war. Blitzschnell griff sie nach dem Schlüssel und ließ ihn in ihrer Hosentasche verschwinden, ehe sie die Hand wieder auf ihre Brust legte und das Smartphone komplett auf sich richtete.

Sie ging zum Wohnzimmerschrank und öffnete die rechte Tür. Beim Anblick des Pfeffersprays, das vor den Ordnern stand, hätte sie am liebsten vor Freude gelacht, sie durfte allerdings keine Miene verziehen.

Jenny hatte sie vor drei Jahren dazu gedrängt, das Spray zu kaufen, als mehrere Studentinnen der Uni München einem Vergewaltiger zum Opfer gefallen waren. Der Täter konnte nach einem halben Jahr gefasst werden, und Sam hatte das Pfefferspray in den Schrank gestellt.

Sie griff nach der Dose und schob sie in die Jackentasche.

»Zeig mir den Schlüssel«, sagte der Schlitzer.

Ihr Herz begann zu rasen, als sie Jakobs Schlüssel aus der Hosentasche fischte und ihn in die Kamera hielt.

Hoffentlich durchschaute er sie nicht.

Er nickte. »Los jetzt!«

Jakob war noch nicht wieder zurück. Sam ließ den Schlüssel innen im Schloss stecken und verließ das Haus über seine Terrasse. Es nieselte, automatisch zog sie den Kopf ein.

»Geh zum Getränkemarkt«, wies der Schlitzer sie an. »Beeil dich, aber fall nicht auf.«

Sam lief den schmalen Weg entlang und bog nach rechts ab. Ihre Angst wuchs.

Kurz überlegte sie, wieder kehrtzumachen und stattdessen die Polizei zu rufen, doch es wäre Jennys sicheres Todesurteil. Allein der Gedanke ließ Übelkeit in ihr aufsteigen. Ihr wurde so schlecht, dass sie befürchtete, sich übergeben zu müssen.

Sie durfte Jenny nicht verlieren.

Sam würgte, als sie an die Fotos mit den Opfern des Schlitzers dachte. Die Stewardess, Krügers Sohn und die vier anderen mit den aufgeschlitzten Kehlen.

O Gott! Wenn es dich gibt, dann hilf mir. Bitte hilf mir und Jenny.

Sie passierte den Spielplatz, der verlassen zu ihrer rechten Seite in der Dunkelheit lag.

Was, wenn das Reizgas nicht mehr gut war? Wenn der Wirkstoff in den letzten Jahren verflogen war?

Du wirst es nicht schaffen. Er wird dich überwältigen und dich und Jenny grausam töten.

Die Vorstellung trieb ihr Tränen in die Augen, und ihre Angst wurde übermächtig. Sie zitterte am ganzen Körper, schwitzte und fror gleichzeitig. Ihr Herz schlug so schnell, dass sie die Schläge kaum mehr getrennt voneinander wahrnehmen konnte.

Sie durfte nicht aufgeben. Sie war Jennys einzige Überlebenschance.

Sam hatte keine Ahnung, wohin der Schlitzer sie locken würde, sie wusste nur, dass sie schnell sein musste. Eine Ladung Pfefferspray und er wäre außer Gefecht gesetzt. Zumindest hatte ihr der Verkäufer das damals gesagt, bevor er ergänzt hatte, dass sie es nur zur Tierabwehr einsetzen dürfe. Anschließend würde sie sofort die Polizei rufen, und Jenny und sie wären in Sicherheit.

Sam verließ die Siedlung. Der Getränkemarkt war in Sichtweite.

Die Stimme des Schlitzers ertönte in ihren Kopfhörern. »Rechts von dir parkt ein dunkelblauer Audi am Straßenrand. Siehst du ihn?«

»Ja.«

»Nimm auf dem Fahrersitz Platz. Es ist nicht abgesperrt.«

Sam öffnete die Tür und warf einen Blick in den Innenraum. Das Auto war leer. Sie stieg ein.

»Am Lüftungsschlitz hängt eine Handyhalterung. Steck das iPhone da rein.«

»Und jetzt?«, fragte sie, nachdem sie das Gerät verstaut hatte.

»Unter dem Sitz liegt der Schlüssel. Fahr los. Aber halte dich an die Geschwindigkeit und versuch keine Tricks. Ich seh dich weiterhin über das Handy. Zusätzlich sind zwei Kameras nach vorne und hinten gerichtet. Solltest du Lichtsignale geben, krieg ich das mit. Ebenso, wenn dir jemand folgt. Was dann passiert, weißt du ja.«

Sam registrierte das kleine golfballgroße Gerät auf der Ablage über dem Handschuhfach und verzog kaum merklich das Gesicht. Die Lichthupe wäre eine gute Idee gewesen.

Sie startete den Motor.

»Wohin soll ich fahren?«

Sie hoffte, dass er ihr eine Adresse durchgab und sie irgendeine Möglichkeit fand, diese an Nadine weiterzuleiten. Doch er ließ sie der Straße folgen und sagte ihr nur, wann sie abbiegen sollte.

Er dirigierte sie über Feldmoching-Hasenbergl und die Karlsfelder Straße auf die A 99 Richtung Stuttgart. Eine Viertelstunde später verließ sie die Autobahn an der Ausfahrt München-Lochhausen und fuhr in eine ruhige Wohngegend mit Einfamilien- und Doppelhäusern, die von großen Gärten mit hohen Hecken umgeben waren. Vereinzelt parkten Wagen am Straßenrand.

»Bieg rechts ab und werd langsamer. Du bist gleich da.«

Sie setzte den Blinker.

»In fünfzig Metern steht auf der rechten Seite ein Doppelhaus. Die linke Garage ist offen. Fahr da rein.«

Sams Herz raste, als sie das Haus sah. Sie fragte sich, ob er hier wohnte.

Erneut zweifelte sie an ihrem Vorhaben. Ihre Angst war so groß, dass ihr Schädel dumpf dröhnte.

Reiß dich zusammen und konzentrier dich!

Sie parkte das Auto in der Garage und stellte den Motor ab. Ein Gefühl von Enge machte sich in ihrem Brustkorb breit. Sie fühlte sich wie ein Tier, das in der Falle saß.

»Okay, jetzt pass gut auf. Du steigst aus und drückst den Schalter an der Wandseite. Das ist der Garagentorschließer. Dann gehst du zur rechten Haushälfte. Das Gartentor ist nicht abgeschlossen. Geh durch und anschließend die Treppe in den Keller runter. Beeil dich, aber verhalte dich unauffällig. Und nimm das Handy mit, ich will dich weiterhin sehen, verstanden?«

Sam nickte und spielte im Geiste erneut ihren Plan durch.

Und wenn es schieflief? Falls die Polizei dem Schlitzer nicht mit Rohdes Hinweis auf die Spur kam, würde niemand jemals erfahren, dass sie hier gewesen war.

Sie musste irgendeinen Beweis hinterlassen. Doch sie hatte weder Geldbeutel noch ihren Ausweis oder Wohnungsschlüssel eingesteckt, nichts, was man mit ihr in Verbindung bringen konnte. Das Einzige, was sie bei sich hatte, war ihre Kleidung.

Mein Armband!

Sie hatte es während des Gesprächs mit ihrem Vater getragen, und er hatte es sehen wollen. Die Kameras hatten es aufgezeichnet, Nadine würde es mit Sicherheit wiedererkennen.

Sam befreite das Handy aus der Halterung und öffnete die Autotür. Sie nahm das Smartphone in die Linke und hielt es beim Aussteigen leicht schräg. Rasch löste sie mit rechts den Verschluss und zog das Armband von ihrem Handgelenk. Sie klemmte es zwischen den linken Zeige- und Mittelfinger, sodass es hinter dem Telefon versteckt war.

Wie befohlen, drückte sie den Schalter an der Wand, bevor sie die Garage verließ. Ruckelnd fuhr das Tor hinter ihr runter.

Sam warf einen Blick die Straße hinunter, die menschenleer war. In den Häusern auf der gegenüberliegenden Seite schimmerte bläuliches Fernsehlicht durch die Fenster, in dem Doppelhaus vor ihr war alles dunkel.

»Na los!« Seine Stimme klang scharf, und Sam sah, wie er Jenny das Messer so fest gegen den Hals drückte, dass sie leise wimmerte.

Ihr Herz verkrampfte sich bei dem Anblick.

Sam lief zur rechten Hausseite und ließ auf Höhe der Eingangstür das Armband fallen. Sie öffnete das Gartentor und betrat das Grundstück. Die hohen Hecken schirmten das Licht der Straßenlaterne ab, und sie benötigte einen Moment, um sich an die Dunkelheit zu gewöhnen. Eine Mülltonne stand an der Hauswand, dahinter führte eine Treppe in den Keller.

Angespannt blieb sie am Treppenabsatz stehen.

Dort unten lauerte er auf sie.

Sie griff in ihre Jackentasche und holte das Pfefferspray hervor, wobei sie darauf achtete, es außerhalb der Kamera zu halten. Mit schweißnasser Hand umklammerte sie die Dose und legte den Zeigefinger auf den Druckknopf.

Ihr Herz schlug so schnell, dass sie glaubte, es wäre bis in den Keller zu hören.

Sie würde die Treppe hinuntergehen, die Tür öffnen und bei der kleinsten Bewegung den Auslöser drücken.

Sam schürzte die Lippen. Zitternd setzte sie einen Fuß auf die erste Stufe und hatte das Gefühl, sich am Eingang zur Hölle zu befinden.

Mit dem Mut der Verzweiflung stieg sie die nieselfeuchte Treppe hinunter. Je mehr sie sich der Kellertür näherte, desto schwerer wurden ihre Beine. Ihr Atem ging nur noch stoßweise.

Er erwartete sie. Aber er rechnete nicht damit, dass sie bewaffnet war.

Die Tür war angelehnt, der Raum dahinter lag im Dunkeln.

Sam drückte die Tür auf. Alles in ihr wehrte sich dagegen, als wäre ein Seil um ihren Bauch gespannt und jemand zöge sie zurück. Sie atmete so schnell und keuchend, dass sie kaum mehr mit Luftholen nachkam.

Sie hob die Hand, die das Pfefferspray umklammerte. Das Display des Handys zeigte zum Boden, Sam kümmerte sich jedoch nicht darum. Ihre Aufmerksamkeit war einzig und allein auf die Finsternis vor ihr gerichtet. Jennys und ihr Leben hingen davon ab, dass sie schnell genug reagierte.

Sie trat über die Türschwelle zum Keller. Hektisch wanderten ihre Augen umher und versuchten, in der Dunkelheit etwas zu erkennen.

Er war hier. Sam konnte seine Anwesenheit spüren.

Sie zitterte unkontrolliert.

Im nächsten Moment vernahm sie ein Geräusch und wirbelte herum. Jemand packte sie am Arm. Sam drückte den Auslöser, doch es gab nur ein kurzes Zischen, bevor ihr die Dose aus der Hand gerissen wurde.

Sie schrie auf. Das iPhone fiel zu Boden und im schwachen Schein des Displays sah sie die Umrisse eines Menschen.

Ein Lappen wurde ihr auf Mund und Nase gepresst und erstickte ihren Schrei. Sie roch einen süßlichen Geruch, und ihr wurde schwindelig.

Mit beiden Händen griff sie nach dem Stoff und versuchte verzweifelt, ihn von ihrem Gesicht zu zerren.

Ihre Muskeln erschlafften.

Sam verlor das Bewusstsein.

Kapitel 75

Nadine fuhr zurück ins Präsidium und rief Sam unterwegs über die Freisprecheinrichtung an. Sie hatte sich schon den ganzen Tag nach ihr erkundigen wollen, die beiden Leichenfunde hatten sie jedoch davon abgehalten.

Das Rufzeichen ertönte, bis irgendwann die Mobilbox ansprang.

Nadine legte auf und wählte erneut, wieder meldete sich nur der Anrufbeantworter.

Seltsam, dachte sie. Es war erst neun Uhr abends, sie konnte sich nicht vorstellen, dass Sam schon zu Bett gegangen war. Außerdem wartete sie bestimmt auf Neuigkeiten zu ihrem Vater, der nach wie vor spurlos verschwunden war.

Sie rief Sams Personenschützer an.

»Hallo, Nadine Herfurth hier«, meldete sie sich. »Wisst ihr, ob Samantha Davis zu Hause ist?«

»Ja, ist sie«, antwortete ein Mann namens Thelen. »Sie hat ihre Wohnung heute nur einmal kurz verlassen, als sie ihren Briefkasten geleert hat.«

»Sie geht nicht ans Telefon. Könnt ihr bitte mal bei ihr klingeln und nachsehen, ob alles in Ordnung ist?«

»Klar. Bis gleich.« Er legte auf.

Nadine hielt an einer roten Ampel. Sie hatte ein komisches Bauchgefühl.

Sie wählte Jennys Handynummer, doch auch hier ging nur der Anrufbeantworter an. Ihr mulmiges Gefühl verstärkte sich.

Die Personenschützer berichteten ihr, dass Jenny ihnen heute Morgen per SMS Bescheid gegeben hatte, dass sie krank war und nicht zur Arbeit fahren würde. Nadine bat auch sie, bei ihr zu klingeln.

Die Ampel sprang auf Grün, und sie fuhr weiter. Wenig später meldete sich Thelen.

»In der Wohnung brennt Licht, aber sie macht nicht auf«, sagte er.

Ihr fiel ein, dass sie kürzlich mit ihr telefoniert hatte, als Sam mit ihrem Nachbarn einen Kaffee getrunken hatte. Möglicherweise war sie bei ihm und hatte lediglich das Handy in ihrer Wohnung vergessen.

»Versucht es bei ihrem Nachbarn, vielleicht ist sie dort.«

»Okay.«

Keine drei Minuten später rief er zurück.

»Der eine Nachbar, Jakob Seidel, scheint nicht zu Hause zu sein. Die andere Nachbarin, eine ältere Frau namens Steiner, war gerade auf dem Weg ins Bett. Sie hat Samantha Davis nicht gesehen.«

Nadine runzelte die Stirn.

Irgendetwas stimmte hier nicht.

»Verschafft euch sofort Zutritt zu ihrer Wohnung! Ich bin unterwegs.«

Sie öffnete das Fenster und platzierte das mobile Blaulicht auf dem Dach, ehe sie an der nächsten Ampel wendete und mit eingeschaltetem Martinshorn die Straße entlangraste.

Kurz darauf erreichte sie Sams Adresse. Nur noch eine Handvoll Journalisten stand im Nieselregen auf den Gehsteig, die mit ihrem Eintreffen eine große Story witterten. Sie ignorierte die Reporter und lief zum Haus. Thelen hielt ihr die Tür auf.

»Wir haben die Wohnungstür aufgebrochen, sie war nicht abgesperrt. Frau Davis ist nicht da.«

Nadine betrat die Wohnung.

Der zweite Personenschützer kam hinzu. »Ihr Handy ist im Wohnzimmer.«

Das Smartphone lag auf dem Tisch, daneben zwei ungeöffnete Briefe sowie ein Werbeprospekt und ein aufgerissener brauner Luftpolsterumschlag. Sie nahm ihn in die Hand. Er war leer, unfrankiert und unbeschriftet.

»Wann habt ihr sie zuletzt gesehen?«

»Um halb neun. Sie hat ihren Briefkasten geleert und ist anschließend in die Wohnung zurück.«

Sie griff nach Samanthas Handy, es war jedoch passwortgeschützt. Erneut fiel ihr Blick auf den braunen Umschlag.

»Wer ist heute an ihrem Briefkasten gewesen?«

»Nur der Postbote und ein Zeitungsausträger.«

Ein Zeitungsausträger?

»Wann war das?«

»Der Postbote war mittags da, der Zeitungsausträger gegen sechs Uhr abends.«

Nadine erinnerte sich an den Schlitzer, der als DHL-Bote verkleidet bei Sam geklingelt hatte.

»Seid ihr euch sicher, dass es ein Zeitungsausträger gewesen ist?«

»Zumindest hat er die ganze Straße mit irgendwelchen Werbeprospekten beliefert.«

Nadine überlegte. Das konnte auch Tarnung gewesen sein.

Ihr Handy klingelte.

»Decker hier«, meldete sich einer von Jennys Personenschützer. »Wir sind in der Wohnung von Jennifer Gruber. Sie ist nicht zu Hause. Ihr Handy liegt im Schlafzimmer.«

»Okay. Bleibt dort. Ich rufe zurück.«

Eine böse Vorahnung überfiel sie.

Das Haus, in dem Sam wohnte, hatte keine Tiefgarage, sie konnte es nur über den Haupteingang verlassen haben, was die Personenschützer bemerkt hätten. Es sei denn …

»Komm mit«, sagte sie zu ihrem Kollegen.

Sie umrundeten das Gebäude und zwängten sich durch die kahle Hecke. Nadine sah die offene Terrassentür und zog ihre Waffe. Thelen tat es ihr gleich.

»Polizei!«, rief sie und betrat das Apartment.

Doch niemand war da. Sie schob die Pistole ins Holster zurück und öffnete die Wohnungstür, die nicht abgeschlossen war. Der Schlüssel steckte innen im Schloss.

Ihre Nackenhaare stellten sich auf. Zwei Leichen hatten sie heute schon gefunden. War es möglich, dass der Schlitzer erneut zugeschlagen und die beiden Frauen entführt hatte? Oder hatte er Jenny verschleppt und Samantha irgendwie dazu gebracht, das Haus über die Terrasse ihres Nachbarn zu verlassen? Steckte der Nachbar womöglich selbst mit drin?

Sie kehrte in Sams Wohnung zurück.

Der braune Luftpolsterumschlag. Was war da drin gewesen?

Sie dachte kurz nach, dann rief sie in der Zentrale an.

»Ich brauche sofort alle Informationen über einen gewissen Jakob Seidel«, wies sie ihren Kollegen an. »Und gebt eine Großfahndung nach Samantha Davis und Jennifer Gruber raus. Es besteht der begründete Verdacht, dass der Schlitzer beide in seiner Gewalt hat. – Ja, das meine ich verdammt ernst! Außerdem brauche ich eine Anrufliste für die Handys von Davis und Gruber.«

Sie beendete das Gespräch.

Wo, zum Teufel, stecken Sie, Sam?

Kapitel 76

Sam kam nur langsam zu sich. Stöhnend öffnete sie die Augen, woraufhin sich alles zu drehen begann, und sie schloss sie wieder. Ihr war speiübel, der Kopf dröhnte.

Was … was ist passiert?, dachte sie und blinzelte.

Sie lag auf dem Bauch, und die Kälte des Bodens kroch ihr in die Glieder.

Es dauerte eine Weile, bis der Schwindel nachließ und die Konturen allmählich klare Formen annahmen. Sie sah Jenny, geknebelt und mit blutiger Wange, und auf einmal fiel ihr alles wieder ein.

Ruckartig wollte sie sich aufrichten, doch sie konnte sich nicht bewegen. Erst jetzt bemerkte sie, dass ihre Arme auf dem Rücken gefesselt und ihre Beine an den Knöcheln zusammengebunden waren.

Panik überfiel sie. Sie stieß einen Schrei aus, das Klebeband über ihrem Mund erstickte den Laut.

O Gott, nein!

Wie eine Wahnsinnige zerrte sie an den Fesseln, die nur fester in ihre Hand- und Fußgelenke schnitten.

Das konnte nicht wahr sein!

Keuchend hielt sie inne.

Beruhige dich! Du musst dich beruhigen!

Sie versuchte, ihren Puls zu normalisieren. Es war ein Kraftakt, irgendwie schaffte sie es jedoch. Als sie wieder klar denken konnte, ließ sie ihren Blick durch den Raum schweifen.

Sie war in einer geräumigen Waschküche. Auf der rechten Seite stand eine Gasheizung, daneben hing ein

Waschbecken an der Betonwand. Wasserrohre verliefen parallel zueinander an der Decke. Eine Metallstange ragte eine Handbreit von der Wand entfernt aus dem Boden und reichte bis zur Decke. Jenny lehnte daran, ihre Arme waren nach hinten gebogen und vermutlich gefesselt. Ihre ausgestreckten Beine waren mit Kabelbinder an ein im Fliesenboden eingelassenes Abflussgitter fixiert. Eine Waschmaschine und ein Trockner befanden sich in der linken Ecke, die komplette Wandseite daneben nahm ein Regal ein, in der ein Wäschekorb, eine XXL-Packung Waschmittel und mehrere Kanister lagerten. Auf der mittleren Ebene entdeckte Sam ihre Winterjacke.

Der Schlitzer. Wo war er?

Ein Geräusch hinter sich ließ sie den Kopf in die Richtung drehen.

Dort stand er und beobachtete sie seelenruhig.

»Hallo, Sam«, sagte er.

Er packte sie unter den Achseln und half ihr, sich aufzurichten. Danach zog er sie rückwärts, bis sie an die Wand stieß.

Sam atmete schwer. Ihr Brustkorb hob und senkte sich in schnellem Rhythmus, als er vor sie trat. Er trug schwarze Stiefel, dunkle Jeans und Pulli sowie eine Sturmhaube.

Eine Zeit lang verharrte er schweigend vor ihr, dann ging er in die Knie.

»Auf diesen Moment habe ich jahrelang gewartet«, begann er und streifte sich die Sturmhaube vom Kopf.

Sam starrte ihn mit offenem Mund an. Obwohl er ihr schon einmal als DHL-Bote verkleidet begegnet war, sah er vollkommen anders aus als auf dem Phantombild. Er war Anfang dreißig, hatte kurzes blondes Haar und ein ovales Gesicht mit männlich markanten Zügen und vollen Lippen.

Er holte ein Springmesser aus der Tasche. Die Klinge schnellte hervor, und Sam sog scharf die Luft ein.

»Ich werde dich jetzt vom Klebeband befreien und empfehle dir, ruhig zu bleiben. Es würde dich eh niemand hören, aber ein falscher Ton und ich kneble dich wieder, und das war's, kapiert?«

Sie nickte zaghaft.

Ihre Haut brannte, als er ihr das Panzertape herunterriss, doch sie schluckte den Schmerz herunter.

»Wer sind Sie?«, fragte sie mit bebender Stimme.

»Mein Name ist Paul Markhoff«, antwortete er. »Ich bin der Rächer deines Vaters.« Die nächsten Worte spie er förmlich aus. »Den *du* in die Psychiatrie gebracht hast!«

Sam zuckte zusammen. Sie wagte nicht, ihm zu widersprechen oder sich zu erklären.

»Ich habe fast alle bestraft, die an seiner Verhaftung und Verurteilung beteiligt gewesen sind«, fuhr er fort. »Nur zwei fehlen noch, und du bist eine davon.«

Sie erkannte den Hass, der in seinen Augen loderte, und schauderte.

»Ich habe die Verantwortlichen nicht persönlich getötet, denn der Tod wäre für sie zu harmlos gewesen. Stattdessen sollen sie bis an ihr Lebensende unter dem Verlust ihrer Angehörigen und Freunde leiden.« Er beugte sich so nah zu ihr vor, dass sie seinen warmen Atem im Gesicht spürte. »Doch du sollst sterben, und ich möchte dir dabei in die Augen schauen.«

Sams Atem ging flach. »Sie sagten, Sie würden Jenny am Leben lassen, wenn ich zu Ihnen komme. Hier bin ich.«

»Oh, keine Sorge. Ich werde ihr nichts tun.«

Sie runzelte kaum merklich die Brauen. Hatte er

tatsächlich vor, Jenny laufen zu lassen? Sogar jetzt, da sie ihn ohne Maske gesehen hatte?

Er lächelte und platzierte das Messer unter ihrem linken Auge. Sam versteifte sich. Langsam fuhr er mit der Klinge über ihre Wange. Schweiß perlte ihr von der Stirn. Sie spürte den Druck auf ihrer Haut, aber er schnitt sie nicht.

»Du hast das Leben deines Vaters zerstört. Du verdienst mehr als den Tod.«

Das Messer berührte ihren Hals, und Markhoff verstärkte den Druck. Die Klinge lag direkt auf ihrer Halsschlagader, die wild pochte.

»Damit werden Sie nicht durchkommen«, keuchte sie. »Die Polizei ist Ihnen auf der Spur.«

»Ach ja?« Er sah sich um. »Und wo ist sie?«

»Sie haben mir über Jennys Handy eine SMS geschickt. Das Handy kann geortet werden. Sie sind mit Sicherheit schon hierher unterwegs.«

Es war das Erstbeste, was ihr in ihrer Verzweiflung einfiel.

»Für wie dumm hältst du mich?«

Er blickte sie so durchdringend an, dass es ihr eiskalt über den Rücken lief.

»Warum glaubst du, habe ich dir ein iPhone in den Briefkasten geworfen? Als ich Jenny abgeholt habe, hab ich eine App auf ihrem Smartphone installiert. Über diese App kann ich aus der Ferne auf ihr Handy zugreifen, das weiterhin in ihrem Schlafzimmer liegt. Und mein eigenes ist nicht registriert. Niemand wird kommen, um euch zu retten. Und keiner wird jemals wissen, dass ihr hier gewesen seid.«

Sam schluckte schwer, um den Kloß in ihrem Hals loszuwerden.

»Ich wünschte, dein Vater wäre hier und könnte zusehen. Ich würde ihm das größte Geschenk machen, das ich ihm geben kann. Deinen Tod.«

Er seufzte und strich ihr sanft, beinahe zärtlich über die Wange. Sie ekelte sich vor seiner Berührung, wagte es jedoch nicht, sich dagegen zu wehren.

»Sie haben mit ihm Schach gespielt?«

Sie wusste nicht, was sie sonst sagen sollte, doch sie musste ihn am Reden halten, um Zeit zu gewinnen.

»Ja. Er war mein Mentor. Er hat mir dabei geholfen, mein wahres Ich zu entdecken. Dank ihm bin ich endlich frei.«

Sam verstand kein Wort. Sie hielt es allerdings für klüger, nicht nachzuhaken.

»Weißt du, Sam, ich habe lange darüber nachgedacht, wie ich dich bestrafen kann.«

Er schnitt den Kabelbinder um ihre Füße durch, drückte ihren Oberkörper nach vorne und löste ebenfalls die Handfesseln.

Sam war irritiert. Sie hatte damit gerechnet, dass er sie quälen würde, aber nicht, dass er sie losband.

Was hatte er vor?

Sie rieb ihre wunden Handgelenke und schielte zur Tür. Kurz überlegte sie, ob sie versuchen sollte zu fliehen. Markhoff würde sie einholen, noch bevor sie die Klinke runtergedrückt hätte.

Er ging zu Jenny und kniete sich neben sie. Sie zitterte, wirkte müde und erschöpft.

»Natürlich könnte ich ihr einfach die Kehle aufschlitzen«, sagte er und zog das Messer quer über ihren Hals.

Sam stieß entsetzt die Luft aus, ehe sie bemerkte, dass er die stumpfe Klingenseite benutzt hatte.

»Es wäre mir sogar ein großes Vergnügen, sie in Stücke zu schneiden und dich dabei zusehen zu lassen.« Er kniff Jenny in die Wange und warf ihr ein Lächeln zu.

»Ich wette, wir beide hätten eine Menge Spaß zusammen, nicht wahr, Jenny?«

Ihre Freundin schloss die Augen, ein leises Schluchzen drang durch ihren Knebel.

»Aber diese Strafe wäre für dich nicht angemessen.« Er erhob sich. »Ich hatte versprochen, sie am Leben zu lassen, wenn du tust, was ich sage«, meinte er an Sam gewandt. »Das war nicht gelogen. Denn nicht ich werde Jenny töten, sondern du.«

Sam glaubte, ihren Ohren nicht zu trauen.

Markhoff lächelte. Dann verwandelte sich sein Gesichtsausdruck in eine diabolische Fratze, und er rammte Jenny das Messer in den rechten Oberschenkel.

Sam schrie im selben Moment auf wie ihre Freundin, doch nur ihr Schrei war zu hören. Schmerzerfüllt warf Jenny den Kopf in den Nacken und zerrte an ihren Fesseln. Die Klinge steckte bis zum Schaft in ihrem Bein. Die Jeans um die Einstichstelle färbte sich rot.

»Nein!« Sam sprang auf.

Markhoff ließ das Messer stecken und richtete sich auf. »Ich werde dich umbringen, Sam. Und ich werde es mit dem größten Vergnügen tun.«

Er entfernte sich rückwärts von Jenny und blieb vor dem Regal stehen.

»Du hast nur eine einzige Chance, und die ist, mich zuerst zu töten.«

Sam verstand, worauf er hinauswollte, und ballte die Hände zu Fäusten. Unbändige Wut überkam sie.

Solange das Messer in Jennys Oberschenkel war, versiegelte es die Wunde. Doch wenn Sam es herauszog, würde die Schlagader freigelegt werden und ihre Freundin an Ort und Stelle verbluten.

Ihre Gedanken überschlugen sich. Fieberhaft suchte sie nach einem Ausweg, den es nicht gab.

Er machte eine Kopfbewegung. »Na los, nimm das Messer.«

Sam rührte sich nicht. Schweiß lief ihr über Stirn und Nacken.

Es gab nur zwei Möglichkeiten. Entweder sie tat nichts, dann würden sie und Jenny sterben. Oder sie nahm das Messer und tötete den Schlitzer. Jenny würde auch diese Option nicht überleben, aber zumindest hätte Sam versucht, ihrer Freundin zu helfen.

Markhoff lächelte und wartete darauf, dass sie Jennys Todesurteil vollstreckte.

Niemals!, dachte sie. Ich werde meine Freundin nicht umbringen.

Er hatte sich mit Sicherheit auf alles vorbereitet. Auch darauf, dass sie mit dem Messer auf ihn losgehen würde.

Er spielte mit ihr. Er wollte, dass sie Jenny tötete, und anschließend würde er sie töten.

Sam mahlte mit den Zähnen. Ihre Wut wuchs ins Unermessliche.

Jenny wimmerte. Ihr Gesicht war so weiß wie die Wand hinter ihr, ihr Blick leer. Sie hatte einen Schock.

Vor Sams geistigem Auge tauchten die Fotos von Markhoffs bisherigen Opfer auf. Sie sah die aufgeschlitzten Kehlen, den mit Schaschlikspießen malträtierten Körper der Stewardess und die menschlichen Überreste von Krügers Sohn in der Furnierpresse. Sechs Morde, von denen drei Bauernopfer waren und die er nur deshalb getötet hatte, um die wichtigen Opfer zu kaschieren.

Markhoff grinste, und es war dieses Grinsen, das in Sam einen Schalter umlegte. Mit einem Wutgeheul stürmte sie auf ihn zu und schlug mit den bloßen Fäusten auf ihn ein. Genau wie vor ein paar Tagen auf den Boxsack.

Markhoffs Grinsen gefror. Mit der Reaktion hatte er offenbar nicht gerechnet. Reflexartig hob er die Arme und versuchte, die Schläge abzuwehren. Er machte einen Schritt zur Seite, und Sams nächster Fauststoß ging ins Leere. Er stürzte sich auf sie und riss sie zu Boden. Hart schlug sie mit Rücken und Hinterkopf auf den Fliesen auf, und für einen Moment blieb ihr die Luft weg. Sterne tanzten vor ihren Augen.

Markhoff setzte sich auf sie und umklammerte ihren Hals.

Sofort war Sam wieder bei vollem Bewusstsein. Verzweifelt versuchte sie sich zu befreien. Sie schlug nach ihm, aber er war außerhalb ihrer Armreichweite. In Todesangst wand sie sich unter ihm, bäumte sich auf, doch sein Griff verstärkte sich nur. Wie ein Schraubstock lagen seine Hände um ihren Hals und drückten ihre Halsschlagadern ab.

Sam röchelte. Sie sah den Wahnsinn und die Mordlust in seinem Blick und wusste, dass es zu spät war. Sie hatte alles riskiert und verloren. Sie würde sterben, genau wie Jenny.

Der Raum begann zu verschwimmen. Die Kräfte verließen sie, und sie driftete langsam in die Bewusstlosigkeit ab.

Und genau in der Sekunde, als sie davor war, die Schwelle zu überschreiten, wurde die Tür aufgerissen. Abrupt löste sich der Griff um ihren Hals. Sam japste nach Luft und vernahm die vertraute Stimme ihres Vaters.

»Hallo, Paul.«

Kapitel 77

Markhoff war perplex. Dann erhellte sich seine Miene.

»Herr Rohde. Sie sind es wirklich.«

Immer noch leicht benommen, wandte Sam den Kopf Richtung Tür. Dort stand ihr Vater, die linke Hand auf der Klinke, und schaute lächelnd zu Markhoff.

»Ja, ich bin es.«

Auch wenn Markhoff sie nicht länger würgte, hatte sie dennoch das Gefühl, keine Luft mehr zu kriegen. Lähmendes Entsetzen überkam sie.

»Ich habe Sie gerächt«, sagte Markhoff, »und alle bestraft, die an Ihrer Verhaftung und Verurteilung beteiligt gewesen sind.«

»Ich weiß. Du hast mir damit einen großen Gefallen erwiesen.«

Markhoff war sichtlich stolz. »Sie haben mir damals gesagt, dass ich nicht gegen das ankämpfen kann, was in mir brennt. Ich habe Ihre Ratschläge umgesetzt. Dank Ihnen bin ich endlich frei.«

Ihr Vater lächelte weiterhin.

»Ich habe davon geträumt, dass Sie herkommen und dabei zusehen, wie ich Ihnen das größte Geschenk mache«, fuhr Markhoff fort und legte erneut die Hände um Sams Hals, ohne zuzudrücken.

Panisch griff sie nach seinen Armen und versuchte, ihn abzuwehren. Doch sie hatte keine Kraft mehr.

»Sie hat Sie in die Psychiatrie geschickt, nun wird sie dafür büßen.«

»Ich weiß es sehr zu schätzen, was du für mich getan hast, Paul, aber Sam gehört mir.«

»Ich werde sie für Sie töten.«

»Das möchte ich gerne selbst tun«, entgegnete ihr Vater und betrat den Raum.

O Gott, nein!

Sams Blick wanderte hektisch zwischen ihm und Markhoff hin und her.

»Bitte überlasse mir das Vergnügen, meine Tochter dafür zu bestrafen, dass ich über zehn Jahre eingesperrt gewesen bin.«

Markhoff löste den Griff um Sams Hals und stand auf.

Kaum war er von ihr runter, rappelte sie sich auf und rutschte auf dem Hintern rückwärts, bis sie gegen die Waschmaschine stieß.

Ihr Vater ging auf Markhoff zu und blieb vor ihm stehen. Sein Gesicht nahm einen sanften Ausdruck an. Er legte die linke Hand auf Markhoffs Schulter.

»Du hast mir die Flucht ermöglicht. Dafür werde ich dir immer dankbar sein.«

Markhoff strahlte. Doch in der nächsten Sekunde gefror seine Mimik, und er krümmte sich zusammen. Keuchend stieß er die Luft aus und taumelte einen Schritt zurück. Blut quoll aus seinem Bauch.

Ihr Vater verharrte reglos vor ihm. In der Rechten hielt er ein Messer.

Markhoff starrte ihn fassungslos an. Er presste die Hände auf seinen Bauch und fiel auf die Knie. Ein stummes Warum lag auf seinen Lippen. Er kippte rückwärts zu Boden, atmete ein letztes Mal aus und erschlaffte. Die Fliesen um ihn herum färbten sich rot.

Ihr Vater sah mit steinerner Miene auf ihn herab.

Dann drehte er den Kopf zu Sam, die geschockt dasaß. Es war alles so schnell gegangen. Ihr Herz raste.

Er machte einen Schritt auf sie zu, und sie drückte sich noch enger an die Waschmaschine.

»Nein!«, schrie sie.

Zu ihrem Erstaunen streckte er ihr die Hand entgegen.

Was …?

Sie blickte zu dem blutigen Messer, dann zu Markhoff, der in einer roten Lache lag, und anschließend zu ihrem Vater.

»Na komm«, sagte er.

Zögerlich ergriff sie seine Hand, und er half ihr auf die Beine.

Jeden Moment rechnete sie damit, dass er ihr, genau wie Markhoff, das Messer in den Bauch rammen würde. Stattdessen fragte er: »Bist du verletzt?«

Sam reagierte nicht.

»Bist du verletzt?«, wiederholte er.

Sie schüttelte den Kopf. »Nein, aber Jenny.«

Sie schaute zu ihrer Freundin und erschrak.

Jennys Augen waren geschlossen, das Kinn auf ihre Brust gesunken.

»Jenny!« Sie rannte zu ihr und rüttelte sie an der Schulter.

Ihr Vater kniete sich neben sie und fühlte ihren Puls am Hals.

»Sie ist nur bewusstlos«, stellte er fest und legte das Messer auf den Boden, bevor er Jennys Mund öffnete und kontrollierte, dass sie die Zunge nicht verschluckt hatte.

Sam schielte zu der Waffe.

Nimm sie!

Er nahm seinen Gürtel, schlang ihn oberhalb der

Stichwunde um Jennys Oberschenkel und zog ihn zu. »Das sollte die Blutung erst einmal stoppen.«

Nimm das Messer!

»Wir müssen sie losbinden«, sagte Sam und tastete nach Jennys Fesseln.

»Auf gar keinen Fall! Sie würde sofort das Messer aus ihrem Bein ziehen und verbluten.«

Sam hielt inne. Er hatte recht. Doch warum versuchte er überhaupt, Jennys Leben zu retten?

Bitte überlasse mir das Vergnügen, meine Tochter dafür zu bestrafen, dass ich über zehn Jahre eingesperrt gewesen bin.

Er griff nach seinem Messer, Sam war schneller. Sie packte es und sprang auf. Drohend streckte sie es ihm entgegen.

»Gib mir das Messer, Sam«, sagte er und stand auf.

»Bleib, wo du bist!« Sie hielt den Griff so fest umklammert, dass ihre Knöchel weiß hervortraten.

»Gib mir das Messer.« Seine Stimme klang ruhig, aber bestimmt.

Töte ihn, oder er wird dich töten! Du hast ihn in den Maßregelvollzug gebracht.

»Komm mir nicht zu nahe!«

Er machte einen Schritt auf sie zu. Sie musste handeln, ihn aufhalten. Doch sie schaffte es nicht.

Er wand das Messer aus ihrem Griff. Sam zitterte so stark, dass sie sich nicht dagegen wehren konnte.

»Du musst keine Angst haben.« Er klappte das Messer zusammen.

Irritiert beobachtete sie, wie er es in die Hosentasche stecke.

Wollte er sie nicht töten?

»Ich habe in meinem ganzen Leben nie etwas für jemanden empfunden«, sagte er. »Mit einer Ausnahme:

für dich. Du bist der einzige Mensch, der mir je etwas bedeutet hat.«

Überrascht öffnete sie den Mund.

»Ich habe dich vom Tag deiner Geburt an geliebt und werde es immer tun. Egal, was zwischen uns vorgefallen ist.«

Er strich ihr sanft über die Wange. Eine vertraute Wärme ging von ihm aus, und Sam verspürte eine tiefe Sehnsucht.

»Ich bereue nichts von dem, was ich getan habe, aber es tut mir leid, dass du es mit angesehen hast.«

»Ich … ich verstehe nicht«, stammelte sie. »Die ganze letzte Woche hast du mich gequält und … und …«

»Ich habe es für dich getan«, erwiderte er, und Sam zog die Stirn kraus.

Er hatte was?

»Ich hab dich all die Jahre vermisst. Zu gerne hätte ich dir alles erklärt, doch du hast mich leider nie besucht. Ich nehme es dir nicht übel, an deiner Stelle hätte ich vermutlich genauso gehandelt. Dann bat Krüger mich im Fall des Schlitzers um Hilfe. Ich habe die Chance ergriffen und verlangt, mit dir zu sprechen. Nachdem du zugesagt hast, habe ich mich gefreut, dich wiederzusehen. Als du jedoch vor mir standst … Du hattest dich so verändert. Du warst nicht mehr mein kleiner Engel, sondern eine verängstigte und traumatisierte junge Frau.« Sein Blick wurde wehmütig. »Nachdem du mir erzählt hast, wie es dir die letzten zehn Jahre ergangen ist, war mir alles klar. Du hat den Vorfall damals nie überwunden. Deine Freunde haben dich im Stich gelassen, die Presse hat dich mit Schmutz beworfen und zu guter Letzt Debbies Selbstmord. Du hast deine Therapie abgebrochen, weil du dichtgemacht hast und nicht darüber reden konntest und wolltest. Selbst deinen Traum, gemeinsam mit Jenny eine Kindertagesstätte zu eröffnen, hast du aufgegeben. In dir hat sich so viel Wut und Hass aufgestaut. Es hat mir wehgetan, dich so zu sehen.«

Sam atmete schwer.

»Daher hab ich einen Plan gefasst. Ich habe dich dazu gezwungen, was du in deiner Therapie nicht geschafft hast: dich mit der Vergangenheit auseinanderzusetzen, damit du sie endlich loslassen kannst. Die aufgestaute Wut und der Hass mussten raus. Nur deshalb habe ich dir die Fotos der Opfer gezeigt, dich bei jedem unserer Gespräche provoziert und dich an deine Grenzen gebracht.«

Sam konnte nicht glauben, was sie da hörte.

»Du bist von Mal zu Mal wütender geworden, aber noch immer hast du das Ventil nicht ganz geöffnet. Also hab ich mein letztes Ass aus dem Ärmel gezogen: dass Debbie über alles Bescheid gewusst hat. Danach warst du wie ausgewechselt. Du hattest eine neue Frisur und bist mir gegenüber selbstsicher aufgetreten. Du hast dich sogar von mir verabschiedet. Da wusste ich, dass du angefangen hast, mit der Vergangenheit abzuschließen. Ich hatte mein Ziel erreicht und konnte nun gehen.«

Er sah sie so warmherzig an, dass sie eine Gänsehaut bekam.

»Es war übrigens gelogen, dass deine Mutter mich gedeckt hat. Sie hat von nichts gewusst.«

Sam benötigte einen Augenblick, bis sie begriff.

Mama war nicht seine Komplizin gewesen!

Unendliche Erleichterung machte sich in ihr breit.

Es war diese Lüge gewesen, die alles verändert hatte. Die Sam in eine solche Verzweiflung gestürzt hatte, dass sie sich die Haare abgeschnitten hatte. Sie war an ihrem psychischen Tiefpunkt angekommen und hatte nicht länger die Kraft gehabt, sich gegen ihre Vergangenheit zu wehren. Das Ventil in ihr war geöffnet worden, und die aufgestauten Gefühle hatten endlich entweichen können. Am Boxsack hatte sie alles rausgelassen.

Ihre Augen füllten sich mit Tränen.

Sie erinnerte sich, als sie während eines ihrer Gespräche mit ihm zu weinen begonnen und er sie sanft am Arm berührt hatte. Und wie er beim nächsten Mal ihre Hand ergriffen und gehalten hatte. Diese kurzen Momente waren die Wahrheit gewesen, alles andere hatte er ihr nur vorgespielt. Sie hatte sich völlig in ihm getäuscht. Er hatte sich nicht an ihr rächen wollen, weil sie ihn in den Maßregelvollzug gebracht hatte, er hatte sie therapiert. Zwar auf brachiale Art und Weise, aber es hatte funktioniert.

Die Erkenntnis traf sie wie ein Vorschlaghammer. Die Mauer, die sie um ihr Herz gezogen hatte, stürzte ein, und die Wucht der Erschütterung ließ ihren ganzen Körper erbeben.

Tränen liefen ihr über die Wangen.

»Papa«, sagte sie und fiel ihm in die Arme.

Er drückte sie an sich, und Sam hatte das Gefühl, wieder ein Kind zu sein. Lange bevor ihre heile Welt auseinandergebrochen war. Sie schmiegte den Kopf an seine Brust und vergaß für eine Sekunde, dass er ein kaltblütiger Serienmörder war, der aus der Psychiatrie geflohen war und auf seiner Flucht mehrere Menschen getötet hatte. Sie dachte nicht mehr daran, was sie seinetwegen in den letzten Jahren durchgemacht hatte und dass sie vorhin nur knapp dem Tod entronnen war. In diesem Augenblick war er einfach wieder ihr Papa, dem sie vertraute und der sie liebte. Er war ihr Beschützer, und sie fühlte sich in seiner Umarmung sicher und geborgen.

Sie schluchzte leise.

Zeit hörte auf zu existieren. Sie konnte nicht sagen, wie lange sie eng umschlungen dastanden. Nach einer Weile löste sie sich aus seiner Umarmung und wischte sich mit dem Ärmel die Tränen weg.

»Woher hast du gewusst, dass ich hier bin?«, fragte sie.

Er griff in seine Hosentasche und holte ihr Lederarmband hervor.

»Daher«, antwortete er. »Ich wollte Paul davon abbringen, sich an dir oder Jenny zu rächen. Es hat mich zwei Telefonate gekostet, um seine aktuelle Adresse herauszufinden. Ich habe bis abends gewartet, dann bin ich zu ihm gefahren, um mit ihm zu reden. Als ich dein Armband auf dem Weg gesehen habe, wusste ich, dass er dich bereits in seine Gewalt gebracht hatte. Ich bin über die Terrassentür eingebrochen und offenbar gerade noch rechtzeitig gekommen.«

Das war er in der Tat.

Ungläubig betrachtete sie das Armband, das ihr und Jenny das Leben gerettet hatte.

»Ich mochte Paul«, meinte er nachdenklich. »Er wirkte damals ein bisschen verloren, aber er war ein durchaus talentierter Schachspieler. Wir haben interessante Gespräche geführt. Doch ich konnte nicht zulassen, dass er dir etwas antat.« Er steckte das Armband zurück in die Hosentasche. »Es wird langsam Zeit, Abschied zu nehmen. Oben im Wohnzimmer ist ein Festnetztelefon. Ruf nachher die Polizei.«

Seine Worte katapultierten sie in die grausame Realität zurück, in der ein Messer in Jennys Oberschenkel steckte, der Schlitzer tot in einer Blutlache lag und ihr Vater ein gefährlicher Mörder und auf der Flucht war.

»Du musst dich stellen«, flehte sie. »Ich werde dich auch regelmäßig besuchen.«

Er lächelte milde. »Wir werden uns nicht mehr wiedersehen.« Er nahm ihr Gesicht in die Hände und küsste sie sanft auf die Stirn. »Danke für alles, Sam«, sagte er und drehte sich um.

Mit Tränen in den Augen sah sie ihm hinterher, wie er durch die Kellertür ging und verschwand.

Kapitel 78

Donnerstag, 5. Dezember

Sam öffnete leise die Tür und lugte in das Krankenzimmer.

Jenny war wach und saß, mit dem Rücken auf ein Kissen gestützt, im Bett. Ihre Eltern waren zu Besuch.

»Hey«, sagte sie und trat ein.

Jennys Mutter kam zu ihr und umarmte sie. »Danke, was du für sie getan hast.«

Ihr Vater strich ihr über den Rücken. »Wir werden mal in die Cafeteria gehen und den Kaffee dort testen. Dann könnt ihr euch ungestört unterhalten.«

Sie verließen den Raum, und Sam nahm auf einem der beiden Stühle neben dem Bett Platz.

Jenny war immer noch blass im Gesicht. Ihre Augen spiegelten den Schrecken wider, den sie erfahren hatte, aber langsam kehrte das Leben in ihnen zurück.

Sam war bereits gestern hier gewesen, doch Jenny hatte geschlafen.

Nachdem Sam die Polizei von Markhoffs Festnetztelefon aus angerufen hatte, war Jenny sofort ins Krankenhaus transportiert und operiert worden. Die Klinge hatte ihre Oberschenkelschlagader zu siebzig Prozent durchtrennt. Hätte Sam das Messer herausgezogen, wie Markhoff es von ihr verlangt hatte, wäre Jenny innerhalb kurzer Zeit verblutet. So hatte die Klinge die Wunde verschlossen, und Jenny hatte nur relativ wenig Blut verloren – auch dank der Beinbinde, die ihr Vater ihrer Freundin angelegt hatte.

»Wie geht es dir?«, fragte Sam.

»Ich bin okay. Die Ärzte sagen, dass alles verheilen wird. Wahrscheinlich kann ich morgen schon entlassen werden.« Sie ergriff Sams Hand und drückte sie. Ihre Augen schimmerten feucht. »Ich weiß gar nicht, wie ich dir danken soll. Du hast mir bereits zum zweiten Mal das Leben gerettet.«

»Und dabei belassen wir es, ja? In diesem Fall sind alle guten Dinge nicht drei.«

Jenny rang sich ein Lächeln ab. »Versprochen.«

Sie veränderte ein wenig ihre Sitzposition, und Sam half ihr mit dem Kissen.

»Ich kann immer noch nicht glauben, dass du auf die Forderung des Schlitzers eingegangen und zu seinem Haus gefahren bist.«

»Na, hör mal, hätte ich dich etwa im Stich lassen sollen?«

»Er hätte dich töten können. Was ihm auch beinahe gelungen wäre.«

Sam war sich dessen bewusst, trotzdem bereute sie ihre Entscheidung nicht.

Nadine Herfurth hatte ähnlich wie Jenny reagiert.

»Sind Sie lebensmüde geworden?«, hatte sie entsetzt gemeint und im selben Atemzug ergänzt: »Das war das Mutigste, das ich jemals erlebt habe.«

Die Kriminalhauptkommissarin war sichtlich erleichtert gewesen, dass Sam und Jenny nichts passiert und die Mordserie des Schlitzers endlich beendet war.

Tom the Ripper tötet den Schlitzer, lautete die Schlagzeile mehrerer Onlinemedien, nachdem die Polizei am Mittag eine Pressekonferenz gegeben und offiziell bestätigt hatte, dass Paul Markhoff der Schlitzer war.

»Ich hab noch mitgekriegt, wie dein Vater zur Tür reingekommen ist«, sagte Jenny, »dann bin ich ohnmächtig geworden. Was ist danach passiert?«

Sam erzählte es ihr, und Jenny wurde noch blasser.

»Ohne ihn wären wir beide tot«, endete Sam.

»Mein Gott.« Sie sah Sam schockiert an. »Wo ist dein Vater jetzt?«

Sie zuckte mit den Schultern. »Ich weiß es nicht. Die Polizei fahndet mit einem Großaufgebot nach ihm. Vermutlich ist er längst im Ausland.«

»Und wie geht es dir damit?«

Sam atmete tief durch. »Gute Frage.«

In ihr herrschte ein völliges Gefühlschaos. Es war, als tobte eine Schlacht, die sie nicht gewinnen konnte. Einerseits war er ein eiskalter Mörder, andererseits ihr Vater, der sie liebte und der sie nicht nur vor Markhoff gerettet hatte. Er hatte geschafft, was ihr damals in der Therapie nicht gelungen war. Dieser Zwiespalt ihm gegenüber war unerträglich, und manchmal hatte Sam das Gefühl, dass es sie zerriss. Vielleicht würde es mit der Zeit besser werden, noch waren die Erinnerungen jedoch zu frisch.

»Ich hoffe, er wird bald gefasst«, fuhr sie fort. »Lebend. Ich würde ihn regelmäßig besuchen.«

Wenngleich sie ihn weiterhin für die Morde, die er begangen hatte, verabscheute, war sie froh, dass sie die andere Seite von ihm, die ihres Papas, wiederentdeckt hatte.

»Ich hab in meinem Leben noch nie so viel Angst gehabt«, sagte Jenny. »Momentan fühle ich mich wahnsinnig müde und erschöpft, die Ärzte haben mir ein Beruhigungsmittel gegeben. Ich wage nicht, daran zu denken, wie es sein wird, wenn die Wirkung nachlässt.«

»Es wird dauern, aber die Zeit heilt alle Wunden.«

Bei ihr hatte es über zehn Jahre gedauert.

»Ich werde vorerst zu meinen Eltern zurückziehen und mir irgendwann eine neue Wohnung suchen. In die alte kann ich nicht mehr zurück.«

»Kann ich gut verstehen.«

Jenny hatte Schreckliches durchgemacht, doch sie würde darüber hinwegkommen, davon war Sam überzeugt. Und Sam würde für sie da sein. So wie Jenny vor zehn Jahren ihr beigestanden hatte.

Kapitel 79

Freitag, 6. Dezember

Thomas Rohde kauerte in der Dunkelheit hinter der Hecke und schaute zum wiederholten Mal auf die Uhr.

Hoffentlich tauchte er bald auf.

Henkes Porsche parkte um die Ecke. Sobald er hier alles erledigt hatte, würde er aufbrechen. Er hatte noch eine lange Fahrt vor sich.

Henke selbst lag im Keller. Rohde hatte ihn getötet, bevor er aufgebrochen war. Zwar hätte Henke ihn aus Eigenschutz nicht verraten, wenn die Polizei allerdings herausbekam, dass Rohde in den letzten Tagen bei ihm Unterschlupf gefunden hatte, würde er beim Verhör sofort alles gestehen. Und das konnte Rohde nicht riskieren, denn Henke hatte ihm bei den Vorbereitungen geholfen. Er kannte seinen Plan.

Der Wagen des Joggers stand in Henkes Garage, wo Rohde ihn noch am Abend seiner Flucht versteckt hatte. Bis die Polizei Henke oder das Auto fand, war er längst über alle Berge.

Seine Gedanken schweiften zu Sam. Er war froh, dass er sich von ihr hatte verabschieden können. Ihre Umarmung hatte ihm viel bedeutet, und bei der Erinnerung daran musste er lächeln.

Paul würde er immer dankbar sein, dass er ihm die Flucht ermöglicht hatte. Seinen Rachefeldzug wusste er zu schätzen, doch in einem Punkt unterschied er sich von ihm. Rohde hätte nicht die Angehörigen getötet, sondern die Verantwortlichen selbst. Anfangs mochte die Trauer groß sein, aber die meisten fanden irgendwann ins Leben zurück, und der Verlust trat in den Hintergrund.

Paul hatte fast alle bestraft, die an Rohdes Verhaftung und Verurteilung beteiligt gewesen waren. Nur zwei Personen hatten zur Vollendung seines Plans gefehlt. Die Rache an Sam hatte Rohde verhindern können, und Dr. Jelic wähnte sich nach Pauls Tod vermutlich in Sicherheit.

Rohde spürte bei dem bloßen Gedanken an den Psychiater Wut. Er hatte nichts vergessen. Weder die Disziplinarmaßnahmen noch die Isolation oder dass er nur gefesselt und unter Aufsicht von zwei Pflegern sein Zimmer hatte verlassen dürfen.

Er sah ihn im Geiste deutlich vor sich. Die hektischen Flecke auf seinen Wangen, sein wieselartiges Gesicht, das zuckte, wenn er wütend oder nervös war, die randlose Brille mit den runden Gläsern, seine silbergrauen Haare mit dem akkuraten Seitenscheitel.

Dr. Jelic hatte ihm gegenüber nie einen Hehl daraus gemacht, dass er ihn verachtete, und Rohde war über neun Jahre lang gezwungen gewesen, seinen Hass auf den Psychiater herunterzuschlucken.

Nachdem Paul tot war, hatte die Polizei den Personenschutz für die potenziellen Opfer aufgehoben. Rohde würde keine bessere Gelegenheit mehr bekommen.

Er hörte, wie ein Auto in die Einfahrt rollte. Das Garagentor ging auf und fuhr kurz darauf wieder runter. Schritte näherten sich.

Lächelnd zog Rohde sein Messer aus der Tasche.

Kapitel 80

Dienstag, 10. Dezember

Das Patrouillenboot der portugiesischen Küstenwache raste mit zweiunddreißig Knoten über das Meer. Der befehlshabende Offizier Luciano Carvalho suchte auf der Kommandobrücke der *Centauro* mit dem Fernglas die Umgebung ab. Die Sicht war gut. Es herrschten angenehme fünfzehn Grad, die Sonne schien von einem wolkenlosen Himmel.

Der anonyme Anruf war vor vierzig Minuten eingegangen. Jemand hatte Thomas Rohde erkannt, nach dem per internationalem Haftbefehl gefahndet wurde. Er beobachtete ihn dabei, wie er Essensvorräte, Trinkwasser und mehrere Benzinkanister auf ein Boot brachte und den Jachthafen von Portimao verließ.

Sie zeigten dem Bootsverleiher ein Foto von Rohde. Er erkannte den Gesuchten wieder, auch wenn der bei der Übergabe Sonnenhut, Sonnenbrille und einen Bart getragen hatte.

Rohde hatte unter dem Namen Tilo Henke eine Jacht für zwei Wochen gemietet und das Geld inklusive Kaution im Voraus überwiesen. Er besaß einen gültigen Jachtschein und hatte einen freundlichen Eindruck gemacht.

Die *Centauro* fuhr in einiger Entfernung an einer Jacht vorbei, doch es war die falsche.

»Dort vorne ist er«, sagte Carvalho und warf einen Blick auf den Bordcomputer.

Die Jachten des Bootsverleihers waren alle mit dem

automatischen Schiffsidentifikationssystems ausgerüstet, sodass er auf seinem Bildschirm neben dem Namen, Rufzeichen und der Art des Fahrzeugs auch die Geschwindigkeit und den Kurs ablesen konnte. Es war das besagte Boot.

»Haltet euch bereit«, wies er seine Besatzung an, die aus sieben Mann bestand.

Sie checkten ihre Waffen und begaben sich an Deck. Es musste schnell gehen, denn Rohde war gefährlicher denn je. Er hatte nichts mehr zu verlieren.

Die *Centauro* näherte sich der Jacht in einem spitzen Winkel und war noch etwa sechzig Meter entfernt. Der Steuermann reduzierte auf Carvalhos Befehl hin leicht die Geschwindigkeit und schaltete den Lautsprecher an.

»Hier ist die Küstenwache«, sprach Carvalho ins Mikrofon. »Stellen Sie den Motor ab und begeben Sie sich mit erhobenen Händen an Deck.«

Die Jacht, die langsamer unterwegs war als die *Centauro,* hielt nicht an.

Carvalho beobachtete durch das Fernglas einen Mann, der das Führerhaus verließ und zu ihnen schaute. Er benutzte ebenfalls einen Feldstecher, sodass Carvalho sein Gesicht nicht erkennen konnte.

»Ist er das?«, wollte der Steuermann wissen.

Die Entfernung betrug noch etwa fünfzig Meter.

»Keine Identifikation möglich.«

Der Mann senkte das Fernglas.

»Zielperson identifiziert. Es ist Thomas Rohde.«

Er gab seinen Männern ein Zeichen. Sie waren bereit, die Jacht zu entern.

»Stellen Sie den Motor ab und nehmen Sie die Hände hoch«, wiederholte Carvalho und ließ Rohde dabei nicht aus den Augen. Plötzlich sah er, dass Rohde eine Pistole zog.

»Er hat eine Waffe!«, schrie Carvalho.

Rohde feuerte in ihre Richtung. Die Männer duckten sich und verteilten sich über die gesamte Seite des Bootes. Dann richteten sie sich auf und schossen zurück.

Rohde ging in Deckung.

Sie waren noch etwa vierzig Meter von ihm entfernt.

Carvalho suchte mit dem Fernglas nach Rohde, doch der blieb hinter der Seitenwand verschwunden.

Plötzlich schoss auf der Jacht eine Stichflamme in die Höhe.

Carvalho erkannte die Gefahr.

»Sofort abdrehen«, befahl er, und der Steuermann riss das Ruder auf Backbord.

Dann folgte ein ohrenbetäubender Knall, und die Jacht explodierte in einem gigantischen Feuerball.

Kapitel 81

Jakob rührte das Gemüse im Wok um und gab roten Thaicurry und Kokosmilch hinzu. Es roch köstlich, und Sam, die den Tisch deckte, lief das Wasser im Mund zusammen.

Seit sie nur knapp dem Schlitzer entkommen war, verbrachte Jakob fast jede freie Minute bei ihr. Es half ihr, nicht allein zu sein, und er lenkte sie von den schrecklichen Ereignissen ab.

Außerdem konnte er gut küssen.

Jenny war mittlerweile aus dem Krankenhaus entlassen worden und erholte sich bei ihren Eltern. Sam telefonierte jeden Tag mit ihr und hatte das Gefühl, dass es ihr zunehmend besser ging. Jenny war eine starke Frau, sie würde darüber hinwegkommen.

»Das Essen ist gleich fertig«, sagte Jakob und füllte den dampfenden Reis in eine Schüssel.

Es klingelte an der Haustür, und Nadine Herfurth meldete sich über die Gegensprechanlage. Sam machte ihr auf.

»Ich hatte schon befürchtet, es wäre ein Reporter«, sagte Sam. »Sie sind zwar weitestgehend vorm Haus verschwunden, aber gestern hat einer geläutet und gefragt, ob er ein Interview mit mir führen darf. Der war fast schon aufdringlicher als Kehl.«

»Kehl«, meinte die Polizistin mit einem süffisanten Lächeln. »Vor dem sollten Sie in Zukunft Ruhe haben.«

Sam sah sie fragend an.

»Wir haben herausgefunden, woher er die Insiderinformationen hatte. Einer der beiden Pfleger, Matthias Peschke, war spielsüchtig. Er hat eine Menge Geld verloren und musste gleichzeitig ein Eigenheim abbezahlen. Kehl hat ihn bestochen, um an Neuigkeiten zu Rohde und dem Schlitzer zu gelangen. Peschke hat heimlich ein Abhörgerät in dem Raum installiert, wo die Gespräche mit Ihrem Vater stattgefunden haben, und Kehl mit entsprechenden Informationen versorgt. Doktor Jelic hat die Wanze letzten Freitag gefunden, kurz bevor er ...« Sie stockte.

Kurz bevor er getötet worden ist, vervollständigte Sam den Satz in Gedanken und verzog das Gesicht. Nadine hatte sie am Wochenende darüber informiert. Ihr Vater stand im Verdacht, wenngleich sie es ihm bisher nicht nachweisen konnten.

»Jedenfalls hat Kehl jetzt eine Klage wegen Bestechung am Hals«, fuhr Nadine grinsend fort, und auch Sam konnte sich ein Schmunzeln nicht verkneifen.

Jakob streckte den Kopf zur Küche raus und begrüßte die Polizistin.

»Möchten Sie zum Abendessen bleiben?«, fragte er. »Es ist genug da.«

»Danke, das ist nett von Ihnen. Aber ich habe noch eine Menge zu erledigen.«

»Wenn Sie es sich anders überlegen sollten, geben Sie Bescheid.« Er verschwand wieder in der Küche.

»Wie geht es Herrn Krüger?«, erkundigte sich Sam.

»Ich habe ihn vorgestern besucht. Er ist immer noch sehr mitgenommen und weiterhin dienstunfähig, doch zumindest hat er einen besseren Eindruck gemacht als letzte Woche. Er ist psychisch stark, er braucht einfach Zeit, um das zu verarbeiten.«

Sam nickte mitfühlend.

»Ich bin allerdings nicht wegen ihm oder Kehl da«, sagte Nadine, »sondern wegen Ihres Vaters.«

Sam wurde flau im Magen. Gab es die nächste Leiche?

»Was ist mit ihm?«, wollte sie mit belegter Stimme wissen.

»Er ist tot«, antwortete Nadine, und Sam zuckte zusammen. »Er ist heute Mittag während eines Zugriffs ums Leben gekommen.«

Sams Atem beschleunigte sich.

Er ist tot.

Es dauerte einen Moment, bis sie die Endgültigkeit der Worte erfasst hatte, dann detonierte ein Gefühlschaos in ihr. Einerseits fühlte sie Erleichterung, weil das Morden endlich ein Ende hatte, andererseits erfasste sie eine tiefe Traurigkeit.

Er war ein Serienmörder gewesen und gleichzeitig ihr Papa, der ihr außerdem das Leben gerettet hatte.

Gemeinsame Erinnerungen mit ihm schossen ihr durch den Kopf. Sie spürte seine warme Hand, als er sie zu ihrem ersten Schultag begleitete, sah sein Lächeln, wenn sie sich für ihre Tauchgänge bereit machten, und hörte seine beruhigende Stimme, als er nach ihren Albträumen an ihrem Bett saß und bei ihr blieb, bis sie wieder eingeschlafen war.

Ihre Augen wurden feucht.

»Es tut mir leid«, sagte Nadine mit gesenkter Stimme und berührte sie sanft am Oberarm.

»Was ist passiert?«, fragte Sam.

»Er war nach Portugal geflohen. Dort hatte er eine Jacht gemietet und war unterwegs Richtung Afrika. Die portugiesische Küstenwache wollte ihn festnehmen, es gab einen Schusswechsel. Entweder wurde der Tank getroffen oder einer der Benzinkanister, die er an Bord gebracht hatte. Die Jacht ist explodiert.«

Sam musste das erst verdauen.

»Und Sie sind sich sicher, dass er es gewesen ist?«

»Es besteht kein Zweifel. Der Einsatzleiter hat ihn identifiziert. Außerdem haben die Kollegen Fingerabdrücke beim Bootsverleiher und an der Anlegestelle gesichert. Sie stammen eindeutig von Ihrem Vater.«

Sam ließ die Schultern sinken.

»Ich wollte, dass Sie es von mir erfahren, bevor wir nachher in einer Pressekonferenz die Öffentlichkeit informieren.«

»Danke«, sagte Sam.

»Ich bin für Sie da, wenn Sie mich brauchen, okay?«

Sam nickte.

Nadine verabschiedete sich, und Sam schloss die Tür hinter ihr. Sie lehnte sich mit dem Rücken dagegen und starrte trübselig zur Decke.

Mach's gut, Papa.

Epilog

Sechs Monate später
Mittwoch, 10. Juni

Die schwarze Katze mit den weißen Pfoten war wieder da. Sie lag in der Wiese in der Sonne und schlief.

Sam stand auf dem Balkon und lächelte bei ihrem Anblick. Sie hatte das Tier in den letzten Tagen öfter unten im Garten gesehen und fragte sich, wem es wohl gehörte.

Jakob trat hinter sie und schlang seine Arme um sie.

»Wir sollten uns auch eine zulegen«, meinte er. »Im Tierheim warten viele auf ein neues Zuhause.«

Sie drehte sich zu ihm um. »Mit der Idee könnte ich mich anfreunden.«

Jakob war im März offiziell bei ihr eingezogen. Die Geschwindigkeit, mit der sich ihre Beziehung entwickelte, überraschte Sam selbst, doch sie war glücklich, und nur das zählte.

»Ich muss langsam los.« Jakob und gab ihr einen Kuss.

Sie begleitete ihn in den Flur, wo er nach seiner Yogamatte griff.

»Was hast du heute vor?«, wollte er wissen.

»Lesen«, antwortete sie.

Momentan hatte sie alle Zeit der Welt, seit sie nach nur drei Wochen ihre Stelle im Architekturbüro gekündigt hatte. Ihr war klar geworden, dass sie damit nicht glücklich werden würde. Stattdessen hatte sie sich für die Ausbildung zur Erzieherin angemeldet. Im September war es so weit, und Sam konnte es kaum erwarten.

Jenny war von ihrer Entscheidung begeistert gewesen und ihr Traum von einer gemeinsamen Kindertagesstätte neu entflammt.

»Ich leere noch schnell den Briefkasten«, sagte Jakob und verließ die Wohnung. Kurz darauf war er zurück und drückte Sam die Post in die Hand. »Bis heute Abend.«

In der Küche ging Sam die Sendungen durch. Eine Rechnung, eine dieser nervigen, in Folie verpackten Werbeprospekte und ein Luftpolsterumschlag.

Sie betrachtete ihn.

Er trug keinen Absender, der Adressaufkleber war maschinell erstellt und die Briefmarke vor ein paar Tagen in Brasilien abgestempelt worden.

Stirnrunzelnd riss sie den Umschlag auf. Als sie den Inhalt erblickte, stockte ihr der Atem.

Was …?

Mit zitternden Fingern fischte sie ein braunes Lederarmband heraus, das mit einem blau bestickten Rand und einer Gravur verziert war.

Angst beginnt im Kopf. Mut auch.

Ihr Puls beschleunigte sich.

Es war das Armband, das Jenny ihr damals geschenkt und das sie vor Markhoffs Haus fallen lassen hatte, wo ihr Vater es gefunden hatte.

Das war unmöglich!

Ihr Vater war tot. Er war bei der Explosion der Jacht ums Leben gekommen.

Sie geriet ins Grübeln. Er war Taucher. War es möglich, dass er nicht nur seine Flucht aus der Psychiatrie geplant hatte, sondern auch einen vorgetäuschten Selbstmord? Dass er die Jacht mit einer Taucherausrüstung verlassen hatte, bevor sie explodiert war?

Sam bemerkte, dass noch etwas in dem Umschlag lag. Es war eine Postkarte, auf der eine Schar lachender Kinder abgebildet war.

Sie drehte die Karte um, und mit Tränen in den Augen las sie den Satz, der dort mit der Handschrift ihres Vaters geschrieben stand.

Lebe deinen Traum!

Danksagung

»Bitte erheben Sie sich.«

Ein Mann Anfang sechzig mit grau melierten Haaren und einer schwarzen Robe, unter der sich ein leichter Bauchansatz abzeichnete, betrat den Gerichtssaal, der bis auf den letzten Platz besetzt war.

»Den Vorsitz in der Verhandlung der Staat gegen die Autorin Patricia Walter führt der ehrenwerte Richter Kurt Denninger.«

Nachdem alle wieder Platz genommen hatten, sah ich zu meinem Verteidiger Thomas Rohde, der mir aufmunternd zunickte.

»Machen Sie sich keine Sorgen«, hatte er mir im Vorfeld gesagt. »Ich bin der beste Verteidiger, den Sie kriegen können. Ich gewinne immer.«

Oberstaatsanwältin Julia Wagner ergriff das Wort.

»Frau Walter, Sie sind angeklagt, Ihren Lesern schlaflose Nächte bereitet zu haben. Bekennen Sie sich schuldig?«

»Äh … Ist das eine Fangfrage?«

»Bitte beantworten Sie die Frage.«

»Nun ja, dann bin ich wohl schuldig.«

»Sie müssen auf nicht schuldig plädieren«, raunte Rohde mir zu.

»Nicht schuldig«, korrigierte ich mich hastig.

»Was denn nun?«, wollte der Richter wissen.

»Also ich hoffe natürlich, dass meine Bücher spannend sind, aber ich habe keinen Einfluss darauf, ob meine Leser deshalb schlaflose Nächte haben.«

»Dann fangen wir am besten von vorne an. Bitte berichten Sie, wie *Blutroter Schatten* entstanden ist.«

»Okay. Alles begann mit der Grundidee, dass ein Mörder bei seinen Opfern eine Grußbotschaft von einem Serienkiller hinterlässt, der seit Jahren im Hochsicherheitstrakt der Psychiatrie sitzt und bereit ist, mit einer einzigen Person zu sprechen: seiner Tochter. Doch die hat den Kontakt zu ihm vor langer Zeit abgebrochen. Diese Idee hab ich meinem Agenten Kai Gathemann erzählt, der sofort begeistert davon war. Daraufhin hab ich mit der detaillierten Planung der Geschichte begonnen, wobei mir Kai immer hilfreich zur Seite gestanden ist, wenn ich mal nicht weiter wusste oder jemanden zum Diskutieren gebraucht habe.«

»Kai Gathemann«, murmelte Julia Wagner. »Der wird wegen Mittäterschaft angeklagt.«

»Bitte fahren Sie fort«, forderte der Richter mich auf, nachdem er meinen irritierten Blick bemerkt hatte.

»Bei jedem Buch gibt es einiges zu recherchieren. Eine Freundin von mir, R., ist Psychologin. Sie hat mich in Bezug auf alle psychologischen Fragen und die Psychiatrie beraten. Und Kriminalhauptkommissar Matthias Bürgel, der auch Thriller schreibt, hat meine Fragen hinsichtlich der Polizeiarbeit beantwortet und mir diesbezüglich hilfreiche Tipps gegeben.«

»Ein Beamter. Das wird ja immer schöner«, stöhnte die Oberstaatsanwältin und notierte sich die beiden Namen.

»Nachdem ich die Story im Detail fertig geplant hatte, hab ich das Exposé geschrieben. Das ist eine Kurzzusammenfassung des Plots, anhand dessen der Verlag entscheidet, ob die Geschichte veröffentlichungswürdig ist. Beim Exposé hat mich mein Lebensgefährte Martin unterstützt. Außerdem bin ich ihm sehr für seine Geduld und sein Verständnis dankbar, weil ich während des Schreibprozesses völlig in die Geschichte abgetaucht und teilweise nicht mehr ansprechbar gewesen bin.«

»Ich werde mit Ihrem Lebensgefährten reden«, meinte Wagner. »Vielleicht können wir die Klage erweitern.«

»Einspruch«, ging Rohde dazwischen. »Er hat sich aus freien Stücken dazu entschieden, meine Mandantin zu unterstützen.«

»Einspruch stattgegeben«, sagte der Richter.

Rohde grinste, und es war nicht zu übersehen, dass es Wagner innerlich zur Weißglut trieb.

Denninger deutete mir mit einer Handbewegung an, fortzufahren.

»Nachdem ich die Storyplanung, das Exposé und die Figurenplanung abgeschlossen hatte, konnte ich endlich mit dem Schreiben beginnen. Für mich ist das immer der schönste und spannendste Teil eines Buchprojekts. Hierbei wurde ich von zwei wunderbaren Testleserinnen unterstützt: Alex und Johanna. Ihre kritischen Kommentare und Feedbacks haben mir sehr geholfen.«

»Die beiden Testleserinnen treten in diesem Prozess als Nebenklägerinnen wegen seelischer Grausamkeit auf«, erklärte Wagner. »Aufgrund der Tatsache, dass Sie sie nur kapitelweise versorgt haben, mussten sie immer wieder an den spannendsten Stellen auf Nachschub warten.«

Alex und Johanna, die neben der Oberstaatsanwältin saßen, nickten bestätigend.

»Besonders gegen Ende des Buchs war das psychische Folter, da ich unbedingt wissen wollte, wie es weitergeht«, sagte Alex.

»Einspruch«, warf Rohde ein. »Die beiden arbeiten bereits seit mehreren Büchern mit meiner Mandantin zusammen. Sie wussten also, worauf sie sich bei *Blutroter*

Schatten einließen. Außerdem war die Zusammenarbeit auf freiwilliger Basis. Ich beantrage daher, dass die Nebenklage fallen gelassen wird.«

Der Richter wandte sich den beiden Frauen zu. »Stimmt es, dass Sie sich freiwillig als Testleserinnen zur Verfügung gestellt haben?«

»Das schon, aber es war trotzdem seelische Grausamkeit. Wenn Patricia sich verpflichten würde, beim nächsten Buch schneller zu schreiben, dann würden wir die Klage fallen lassen.«

»Frau Walter, können Sie sich das vorstellen?«

»Ich werde mein Möglichstes versuchen.«

»Dann gebe ich dem Einspruch statt. Die Nebenklage wird nicht zugelassen.«

Erneut grinste Rohde in Richtung von Wagner, deren Gesichtsausdruck deutlich verriet, dass sie damit überhaupt nicht einverstanden war.

»Was passierte, nachdem Sie das Manuskript fertig geschrieben hatten?«, wollte Denninger wissen.

»Es ging an den Bastei-Lübbe-Verlag, der bereits drei Psychothriller von mir veröffentlich hat. Ich möchte allen Verlagsmitarbeitern danken, die dazu beigetragen haben, dass aus dem Manuskript schließlich das Buch geworden ist, das nun in den Buchläden steht oder auf einen E-Reader geladen werden kann. Besonders erwähnen möchte ich meine Lektorin Kathrin Kummer sowie den Leiter des Digitalen Programms, Stephan Trinius.«

»Das artet ja langsam zu einer richtigen Verschwörung aus«, seufzte Wagner und notierte die Namen. »Wer hat das Lektorat gemacht?«

»Daran waren zwei beteiligt«, antwortete ich. »Kathrin hat ein schnelles Lektorat gemacht, für das ausführliche war die externe Lektorin Nadine Buranaseda von Typo18 zuständig. Nadine hat bereits *Kalte Erinnerung* von mir lektoriert, ich hab mich daher sehr gefreut, erneut mit ihr zusammenarbeiten zu dürfen.«

»Wollen Sie damit andeuten, dass Frau Buranaseda dafür gesorgt hat, dass das Buch noch spannender wird, was wiederum zu den schlaflosen Nächten einiger Leser und Leserinnen beigetragen hat?«

»Nun ja, das ist schließlich das Ziel eines Lektorats, oder?«

Die Oberstaatsanwältin schwieg.

»Haben Sie weitere Fragen an die Angeklagte?«, wollte der Richter wissen, und Wagner schüttelte den Kopf. »Dann übergebe ich das Wort an die Verteidigung, Herrn Thomas Rohde.«

Rohde richtete seine Krawatte, ehe er aufstand, vor den Tisch trat und mich fragte: »Frau Walter, ist es richtig, dass in *Blutroter Schatten* die Namen von real existierenden Personen vorkommen?«

»Ja, das stimmt.«

»Und triff es ebenfalls zu, dass diese Personen unbedingt und aus freien Stücken namentlich erwähnt werden wollten?«

Ich nickte.

»Können Sie sagen, um wen es sich hierbei handelt?«

»Alexandra Setzer, Stefanie Reichart, Julian Klaus Nussel, Bettina Osterbeck und Pascal Heckmann. Die beiden Letztgenannten haben bei einem Gewinnspiel von mir auf den sozialen Netzwerken mitgemacht. Die anderen kenne ich privat, und sie wollten unbedingt als Leiche vorkommen.«

»Als Leiche?«

»Ja.« Ich zuckte mit den Schultern. »Wenn ich Leser frage, wer sie gerne in einem Buch sein würden, so sind die häufigsten Antworten ›der Killer‹ beziehungsweise ›der Psychopath‹ oder ›eine Leiche‹.«

»Interessant.«

»Finde ich auch. Ich möchte an dieser Stelle nur gerne zwei Dinge richtigstellen. Stefanie Reichart ist im realen Leben erst fünfunddreißig Jahre alt und nicht wie im Buch fünfundvierzig. Und Julian Klaus Nussel ist nicht vorbestraft, sondern betreibt als buecher_klaus auf Instagram einen Buchblog.«

»Ich fasse zusammen«, sagte Rohde und wandte sich an Richter Denninger und Oberstaatsanwältin Wagner. »Diese fünf Leser wollten unbedingt und aus freien Stücken in *Blutroter Schatten* erwähnt werden, auch auf die Gefahr hin, dass die Geschichte ihnen schlaflose Nächte bereitet. Des Weiteren geht jeder Leser von Psychothrillern bereitwillig und aus eigenem Antrieb dieses Risiko ein. Und zu guter Letzt ist es nicht die alleinige«, er malte mit seinen Fingern imaginäre Anführungsstriche in die Luft, »Schuld meiner Mandantin, sondern es waren viele Menschen an der Entstehung dieses Buchs beteiligt. Aus diesem Grund gibt es nur eine einzige angemessene Entscheidung in dieser Verhandlung: einen Freispruch. Ich danke Ihnen.«

Er nahm wieder neben mir Platz und flüsterte mir ins Ohr: »Sollten Sie nicht freigesprochen werden, bringe ich den Richter und die Oberstaatsanwältin einfach um.«

Ich sah ihn entsetzt an, und irgendetwas in seinem Blick verriet mir, dass er es durchaus ernst meinte.

»Frau Walter, als Angeklagte haben Sie das letzte Wort«, sagte der Richter.

Ich stand auf und räusperte mich.

»Ich danke allen, die mir bei der Entstehung dieses Buchs geholfen und mich unterstützt haben. Einen ganz besonderen Dank möchte ich an meine Leser und Leserinnen sowie an die Blogger und Bloggerinnen, die ich teilweise schon seit meinem ersten Buch kenne, aussprechen. Ich hoffe, *Blutroter Schatten* hat euch gefallen. Wenn ihr schlaflose Nächte gehabt haben solltet, dann tut mir das sehr leid, gleichzeitig wäre es für mich als Autorin das größte Kompliment. Ich freue mich übrigens immer über eine Rückmeldung. Ihr könnt mich gerne über meine Homepage www.patricia-walter.de, über Facebook (www.fb.com/AutorinPatriciaWalter) oder über Instagram (www.instagram.com/autorin_patricia_walter) kontaktieren.«

Der Richter erhob sich und forderte alle Anwesenden im Saal auf, es ebenfalls zu tun.

»Im Namen des Volkes ergeht folgendes Urteil. Da jeder Leser von Psychothrillern eine spannende Geschichte erwartet und das Buch freiwillig kauft, wird die Angeklagte freigesprochen. Das Urteil ist rechtskräftig. Eine Anklage gegen ihre Helfer und Unterstützer wird nicht zugelassen.«

Erleichtert atmete ich auf und drehte mich zu Rohde, der grinste: »Wie ich gesagt habe: Ich gewinne immer.« Und mit einem Augenzwinkern ergänzte er: »Auf ein paar Leichen mehr wäre es mir aber auch nicht angekommen.«

Wie weit würdest du gehen, um dein Kind zu retten?

Patricia Walter
DUNKLE VERGANGENHEIT
Thriller
DEU
352 Seiten
ISBN 978-3-404-17957-2

Die achtjährige Tochter der TV-Journalistin Kim Jansen verschwindet spurlos. Wenig später meldet sich der Entführer und fordert: Entweder Kim gesteht öffentlich die Taten ihrer Vergangenheit, oder er tötet ihre Tochter Lilly. Für Kim beginnt ein Wettlauf gegen die Zeit. Sie muss den Erpresser finden und Lilly befreien – bevor die Polizei es tut. Denn die Wahrheit darf niemals ans Licht kommen ...

Traue niemandem – schon gar nicht dir selbst!

Patricia Walter
TOTE ASCHE
DEU
388 Seiten
ISBN 978-3-7413-0111-7

Kira Roth ist entsetzt, als sie in ihrer Wohnung die ausgegrabene Urne mit der Asche ihrer kürzlich verstorbenen Mutter findet. Daneben ein Zettel mit der Aufschrift: „Sie war nicht deine Mutter. Und du verdienst es nicht zu leben!" Doch Kiras Albtraum fängt erst an. Auf dem Friedhof entdeckt sie ein frisch ausgehobenes Grab – auf dem Kreuz stehen ihr Name und ein Todesdatum: in fünf Tagen. Ein perfider Countdown beginnt. Kira macht sich auf die Suche nach ihrer Herkunft und stößt dabei auf ein schreckliches Geheimnis ...

Nur wenn sie sich erinnert, wird sie überleben.

Patricia Walter
KALTE ERINNERUNG
248 Seiten
ISBN 978-3-7413-0107-0

Ein eisiger Wintermorgen: Zoe schreckt aus einem Albtraum auf, am ganzen Körper mit Verletzungen übersät und ohne Erinnerung an die vergangenen beiden Tage. Ihr Mann David ist spurlos verschwunden. Kurz darauf wird sie von einer verzerrten Stimme am Telefon bedroht, die die Wahrheit über gestern Nacht wissen will. Geschockt legt Zoe auf - doch der unheimlichen Forderung des Anrufers kann sie nicht entkommen. Und die Wirklichkeit ist grausamer, als sie sich jemals hätte vorstellen können ...
eBooks von beTHRILLED – mörderisch gute Unterhaltung.

Leblos blicken ihre schönen blauen Augen in den Sonnenaufgang ...

Leslie Wolfe
DEIN IST DER SCHMERZ
Thriller
Aus dem amerikanischen
Englisch von
Kerstin Fricke
336 Seiten
ISBN 978-3-404-18319-7

Im Morgengrauen wird eine junge Frau tot an einem einsamen weißen Sandstrand in Palm Beach gefunden - alles deutet auf einen Ritualmord hin. Das FBI wird zu dem Fall hinzugezogen und die Agentin Tess Winnett beginnt zu ermitteln. Bald schon stellt sich heraus, dass es sich um einen Serienkiller handelt, der seine Opfer tagelang gefangen hält, vergewaltigt und auf grausame Art und Weise foltert. Als noch eine junge Frau verschwindet, beginnt ein Wettlauf gegen die Zeit. Wird Tess den Mörder rechtzeitig finden? Auf der Suche nach dem Killer muss sie sich auch ihren eigenen Dämonen stellen und gerät selbst in tödliche Gefahr ...

Lübbe

Die Kunst des Tötens

Paul Buderath
DER KÜNSTLER
Thriller
DEU
296 Seiten
ISBN 978-3-7413-0168-1

Nachdem in einer leerstehenden Wohnung im Essener Norden abgeschlagene Köpfe entdeckt wurden, steht Kommissar Alexander Michelsen vor einem Rätsel. Doch als bald darauf eine weitere Tote gefunden wird, die das gleiche Tattoo trägt wie einer der Enthaupteten, muss man von einem Serientäter ausgehen. Die Vermutung liegt nahe, dass der Täter weitere Morde plant ...